anagramma

334

Della stessa autrice

Dieci piccoli respiri
Una piccola bugia
Quattro secondi per perderti

Questo romanzo è un'opera di fantasia. Qualsiasi riferimento a fatti storici, persone o luoghi reali è usato in maniera fittizia. Altri nomi, personaggi, luoghi e avvenimenti sono frutto dell'immaginazione dell'autrice, e qualunque analogia con fatti, luoghi o persone reali, esistenti o esistite, è del tutto casuale.

Titolo originale: *Five Ways to Fall*

First published by Atria Books, a Division of Simon&Schuster, Inc.

Traduzione dall'inglese di Stefania Cenciotti e Alessandra Maestrini
Prima edizione: luglio 2015

Roma, Casella postale 6214

ISBN 978-88-541-7766-6

www.newtoncompton.com

Realizzazione a cura di Corpotre, Roma
Stampato nel luglio 2015 da Puntoweb s.r.l., Ariccia (Roma)
su carta prodotta con cellulose senza cloro gas provenienti
da foreste controllate, nel rispetto delle normative ambientali vigenti

K.A. Tucker

Cinque ragioni per odiarti

Newton Compton editori

A Lia e Sadie.
Se volete i capelli viola, allora fatevi i capelli viola
(probabilmente un giorno mi pentirò di averlo detto)

A Sarah Cantin.
Per aver radunato quegli scoiattoli

Prologo

Succede solo a me?

O chiunque può avere un momento di “pazzia” nella vita, in cui l’emozione spontanea investe il buonsenso come un autoarticolato, costringendoti a fare e dire cose per cui gli altri ti fissano impressionati, scuotendo la testa, chiedendosi perché tu stia agendo come un folle, perché non volti semplicemente pagina, perché tu non veda le cose come stanno.

Solo che non ti importa che cosa pensino o dicano *loro* perché questa è la *tua* vita, e il *tuo* cuore è stato inghiottito.

Questo è ciò che ha fatto Jared.

Ha inghiottito il mio cuore e ha lasciato banalmente… cadere le mie indesiderate spoglie.

Forse sono un po’ melodrammatica. Forse, quando capirò come rimettere insieme i pezzi, riderò di tutto questo.

Fino ad allora… le mie spoglie abbandonate saranno qui, a giacere in un cumulo di rifiuto.

Di nuovo.

Reese

Capitolo 1
Reese

Non ho mai visto prima quello sguardo sul volto di papà.
Ce l'ha da quando è ritornato dal telefono pubblico. «Vai, ora», mi sollecita, con un'aspra voce incrinata. «Dài, entra».
«Ma… perché?», piagnucolo, guardando con diffidenza la tavola calda alla stazione di servizio, vuota tranne che per un uomo con una barba da Babbo Natale.
Papà posa la mano sul volante e si rigira per guardarmi bene in faccia. «Reesie, bambina». Non mi piace il suo tono. Suona così serio che mi fa tremolare il labbro inferiore. «Devi rientrare, sederti al nostro tavolo, e chiedere a quella cameriera gentile un'altra fetta della torta con le noci pecan che ti piace tanto», dice lentamente, pacatamente.
Ricaccio indietro le lacrime. «Da sola?».
Il suo volto si contrae, improvvisamente sembra quello di un matto. «È solo per poco tempo».
«E dopo tu entrerai?».
Chiude gli occhi e li strizza, e io temo di averlo fatto arrabbiare sul serio, ma… non sono mai andata da nessuna parte da sola. Ho solo cinque anni. «Piccola, ricordati che papà ti vuole bene. E ora vai».
Trattenendo un singhiozzo, scivolo sul sedile e apro la portiera pesante del vecchio furgone Ford.
«Reesie», chiama papà quando le mie scarpe rosse toccano il marciapiede.
Girandomi, vedo che con la mano si strofina via qualcosa dalla guancia prima di farmi un occhiolino e un sorriso. La portiera del furgone fa un gran rumore quando la chiudo sforzandomi.

Trattenendo il respiro, salgo i gradini, e spingo il più forte che posso la porta della tavola calda, mentre il tintinnio del campanello mi suona nelle orecchie. Sfreccio sul pavimento a scacchi bianchi e neri e mi metto al nostro tavolo, quello dove eravamo seduti prima che papà chiamasse mamma; ci sono ancora i nostri piatti, giusto in tempo per veder scomparire le luci posteriori del furgone di papà.

Quando la cameriera carina con la chioma voluminosa si avvicina, le dico che il mio papà arriverà presto e ordino quella fetta di torta al cioccolato e noci pecan con un per favore e un grazie. Sto seduta a quel tavolo e la mangio in un attimo, pensando a quanto sia fortunata ad averne due porzioni in una serata.

E aspetto.

Col mento appoggiato sul palmo della mano, rincantucciata nell'angolo della panca, fisso fuori da quella finestra, aspettando che ricompaia quel furgone blu, controllando la porta ogni volta che quel campanello tintinna. Quando il poliziotto gentile si siede di fronte a me e mi chiede dov'è mio papà, gli dico che verrà presto.

Ora non c'è un poliziotto gentile a confortarmi. Nessuna signora carina che mi porti un pezzo di torta al cioccolato con le noci pecan per mandar via l'amaro dalla bocca. Ma almeno questa volta non sono stata abbandonata.

Mi torna in mente nell'attimo in cui vedo la faccia del mio patrigno attraverso la finestrella di vetro della porta.

I suoi capelli sale e pepe sono più sale che pepe, e ha preso almeno quattro o cinque chili sul punto vita dall'ultima volta che l'ho visto, nove anni fa, ma non c'è dubbio, è Jack Warner. Non penso invece che lui mi riconosca. Il modo in cui i suoi azzurri occhi di ghiaccio vagano sui miei capelli violetti... sui miei piercing... sull'enorme "Jared" tatuato sulla mia spalla destra... penso che si stia chiedendo se il poliziotto lo abbia portato nella stanza sbagliata.

Questa volta sono fortunata ad essere in una stanza. Normalmente ti buttano in una cella d'attesa o ti fanno sedere su una sedia scomoda accanto a un tipo ubriaco di nome Seth che puzza di whisky di malto e sudore. Sono piuttosto sicura che l'agente donna che mi ha arrestato si sia dispiaciuta per me. Dallo sguardo letale che ha lanciato verso Jared e Caroline, quando sono stata scortata fuori dall'appartamento di Lina, passando davanti alla *loro* porta, mentre mi dirigevo all'auto di pattuglia, ho capito che l'agente non è rimasto impressionato da quello che aveva appreso sulla situazione.

Non lo aveva sentito da me, ovviamente. Crescendo fra avvocati, ho imparato a non dire una parola alla polizia, senza qualcun altro presente. È stata la mia migliore amica e vicina di casa, Lina, a dichiarare che l'appartamento che ho distrutto oggi è ancora tecnicamente mio, anche se il mio nome non è sul contratto d'affitto, e che dovrebbero arrestare la ladra, puttana senza cuore che mi ha rubato il marito.

Sfortunatamente, io sono l'unica ad essere stata convocata qua.

Trattengo il fiato quando vedo Jack sedersi, aggiustarsi la giacca del completo leggermente sgualcita sulla grossa corporatura, e provare a mettersi comodo sulla sedia di plastica dura. È buffo, in questo momento è come se fosse parte integrante della mia infanzia e al tempo stesso un completo estraneo.

Non riesco a credere di averlo chiamato.

Non riesco a credere che lui sia venuto.

Con un sospiro pesante, infine mormora: «Risolatte». Mi guarda dall'alto in basso come fece quando venni scoperta a cambiare l'ordine delle lettere di un'iscrizione in una chiesa battista, per formare una parola che nessuna bambina di nove anni, o di vent'anni in realtà, dovrebbe avere nel vocabolario. Nonostante il forte deterioramento della nostra relazione, che un tempo era stata ottima, mi si diffonde immediatamente un calore al petto. Per anni non ho sentito quel soprannome. «Quindi… distruzione di proprietà privata?».

Immagino che i poliziotti lo abbiano ragguagliato. «Preferisco chiamarla espressione artistica». Le tele includevano i vestiti frivoli di Caroline, i suoi pretenziosi cuscini decorativi, e quella maledetta foto pornografica di loro due appesa sopra al *nostro* letto. «Tra l'altro», alzo le mani macchiate di rosso, «non possono provare che sia stata io». Quando Lina mi ha trovato seduta tranquilla, nella luce tenue della cucina del suo appartamento, dove sono stata nelle ultime due settimane, ha cacciato un urlo prima di rendersi conto che non ero diventata una pazza omicida, e che in realtà ero ricoperta di *vernice* rossa. Probabilmente avrei dovuto rendere il lavoro dei poliziotti più difficile, facendomi una doccia prima del loro arrivo.

Un minuscolo sorriso triste si affaccia sul suo volto. Chissà se il mio tentativo di essere ironica nasconde adeguatamente il dolore devastante e il senso di rifiuto, che mi stanno attanagliando da quando ho scoperto che mio marito ha una relazione con la ragazza di cui era innamorato alle superiori.

«Ho chiamato Barry mentre venivo qui. Pare che tu lo abbia tenuto impegnato negli ultimi anni». Dalla sua mascella serrata, capisco che per Jack non sia stata una telefonata facile, anche nove anni dopo. Non mi sorprende. Amici da quando camminavano appena, Jack e Barry erano stati soci nel suo studio legale. Finché Barry non aveva avuto una storia con la moglie di Jack.

Mia madre.

Tutti i rapporti si erano sciolti all'istante in un bagno di amarezza, che ovviamente non si è ancora assorbita del tutto. Guardo la sua mano, non posso fare a meno di notare l'assenza della fede. Immagino che non si sia risposato. Dopo quello che mia madre gli ha fatto passare, non gli do torto.

«E ora capisco perché mi hai chiamato. Non avevi scelta, vero?»

«Non proprio», ammetto, concentrata sulle stelle e i cerchi che disegno con le dita, sulla fredda superficie metallica del tavolo. Barry è un avvocato penalista quotato e di successo, che ha tirato fuori la sua turbolenta figliastra da più di un disastro. L'ultimo incidente è stato al mio diciottesimo compleanno, quando ho deciso che sarebbe stato divertente essere retrò e mostrare il didietro alle macchine.

Una di quelle macchine era una volante della polizia.

Lo sbirro era una vera testa di cazzo.

E io ero ubriaca.

Dopo avermi aiutata a evitare un'accusa per atti osceni e ubriachezza pubblica minorile, Barry mi ha annunciato che i miei dati al tribunale minorile erano stati secretati. Adesso ero un'adulta, e si stava palesemente lavando le mani della mia sorte. Tre mesi dopo, quando mia madre lo ha lasciato per il marito numero quattro, questo è diventato *davvero* ufficiale.

«Sono sorpreso che il nuovo marito di Annabelle non abbia voluto nascondere velocemente tutto questo sotto il tappeto».

«Non ho telefonato ad Annabelle. Non voglio che lei lo sappia». Ho smesso di chiamarla "mamma" all'età di otto anni. Abbiamo convenuto che non si addicesse a una donna le cui vere passioni consistevano nell'occuparsi di circoli esclusivi e dei suoi fottuti Martini.

Il dito con cui sto facendo ghirigori diventa improvvisamente di ghiaccio. «Non l'hai chiamata, vero?». Sarebbe come porgerle dei siluri per un'efficace offensiva. Dopo tutto, lei lo aveva previsto, quando diceva che non avevo le caratteristiche per far felice a lungo il mio "bel ragazzo in tuta blu".

Jack sogghigna appena, sebbene non abbia un tono allegro. «No, assolutamente, non l'ho chiamata. Cosa avrei potuto dirle? Non sei stata molto esplicativa al telefono. Comunque pare che tu sia in qualche pasticcio».

Tiro un sospiro di sollievo e torno ai ghirigori. «Così mi dicono». Quando i poliziotti hanno iniziato a tirar fuori parole come "furto" o "minacce di lesioni corporee", cose che mi paiono eccessive e inappropriate, eppure permanentemente dannose per il mio lindo e pinto casellario da adulta, nel caso lo intacchino, sapevo che questa volta non me la sarei potuta cavare facilmente.

Aver usato la foto di Caroline come bersaglio quando mi sono infuriata, lasciandoci poi un paio di forbici piantate strategicamente fra gli occhi, non ha aiutato. «È una buona cosa che tu abbia mantenuto lo stesso studio legale. È stato facile trovarti».

Jack si stringe le braccia al petto e mi guarda con un'espressione indecifrabile. Una minuscola parte di me, la bambina arrabbiata, persa in qualche mio luogo nascosto, è pronta a esplodere e a domandare: "Come hai potuto lasciarmi? So perché hai lasciato mamma, ma come hai potuto sbarazzarti di *me* così facilmente? Io non ti ho tradito!". Ma mi mordo il labbro inferiore. Non sarebbe furbo far girare le palle alla persona che ora può aiutarmi. E io devo essere furba.

Alla fine Jack si stende all'indietro sulla sedia e dice: «Bene, Reese. Raccontami dall'inizio e vediamo come possiamo risolvere la faccenda».

Stringo le labbra per evitare di sorridere. Non perché sia divertente. È solo che è una scena già vissuta. Inizia a sembrare proprio come nei giorni lontani, quando ci incontravamo in cucina verso mezzanotte, dopo che Annabelle era andata a dormire, e finalmente Jack tornava a casa dal lavoro, per discutere, davanti a due coppe di gelato, della mia ultima birichinata. Ha assunto anche lo stesso tono ipnotico che mi ha sempre fatto parlare, mentre gli insegnanti, il mio consigliere di orientamento agli studi, o chiunque altro in realtà, non ci riuscivano. Sono quasi sicura che lo usi con tutti i suoi clienti.

Venti minuti più tardi, dopo avergli fatto un resoconto della mia situazione, sento il suo sospiro di rammarico. «Lavori al negozio di animali?»

«Non più». Dopo essere uscita dal lavoro in anticipo con l'influenza, ed essere tornata a casa per *la grande scoperta* di Jared e *lei* nella doccia (è curioso, più si ripete nella mia mente, più inizia ad assomigliare alla scena della doccia in *Scarface*), ho passato una settimana nel letto di Lina, pesantemente sedata con Jim Beam e Nyquil[1]. E il mio capo mi ha licenziato al telefono. Ma non mi interessa.

«E la fuga a Las Vegas con un tipo? A diciannove anni? conosciuto da *sei settimane*?». So che la risatina che riempie la stanza ora non è diretta a me, anche prima che le sue parole lo confermino; Jack ride per l'ironia della sorte. «E sei sempre stata così irremovibile nel dire che non ti saresti mai sposata».

[1] Marca di whisky e medicinale per i sintomi dell'influenza (*n.d.t.*).

A questo non ho risposta se non un silenzioso "lo amavo", quando un nodo mi stringe la gola, e combatto perché un singhiozzo non fuoriesca in un pianto. Amavo Jared. Penso di amarlo ancora, nonostante il gran dolore che mi ha causato. Da quel giorno otto mesi fa, quando ho messo un piede fuori dalla casa della mia migliore amica e mi sono ritrovata letteralmente travolta dal suo vicino, una reincarnazione di un semidio greco dagli occhi verdementa, sapevo di aver incontrato la mia anima gemella. È stato uno spettacolo pirotecnico, un colpo di fulmine, una scarica di adrenalina. In un istante ero diventata la testimonial di tutte quelle stronzate sull'amore a prima vista in cui non credevo. Il buonsenso era volato giù dalla finestra, con un blocco di cemento legato alla caviglia.

Jared diceva di provare le stesse emozioni.

E ora, dopo sei mesi di armonia di coppia, senza un minimo segnale di allarme, è tornato con *lei*.

La piaga purulenta che mi scava dentro fa combustione coi miei pensieri, l'umiliante realtà brucia come un fuoco implacabile.

«Ascolta, Reese, so che sei sempre stata una testa calda, anche quando eri piccola. Le scelte che hai fatto dall'ultima volta che ti ho visto», scuote la testa, «detenzione di marijuana... violazione di domicilio... consumo di alcolici in età minore... una scazzottata?»

«Non è poi questo gran che. Molte persone bevono e fumano erba alle superiori», rispondo, aggiungendo: «è solo che continuavano ad acciuffare me».

«Corse d'auto illegali?». Mi fissa inquisitorio.

«Quelle erano macchinine da corsa, e quell'episodio è stato gonfiato in maniera spropositata», chiarisco.

Jack si toglie gli occhiali e si dà una ruvida strofinata al viso, ha un'aria esausta. Ci vogliono quattro ore di guida da Miami a Jacksonville, e lui è arrivato cinque ore dopo la mia telefonata, questo significa che deve aver abbandonato tutto per precipitarsi. Non posso evitare di pensare al perché lo abbia fatto.

«Almeno non mi sono fatta mettere incinta», dico scherzando.

Dall'occhiata esasperata che mi lancia, non lo trova affatto divertente. «Speravo che tu fossi troppo in gamba per cacciarti in questi guai».

«Immagino che anche le ragazze in gamba possano fare della loro vita un casino, no?», borbotto, anche se le sue parole fanno male.

Perché sono vere.

C'è una lunga pausa, in cui Jack storce la bocca mentre riflette e mi osserva. «Che farai di te stessa adesso, Reese? Come pensi di rimediare?». Quando ero piccola Jack mi chiedeva sempre consigli su come punirmi per le mie varie trasgressioni infantili. Penso che fosse il suo modo per farmi trovare d'accordo sul risultato senza avere l'aria del patrigno duro. Ero proprio brava a tirar fuori delle punizioni adatte, ed era molto meglio che starmene seduta su una sedia, mentre mia madre mi urlava quanto fossi imbarazzante per lei, mentre il gin le si rovesciava dal bicchiere di Martini, al gesticolare scomposto delle sue mani.

Ma non sono più una bambina piccola e Jack non mi sta chiedendo di proporre una punizione adatta. Mi sta chiedendo come rimetterò insieme la mia *vita*.

Tutto quello che ho per lui è un'alzata di spalle.

Perché ora mi sento così. Sconfitta. «Non lo so. Trovare un altro lavoro, immagino».

«Che ne pensi di rimetterti a studiare?».

L'alzata di occhi al cielo avviene prima che io riesca ad evitarlo. Jack ha sempre odiato le mie alzate di occhi. «Ciò che è scritto nei registri scolastici non conquisterà gli uffici amministrativi». E neanche l'espulsione dalla scuola privata, che mi ero guadagnata quando mi ero introdotta nell'ufficio del professore rubando il testo di un esame di metà trimestre.

«Perché *non eri in grado* di svolgere il compito?». Le mie sopracciglia inarcate gli rispondono. «Perché *non avevi* svolto il compito», risponde da sé, scuotendo la testa, e il suo volto è una maschera di delusione estrema.

«È così che vuoi vivere la tua vita? Dentro e fuori dalle macchine della polizia? Con lavori da stipendi minimi? In relazioni instabili?»

«Qualcuno *vuole* davvero questo?».

Jack ha ragione. Io *ero* in gamba. Qualcuno potrebbe dire che lo sono ancora. Ma ho preso talmente tante strade sbagliate lungo il percorso, che non so quante strade giuste dovrò imboccare per correggere il corso degli eventi.

Non so neanche se questo sia possibile.

Siedo in silenzio, ascoltando i monotoni *tic tac* della lancetta dei secondi dell'orologio da parete, mentre osservo Jack, che passa una quantità di tempo esorbitante giocando col Rolex d'oro che ha al polso. Respira profondamente e con affanno. Non so se posso contare su di lui. Voglio dire, si è dimenticato di me una volta. Guardando la versione ventenne di chi ero un tempo, probabilmente è pronto a stamparmi in fronte "causa persa".

E poi posa quei gentili occhi grigi su di me. «Onestamente non sapevo cosa aspettarmi quando sono arrivato, ma ho avuto parecchio tempo in macchina per pensarci». Incrociando le braccia sul tavolo di fronte a lui, un'espressione severa si stabilisce sul suo volto. «Ho una proposta. Ma non senza condizioni».

Mi scappa un lieve sospiro, mentre mi mordicchio l'interno della bocca, sollievo e preoccupazione danzano insieme. «D'accordo. Indovino?»

«Niente più passi falsi, Reese. Neanche la minima innocua stupidaggine».

«È la prima volta che torno qui da anni, Jack». Ironia della sorte, mi ero convinta che l'incontro con Jared fosse il punto di svolta della mia vita, che mi avrebbe trasformato nella moglie appagata e sorridente, che passa il tempo a casa, e sta lontana dai guai.

«Sì...». I suoi occhi bucano la parete della stanza della stazione di polizia. «E invece eccoti di nuovo qui».

Non capisce. Forse non mi ha sentito. «Questa volta è stato diverso, Jack! È stata lei ad *entrare*! Io non sono ancora *uscita*! Tutta la mia roba è ancora in quella casa!».

Lui alza la mano per farmi tacere. «Avresti dovuto voltare le spalle e andartene. Questa sarebbe stata la mossa matura e responsabile da fare. Invece, ti sei lasciata sopraffare dalle emozioni».

Faccio un sorrisetto a quest'altra ondata familiare che mi arriva addosso. «Dicevi sempre che ero troppo emotiva e che questo mi danneggiava».

«Sì, lo dicevo», riconosce con un sorriso. «E oggi ne ho la conferma. Mai più, Reese».

Raccogliendo con le dita un filo staccato sulla mia manica, come se l'argomento non mi ferisse al cuore, butto là con disinvoltura un «Bene, posso promettere certamente che non mi sposerò più. Mai».

Mi guadagno una risatina sommessa. «Io e te, ragazza». Pausa. «Ti ricordi di Mason, vero?».

Il mio fratellastro nerd che passava la metà del tempo a guardarmi di traverso, e l'altra metà fissandomi come se la mia testa stesse sul punto di ruotare di centottanta gradi. Ricordo che il giorno in cui siamo andate via di casa, lui guardava la scena con un sorriso amaro, condannandomi a seguire le orme di mia madre.

Ha disprezzato Annabelle dal primo momento in cui l'ha vista.

La mia smorfia fa sorridere Jack. «Oh, sì. Come potrei dimenticare? La tua nemesi. Be', conclude i suoi studi in legge in primavera». Jack fa un gran respiro e poi lo trattiene, come esitante. «Perché non torni a vivere con noi, finché non ti rimetti in sesto?».

Cosa?

Jack prosegue, ignorando lo sbigottimento che deve essersi stampato sul mio volto. «Posso inserirti nel programma paralegale all'università di Miami. Se lo desideri puoi lavorare con me. Non è detto che sia per sempre, ma almeno avrai qualcosa di consistente da mettere nel curriculum. È un nuovo inizio».

«Io… be'…». Ho proprio sentito bene?

Il suo sguardo devia di nuovo sui miei capelli. «Dovresti pensare a un colore più naturale per un ambiente lavorativo e...». La sua attenzione scende verso il minuscolo anellino tempestato di diamanti che ho sul setto nasale, e fa una smorfietta: «Forse un po' meno piercing».

Ma... La lingua mi si è arrotolata ed è una palla inservibile, mentre la mente fa i conti con quest'offerta. È al di là di quello che avrei immaginato. «Perché lo fai, Jack? Intendo dire, è grandioso e tutto, ma perché?». Non mi deve niente in realtà. È già abbastanza che sia venuto fin qui a farmi rilasciare su cauzione.

«Perché non avrei dovuto voltarti le spalle, Reese. Ho lasciato...». Un'improvvisa espressione sofferta tradisce il suo atteggiamento, altrimenti calmo. «Diciamo semplicemente che sto cercando di rimediare». Fa una pausa. «Che ne dici? Devo andar via da questa città. Sento lo spettro minaccioso di Annabelle». E rabbrividisce apposta, facendomi ridere.

«Allora...». Tamburello sul tavolo mentre considero la mia situazione attuale, quella in una stazione di polizia. Non ho un lavoro, né una casa, un cuore a pezzi, e una fedina penale pendente. Probabilmente questa è la prima scelta intelligente che mi sia dato fare da molto tempo a questa parte. Ma... «Non sono sicura che i poliziotti me lo permetteranno, Jack».

«A quello penso io».

Un'altra pausa. «Vengo via su due ruote».

Storce la bocca con disappunto. «Immagino che tu non intenda un mezzo a pedali».

«Niente pedali», confermo con un sorrisino. Ho preso la patente per la moto appena compiuti i diciott'anni, e ho comprato una moto pochi mesi dopo. Un altro elemento della mia personale «tostaggine» che Jared ama tanto.

Amava.

Jack tira un sospiro. «Questo non dovrebbe sorprendermi. Hai sempre spaventato tua madre dicendo di volerne prendere una. Qualcos'altro che io debba sapere?»

«Sono disordinata», lo metto in guardia. «E una stronza patentata, di mattina».

«Bene, immagino che alcune cose semplicemente non cambino, dopo tutto». Dandosi una lenta grattata al collo, mormora: «Mason sarà entusiasta».

Sei mesi dopo

«Potevamo scegliere un posto più commerciale?», chiedo seccamente, scolandomi il quarto Margarita a tempo di record mentre il mio sguardo vira verso il bar fronte spiaggia, completo di baldacchini, luci natalizie ancora accese a luglio, e troppe persone felici e ridenti. Anche al tramonto, e col lieve soffio della brezza dell'oceano, una pellicola lucida di sudore mi riveste la nuca. È una tipica serata estiva a Cancún, in Messico, un caldo infernale.

«Commerciale è sinonimo di sicurezza», risponde Lina, col suo caratteristico tono piatto. Sembra sempre annoiata a morte.

Alzo gli occhi al cielo. «Sei più al sicuro in questo paese di quanto tu non lo sia nella nostra capitale, te ne rendi conto, vero? È tutta una montatura mediatica».

«Dillo alla coppia di americani a cui hanno tagliato la testa un mese fa».

«Se dovessi dir loro qualcosa, sarebbe di non trafficare droga per il cartello», rimbecco.

Lo ammette con una pigra alzata di spalle, mentre sorseggia una roba rosa spumosa e ipercalorica con un ombrellino che spunta fuori.

«Perché non prendiamo un mucchio di diamanti, e saltiamo sul primo taxi, facendoci portare nelle silenziose e oscure vie nascoste di Città del Messico?».

Lina serra le labbra sottili guardandomi. «Non è mai divertente scoprire che la tua migliore amica ha un istinto suicida».

Con una risata nasale, faccio cenno al cameriere di portarmi un altro bicchiere. «Ma *sarebbe* divertente vedere qualcuno che provi a far scendere Nicki dal piedistallo».

Come se avesse sentito il suo nome dal bar, Nicki, che avevo conosciuto rispondendo all'annuncio sul giornale: «cercasi compagna di stanza», terzo membro della cricca "Reese compie ventun anni ed è triste da morire", volta la testa per incontrare i nostri sguardi dall'altalena dove è seduta al bancone. Ammicca mentre scola un altro shot di tequila.

«Come fa a farlo così bene?», mormora Lina con un pizzico d'invidia. So esattamente cosa intende. Tutt'intorno a noi, ragazze in cerca, in abiti succinti, e con la pelle dorata. Non Nicki, però. Lei è seduta accanto a quel bancone come una femme fatale in un attillatissimo vestito leopardato, tacco dieci nere, capelli biondo platino, acconciatura alla Gwen Stefani, labbra rosse che risaltano sul suo pallore, e orecchini luccicanti a lampadario ciondolanti dalle orecchie. Tutto quel suo trasudare femminilità è controbilanciato da un braccio ricoperto di tatuaggi, e un fisico muscoloso, costruito attraverso la sua ultima passione: il sollevamento pesi. Il tipo alto che le sta facendo una testa così con le sue chiacchiere? Potrebbe sollevare i suoi novanta chili senza il minimo sforzo. Questo, unito ai suoi tre anni di combattimenti in gabbia, prima di cambiare hobby, fa di lei una tosta venticinquenne.

«Funziona così bene perché è bella e misteriosa, e non è così stupida da correr dietro a un tipo incontrato sul pianerottolo, ancora innamorato della sua ex, e sposarlo», bofonchio con la cannuccia tra le labbra, cogliendo l'improvviso imbarazzo sul volto di Lina. È la prima volta che faccio riferimenti espliciti a Jared da quando ho lasciato Miami, perfezionando l'arte del negare, mentre aspettavo con impazienza che il mio cuore diventasse di ghiaccio.

Il nostro cameriere allunga un altro Margarita sul tavolo accanto a me ammiccando. Mi sforzo di sorridere ma la mia ostilità traspare di sicuro, a giudicare dal modo in cui lui fila via al bancone. Non posso farci niente. Ha i capelli scuri arruffati e la pelle olivastra. Proprio come Jared.

«*Devi* voltare pagina, Reese. Sono passati *sei mesi.* Tu...». Il mio sguardo torvo la fa farfugliare, le sue parole sono una lama per la mia ferita ancora aperta e pulsante. Soprattutto oggi... sarebbe stato il nostro primo anniversario di nozze.

E invece è il giorno del matrimonio di Jared e Caroline.
Perché il destino non è stato abbastanza crudele.

Cambia velocemente tattica. «Hai iniziato una vita tutta nuova. Nuova città, nuova casa. Presto un nuovo look...». La sua mano libera si alza per spostarmi una ciocca di capelli, ricordandomi che il viola sparirà al nostro rientro. «Hai quello splendido lavoro nuovo».

Alzo gli occhi al cielo.

«Non si tratta di pulire merda di cane o farsi mordere dai serpenti». Tamburella sui segni dei morsi che ho sul polpastrello del pollice. Un ricordo tangibile del giorno in cui ho commesso lo stupido errore di infilare una mano che odorava ancora di topo nella teca, per cambiare la lettiera di pioppo, e sono finita con le zanne di un pitone reale di sessanta centimetri conficcate nella carne.

Ed è successo il giorno stesso in cui mi è crollato il mondo addosso. Una cicatrice davvero azzeccata.

«Non letteralmente. Ma lavorerò in uno studio legale, Lina. Serpenti in quantità».

Dopo che ci siamo messi d'accordo, Jack non ha perso tempo e ha sfoderato ai poliziotti ogni tipo di espressione in gergo legale. Ma non sarebbe stato necessario. Vista la colossale mancanza di senno di Jared, che mi ha spedito in un'altra casa senza darmi il modo di recuperare la mia roba, il mio ex ha poi convinto Caroline a non sporgere denuncia. Quindi sono uscita dal commissariato senza un verbale sul mio raptus di pazzia.

Jack mi ha lasciato ambientare beatamente nella sua casa spaziosa a Miami per una settimana, in pigiama, a ingozzarmi di gelato Ben & Jerry's alle noci pecan, per ventuno pasti consecutivi, prima di piazzarmi davanti un mucchio di fogli. Ha detto: «Ci vogliono dai quattro ai sei mesi di studio per la maggior parte degli studenti, dipende da quanto ci si applica. Puoi fare tutto online se vuoi, e ho un posto per assistente legale per te quando avrai finito. Una paga decente, bella gente. È solo un inizio, Reese».

Non mi è mai interessato lavorare in uno studio legale, specialmente in quello avvelenato da mia madre, ma avevo fatto un patto con Jack e *sono* abbastanza sveglia per riconoscere una buona occasione. Quindi mi sono immersa nel programma, usandolo come una distrazione. Una volta iniziato, non ho fatto caso alla quantità di cose da studiare. Ci ho messo cinque mesi per completarlo, e alla fine ho preso quasi il punteggio massimo. Inizio il nuovo lavoro lunedì, al rientro da Cancún.

«Oh no. Hai dei dubbi. Darai buca a Jack. Se lo fai, non contare più su di me», minaccia Lina.

«Donna di poca fede». Incredibilmente, per quanto a volte possa essere inaffidabile, il pensiero di dare buca a Jack non mi è mai passato per la mente.

«Bene. Parliamo di cose più allegre. Come sta Annabelle?»

«Okay, guarda qua». Le indico la mia faccia, che ora è deformata in un mix di espressioni di disgusto e odio. «Faccetta acida. Non parlare di colei che non può essere nominata».

«Vuoi che io faccia irruzione da lei mentre dorme e le accenda i ventilatori? Morte certa, secondo *la mia gente*». Lina è stata adottata da neonata da una coppia di amorevoli coreani ed è cresciuta abbracciando la loro cultura, incluse le loro credenze sulla morte da ventilatore. Il fatto che sia una stanga bionda di un metro e ottanta che svetta sui suoi genitori non ha alcuna importanza per la famiglia Chung.

Il suo vero nome è Li-Na, ma lo ha americanizzato alle scuole superiori per facilitarsi la vita. Parla correntemente il coreano, spiazzando a volte le persone, ed è talmente disinvolta con le bacchette, da usarle per riempirsi la bocca a palate.

Siamo migliori amiche dal secondo anno, quando l'ho trovata che piangeva in un bagno, dopo che Raine Higgins e la sua banda di inutili stronzette l'avevano maltrattata. Ho fatto ciò che farebbe qualsiasi ragazzino dispettoso alle scuole superiori, odiando i bulli. Con della vernice spray ho imbrattato la macchina di Raine con parolacce coreane trovate su internet. Questo, oltre a una foto di lei che faceva un bocchino al suo ragazzo in un parcheggio, scattata da me furtivamente dopo averla braccata a una festa, e incollata con l'Attak all'interno del parabrezza della sua macchina *chiusa a chiave*, ha fatto sì che non infastidisse più Lina.

La costrizione che ho al petto si allenta all'improvviso dopo i tentativi di Lina di farmi cambiare umore. «Sei sicura che tu e Nicki non vogliate una terza coinquilina?». Lina e Nicki si sono trasferite a Miami un mese fa, in un appartamento che i genitori di Lina le hanno comprato come regalo di laurea.

«Sicurissima», conferma senza perdere un colpo, mentre è intenta a far volteggiare un ombrellino rosa tra il pollice e l'indice. Le sue abitudini di vita stanno alle mie come il circolo artico sta al deserto del Sahara. Tutto nel suo appartamento, dal suo armadio della biancheria ai suoi barattoli di pasta, è ordinato e etichettato a dovere. Quelle due settimane in cui mi sono rifugiata da lei, dopo aver rotto con Jared, l'hanno quasi distrutta.

«Okay, passiamo a qualcosa di più allegro. Non si era detto di trovarti un'avventura?».

Emetto un gemito mentre guardo la folla. «Mi ricordo che tu ne hai parlato e io ti ho ignorato. Ci ho provato. Tre tentativi falliti per me sono sufficienti».

«*Non* ci hai provato, Reese. Ammettilo».

O c'è in giro una marea di pezzi di merda o Lina ha ragione e io mi sto inconsciamente sabotando. Prima c'è stato Slick Steve[2], uno studente all'ultimo anno all'università di Miami, che, quando siamo usciti, si è presentato con una pettinatura e un completo che venivano direttamente da *Grease il musical*. Poi Mark il metrosessuale, un appuntamento al buio combinatomi da Nicki. Lui si passava la forchetta tra i denti, e aveva la cattiva abitudine di aggiungere "fosse per me" al novanta per cento delle frasi che gli uscivano dalla bocca.

E la goccia che ha fatto traboccare il vaso?

Emilio. Buon vecchio spagnolo della serie *assomiglio talmente al tuo ex marito che se abbassi le luci potrebbe funzionare*. Sarei anche stata curiosa di vedere come andava a finire, se non avesse

[2] Cantante e showman del gruppo musicale Slick Steve and the Gangsters, di genere vintage, swing e rock'n'roll (*n.d.t.*).

messo sul tavolo in bella mostra il suo portafogli aperto, per esibire la sua collezione di preservativi extra large, e non mi avesse fatto delle avance in spagnolo.

Rabbrividisco al ricordo. «Sto iniziando a collezionare gatti».

«Tu odi i gatti».

«Vero. Ma odio anche il lime, e guardami ora!». Sollevo il bicchiere. «Oltretutto ho già trovato la mia avventura a Cancún. Lina ti presento il Signor Cuervo[3]. Signor Cuervo… ecco la mia migliore amica, Lina». Avvicinandomi muovo le sopracciglia e le sussurro: «Se fai la brava ti concederà di chiamarlo José. Ho in progetto di passare le prossime sei notti con questo messicanino birichino». Saluto il cameriere mentre sfreccia accanto a noi, facendogli capire che voglio un altro drink, indicando il bicchiere quasi vuoto e aggiungo: «Di mattina può essere uno stronzetto piagnucoloso ma quando è buio sa farsi perdonare».

«Grandioso. Perché non sei abbastanza emotiva da sobria», borbotta, aggiungendo con un sospiro: «Bene, una Reese ininterrottamente ubriaca rende il viaggio interessante, almeno. Cerca solo di non farti arrestare. Pare che le celle qui non assomiglino a quelle a cui sei abituata da noi».

Nicki deve aver controllato il livello del mio drink dalla sua postazione vicino al bar, perché passeggia verso di noi con un bicchiere di Margarita in mano, ignara o noncurante dell'attenzione che si guadagna naturalmente. «Ecco a lei, se*ñorita*», recita con un ironico tono suadente, stuzzicando il piercing che ha sulla lingua. Automaticamente arrotolo la lingua, sentendo l'assenza del mio. Jack non ha preteso senza mezzi termini che io togliessi i piercing, ma sapevo dalle sue smorfie che l'attrezzo che avevo nella lingua lo stava facendo diventare matto. L'ho tolto per rispetto, ma gli altri li tengo finché è possibile.

«José non si sta lamentando del mio livello di ubriachezza», replico a Lina, dando una lenta, sensuale leccata al mio bicchiere. Ho un'elevata tolleranza all'alcol, risultato di anni di baldoria adolescenziale. Eppure, sembrerebbe che a Cancún,

[3] Jose Cuervo è una marca di tequila (*n.d.t.*).

questa patetica trappola per turisti, si servano dei Margarita potenti, e tutte queste premure e gentilezze stanno *davvero* facendo il loro effetto.

«Chi cazzo è José?», chiede Nicki, col suo grazioso viso interrogativo.

«Per te è il signor Cuervo».

Alla fine le si accende la lampadina e sfodera la sua risata musicale. «Oh... oh campionessa! No! Che tristezza. Dobbiamo sistemare la faccenda». I suoi occhi curiosi sondano la sala. «Mi hai promesso che avresti esorcizzato Jared dalla tua vagina se avessi incontrato un tipo arrapante... Be', eccolo. Quello davanti. Perfetto». Solleva il braccio tatuato, facendo segnali a qualcuno, come se lo conoscesse.

Oddio. Trangugio un gran sorso. «Sul serio, Nicki. Dopo il tipo che si puliva tra i denti con la forchetta, con cui mi hai fatto uscire, penso di aver dato. E gli esorcismi richiedono almeno due giorni di preparazione. Per questa notte non posso giusto affogare in qualche delizia verde ghiacciata? Non sono neanche vestita per l'occasione». Mi sono messa un paio di calzoncini e una vecchia canottiera scolorita di un concerto rock. Non sono neppure truccata.

«Chi vuoi essere questa volta? Un architetto di Los Angeles?», chiede, ignorando completamente le mie rimostranze. Ha gli occhi luccicanti che mi guardano di scatto. «Spogliarellista di Pasadena?».

Faccio un cenno di approvazione. «Questa era buona». Prima di Jared, noi tre andavamo per locali nei weekend. Io e Lina con documenti falsi. Inventavamo identità, lavori, città, a volte nomi, e potevamo andare avanti con quel gioco per un bel po', mentre i ragazzi ci offrivano da bere. Una volta, era capitato un tipo completamente perso per me, un guardiano di capre dell'Iowa. Era stupido come una capra.

Uno strusciare di piedi in avvicinamento mi mette lo stomaco in subbuglio. Non voglio *proprio* sostenere conversazioni di alcun genere questa sera. «Ciao ragazzi», sibila Nicki scherzosamente. Sento gli sguardi di donne intorno a noi che si sollevano per sbirciare, con i loro lampi di invidia che mi trafiggono. Decido che non posso mostrarmi subito disinteressata. Devo sapere che razza di demonio ha puntato Nicki. Casualmente, per quanto cinque Margarita possano permettere, mi giro e… scivolo dalla sedia, a poco valgono i miei calzoncini a proteggermi dal duro pavimento piastrellato.

«Ho messo in imbarazzo il signor Cuervo», mormoro, chinando la testa. La brezza notturna mi porta all'orecchio un ridacchiare derisorio, mentre riconosco che sono solo le otto e sono molto più ubriaca di quanto pensassi.

Una mano grande appare davanti a me a palmo in su. «Che dire, *sono* impressionato». Percepisco il sorriso dietro la voce maschile e non so decidere se ciò mi aggradi o no. Accetto l'aiuto, perché prima mi alzo da terra, meglio è. Vengo tirata su, in piedi di fronte all'ampio torace di un biondo con un largo sorriso odioso.

Con una maglietta rossa del cazzo.

Capitolo 2
Ben

Mi piacciono quelle arrabbiate.

Certo, chiunque mi conosca obietterà che mi piacciono tutte le donne, e non posso negarlo. Ma amo soprattutto quelle arrabbiate. Sono un sfida da vincere, e il motivo della loro furia in genere fa scopa con tre tipologie di carta: insicura, offesa, lunatica.

E questa pupa che mi fissa con caramellosi occhi di fuoco?

Scommetto sulla carta numero due.

«Accidenti, che orrenda maglietta *rossa* che indossi», sforna a denti stretti, come se provasse ad essere educata pur non potendo nascondere il suo sdegno.

Non sapevo in cosa mi stessi cacciando quando la pollastra rock punk con quel fisico tutto muscoli ci era piombata addosso, ma la sua amica dai capelli viola che mi dava le spalle mi aveva incuriosito. Ora che la guardo meglio in faccia, so con chi passerò la mia ultima notte a Cancún. Non è quello che qualcuno definirebbe tradizionalmente "bella". I suoi occhi sono un po' troppo grandi e lontani tra loro, il naso è un po' troppo lungo e stretto, e le labbra, sebbene belle e grandi, tendono al sottile. Eppure qualcosa di questa combinazione la rende dannatamente sexy. Forse è l'anellino al naso. O forse è il modo in cui le sue tette di dimensioni decenti premono su di me, la profonda scollatura a V della sua canottiera, con vista sul suo décolleté, e la camicia casual, come a dire che non è qui per rimorchiare. Di qualsiasi cosa si tratti, il mio cazzo sta sicuramente apprezzando. «Ti piace?», chiedo.

Con un'occhiataccia irritata guarda al volo l'articolo. «No».

Non posso evitare di ridere sommessamente davanti al suo candore. «Almeno mi avviserai prima di trafiggermi?».

Quelle labbra fine si curvano in un sorrisetto sdegnoso. «I tori non vedono i colori. Quella è una leggenda».

L'unica cosa che amo più di una ragazza arrabbiata è una ragazza intelligente arrabbiata.

C'è da divertirsi.

«E se risolvessi il tuo problema?». Faccio un passo indietro e in un attimo mi tiro via la maglietta, mostrando la mia tintarella di sei giorni, e un fisico tremendamente attraente, devo ammettere, frutto del culo pazzesco che mi faccio per mantenermi in forma. I fischi che giungono dai tavoli intorno lo confermano.

E poi resto semplicemente lì in piedi, il sorriso a trentadue denti, il montato coglione che sono, mentre Ragazza Arrabbiata non può evitare di scansionare i miei muscoli definiti fin dai giorni del college, quando giocavo a football, e la sua bocca si socchiude. Vedo in lei un cambiamento, nell'attimo in cui si rende conto che, sebbene al momento preferirebbe castrare l'intero genere maschile, non può negare di essere attratta da me.

O almeno questo è ciò che voglio vedere.

«Signore. Mi scusi signore». Un'occhiata alle mie spalle e vedo Angelo, il cameriere messicano basso che ci ha servito per tutta la settimana, in piedi lì con un vassoio di birre per me e i miei amici. Non dobbiamo neanche chiedere. Diavolo, adoro Cancún. Potrei viverci per sempre.

«Angelo! Perché cavolo mi chiami "signore"?»

«Ehm...». Si lecca le labbra e punta lo sguardo alle piastrelle del pavimento. «Per favore, la direzione richiede che in sala si indossino abiti appropriati».

«Non c'è problema, amico». Il povero Angelo probabilmente è pronto a cacarsi addosso, per la paura che ha di offendere me, la persona che gli ha riempito le tasche di mance a sufficienza per pagarsi l'affitto. Afferrando una birra dal vassoio, me la prendo comoda e mando giù qualche sorso, sentendomi il suo sguardo fisso sul collo.

Sì, ho recepito.

Con un sorriso rilassato, poso la bottiglia sul tavolo e mi rinfilo la maglietta dalla testa. «Anche se ora dovrai vedertela con la qui presente Ragazza Arrabbiata. Lei *detesta* questa maglietta».

Angelo impronta un sorriso cortese verso di lei, mentre distribuisce birre ai miei amici, e so esattamente quello che pensa. Mi ha visto andar via con diverse donne questa settimana.

Cos'altro posso dire se non... *Sono in vacanza.*

Avevo programmato di starmene semplicemente sdraiato questa notte, andando a letto in solitaria. Ora però, spogliare questa pupa dai capelli viola suona più divertente.

«Ragazza Arrabbiata cercherà di frenarsi, Angelo», sibila lei e vuota il bicchiere, posandolo sul vassoio di lui prima di prenderne un altro. E ne ha ancora uno pieno sul tavolo. «Ma solo se rivieni con un altro di questi entro cinque minuti. Altrimenti non immagini cosa farà».

Occhi socchiusi si accende, segretamente divertito. «*Sí, señorita*».

Gli infilo discretamente una banconota da venti nella tasca della camicia e gli do una pacca sulla spalla. «Per averti causato tanti problemi con la direzione». Angelo annuisce e si allontana velocemente mentre allungo la mano. «Io sono Ben. E tu sei...».

Ragazza Arrabbiata accetta, la pelle della sua mano è morbida e fresca nella mia. «Jill». Indicando alla sua sinistra, aggiunge «Sabrina. E lei è Kelly laggiù. È coreana».

Che cosa? Aggrotto le sopracciglia nel guardare la bella ragazza bionda della porta accanto che siede di fronte a noi, cercando di dare un senso a quella strana presentazione. Una magistrale distrazione, sembrerebbe, che le dà la possibilità di sgusciare al suo posto, e darmi di nuovo le spalle. Punta i piedi sull'unica sedia libera al tavolo. Ha lunghe gambe ben tornite e in vista, grazie al calzoncino cortissimo che indossa.

«Travis, Kent, Murdock», butto lì indicando distrattamente i ragazzi, tre dei miei coinquilini di Miami. Sanno cavarsela da soli. Io sono in missione. Non perdo tempo e prendo una sedia vuota dal tavolo accanto a noi. Mostro un sorriso al coguaro che mi osserva, una rossa da scopare, come no, se la questione con Jill sfumasse. Faccio volteggiare la sedia e le siedo così vicino che il mio ginocchio, quello che mi è costato una carriera garantita nella NFL[4], e ancora si fa sentire quando il tempo è umido, tocca la gamba nuda di Jill. Lei non si ritrae. «Prima sera a Cancún?».

Uno dei suoi sopraccigli castani dalla forma perfetta si inarca. «Sei ostinato».

«Un pazzo ostinato», la correggo con un ghigno, guadagnandomi il sorriso della ragazza non coreana. «Prima sera a Cancún?», ripeto.

«Come lo sai?».

Finalmente. Una porta aperta per una conversazione. Ci balzo dentro come un cane da circo. «Perché sei troppo tesa, ti stai scolando quei bicchieri come se la tua missione fosse risvegliarti nuda sulla spiaggia, e non hai segni di abbronzatura».

«Ah…». Pondera la cosa per un attimo mentre io sento il suo profumo. Sa di fragole con panna. Mi chiedo se abbia anche il gusto di fragole e panna. «Cosa sei tu, un detective?»

«Buttafuori in un locale di spogliarelli».

Butta la testa indietro e inizia a ridere; una risata profonda e roca che vorrei registrare e riascoltare in un successivo incontro. «Certo».

Alzo le spalle. «Mi ci pago le bollette». Potrei stroncare qualsiasi supposizione stia facendo su di me, dicendole il vero motivo per cui sono a Cancún: per festeggiare la laurea in legge e per aver superato l'esame da avvocato.

Ma non lo faccio.

Mi limito a guardarla mentre lecca tutt'intorno il bordo salato del bicchiere. Si affacciano alla mia mente immagini lascive, e sono costretto a darmi con discrezione un'aggiustata. Se ne accorge; non commenta. Diavolo, probabilmente sa esattamente l'effetto che ha su di me. La bambola non ha per niente l'aria innocente.

«E tu che fai?».

[4] National Football League (*n.d.t.*).

Stringe le labbra. «Sono una biologa marina. Vengo da Seattle».

«Una biologa marina alla Doogie Howser[5]?». La ragazza dimostra al massimo ventitré, ventiquattro anni.

«Ho ventinove anni».

«Sì, certo». Protendo il mento verso la sua amica. «E lei è coreana, giusto?».

In risposta la sua amica sputa fuori una sequenza di qualcosa che suona proprio dannatamente coreano, seguito da un sorriso compiaciuto, e io resto a bocca spalancata.

Ottimo. *Ma…* «Biologa marina? Davvero?».

Manda giù ancora un gran sorso del suo drink, e si lecca le labbra prima di annunciare: «Mi piacciono i pesci grossi». *Sì… mente. Bene. Starò al gioco.* «Quanto ti trattieni?», chiede lei, fingendo disinteresse, mentre i ragazzi trovano delle sedie e si occupano di intrattenere le sue amiche.

Passo di nuovo in rassegna i suoi lineamenti, conto silenziosamente sette piercing, due sul naso e cinque sull'orecchio, e mi chiedo quanti altri se ne nascondano sotto quei pantaloncini corti e quella canottiera. E d'un tratto mi trovo a rimpiangere di non iniziare oggi la vacanza. «È la mia ultima notte».

«Davvero…». Un'indecifrabile espressione le attraversa gli occhi, che volteggiano rapidamente sul mio viso, e atterrano sulla mia bocca. «L'esorcismo necessita più giorni», borbotta quasi a bocca chiusa.

Cosa cazzo dice? Non sarebbe certo una fortuna imbattersi in una squilibrata proprio l'ultima sera. Non dico che non sarebbe divertente. Sono sempre disponibile per qualcosa di diverso. «Forse non dovremmo perdere tempo, allora».

Lo sguardo infuocato che mi lancia, come se stesse decidendo se saltarmi in braccio o farmi a pezzi, mi fa rallentare. Forse *dovrei* fare più attenzione a chi porto in camera mia. Do ancora uno sguardo alla sua corporatura; mi sembra troppo minuta per essere pericolosa senza armi, e noto il nome gigantesco

[5] Giovanissimo medico, personaggio di un telefilm americano degli anni Novanta (*n.d.t.*).

tatuato sul suo braccio. Vorrei passare un dito su quelle lettere ma tengo le mani ferme. È come accarezzare uno strano cane; non ti azzardi a farlo, finché non sei sicuro che non ti si avventi addosso. Così mi limito a indicare il tatuaggio. «Sarebbe una seccatura se fosse un ex».

«Già, *sarebbe*». Di nuovo irritazione nel suo tono, questa volta accompagnata da una lucentezza degli occhi appena percettibile. La caccia via rapidamente con un batter di ciglia, cercando di continuare a fare la dura. Maledizione. Mormoro verso me stesso mentre mi assale un senso di delusione. Non è solo arrabbiata. È anche vulnerabile. Sarà una di quelle tipe che quando sono ubriache improvvisamente scoppiano a piangere. In genere mentre fanno sesso.

Niente di peggio di una ragazza che piange durante un rapporto sessuale. Da far ammosciare il pisello all'istante.

Si schiarisce la voce. «Non vedo tatuaggi su di *te*».

Okay, almeno prova a spostare la conversazione su qualcosa che non riguardi lei e la sua situazione. Così si può andare avanti. «Non mi hai ancora visto tutto». Lo so che ho l'aria del bastardo presuntuoso, ma in un certo senso lo sono.

Un sorrisetto furbo le curva la bocca, solo per un attimo prima che lo reprima, come se non avesse voluto lasciarlo sfuggire. «Ne hai di nascosti?»

«No. Odio gli aghi», rispondo sinceramente.

«Pappamolla».

Scrollo le spalle. «A te evidentemente non danno fastidio. Hai altri tatuaggi o piercing a parte quelli che vedo?».

In tutta risposta solo un sorriso sarcastico. *Cazzo.*

Le casse esplodono all'improvviso con Rihanna, e le luci si abbassano mentre entrano in gioco i fari della pista da ballo, a indicare che la sala si è trasformata in discoteca, come ogni sera a quest'ora. La smorfia d'imbarazzo di Jill mi dice che la cosa non la entusiasma.

«Non è il tuo genere di musica?». Gli occhi mi vanno immediatamente alla canottiera, una copertina sbiadita di un album dei Pearl Jam stampata davanti.

Scuote la testa. «Preferisco il rock classico e la musica alternativa anni Novanta».

Davvero? «Eri addirittura nata?»

«So suonare alla chitarra tutte le canzoni degli Aerosmith mai registrate» dice, come risposta alla mia domanda.

Gesù mio. Allungo le gambe mentre provo ad immaginarla scatenata con la chitarra sulla spalla, nuda, e aggiungo: «Sai, le ragazze con la chitarra sono molto eccitanti. Sei brava?».

Altro sorriso furbo dietro al bicchiere, in tutta risposta. Sì, è brava. E cavolo, è così sexy. In un certo qual modo. L'unico modo che mi cattura come una trota all'amo. Come ha fatto Kacey, una delle mie migliori amiche. Quella ragazza aveva un pulsante di autodistruzione messo sul petto da così tanto tempo. Glielo vedevo da lontano e ero comunque pazzo di lei.

Angelo sceglie quel momento per arrivare e mettere in mano a lei un drink e uno shot di tequila sul tavolo per tutti. Jill neanche aspetta. Porta il bicchiere alla bocca e manda giù. Senza sale, senza lime.

«Dovrò accompagnarti a casa stasera?», propongo con un gran sorriso.

Schiocca le labbra e mette giù il bicchiere sul tavolo rumorosamente. «Penso che punterò a svegliarmi nuda in spiaggia».

«Su questo sono un esperto. Posso darti qualche suggerimento».

I suoi occhi da falco scorrono sul mio corpo lentamente prima di planare sul mio volto, fissando la mia bocca. «Non sei il mio tipo».

Questa l'ho già sentita e non ci casco. E poi, diamine, io sono il tipo di chiunque! E continuo: «E cosa non ti piace di me esattamente?».

Uno sfolgorio maligno nei suoi occhi mi dice che rimpiangerò di averglielo chiesto. Sa poco di me, che me ne frega. Ho la pelle dura e senso dell'umorismo. Potrebbe essere divertente.

«La parte del playboy, cocco di mamma, giocatore di football, che spalma il suo fascino come burro di arachidi, e ogni sera questa settimana ha portato in camera una ragazza diversa».

«Non *ogni* sera».

Alza gli occhi al cielo. «Ah, e sei biondo. Non mi piacciono i biondi».

«Ti sbagli di grosso». Invece ha colto nel segno.

«Davvero?». Come per rafforzare la sua posizione, tocca l'anello che porto al dito. Quello che ho vinto portando la mia squadra al campionato nazionale.

«Non gioco più».

«Non sei abbastanza bravo?».

Mi scappa una risatina. È brava a sferrare colpi all'ego «Troppo bravo, apparentemente, perché un tizio ha sentito il bisogno di sfondarmi il ginocchio». Tra la slogatura all'articolazione, i legamenti strappati e la lesione ai nervi, mi meraviglierei di poter riprendere a gareggiare.

Quegli occhi di caramello si ammorbidiscono per un istante così breve che quasi me lo perdo. «Comunque non vengo a letto con te».

«Bene, non so *tu* che programmi avessi, io sono qui per svagarmi e fare nuove amicizie», rilancio, con aria innocente.

Questa mi darà un po' più filo da torcere del previsto.

Ma alla fine cambierà musica.

Capitolo 3
Reese

«Sai che ti spennano in questi posti quando prendi una camera singola», dichiaro ritrovandomi nella stanza d'albergo di Ben. È fatta con lo stampino, due ampi letti matrimoniali con copriletti floreal-tropicali, teli decorati con cigni, e pareti tappezzate di opere pacchiane fatte in serie.

Sento la porta chiudersi a chiave dietro di me. «Sì, ma ne vale la pena, in serate come questa. Non sei d'accordo?»

«Hai previsto tutto, eh, Don Giovanni?». Rischio di cadere, e mi salvo appoggiandomi alla parete, per mantenere l'equilibrio mentre mi tolgo le infradito. Archiviata la pratica della maglietta rossa, (ho una sorta di avversione per quel colore), mi sono accorta che Nicki, in fondo, potrebbe aver scelto il perfetto candidato per l'esorcismo. Come se i suoi splendidi occhi blu e le sue profonde fossette non bastassero per conquistarmi, nell'attimo in cui si è tolto la maglietta in mezzo alla sala, ed è rimasto in piedi come uno stronzo presuntuoso, mettendo in bella mostra il suo fisico scolpito, ho capito che con lui non ci sarebbero state finzioni. Nessun fraintendimento. Nessuna falsa promessa di una vita insieme. Neanche una telefonata.

Ma quel che fa di Ben il candidato ideale è il fatto che mi abbia realmente distratto dai miei pensieri. Parlo di Jared. Cioè, lui è la persona più diversa che mi potesse capitare. Ben è robusto e biondo, mentre Jared è delicato e scuro. Jared ha le braccia e il torace ricoperti di tatuaggi, mentre Ben vanta un fisico che è già di suo un'opera d'arte. E tanto Jared è taciturno e introverso, quanto Ben è estroverso e arrogante.

Un altro punto a suo favore? Mi ha fatto ridere per tutta la serata. Lo ammetto. Ero piuttosto io a ridere *di* lui, ma va bene comunque.

Grazie a Ben, ho trascorso diverse ore di tregua dai pensieri strazianti sul mio ex marito e le sue nozze con *lei* a Savannah, in Georgia, che si stavano svolgendo proprio in quel momento. So delle nozze solo perché guardo ossessivamente il profilo di Jared su Facebook, tutti i giorni. Mentre lui non è mai stato bravo a postare i suoi aggiornamenti di stato, Caroline potrebbe far parte della squadra olimpica di Facebook, per come tappezza la bacheca di Jared di foto, preparativi per il matrimonio e vari "ti amo", come antiestetici graffiti.

Sfortunatamente anche un tipo come Ben non poteva distrarmi da tutti i pensieri, e nel momento in cui questi si sono riaffacciati da oscuri recessi, nel momento in cui ho sentito salire le lacrime della ragazza ubriaca, gli ho detto di portarmi in camera sua.

Avanzando sporgo il braccio verso il letto non invaso dai vestiti e dalla valigia. «Dormi qui?».

Passi pesanti mi raggiungono da dietro. «Sì».

«A posto». Mi protendo per spingere via tutto dal letto intatto.

«Che stai facendo?», chiede Ben con una risatina.

«Deduco che le tue altre *conquiste* si siano accomodate lì», borbotto, la valigia fa un tonfo quando cade, e il contenuto si riversa in terra. «Voglio un letto immacolato».

«Ehi, sei tu che mi hai afferrato dalla cinta e chiesto di portarti qui. Io sarei stato altrettanto bene lì al bar».

Ridacchio. «Sì. Non penso di aver mai visto un caso così grave di aderenza statica di bulbi oculari come quello di stasera». Se i suoi occhi non erano sulle mie tette o sulle mie gambe, erano incollati al mio viso. Ammetto che la sua totale attenzione su di me era terribilmente piacevole. Una vera ricarica per l'ego nel momento in cui ne avevo più bisogno.

Mani forti mi afferrano ai fianchi e mi tirano verso di lui. Anche nel mio stato di ubriachezza, è impossibile non notare l'erezione prominente di Ben che scava nel mio sedere. «Da quando ha questo problema?», scherzo mentre il calore mi invade le cosce. Andrò davvero fino in fondo? Ho avuto solo un'altra avventura di una notte prima d'ora, e neanche la classifico come tale, perché conoscevo il tipo. Solo che non tenevo particolarmente ad uscire con lui. Era arrogante. Proprio come questo qui.

Ride sommessamente. «Da quando ti ho visto cadere dalla sedia. E non lo considero un problema se lo si affronta prima che faccia giorno». Una mano grande mi avvolge e raggiunge l'addome, poi scivola su lungo il torace, portando il mio corpo a raddrizzarsi. «Il mio volo non parte prima delle undici, quindi abbiamo tutto il tempo che vogliamo». Facendomi ruotare per tornare faccia a faccia, mi solleva le braccia e se le posa sulle spalle. Prima che le sue mani mi scivolino lungo le braccia e oltre, i suoi pollici corrono lungo il profilo del mio seno e proseguono avvolgendomi la vita. I suoi occhi si fermano sulla mia bocca. «Allora... zoologia invertebrata? Biotecnologia?»

«Il tuo linguaggio sconcio mi farà perdere il controllo». *Di cosa cavolo sta parlando?*

«Perché mi hai mentito, Miss *Biologa Marina* di Seattle?». Dal sorriso capisco che non è arrabbiato, e neanche infastidito. Divertito, eventualmente.

Oh... Faccio spallucce. Quindi lo aveva capito. Ma non sembra aver notato che abbiamo usato i nomi delle Charlie's Angels per tutta la serata. Sono davvero stupita. Lo immaginavo dodicenne farsi una pippa davanti alle repliche di una giovane Farrah Fawcett. «Non so. Mi piace fare giochi di ruolo». E aggiungo timidamente: «A volte mi piace anche giocare a travestirmi». In realtà odio i costumi, ma a giudicare dalla scintilla di eccitazione negli occhi di Ben, questo nuovo elemento lo porta a creare con l'immaginazione gli scenari più sconci.

È divertente giocare con lui

Ecco perché sono finita qui.

Per questo, e per troppa tequila.

Si avvicina. Le sue labbra, così contraddittoriamente dolci rispetto a quella lingua malefica, si posano sulla mia nuca, strappandomi un gemito d'imbarazzo, mentre inclino la testa all'indietro e avvolgo la sua testa con le braccia. Non è la bocca di Jared ma funziona ugualmente.

La stanza inizia a girare, ma sto così bene che mi forzo a ignorare le rotazioni e mi appoggio di più a lui. Continuo a ignorarle quando le sue dita scivolano sotto il bordo della mia canottiera per tirarla su e farla passare dalla testa. La lancia di lato, e poi le sue mani trovano velocemente e aprono il gancetto del mio reggiseno.

«Cavolo, lo sapevo». Indietreggia per vedere meglio il mio seno nudo, e con le dita esperte raggiunge l'anello d'argento sul mio capezzolo sinistro. Lo tira abilmente, abbastanza da strapparmi un gemito e una fitta di calore al basso ventre. Con un sorriso malizioso, mormora: «Cos'altro hai?». I miei calzoncini e le mutandine sono sul pavimento, prima che io mi renda conto di quel che sta succedendo.

«Pensavo che non ci fosse alcuna fretta», biascico, afferrando il braccio di Ben per evitare di cadere mentre faccio un passo fuori dai miei slip. Una punta di nervosismo mi assale quando mi rendo conto di essere completamente nuda, di fronte ad un uomo tutto vestito e muscoloso, che lavora in un cavolo di locale per spogliarelli. Ho la vita piccola e delle tette decenti, ma il pacchetto arriva con una piccola protuberanza addominale e un sedere un po' più pieno di come vorrei.

Spero che sia troppo ubriaco per accorgersene.

Una ruga turba la fronte di Ben mentre mi scruta il viso. «Stai bene?»

«Sì. Perché non dovrei star bene?»

«Perché hai appena incrociato gli occhi. In genere non è un buon segno». La ruga si accentua. «Sei sicura di non aver bevuto troppo? Perché non vorrei...».

Rispondo afferrandolo per la maglietta rossa e attirandomelo alla bocca, per quello che spero non sia il bacio un po' mediocre di una ragazza ubriaca. Ma probabilmente lo è. Sembra invece che non aspetti altro, perché le sue braccia mi avvolgono come serpenti per schiacciarmi addosso a lui. Magari è solo l'alcol ma, accidenti, se questo buttafuori odioso ci sa fare. Non me lo aspettavo. In realtà pensavo fosse il tipo da "niente baci sulla bocca". Ora invece mi scopro come ipnotizzata, le mie mani avanzano lentamente su tutto il suo petto, e sono pronta a scoprire quanto ci sappia fare di preciso.

Se solo la stanza smettesse di girare.

E questa sgradevole sensazione alla bocca dello stomaco...

Oh... no.

Sarà un istinto primordiale, o un briciolo di fortuna in mezzo a una montagna di sfortuna, non so... ma mi scollo dalle labbra di Ben, un secondo prima che tutti i Margarita trangugiati in una serata risalgano dalla gola e vengano sparati fuori dalla mia bocca.

Tutti sulla maglietta rossa di Ben.

Oh mio Dio.

Tutto ciò è accaduto davvero?

Sono momentaneamente immobilizzata, e fisso gli schizzi di melma verdastra sparsi ovunque sul suo corpo.

«Oh cavolo...», borbotta Ben con tono disgustato.

Sì, è successo davvero.

Non serve neanche guardare il suo volto per capire che qualsiasi idea di scopata sia sparita dalla sua mente. Ha certamente abbandonato la mia, lasciandomi in preda a un orribile senso di mortificazione. Già questo mi agita ulteriormente lo stomaco. Sento che il bis della mia performance è in arrivo. Col cavolo che gli vomito di nuovo addosso o davanti! Mi metto le mani davanti alla bocca, mi volto e corro al bagno. Sfortunatamente qualcosa mi ostacola e mi fa inciampare, e un secondo dopo mi ritrovo sdraiata a terra col freddo delle mattonelle sotto il corpo nudo. Inizia a farmi male la punta del piede.

«Cazzo, stai bene?», sento dietro di me.

Sto per vomitare. Sto per vomitare nella posizione a stella a pancia sotto, se non mi rialzo *subito*. Il bagno dista quasi due metri, e so che non farei in tempo a rimettermi in piedi, quindi faccio la migliore mossa alternativa.

Tirandomi su in ginocchio e mani a terra, procedo gattoni verso il bagno.

Forti risate alle mie spalle. Oddio, che vista che avrà di me ora! Non ci avevo pensato! Almeno accelero e varco la soglia, sbattendo la porta e chiudendo a chiave. Mi allungo verso il gabinetto nel momento in cui sparo un'altra ondata verde, riempiendo la tazza.

Dopo aver liberato lo stomaco dal suo contenuto tossico, posso solo appoggiare la testa sul water e apprezzare la fresca porcellana, mentre il mio torace palpita e d'un tratto sono tutta sudata.

Un colpetto alla porta. «Tutto bene lì dentro?».

Non rispondo. Non posso rispondere.

Perché? Perché mi è successo questo? Non sono una che vomita! Lina è quella che vomita!

«Sai, se odiavi tanto questa maglietta, potevi semplicemente chiedermi di toglierla. Stavo per farlo, ad ogni modo». Non so come possa scherzare su questo fatto. È lui quello ricoperto di vomito. Solo il pensiero mi fa tremare. «Guarda... Una pupa mi ha appena vomitato addosso e vorrei proprio usare la doccia. Posso entrare?». La maniglia della porta oscilla e ringrazio Gesù Bambino per avermi dato il buonsenso di chiudere a chiave. L'ultima cosa che voglio è che entri e mi veda nuda accucciata addosso al gabinetto. Devo recuperare i miei vestiti e uscire di qui senza mai guardarlo in faccia. Mai più.

«Sei viva?». Ora c'è un po' di preoccupazione nel suo tono. «Non devo buttar giù la porta, vero?».

Questa è l'ultima cosa che devi fare. «Sto bene». Mi tiro su per sciacquarmi la faccia con acqua fresca. Prendo il suo collutorio, ne metto in bocca un bel sorso e inizio a fare i gargarismi.

«Su, Jill. È capitato a tutti. Scusa se ho riso».

Non sono mai stata così contenta di aver usato un nome falso. Il fatto passerà alla storia come la ragazza vomitante dai capelli viola, di nome Jill, che gattonò verso il bagno col suo culone ondeggiante. Sto a posto così.

C'è una lunga pausa e poi sento il suo sospiro pesante. «Ti lascio una bottiglia d'acqua minerale vicino alla porta. Non bere l'acqua del rubinetto o passerai il resto della vacanza al bagno». I suoi passi si allontanano proprio mentre un'altra ondata di nausea mi assale, gentile omaggio del mio alito fresco di menta.

Mi tuffo di nuovo verso il water.

Capitolo 4
Ben

Due mesi dopo

«Non ha una vista sull'oceano, ma è tutto tuo», dice Jack Warner, portandomi in un ufficio vuoto delle dimensioni di un armadio, con una finestra con vista sul parcheggio.

«Le viste sull'oceano sono sopravvalutate», rilancio con un sorriso.

Questo mi fa guadagnare una risata del mio capo che mi dà una forte pacca sulla spalla. «Felice che tu ti unisca a noi, Ben. Mio figlio dice che se si è laureato con un voto così alto, il merito è tuo».

«Suo figlio è un ragazzo in gamba, signor Warner».

«Lui dice che tu sei più in gamba. È per questo che ti ho assunto. E chiamami Jack».

Mi piace sempre di più il padre del mio compagno di studi. Dopo un colloquio piuttosto approfondito, mi ero convinto che fosse uno stronzo represso e che non avessi alcuna possibilità di essere assunto. Sono stato sorpreso quando mi ha chiamato personalmente offrendomi il lavoro, qualche settimana fa. Cavolo, che sollievo quella telefonata! Ero talmente occupato ad arricchirmi come buttafuori in un locale di spogliarelli, che non ho avuto tempo di cercare altri lavori e non ho alcuna esperienza. Molte aziende non ti guardano nemmeno se non hai esperienza, anche se ti sei laureato a pieni voti, ed è il mio caso.

Ovviamente mi ero fatto un'idea completamente sbagliata di Jack. Voglio dire, eccolo, di lunedì mattina, l'unico socio paritario di uno studio legale a Miami con una quarantina di impiegati, che si prende del tempo, tra tutti i suoi appuntamenti, per mostrarmi il posto.

«Parlando di figli...». Jack sorride a qualcuno dietro di me. Mi giro e vedo un tipo alto e smilzo, con occhiali da nerd dalla montatura nera, avvicinarsi al mio ufficio. Gli offro uno dei miei sorrisi e le nostre mani si incontrano in una forte stretta.

«Com'è andata l'estate?», chiede Mason, aggiungendo: «Kent mi ha detto che in Messico è andata bene». A parte qualche SMS e qualche email, io e Mason non ci siamo parlati dal giorno dell'esame da avvocato a luglio.

«In Messico è andata alla grande».

Dal sorrisetto di Mason è chiaro che Kent gli ha raccontato qualche fatto saliente che non possiamo approfondire. Soprattutto non ora, davanti al mio nuovo capo. Mason doveva venire con noi ma ha deciso di iniziare subito allo studio del padre. Gli ho detto che era un fottuto idiota. Voglio dire, non siamo neanche "avvocati associati" finché non riceviamo i risultati degli esami, che arriveranno fra qualche settimana. E poi per fare cosa? Rispondere alle telefonate di clienti che chiedono aggiornamenti sulle loro cause, e correggere bozze e mozioni per chi sa quanto tempo, prima che si fidino di noi al punto da affidarci dei clienti. Perché non godersi l'estate?

«Mason, lascerò che sia tu ad aiutare Ben ad ambientarsi qui allo studio. Ho un appuntamento alle nove, e il tribunale questo pomeriggio. Che ne dite di incontrarci nel mio ufficio a mezzogiorno e andare fuori a pranzo?», propone Jack, tamburellando su un grosso fascicolo. «Per te Ben, dei moduli da compilare e consegnare oggi all'ufficio del personale». Detto questo, esce di fretta.

Cammino intorno alla mia scrivania e mi metto comodo sulla sedia di pelle bordeaux con un largo sorriso. «Non è niente male».

Mason annuisce lentamente, passandosi una mano tra i capelli mori e ricci e, accorgendosi di averli spettinati ancora di più, prova subito a riabbassarli. «Devo fare una telefonata e poi torno, okay?»

«Sì». Sono tre anni che lo conosco e non è mai stato in grado di fare due chiacchiere.

«Seguirai passo passo Natasha nel diritto di famiglia, per il prossimo futuro. Vi presenterò quando rientro».

«Natasha?». Alzo un sopracciglio allusivo.

«È impegnata», precisa subito.

«Ma la domanda più importante è: è sexy?».

Mason alza gli occhi al cielo. «Ti ho già detto qual è la politica qui sulle relazioni tra colleghi».

«Chi ha parlato di relazione?». *Cosa avranno mai questi datori di lavoro rompipalle? Prima Cain e ora Jack?* Poggio le mani sull'enorme scrivania in mogano che ho di fronte, e do un bel colpetto con una mano. «Mi sono sempre chiesto come ci starebbe un'avvocatessa arrapante spalmata su una di queste». Non dico sul serio ma mi diverto a mettere in imbarazzo Mason, e guardarlo quando si agita tutto mentre traffica con i suoi occhiali.

E... cavolo se ora ci traffica. Sorrido. Non potremmo essere più diversi anche se ci sforzassimo. Lì in piedi con la camicia a scacchi a maniche corte e la cravatta nera, il ragazzo sembra pronto per un torneo di scacchi alle scuole medie. Io non ho messo la cravatta oggi. Il *dress code* prevede anche abbigliamento casual, a meno che non si debba andare in tribunale o a una riunione presso un cliente e io non ho nessuno di questi impegni. Quindi perché dovrei vestirmi come una scimmia da ufficio?

Lo lascio ancora qualche secondo ai suoi tic nervosi, prima di smettere di tormentarlo. «Sto scherzando Mace! Te lo prometto. Sto voltando pagina».

«Da quando?». Tono diffidente. Mi conosce da un po' di tempo e mi ha visto in azione con le nostre amicizie più di una volta, quindi il suo scetticismo è comprensibile.

«A partire dalla mia festa di addio da Penny's lo scorso fine settimana. Niente potrà eguagliare quell'occasione. In ogni caso penso che il mio cazzo possa prendersi una pausa». Scuoto la testa mentre rido tra me e me. Mercy e Hannah sanno proprio come salutare qualcuno che va via.

«Oh». Un sorrisino curva le sue labbra, ma scompare velocemente. «Bene, bene. Allora non te lo dimenticare. Soprattutto con la mia sorellastra».

Wow. «Un momento. Hai una sorellastra? E lavora qui?». Queste sono informazioni nuove. Non ha mai parlato di lei prima. È così, è riservato. «Lei è un'asociale come te?»

«Non è *affatto* come me. Probabilmente c'è una caffettiera con del caffè caldo nella sala ristoro, in fondo al corridoio alla tua sinistra». Inizia a scalpitare. Il ragazzo non sopporta di essere in ritardo.

«Se devi andare, vai, Mason. E grazie per la dritta».

«Certo, Ben. Poi ritorno». Controlla il telefono. «Diciotto minuti». E così sarà. Spaccati. Lo guardo scattar via e scuoto la testa. Il ragazzo vive ancora col padre. Normalmente indossa calzini spaiati a causa del suo daltonismo. Se non avessi sguinzagliato Kyla, una ragazza del nostro primo anno di corso, e non l'avessi vista con i miei occhi trascinarlo in una camera a una festa di confraternita, scommetterei dei soldi che nessuna donna oltre a sua madre gli abbia mai visto il cazzo. Anche se, conoscendo Kyla come la conosco io, non glielo ha solo visto, ne ha anche fatto buon uso.

Mi scappa uno sbadiglio e lo camuffo con un gemito rumoroso e un borbottio: «Sì, caffè». Ci vorrà tempo per abituarsi alle levatacce mattutine. Per anni sono andato a letto all'alba e ho seguito solo corsi pomeridiani, quindi ora il mio corpo soffre. Una cosa alla volta... Prendo il telefono e premo i tasti senza pensare. Ho memorizzato questo numero a quattro anni e lo compongo ogni giorno da moltissimo tempo. In genere, però, verso l'ora di cena.

Spero che stia nel portico sul retro, a bere una tazza di tè Earl Grey, controllando la posta sull'iPad. Sorrido al ricordo di quando ho insegnato alla mia mamma cinquantunenne come usare quell'aggeggio.

Sfortunatamente non è lei a rispondere.

Mi si accavalla all'istante un nervo nel collo. «Ehi».

Risponde un grugnito.

«C'è mamma?»

«Fuori tra gli alberi».

Dovrebbe essere già rientrata. Si alza sempre all'alba per fare i suoi giri, controllando gli alberi. «Sei uscito ad assicurarti che stia bene?». Da quel leggero infarto sette anni fa, mi preoccupo quando sta là fuori da sola per troppo tempo.

«Sta bene».

«Okay. Dille che ho chiamato». Non lo farà. Sono sicuro che dovrò richiamare dopo comunque.

«Da dove telefoni?».

Chissà cosa appare sul display del loro telefono. Cavolo, ecco perché ha risposto lui. Non sapeva che avrebbe parlato con suo figlio. «Warner, lo studio legale dove sto lavorando ora». La mamma probabilmente non si era curata di dirgli che avevo finito gli studi di legge.

«Non ne sapevo nulla».

Trattengo un sospiro di esasperazione. Sebbene di piccole dimensioni, Warner è uno degli studi legali più rinomati dello Stato. In mano ai Warner da cinque generazioni, con proprietà immobiliari importanti nel pieno centro di Miami. Secondo le mie ricerche, Jack aveva portato un socio, il suo migliore amico, e per dieci anni avevano lavorato insieme come Warner & Steele, più che raddoppiando il loro portafoglio clienti. Le loro strade si erano divise qualche anno addietro, quando lui aveva comprato la quota del socio.

Ad ogni modo, non mi aspetto che mio padre distingua uno studio legale da una pasticceria. Sta solo provando a punzecchiarmi. «A più tardi». Chiudo la telefonata e esco dalla stanza, puntando a quella tazza di caffè prima che mio padre mi metta di cattivo umore. Lui è l'unico capace di farlo.

L'ufficio della Warner è un connubio di vecchio e nuovo: pareti moderne grigio chiare, scaffalature e scrivanie in mogano, postazioni aperte nell'open space centrale, e uffici a mo' di acquario a rivestimento del perimetro. È come se qualcuno avesse deciso di ristrutturare ma avesse esaurito la liquidità o la creatività. Jack aveva accennato qualcosa a proposito di rinnovare in inverno. A me il posto sembra andar bene così, ma sono un venticinquenne che abita con altri cinque ragazzi e verrebbe al lavoro in bermuda, se potesse.

L'ufficio non è grande o complicato e trovo subito la sala ristoro, anche se gioco la carta del "primo giorno" e mi faccio accompagnare da un'adorabile praticante, che mi sorride e arrossisce per tutto il tragitto mentre la guardo sculettare con le sue chiappe formose. Sono un estimatore delle diverse forme e taglie dell'universo femminile. Il vecchio me, com'ero fino a due giorni fa, avrebbe già ottenuto il suo numero di telefono probabilmente. Il nuovo me sta provando qualcosa di diverso. Nello specifico si sta impegnando a non provarci con ogni femmina che trova attraente.

Tornando al mio ufficio, una tazza di caffè in una mano e un muffin fatto in casa, trovato lì, nell'altra, "ispeziono" le scrivanie nell'open space dove lavora il personale amministrativo. A giudicare dalle foto e dai gingilli, si tratta soprattutto di donne. Molte sposate e con figli. Molte sui quaranta o più. Accidenti, questo è un altro pianeta rispetto a Penny's, dove poppe al vento e culi mi provocavano da ogni parte! Almeno questo rende più facile tenermi su i pantaloni qui intorno, e provare ad agire come un adulto responsabile.

Perché questo è quel che sono. Ben Morris, avvocato. Be', quasi. Ad ogni modo mi piace come suona.

Passando accanto a un piccolo ufficio quasi antistante al mio, una foto sulla parete cattura la mia attenzione. Vacillo e sorrido con tenerezza davanti alla copertina dell'album dei Pearl Jam incorniciata, ripensando a quella pazza finta biologa marina dai capelli viola, Jill.

Cacchio, quella ragazza era speciale.

Dopo essermi tolto i vestiti sporchi di vomito e averli gettati dal balcone, mi ero sdraiato sul letto e avevo aspettato che lei uscisse dal bagno, per farmi finalmente una doccia. Avevo anche pensato di andare nella stanza di Kent, ma non volevo lasciarla da sola lì dentro. Credo di essermi addormentato perché la cosa successiva che ricordo è il sole che picchiava sul mio viso attraverso la finestra, e Jill che era andata via.

Neanche due righe scritte.

Almeno non mi aveva derubato o ucciso.

Ho tentato di rintracciarla, ma dopo aver convinto con le mie doti una delle ragazze della reception a cercarla nella lista degli ospiti, non era risultato nessuno dal nome Jill. Di sicuro era registrata sotto il nome di una delle sue amiche. Il villaggio turistico era troppo grande per cercarla, soprattutto dovendo sbrigarmi a rimettere a posto tutto quello che lei aveva sparpagliato, prima di prendere il volo di rientro.

Non mentirò, per un paio di settimane successive, ho cercato una ragazza con i capelli viola di nome Jill su Facebook, in parte perché volevo chiederle scusa per aver riso. Ma soprattutto perché era molto divertente e non mi sarebbe dispiaciuto stare ancora con lei. A parte il vomito. Non avevo detto ai ragazzi cosa fosse successo realmente. Per loro quella notte era stata una ricca scopata, come al solito.

La maglia rosa confetto di cotone appoggiata allo schienale della sedia mi fa pensare che sia l'ufficio di una femmina, ma tutto il resto no. Pile di fascicoli sulla scrivania, sul pavimento, sulle scatole, su un'altra sedia. Dove non ci sono cartelle c'è posta sparsa e cianfrusaglie. Bicchieri di carta di Starbucks accanto al telefono della scrivania, vicino a un pacchetto aperto di biscotti Oreo, e una confezione di carne di manzo essiccata. Una bustina di patatine stropicciata e lattine schiacciate di Red Bull circondano il cestino.

Un monitor acceso, decorato con non meno di cento Post-it multicolori con appunti, ha come salvaschermo una foto di un vecchio furgone blu arrugginito in un campo.

Sono curioso, come minimo. Non riesco a immaginare che tipo di femmina possa stare in questo porcile, e una parte di me ha paura a scoprirlo. Non è sporca, è solo oltremodo disordinata. Faccio un passo avanti e passo in rassegna la sua scrivania, cercando una targa o qualcosa che la identifichi.

Ed è esattamente ciò che sto facendo quando lei arriva.

«Per quale motivo stai ficcando il naso tra le mie cose?», esclama una voce secca.

Sfodero un sorriso che normalmente allenta la tensione anche della più lunatica delle donne, mi volto. Una bionda con un vestito corto verde e stivali da cowboy se ne sta sulla porta, una tazzona di caffè in mano e un'espressione profondamente accigliata.

Apro la bocca per presentarmi ma farfuglio appena vedo il panico nei suoi occhi.

Quegli occhi color caramello.

«Porca troia!». *Non posso crederci.* Non c'è nulla che io possa pensare o dire tranne: «Mi devi una maglietta nuova!».

Capitolo 5
Reese

Sono stata sbudellata un lunedì mattina. Le mie viscere sono sparse ovunque sulla moquette grigio scuro dell'ufficio in bella mostra.

E non riesco a respirare.

Cosa ci fa *costui* nel mio ufficio?

È scioccato quanto me, ovviamente. Il tuonare esplosivo del "porca troia" che probabilmente si è propagato per metà piano, e ha visto tutte le vecchie galline scrutare da sopra le loro lenti bifocali, può testimoniarlo.

E ora mi fissa con occhi spalancati e increduli. «Jill? Sei tu?»

«Non riconosci il tuo unico vero amore?». Sarebbe stata una battuta arguta se solo la mia voce non fosse stata così tremolante e le mie guance non avessero preso fuoco. Per un giocatore professionista come lui, il fatto di ricordare il mio falso nome significa qualcosa. Ero stata indimenticabile, *come no*.

«Hai un'aria così...». La sua voce si interrompe quando i suoi occhi blu come quelli di un bebè passano dai miei capelli biondi al mio viso. «Niente più piercing?».

Non mi fido più delle mie parole, mi tocco il diamante piccolo come una capocchia di spillo che ho sulla narice. Ma è vero, mi sono tolta l'anello sul setto nasale e la maggior parte dei piercing alle orecchie. Fa parte di questa faccenda della "nuova me stessa" che sto provando.

Ben ondeggia la testa su e giù lentamente come se stesse provando a elaborare tutto questo. Poi si focalizza sul mio seno e socchiude gli occhi. Scommetto che sta cercando di distinguere la sagoma dell'anello di metallo nascosto lì.

E io sto provando a tenere a bada il flashback esagerato che ho impiegato settimane a rimuovere – io che zampillo vomito come un idrante – quando la prova vivente della più mortificante delle mie notti è qui in carne e ossa, nel mio ufficio.

Avevo aspettato due ore buone per sgattaiolare fuori dal bagno quella notte, trovando Ben in boxer aderenti, a letto, a russare. Mi ero infilata i vestiti di corsa, e me l'ero squagliata.

E ora il mio esorcismo mal riuscito è appoggiato alla mia scrivania, con le braccia incrociate sul petto. Il sorriso giocoso sul suo viso mi dice che si è ripreso in fretta ed è tornato il presuntuoso con cui stavo per andare a letto prima del vomito due mesi fa. «Che ci fai qui?»

«Lavoro», riesco a pronunciare, provando a non far trasparire tutto il mio imbarazzo. Avvicinandomi alla mia postazione sostituisco una delle mie tazze vuote con quella piena, cercando di muovermi in maniera disinvolta mentre, in realtà, sto reprimendo l'urgenza di voltarmi e correre da qualche parte a rimettermi in sesto. «Penso che la domanda più importante sia che cosa ci fai *tu* qui?». Come mai *non* sapevo che fosse di Miami? Oh certo… non mi ero presa la briga di chiederglielo. Ero troppo impegnata a decidere se andarci a letto o no. E ora, mentre butto un occhio a come calzano bene quella camicia nera e quei pantaloni grigi sulla sua figura imponente, mi ricordo cosa mi avesse convinto. Be', la tequila certo non aveva aiutato.

Le mie guance avvampano.

Gli ho *vomitato* addosso.

E poi mi ha vista andare a quattro zampe verso il bagno col culo di fuori.

Io e il signor Cuervo, e tutti i suoi cugini messicani, non ci rivolgiamo più la parola.

«Il signor Warner mi ha offerto un posto di avvocato».

«Io…». *Cosa?* Ben *lavorerà* qui?

«Ho finito gli studi in legge in primavera».

Serrando i denti dal dolore, mando giù un sorso di caffè bollente (poi lo rimpiangerò) e sussurro: «Avevi omesso di dirmelo».

Storce la bocca riflessivo. «Ero troppo preso a capire che tipo di biologa marina tu fossi».

«Una recente svolta professionale».

«Proprio». I suoi occhi luccicano, mentre mi guarda divertito. *Sobbalzo.* «Sarà imbarazzante?»

«No...», faccio, gettando la borsetta sul pavimento, «perché tu ora dai le dimissioni».

Lui tira un sospiro. «Non è un problema. Quindi tu...».

«Shh!». Alzo la mano per fermarlo mentre di nuovo mi avvampano le guance. È l'ultima cosa di cui ho bisogno qui intorno in ufficio. «Non farlo!»

I nostri sguardi restano agganciati per un lungo momento, e non so leggere cosa dica il suo. Sta rimpiangendo quella notte tanto quanto me? Perché tra tutte le cose insensate di cui mi sono pentita, e ne ho una lunga lista, quella notte sta in cima alla montagna e sventola una bandiera con su scritto "idiota"

Una voce improvvisa dietro di me ci interrompe. «Eccoti, Ben. Natasha sta aspettando».

Faccio involontariamente uno sguardo esasperato, sia per il tono del mio fratellastro che mi rincretinisce, sia per aver sentito il nome di Natasha, la donna alfa, trentenne, il robot della legge che sta cercando di uccidermi a forza di deposizioni di divorzio. Ben nota la mia reazione e non tenta neanche di nascondere un sorriso smagliante quando risponde: «Ehi, Mason. Stavo proprio ritornando nel mio ufficio».

«Non c'è personale delle pulizie qui il fine settimana. Provocherai un'infestazione con questo disordine», borbotta Mason, e so che è diretto a me. Mason non potrebbe sembrare più scostante se ci provasse. Possiamo vivere e lavorare sotto lo stesso tetto, ma non siamo più amici ora di quanto non lo fossimo prima che io traslocassi da loro, otto mesi fa. Mi sarebbe proprio piaciuto poter filmare la sua reazione quando è rientrato in casa dai corsi e mi ha trovato in cucina, a bere latte e cacao direttamente dalla caraffa. Jack non lo aveva avvisato del mio ritorno. Ho pensato che gli sarebbe scoppiata la testa.

«Ma devo dare da mangiare agli animali», rispondo per le rime. Tutto ciò che ha a che fare con Mason, tranne il mocio ingestibile che ha in testa, è ordinato e immacolato: camicie e pantaloni a sigaretta stirati, la sua Subaru col portellone posteriore, l'ufficio accanto a quello di Jack che gli vedo disinfettare con le salviette disinfettanti ogni santo giorno. Le uniche volte in cui ha qualcosa da dirmi è quando sottolinea quanto io *non* sia pulita e ordinata. Inutile dire che non conviviamo bene.

«Non si può parlare con lei così presto al mattino. Non ha ancora avuto la sua prima dose ed è più intrattabile del solito». Mason avverte Ben.

«Ascolta il Grillo Parlante, lui sa le cose». Ci sono voluti quasi due mesi di ringhiate e occhiatacce, ma ho addestrato tutti. Anche Jack sa che non deve provare a parlarmi finché non ho vuotato quest'enorme tazza di caffè e aperto la porta dell'ufficio. Dopo aver passato un'ora a maledire il mittente di ogni nuova email che mi intasi la posta in arrivo, divento relativamente cordiale. Certo, gli avvocati lo tollerano perché mangio in testa a tutti gli altri assistenti legali, anche quelli che sono qui da anni. I clienti accettano somme forfetarie per il lavoro paralegale e poi io lo svolgo in tempi record, liberandomi per affrontare altri casi e generare più profitto. Lasciano le merdose mansioni impiegatizie agli altri e mi danno del lavoro che richiede ricerca, analisi e pensiero critico, roba che per me è sempre stata naturale, perché sono curiosa e desiderosa di studiare i dettagli, senza dare nulla per scontato. Penso che mi abbia aiutato il fatto che mentre studiavo il programma per assistente legale, Jack mi passava ogni sorta di testo che trattasse di leggi statali e giurisprudenza, roba che si studia all'università. Cercando spunti per occupare il mio tempo libero, li avevo divorati. Nessuno crederebbe che io stia qui solo da due mesi. È una bella sensazione. Per la prima volta da anni, mi sento intelligente.

Con una risatina, Ben fa per uscire, girando intorno a me molto lentamente. «Forse il tuo essere caustica è la prima cosa che mi ha conquistato».

«Un momento... Voi due *vi conoscete?*». Ora c'è reale preoccupazione nella voce di Mason.

Il largo sorriso di Ben adesso non mi rassicura. «Già. Ci siamo conosciuti a Cancún».

Mason spinge verso l'alto i suoi occhialoni da nerd con l'indice, guardandomi. «Quando sei stata a Cancún?».

Scuoto la testa. Ovvio, non si ricorda. È tanto preciso e inquadrato sul lavoro quanto può essere sbadato nella vita quotidiana. Mi fa pensare a uno scienziato pazzo, senza il camice e le provette. «Luglio. Il mio compleanno. Ti ricordi? Mi hai dato i biglietti per il concerto degli U2».

Gli occhi di Mason si accendono con un lampo di rabbia. «Non ti ho *dato* quei biglietti. Mi hai rubato la carta di credito e li hai ordinati!».

Mi porto le mani al petto, fingendomi oltraggiata. «Mi stavo solo assicurando che tu mi facessi un regalo indimenticabile per i miei ventun anni».

«Pensavo che ne avessi ventinove», si inserisce Ben con un sorrisetto sardonico.

«E io pensavo di non rivederti più», rispondo brusca.

A quel punto Mason sembra capire e, mentre sposta il suo interesse su Ben, leggo sul suo volto vera e propria repulsione. «Ti prego, dimmi che Reese non è la ragazza dai capelli viola di cui parlava Kent».

«Reese?». Sento la voce di Ben da qualche parte in sottofondo, ma la mia mente è troppo occupata a elaborare alcune parole chiave.

Ragazza dai capelli viola. Kent. Parlava. Messico.

Per la seconda volta in meno di cinque minuti sento il mio viso sbiancare, come colpito dal mio livello di comprensione. E... Orrore. Ben non è solo il mio nuovo collega. «Oh mio Dio. Tu e il mio fratellastro siete amici?».

Ben mi fissa, con le sopracciglia che schizzano alla fronte. «Il tuo *fratellastro*?»

«Oh cazzo!». Mason inizia a scuotere la testa. «È uno scherzo, Ben?».

Guardo un attimo Mason, che non dice *mai* parolacce, prima di guardare in cagnesco Ben. «Ecco, Ben. È uno scherzo?», sibilo a denti stretti. «Cosa avrebbe detto Kent sulla ragazza dai capelli viola, Ben?». Non ho confidato a nessuno come siano andate realmente le cose, tranne a Nicki e Lina, e solo perché quella notte ero rientrata zoppicando. Se Ben lo ha detto ai suoi amici… e Mason lo sa… allora morirò. Mason un giorno userà questo contro di me. Lo dirà a tutti nello studio e ne parleranno alle mie spalle. Arriverò alle riunioni e le risatine cesseranno improvvisamente. E poi sarò costretta a ucciderli tutti.

Con gli occhi spalancati, passando con lo sguardo da Mason a me, Ben sembra indeciso se scoppiare a ridere o fuggire via dal mio ufficio.

E questo è il momento ideale per Natasha per affacciarsi da me. «Questo deve essere Ben», cinguetta con quella voce stridula che mi ha dato sui nervi fin dal primo giorno, porgendogli la mano e un sorriso smagliante. «Sono Natasha. Io e te lavoreremo a stretto contatto».

«Non vedo l'ora, Natasha», risponde Ben in modo informale, mentre esamina sorridendo il fisico dell'avvocatessa, davanti a tutti. Non lo fa come un pervertito, ma *io* lo trovo comunque molto fastidioso. Se è rimasto un grammo di fortuna per me in questo mondo, Ben verrà licenziato per molestie sessuali.

Sfortunatamente, non sembra che Natasha stia per suonare un qualche allarme. Buttando i suoi capelli color albicocca su una spalla, se la ride come la sciacquetta che non è. Anzi, è una persona piuttosto acuta (sebbene non esalterei mai il suo ego dicendoglielo). Quindi aggiunge: «Ottimo, bene, dovremmo iniziare. Sono sommersa dalle cause. Per fortuna ho Reese che mi aiuta con gran parte del lavoro duro». Mostra i suoi denti bianchi brillanti rivolta a me. «A proposito, hai avuto modo di analizzare quel fascicolo?».

Sapevo che mi sarei occupata di assistere gli avvocati in questo lavoro. Ciò che non sapevo è che avrei fatto praticamente tutto io, per poi farli firmare e intascare i loro centomila e più all'anno. Giuro, non mi sorprenderebbe se presto uno di loro mi chiedesse di pulirgli il culo.

«Intendi il contratto di quarantadue pagine su cui ho lavorato fino alle due questa notte? O la deposizione di settanta pagine che ho appena trovato sulla mia scrivania?». Le rimando il suo sorriso gigante, solo che il mio è così falso e rabbioso che anche un cieco batterebbe in ritirata. I suoi occhi verde oliva captano la mia tazza di caffè piena. «Ben, che ne dici di andare nel mio ufficio e lasciare che Reese si sistemi?».

Idea brillante.

Lei e Mason non perdono tempo ed escono dal mio spazio personale.

«Per quella maglietta… extra large… *Reese*», sussurra Ben passandomi accanto.

Trattengo il respiro e lo guardo uscire e poi mi sbrigo a chiudere la porta sbattendola. Mi ci nascondo dietro. È l'unico punto invisibile dal di fuori, visto che le pareti sono di vetro. Ma sono sicura che tutti sentono il colpo della mia testa che collide con il legno cavo.

Questo deve essere il karma, venuto a prendersi un enorme morso del mio culo.

Capitolo 6
Ben

«Non è successo niente».
«Non è quello che ha detto Kent».
«Be', Kent non era presente, quindi che cavolo può saperne?». Sospiro. «Lei era sbronza».
«Da quando in qua una ragazza è troppo sbronza per Ben Morris?»
«Amico». Lancio un'occhiata a Mason quando troviamo una panchina all'ombra per ripararci dal caldo di mezzogiorno a settembre, bevande e pranzo alla mano. Jack ha dovuto annullare i suoi piani a causa dell'emergenza di un cliente. Sembra che capiti spesso.
Tiene le mani alzate. «Scusa. So che non lo faresti».
Lo guardo mentre spiega con cura e stende sulle ginocchia tre tovaglioli e poi chirurgicamente scopre una schifezza assurda di panino vegetale al tofu, curandosi di non far cadere un pezzo di lattuga. Abbiamo tutti preso in giro Mason per anni, per la sua dieta da femminuccia, ma il ragazzo è così particolare che non potrebbe tollerare un qualsiasi hamburger unto. Questo non mi dispiace di lui. «Pensi di mangiartelo o di sposartelo?»
«Oggi hai visto il suo ufficio, no?», mi chiede, ignorando le mie parole. «È una sciattona. Vivere con lei è un cazzo di incubo». E sono due bombe che iniziano per C sganciate da Mason oggi. Un'altra cosa che non fa mai è dire parolacce. Il che mi suggerisce che l'idea che io mi scopi la sorellastra, o la sorellastra tout court, lo irriti alquanto.
Sorrido al ricordo della mia camera d'albergo tutta sotto sopra quel mattino. «Ma sicuramente pulisce bene». In risposta fa

una smorfia di esasperazione. «Ascolta, so che è la tua sorellastra ma è una strafica». Così come mi piaceva il suo look da ragazzaccia "non me ne frega un cazzo" che aveva a Cancún, trovo questo nuovo aspetto, con i bei capelli biondi e il vestito con gli stivali, super eccitante.

«Ed è da manicomio». Mi fissa e dice: «Sul serio. Il suo soprannome in ufficio è Rancor».

Nel soffocare una risata mi schizza fuori dalla bocca un po' di Coca. «Lo sa?»

«Credo che ti sia sfuggita la sagoma di cartone in formato reale nel suo ufficio. Il giorno in cui ha sentito Nelson, dell'ufficio contratti, fare l'errore di chiamarla così, l'ha ordinata dal sito web di *Guerre stellari.* La mette su, davanti alla sua porta, nelle mattine in cui è *ancora più* contrariata». Scuote la testa rivolto a me che scoppio a ridere.

Con tutto quello che di lei non era vero, sono contento di appurare che quell'umorismo graffiante sia autentico. Adoro quando una donna mi fa ridere. «Se è così complicata, perché tuo padre la tiene lì? Voglio dire, non mi fraintendere, sono contento per lei, e non vedo l'ora di lavorarci insieme».

«Non lo sarai a lungo», borbotta. E poi sospira pesantemente. «Sebbene non sia affatto professionale ed è facile che finisca col farci citare in giudizio per questioni di rapporti tra dipendenti un giorno o l'altro, devo ammettere che il suo lavoro lo fa *davvero* bene. Non ha che un diploma di scuola superiore e un attestato di assistente legale, eppure dice alla metà dei colleghi quello che devono fare, menzionando leggi e statuti. E in genere ha ragione. È imbarazzante la velocità con cui afferra le cose».

«Quindi stai dicendo che è un genio», dico con il boccone in bocca.

«Sì, forse», risponde con una punta di risentimento nella voce. «È anche egoista, sconsiderata, inaffidabile e impulsiva». Manda giù la sua Perrier e borbotta seccamente: «Tutti segni di sociopatia».

«Oh cavolo». Alzo gli occhi al cielo. Dimenticavo che Mason ha fatto anche studi universitari di psicologia. «Ora smettila.

Tua sorella non è sociopatica, Mace! È solo che non ti piace, è così?»

«Sorellastra», mi corregge, col tono un po' infastidito. «Non è che non mi piaccia. Be'...». Si stringe un po' nelle spalle. «Ammetto di non amarla eccessivamente. Ma davvero, non mi fido di lei. Mio papà non ha avuto sue notizie per nove anni, e poi di punto in bianco lo chiama per farsi tirar fuori da una stazione di polizia a Jacksonville a gennaio!». Scuote la testa e aggiunge: «Ha mollato tutto e si è messo alla guida per andare fin lì. Quel giorno ha quasi perso il più grande cliente dello studio per questo motivo».

Uhm...Cosa ci faceva in una stazione di polizia? «Ha precedenti?». Non che la cosa mi interessi molto. A meno che non abbia a che vedere con esorcismi su ragazzi che provino a portarsela a letto.

«Sì, ma da minorenne. Il suo fascicolo è stato precluso al compimento dei diciotto anni. Quasi tutte stupidaggini, da quello che mi ha detto mio padre. Risse... marijuana... corse con le auto».

Spalanco gli occhi a quest'ultima voce.

«Quest'ultima volta è stata piuttosto seria, invece: ha devastato l'appartamento del suo ex marito».

Blocco il panino a mezz'aria all'udire questa nuova informazione. «Ex marito? Non ha detto di avere ventun anni?».

Mason fa sì con la testa. «Sposata a diciannove. Conosceva il tipo da sei settimane, prima di fuggire insieme a Las Vegas per sposarsi. Dimmi che sei sorpreso che il loro matrimonio non sia durato».

«Merda... Quel tatuaggio sul braccio. Si tratta di lui?». Per forza. E io che ho fatto quel commento da idiota.

«Sì, penso. Sembra che quando è andata a riprendersi le sue cose, abbia cosparso di vernice rossa tutto l'appartamento». I suoi occhi si spalancano di proposito. «Ci vedi il simbolismo? Vernice rossa...».

«È irascibile». Di nuovo, qualcosa che sapevo. Di nuovo, qualcosa che mi piace. Non posso fare a meno di notare il colore che aveva scelto e iniziare a ridere. Quella maglietta non aveva speranze.

«Sembrerebbe che il divorzio sia stato orribile».

«Il tipo l'aveva tradita».

«Imbecille». Se non sei in grado di essere monogamo non ti impegnare in una relazione stabile, tanto meno in un matrimonio. Questa è la mia filosofia. E questo è l'esatto motivo per cui non mi impegno con nessuno. «Quindi Jack ha deciso di portarla a Miami con lui?».

Annuendo lentamente, Mason ammette: «A mio padre è sempre piaciuta molto Reese». Tira su col naso. «Più di quanto gli piacessi io. Ma come faccio a sapere se lei non è qui per truffarlo? Sua madre lo ha già dissanguato una volta».

Mastico il mio panino in silenzio, aspettando che Mason scenda nei particolari, sorpreso che mi stia dicendo così tante cose, per la prima volta. «Lui e la mamma di Reese sono stati sposati per cinque anni prima che lui scoprisse che lei aveva una relazione con Barry Steele».

Il puzzle inizia a comporsi. «Warner e Steele… Vecchi soci?».

Mason annuisce.

«Che brutto affare».

«Be', sì, Annabelle è una puttana opportunista ed egocentrica. Ha quasi azzerato le finanze della mia famiglia. È costato una fortuna a mio padre acquisire la parte di Barry, e poi lei ha provato a ripiombargli addosso come un avvoltoio per ripulirgli le ossa, ma Barry non glielo ha permesso. Papà deve ancora riprendersi economicamente. Ecco perché non ha potuto finire la ristrutturazione dell'ufficio». Mason fa una pausa per bere. «Sembra che lei abbia lasciato Barry circa tre anni fa e si sia orientata verso un senatore».

«È attraente?»

«Sì, a quanto pare. Ma lo era anche la madre di Grendel[6]», mormora, facendomi scuotere la testa. Lasciamo a Mason la citazione di *Beowulf*. Ripiegando l'incarto del suo panino, at-

[6] Donna malvagia e mostruosa, personaggio del poema epico anglosassone *Beowulf* (*n.d.t.*).

tento a non far cadere molliche sui pantaloni, prosegue dicendo: «Mio papà non è stupido, Ben». Gli occhi di Mason sembrano ancora più grandi dietro alle sue lenti spesse, mentre mi scruta.

«Che cosa intendi dire? Diamine, non può incolparmi per quella notte».

«Sa che tipo sei, e sa dove hai lavorato negli ultimi quattro anni. Quasi non ti assumeva per questo motivo. Mi ha fatto promettere che saresti stato in grado di tenerti i pantaloni abbottonati, prima di farti l'offerta».

Risatina. «Be', forse questo lavoro è fatto apposta per te, Mace».

«Non sto scherzando. Guarda, ha appena finito di occuparsi di un'azione legale contro Warner che è durata tre anni. Un tipo dell'ufficio contenziosi usciva con un'assistente legale. Quando si sono lasciati, le cose si sono guastate. Sembra che lei si fosse incattivita e che questo atteggiamento continuasse in ufficio. Jack alla fine l'ha fatta andar via, e lei lo ha citato per licenziamento ingiustificato. Non vuole ripetere esperienze simili. Ecco perché ha queste regole. Regole fatte per essere rispettate».

Mason osserva le leggi, in tutto e per tutto. O è bianco o è nero. Questo probabilmente farà di lui un bravo avvocato. Io sono un tipo da "area grigia", sempre in cerca di vie per infrangerle e reinterpretarle. Questo probabilmente farà di me un fantastico avvocato del diavolo.

«Se questo per te significa qualcosa… lui pensa che tu abbia molto talento, Ben, ma non ci penserà due volte a licenziarti se scopre che vai in giro a scopartele tutte», dice Mason.

Essere licenziati appena usciti dalla facoltà di legge sarebbe un pessimo biglietto da visita. Buona fortuna per la ricerca di un altro lavoro a Miami dopo un simile scherzo, e io sono bloccato qui per il tempo a venire. Mia mamma ha bisogno che almeno uno dei figli le stia accanto.

«E se ti scoprisse con Reese…». Mason prosegue scuotendo la testa.

Do una pacca sulla spalla del mio amico, e prometto: «Ho

chiaro il punto, non ti preoccupare. Ti ho detto che quei giorni sono passati. Inoltre qualcosa mi dice che quella ragazza, con il suo orgoglio, non mi degnerà della minima considerazione». Portarsi una ragazza in camera e farsi vomitare addosso non è la mia massima aspirazione, ma quando si esagera con l'alcol possono accadere cose spiacevoli. Diamine, due giorni fa indossavo il perizoma di Mercy, e avevo tutti i miei gioielli in bella vista. Non è stato uno dei miei momenti più brillanti ma sopravviverò. Eppure, qualcosa mi dice che le cose non scivolano sulle spalle di Reese tanto velocemente. E forse non è stato neanche il vomito. L'ho vista gattonare nuda carponi sul pavimento, e ho riso di lei. Non penso che molte donne apprezzerebbero di essere derise in un momento del genere. Persino Kacey, che non se la prende mai, mi farebbe nero.

Mason apre la bocca ma esita, ha un'espressione sofferente. «Cosa le hai fatto?».

Sollevo le mani in segno di resa. «Non si tratta di ciò che *le* ho fatto».

Lui è in piedi e cammina in avanti scuotendo la testa. «Basta che tu non la prenda in giro, Ben. O lo rimpiangerai».

Merda. Non prenderla in giro per quel dettaglio sarà arduo per me, visto che è ciò che mi riesce meglio. Comunque, me lo deve per non avermi fatto fare una doccia nel mio fottuto bagno. «Ehi», grido e chiedo di colpo: «E tu cosa le hai fatto per farla incazzare così?».

Rallenta i passi e sento il suo lieve sospiro mentre si volta, uno sguardo colpevole stampato in volto: «Ho detto delle cose sciocche su suo padre».

Capitolo 7
Reese

«Dovrebbe assolutamente provare la torta al lime, siamo famosi per questo», consiglia la cameriera con un sorriso, mentre prende l'ordinazione di una porzione di torta al cioccolato e pecan davanti a me.

«Lo terrò a mente», rispondo, come ho già risposto una decina di altre volte, puntando le mezze noci perfettamente integre che decorano la mia fettina. Non è semplice trovare una torta al cioccolato e noci pecan. Ovvio, tutti hanno una torta pecan nel menu. È il cioccolato a renderla unica. Questa torta è il motivo per cui ho iniziato a venire al Bayside Café. Jack me lo ha fatto conoscere, ricordandosi la mia ossessione borderline per questo particolare sapore. Questo posto è diventato presto il mio porto sicuro.

E da quando ho iniziato a lavorare da Warner, solo a pochi isolati da qui, ci vengo più volte a settimana. Ha una splendida terrazza fronte mare, con tavoli in teak e ombrelloni color blu royal, piena di palme e piante di ogni dimensione, abbastanza da sembrare una giungla in cui nascondersi. Ed è proprio ciò che sto facendo questa sera, con il cruciverba del giornale e un testo di giurisprudenza.

Non ne potevo più di stare in ufficio. Natasha continuava ad affacciarsi alla mia porta, con Ben al seguito, chiedendomi quella deposizione o quel contratto. E nonostante distogliessi lo sguardo, riuscivo comunque a vederlo almeno una decina di volte al giorno.

Mentirei se dicessi che Ben non è un tipo *molto* attraente. Ora che sono sobria, posso confermarlo senza riserve. L'unica mia salvezza è che sono troppo impegnata a provare a evitare i miei ricordi imbarazzanti per correre il rischio di lasciarmi prendere dall'euforia; cosa che la metà delle donne sembrava fare oggi. È stato patetico. Persino Natasha aveva un'aria più spumeggiante del solito. E il sorriso con annesse fossette che Ben elargiva ad ognuna di loro me la dice lunga su quanto godesse nel vederle sbavare.

La prima forchettata di torta mi scivola in bocca, quando il telefono si risveglia al suono dei minion che cantano la canzone della banana.

«Buon lunedì», sussurro al telefono.

«Odio i numeri».

«È un bene quindi che tu non avrai a che fare con le cifre quotidianamente da qui ai prossimi quarant'anni». Lina ha finito l'università triennale la scorsa primavera e ha superato l'esame da ragioniere a pieni voti. Ora lavora in un piccolo studio contabile qui vicino, per accumulare un anno di esperienza prima di poter presentare domanda di titolo.

«Cosa stai facendo?», chiede.

«Mi nascondo dal mio karma a Bayside».

«Non bere caffè», mi avverte.

«Troppo tardi», mormoro, mentre mescolo il poco rimasto nella mia tazza. Ogni volta che vengo qui, ordino una tazza per accompagnare la torta al cioccolato e pecan. È un'abitudine immagino. Non ci sono altre spiegazioni. Il caffè è leggero, ha un retrogusto salato, e c'è sempre una strana pellicola in fondo alla tazza. Nessun essere munito di papille gustative apprezzerebbe questo schifo.

Con un profondo sospiro, rivelo l'orrore della mia giornata.

«Allora, Mason è amico del tuo esorcismo fallito», dichiara senza enfasi. Posso sempre contare su Lina per come dice le cose nude e crude. Lei non mena il can per l'aia, non addolcisce la pillola. «Cosa ti ha detto il tipo?»

«Che gli devo una maglietta nuova».

Sbuffa. «Be', un punto per lui».

«Grazie».

«Forse faccio una pausa e passo a trovarti. Possiamo prendere in giro la gente insieme», propone Lina. Un altro vantaggio di questo lavoro: avere la mia migliore amica solo a quattro isolati da me.

«Non disturbarti. Sono stata qui per due ore. Devo proprio tornare in ufficio. Il robot mi ha scaricato tre nuovi casi sulla scrivania oggi».

«Okay. Vuoi venire a cena una di queste sere? Cucina Nicki».

«Questo significa pancetta di tacchino?»

«Tutti i piatti non convenzionali sono stati banditi». Visto che Lina è la proprietaria di questo piccolo due camere e soggiorno in cui hanno traslocato, può permettersi di dire a Nicki di non infliggere agli altri le sue strane preferenze alimentari.

«Allora vengo».

«Okay, bene». C'è una pausa e poi Lina sospira. «Guarda, c'è una cosa che devo dirti».

«Be', non promette bene». Mi ficco un grande pezzo di torta in bocca.

«Tutto dipende da quanto tu voglia che la tua migliore amica, quella che è dalla tua parte, che ha mentito alla polizia per te, che ha assecondato le tue idee strampalate, sia felice».

«Non hai mai mentito alla polizia per me».

«L'ultimo anno di liceo. La bottiglia di vodka nel bagagliaio quando ci hanno fatto accostare».

«D'accordo, una volta». Sbuffo esasperata. «Quindi cosa ti meriti oggi?»

«Be', ho iniziato a frequentare una persona che tu forse non...».

La voce di Lina diventa confusa mentre guardo una donna con i capelli rossi incedere nella terrazza con una borsetta ondeggiante al braccio, felice quanto può esserlo una ladra di mariti rovina-famiglie.

«Oh mio Dio!». Pezzetti di torta vengono risucchiati in gola col sussulto del mio respiro, provocandomi un colpo di tosse che mi sforzo di reprimere. «È lei!», sibilo.

«Lei chi?».

Guardo la nuova moglie del mio ex marito seduta a tre tavoli di distanza con quella che immagino essere un'amica.

«*Lei!*», sibilo ancora più forte, sprofondando la testa in modo da non far notare che la sto fissando.

C'è solo una "lei" di cui io possa parlare con tale veleno nella voce, e Lina capisce al volo. «Cosa? Qui a Miami?»

«No, all'*inferno*! Perché è lì che *io* sto oggi ovviamente!». Prima Ben e ora Caroline?

«Ti ha già riconosciuto?»

«No, ma non ha guardato da questa parte». Senza i capelli viola e i piercing, e in abiti professionali, tranne i deliziosi stivali da cowboy che non indosserei mai, ma Nicki ha insistito perché li indossassi con questo vestito, Caroline potrebbe non riconoscermi. Spero, almeno. Per precauzione, apro il menù e lo alzo, pronta a nascondermici dietro se necessario.

«Ti raggiungo».

«No, non farlo, ti riconoscerebbe». Lina ha vissuto nell'appartamento accanto al loro per mesi, ed era impossibile evitare di incrociare Caroline sul pianerottolo. Conoscendo Lina, l'avrà trafitta con lo sguardo alla prima occasione. «Perché è qui?». Un secondo sussulto più piccolo. «Si sono trasferiti a Miami?». Jared aveva sempre voluto trovare un lavoro come saldatore nautico da queste parti.

«Non lo so. Cosa dice il suo profilo Facebook?»

«Non ci sono ancora entrata da quando siamo state a Cancún». Così come era stato duro disintossicarmi da quella dipendenza, il mio unico contatto con Jared, non sopportavo di vedere la prova del loro matrimonio. Solo l'idea ancora mi fa sentire un coltello che affonda nello stomaco.

«Okay, solo un secondo. Fammi vedere se abbiamo ancora l'amicizia su…». Sento il rumore della tastiera dall'altro capo. «Già, si sono trasferiti a Miami. Due settimane fa».

«Merda», bisbiglio più a me stessa, una strana, fastidiosa sensazione mi pervade il petto, e aggiungo: «E scommetto che ha trovato lavoro come saldatore nautico». Stavamo spesso sdraiati a letto la notte con le luci basse e i Muse, il suo gruppo preferito, a volume basso, mentre mi disegnava barche su tutto il corpo, descrivendomi le diverse parti e spiegandomi in cosa consistesse il suo lavoro. Le barche non mi interessavano affatto ma preferivo mentire e lasciarlo esprimere. Sapevo che era solo questione di tempo e si sarebbe distratto con i dipinti su nudo.

«Lei di cosa si occupa? Non mi viene in mente».

«Oltre a distruggere matrimoni e spezzare il cuore alle persone?». Ho scoperto che mi aiuta dipingerla come la cattiva, anche se so che dovrei indirizzare almeno un po' di quell'odio su Jared.

Ignorando la mia acidità, Lina divaga: «Be', almeno Miami è una grande città».

«Eppure questo mondo è fottutamente troppo piccolo, è evidente».

«Respira profondamente, Reese», mi guida con dolcezza. Come se fosse preoccupata di quel che io possa fare. La capisco. Non mi sono mai trattenuta dal prendere a pugni una ragazza, se lo meritava.

«Sto bene», dico sbrigativa, guardando la principale responsabile del mio cuore infranto, a un tiro di forchetta da me, nel suo abito a quadretti. A quadretti? A parte a Disney World e in *I Love Lucy*[7], chi indossa ancora abiti a quadretti? E i capelli lisci fluenti sulla schiena. Uno strano piacere perverso sboccia in me, nel guardare la donna che non si è fatta scrupoli a venire a strapparmi la vita di dosso, mentre ride con un'amica, ignara della mia presenza.

Non le ho mai parlato. A parte alcuni dettagli che Jared mi ha rivelato all'inizio della nostra relazione (lui non raccontava mai di lei), so che le rispettive famiglie si frequentavano, loro erano amici d'infanzia, e alle scuole superiori si erano fidanzati, anche se lei viveva a Savannah. Pensavo che fosse uscita dalla sua vita da molto tempo. Chiaramente non era così.

Perché ha voluto sposarla? Forse è bella, ma di una bellezza normale e noiosa. Sembra allegra e dolce e probabilmente non impreca mai. Immagino che sappia far volteggiare un pompon,

[7] Sitcom televisiva americana, i cui primi episodi in bianco e nero risalgono al 1951 (*n.d.t.*).

e ci scommetterei che facesse parte di qualche confraternita Delta Fottiti. Ma cosa vede in lei? E lei come lo completa?

Jared ha sempre detto di non sopportare quel tipo di ragazza; che io ero una ventata d'aria fresca, dopo esser stato soffocato per anni da ciò che i suoi ricchi genitori volevano per lui e per la sua vita.

Che io e lui ci completavamo.

Che lui non riusciva a respirare senza di me.

La guardo passarsi una mano tra i capelli, lo scintillio di quel diamante, che so che Jared non può permettersi col suo stipendio, cattura il mio sguardo, rammentandomi che non importa quello che io *non vedo*. Ciò che importa è quel che Jared *vede*.

Immagino che abbia trovato un modo per respirare senza di me dopo tutto.

Inconsciamente mi trovo a far ruotare il semplice e pur bellissimo anello vintage d'argento con perla al mio dito, col quale Jared mi aveva sorpreso la mattina del nostro viaggio a Las Vegas, deciso su due piedi, cinque giorni prima del mio ventesimo compleanno.

Quello si è rivelato il più bel giorno della mia vita.

E ovviamente il peggior sbaglio della mia vita.

Ho spostato l'anello alla mano destra ma non ho ancora avuto la forza di rimetterlo nella scatola di legno del passato, sotto al mio letto.

«Reese?». La voce di Lina interrompe i miei pensieri.

«Sul serio, mi è passata. Devo andare o rimarrò bloccata in ufficio tutta la notte. Ci vediamo domani». Attacco il telefono e mi nascondo un po', guardando la mia torta mangiata per metà, che non riuscirò a finire.

Penso di andar via ma continuo a guardarla. La terrazza è insolitamente silenziosa, abbastanza da farmi sentire quel suo fastidioso accento del Sud. Ascolto la sua conversazione su come lei e suo *marito* abbiano appena traslocato in un appartamento qui vicino, e lei verrà qui spesso perché servono il *miglior* caffè.

Sto seduta ancora un'ora, staccando pezzetti di torta, pur

non riuscendo a mangiarla. Quando si alza per andarsene, raccolgo le mie cose silenziosamente, la aspetto all'uscita, e poi sgattaiolo fuori dal locale. Per fare ciò che ogni ex moglie sana di mente farebbe.

La seguo per cinque isolati, fino a una palazzina.

E ora so dove vive il mio ex marito.

Grandioso. Perché questa giornata non è stata abbastanza brutta.

La mia umiliante avventura di una notte, il metro e novanta biondo e compiaciuto, quando ritorno dal bagno sta seduto sulla mia sedia con i piedi sulla scrivania.

Reese-universo zero a… *Ti odio.*

«Perché sei ancora qui?». Sono quasi le dieci di sera e, a parte Jack e Mason, sono andati tutti a casa.

Apre e chiude i due cassetti laterali della mia scrivania e risponde: «Cercavo quella carne essiccata».

«L'ho mangiata». Chiudo la porta col piede e butto la borsetta sulla scrivania.

I suoi occhi mi squadrano pigramente dalla testa ai piedi, senza pudore. «Penso che dovremmo parlare». E all'improvviso fa scivolare giù le gambe e si mette in piedi, mostrandomi tutta la sua solida struttura, che io cerco di ignorare per evitare di esserne catturata. Ben non si veste molto elegante, non come Mason, che indosserebbe un completo a tre pezzi a letto se l'etichetta lo richiedesse, ma ha uno di quei fisici su cui sta bene tutto.

Ci scambiamo di posto, Ben vaga davanti alla scrivania, mentre mi tengo a distanza girando dall'altro lato per sedermi sulla mia sedia finalmente libera.

«Non ho mai detto a Kent quello che è successo nella mia stanza. Gli ho lasciato intendere di aver segnato il punto».

Mi pervade uno strano senso di sollievo. E sorpresa. Pensavo che Ben non si facesse scrupoli a raccontare una storiella sfiziosa, a costo di mettere in ridicolo gli altri. Ma… «Mason?». Immagino che il disgusto che provo ad immaginare il mio fratellastro che fa sesso sia reciproco. Per fortuna non l'ho mai visto voltarsi per guardare una femmina.

Ben soprassiede con un lieve cenno: «Oh, *lui* sa cosa è successo davvero, ma non dirà nulla».

«Oh mio Dio!», grido, e il mio precedente senso di sollievo si incenerisce con l'improvviso fuoco che mi avvampa sulle guance. Poggio la fronte sulla fresca scrivania. *Mason non dirà nulla, un cavolo!*

«Rilassati». Sento dei passi avvicinarsi, e una mano si posa sulla mia nuca. E su di me ha l'effetto contrario. Ora il corpo mi si irrigidisce del tutto. «Ho omesso la parte sul vomito. E il gattonare. Immagino che tu sia ancora un po' sensibile a riguardo». Sento dell'umorismo nella sua voce. «Come stavi il giorno dopo? Avevi avuto una brutta caduta».

«*Ora* ti preoccupi?». Ho passato il resto della vacanza con i lividi alle ginocchia e un'unghia rotta, dopo aver sbattuto l'alluce contro il letto.

«Non volevo ridere». Alzo gli occhi e vedo un sorriso gigante sul suo volto, il che lo rende poco credibile. «E se questo può consolarti, hai un culo fenomenale. Se non lo so io che l'ho visto così bene…».

Gemo tra me e me. «Oggi non è un buon giorno per me, Ben».

Alza le mani in segno di resa. «Mi sembra giusto. Volevo scusarmi». Gira di nuovo intorno alla scrivania, come un avvoltoio che volteggia sulla preda, ma in maniera noncurante, senza incombere, e si ferma davanti alle foto personali che ho appeso alla parete.

Un dito indica la foto del vecchio Chevrolet blu arrugginito. «Cosa c'è tra te e i furgoni vintage?».

Dico soltanto: «Mi piacciono», non volendo approfondire oltre.

Lo guardo in silenzio mentre valuta le cose ancora per qualche minuto, finché chiede d'un tratto: «Ehi, ti va di andare a pranzo insieme domani? Visto che ti dai molto da fare per Natasha e io lavorerò con lei per qualche mese, forse dovremmo ricominciare daccapo». Si volta per guardarmi con occhi azzurri sinceri, con la voce rotta da un'improvvisa dolcezza. «Che ne dici? Tregua?».

Jack mi dice sempre che devo prendere decisioni in base al buonsenso e non alle emozioni. Dopo aver passato qualche settimana con Ben la mia mortificazione passerà.

Giusto?

Quindi fare pace con Ben ora sarebbe la mossa giusta per tutti.

Giusto?

Apro la bocca.

E poi vedo quella scintilla diabolica e una contrazione delle labbra che pronunciano: «Fanno dei Margarita potenti da Amigos, non lontano da qui. Come piacciono a te. Mi porto un cambio di vestiti per dopo, è ovvio».

«Vai via». Sarà un inferno.

«Potremmo fare una bella passeggiata gattonando sul lungomare, e poi…».

«Vaffanculo. Okay? Vattene». Lo odio.

Sogghigna, completamente a suo agio, e ora guarda la sagoma cartonata in dimensioni reali di quello stupido coso alieno che ho ordinato su internet qualche settimana fa, come vaffanculo a Nelson, dell'ufficio contratti in fondo al corridoio. «Oh, dài, Reese. Non farne una tragedia. Devi imparare anche a ridere di te stessa».

Forse se la realtà, nelle sembianze di un troll in abito a quadretti, non mi avesse di nuovo conficcato il suo tacco a spillo nel cuore, non me la sarei presa tanto. Ma sono entrata qui sentendomi già in uno stato pietoso. Ora sono incavolata nera.

Sento il mio sorriso crudele muovermi la bocca mentre rivolgo l'attenzione allo schermo. «Goditi i tuoi primi mesi qui. Immagino che June ti aiuterà, a giudicare dal poco lavoro che ha. Penso che ti piacerà lavorare con lei». Non è vero. June parla da sola e ha sempre un forte alito speziato. Non ha un gran carico di lavoro perché è sempre l'ultima scelta degli avvocati. È lenta come una lumaca.

Riduce la distanza e si sporge in avanti sulla scrivania, improvvisamente accigliato. «Pensavo che *tu* lavorassi per Natasha».

Chiudendo le cartelle dei casi di Natasha e impilandole una sull'altra, le spingo verso il bordo, facendo un cenno a Ben di prenderle. «Scusa ma Nelson è passato proprio oggi, supplicandomi di aiutarlo, e ho accettato. Sarò impegnata con lui per molto tempo. Non lo sapevi? Vado dove c'è più bisogno di me».

La cosa che mi piace di più è che Jack non mi ha mai assegnato a degli avvocati specifici. Mi lascia andare dove c'è lavoro e trattare ambiti diversi, un po' come fossi un'assistente legale freelance. Sono l'unica che può farlo e credo che gli altri assistenti mi odino per questo, ma non mi interessa. Non sono qui per fare amicizie.

Per quanto Natasha possa essere irritante, tendo a lavorare di più con lei. Ha molto da fare, i suoi casi portano parecchi soldi allo studio, e in genere hanno a che vedere con delle dispute. E a me piacciono le situazioni calde.

Quando Natasha si è avvicinata alla mia scrivania oggi, è arrivata col proposito di accarezzarmi l'ego, dicendomi che risorsa preziosa io sia per lei, che è super impegnata, e non ha il tempo necessario per seguire un nuovo avvocato. Sembra che la curva dell'apprendimento sia ripida e, a prescindere da quanto Ben sia dotato, e a quanto si dice si è laureato quasi a pieni voti, lo aspetta un brusco risveglio.

E ora, io e Nelson staremo fianco a fianco, che gli piaccia o no. Ho appena deciso.

«Uh». Ben atteggia le labbra a un sorriso. Penso che si sia appena reso conto di cosa abbia combinato: si è riccamente inculato da solo.

«Ma sono sicura che ve la caverete bene anche senza di me, visto che tu sei così brillante», dico fingendomi sincera.

«Non sono preoccupato, Reese. Deluso. Penso che ti sarebbe piaciuto lavorare con me».

Combattendo l'impulso di fare un'espressione seccata, grido: «Chiudi la porta».

La lascia completamente aperta e passeggia lungo la vetrata, facendomi l'occhiolino.

Capitolo 8
Ben

Mia madre mi dice sempre che non uso il buonsenso quando si tratta di donne.

Di nuovo devo ammettere che ha ragione.

Perché sono stato così imbecille?

Se avessi dato ascolto a Mason e tenuto chiusa la mia bocca larga, Reese mi avrebbe aiutato a capire un po' di questa robaccia. Ora sono incastrato con June, una cinquantenne che indossa ogni giorno lo stesso cardigan blu, borbotta in continuazione tra sé e sé, e mi ha fatto odiare per sempre la carne in scatola.

Lavoro da Warner da due settimane e sono sepolto da scartoffie. La quantità di orribili divorzi e dispute per la custodia dei figli in Florida consolida la mia determinazione a starmene lontano da qualsiasi cosa che abbia la parvenza di un matrimonio. Non sono mai andato via dall'ufficio prima di mezzanotte questa settimana, ed eccomi, di sabato mattina, a trascinarmi in trincea, sentendomi non tanto come il ragazzo brillante, quasi il migliore del corso, ma piuttosto come lo scemo del villaggio che per lavoro continua a buttar fuori a calci gli ubriachi da Penny's.

Un colpo porta la mia attenzione alla porta, dove Jack si affaccia con una tazza di caffè in una mano e un vassoio di muffin nell'altra. «Ho saputo che sei un appassionato dei dolci della signora Cooke». Posa il vassoio sulla scrivania. «Dio benedica quella donna, ma spero che smetta di portare tutta questa roba in ufficio. È colpa sua se sto ingrassando». Si tocca la pancia molle per rafforzare il concetto.

La signora Cooke, l'assistente di Jack, è una robusta quarantacinquenne con i capelli castani corti, un neo gigante sul labbro superiore, e degli occhiali a fondo di bottiglia, che suda a profusione, e probabilmente non vivrà oltre il suo sessantesimo compleanno se non inizia a nutrirsi meglio. Ma cavolo, che dolci che fa. È brava quasi come la mia mamma.

Jack osserva con i suoi occhi grigi le pile di fascicoli sulla mia scrivania. «Come vanno le cose? Vedo che Natasha continua a tenerti impegnato».

«Sì». Annuisco lentamente. Il mio ufficio inizia a sembrare un deposito, e le mie dita sono piene di taglietti. «Chi avrebbe mai detto che ci fosse così tanto materiale cartaceo in un mondo digitale?»

«Come ti sembra fino ad ora?».

A parte volermi sparare in testa almeno una volta al giorno? «Niente che io non riesca a gestire».

Jack sorride mostrando comprensione. «Ricordo il mio primo anno. È stato l'inferno. Volevo abbandonare. Ma non ti preoccupare, andrà meglio. La metà dell'opera consiste nell'avere una buona squadra dietro di te, in modo da poterti dedicare alle cose importanti».

Primo *anno*. Super. «La prendo in parola». Faccio una risatina, e in quel momento il motore di una moto romba fuori dalla mia finestra.

«Ah, bene, è venuta», mormora Jack bevendo un sorso di caffè e avvicinandosi per guardare fuori verso il parcheggio dello studio.

Venuta? «Chi?», chiedo, assalito dalla curiosità. Lo raggiungo alla finestra giusto in tempo per vedere questa "lei" sfilarsi il casco dalla testa, con i lunghi capelli biondi che si riversano sulle spalle. «Porca troia», mi lascio sfuggire, fissando Reese a cavallo di una Harley in jeans e una giacca di pelle attillata, sul viso un'aria tranquilla, mentre il motore si spegne, completamente a suo agio, come se fosse nata per portare la moto.

Sexy da morire.

Sento lo sguardo di Jack su di me e mi accorgo che sto mangiando con gli occhi la sua figliastra davanti a lui. Deglutisco e aggiungo subito: «Quegli aggeggi sono pericolosi».

Scuote la testa rassegnato e sussurra: «Lo so. Se tu avessi visto il rottame che aveva prima che le prendessi questa. È la migliore sul mercato per una donna».

«Gliela *lascia* portare?».

Sbuffa. «Non c'è modo di lasciar fare qualcosa a Reese. Quella ragazza si è sempre creata le sue regole, da quando l'ho conosciuta. Almeno in questo modo, in cambio sono riuscito a farle accettare alcune norme di sicurezza. In genere è più cordiale quando crede che le decisioni le stia prendendo lei».

Preso nota.

Mi chiedo se sia per questo che le dà la libertà di muoversi tra i casi di cui si occupa. Tornando alla mia scrivania, Jack prende in mano la mia foto incorniciata. È la preferita di mia mamma: io a quattordici anni in uniforme da football bianca e blu, sul campo accanto a lei, dopo aver vinto la prima partita del primo anno, giocando nel ruolo di quarterback. «Giochi ancora?». Jack sa qualcosa della mia carriera nel football dal nostro colloquio.

«Ogni tanto, per svago. Aiuto il mio allenatore delle scuole superiori sporadicamente ma non posso correre come prima, con i chiodi al ginocchio». Sospiro. «È stato bello finché è durato». Ho amici nelle mie stesse condizioni, messi in panchina per sempre da commozioni cerebrali e strappi ai legamenti. Dopo anni, ancora non l'hanno accettato, e continuano a dirsi: «Come sarebbe stato se», depressi per i loro lavori diurni monotoni e i loro garage da un posto. Io cerco di non pensarla così. Se lo facessi sarei ancora più depresso di loro. Per me non ci sono stati dei: «Se non fosse andata così». Con la mia classificazione e con i talent scout in giro, io sarei stato indubbiamente selezionato per la NFL. Ma sono stato placcato, e tanto è bastato per distruggermi il ginocchio destro. Per sbattermi fuori dal gioco. Fuori da ciò che amavo.

Mio papà aveva colto nel segno quando diceva: «Quel che semini raccogli».

E cavolo, quanto gli piaceva dirlo proprio davanti a me.

«Ne sono certo», concorda Jack, riposando la foto con cura. Fa qualche passo, e fa capolino quando l'ascensore suona. «Reese?». Siamo i soli in ufficio quindi il nome echeggia nell'ambiente aperto. Lei lo sente sicuramente. Rumore di passi che si avvicinano. Ho una lieve contrazione allo stomaco per l'eccitazione di vederla apparire sulla soglia della mia porta. Durante la settimana indossa abbigliamento curato da ufficio. Oggi ha jeans strappati che le avvolgono stretti i fianchi e quel suo bel culo tondo. Sotto la giacca slacciata intravedo una vecchia maglietta dei Mötley Crüe[8] aderente alle tette. Non sono neanche sicuro che si sia spazzolata i capelli. Forse dipende dal giro in moto. Comunque non importa. Mi piace questo look.

Certo, non guarda neanche dalla mia parte, eppure sono sicuro che sappia che sto lì in piedi a fissarla. È il mio ufficio, dopo tutto.

Sono due settimane che non mi dice una sola parola, da quel primo giorno. Ha fatto tutti gli sforzi possibili per essere occupatissima con i casi di Nelson, il che ha seccato parecchio Natasha, secondo cui Reese una volta si era dichiarata pronta a sbucciarsi i polpastrelli con una grattugia piuttosto che lavorare con lui.

«Ti è arrivato il mio messaggio?», chiede Jack.

«Sono qui per questo», dice lei, con una voce più dolce e amichevole rispetto a quando si rivolgeva a me. «In cosa posso aiutarti?»

«Ho bisogno del mio migliore assistente per aiutare il mio nuovo avvocato a rimanere in piedi. Natasha mi ha detto che Nelson ha monopolizzato il tuo tempo. Lei e Ben stanno lottando per star dietro ai casi, quindi le ho detto che il diritto di famiglia occuperà il cento per cento del tuo tempo nelle prossime settimane, se non ti dispiace».

Guardo i suoi occhi scaltri spostarsi su di me, socchiudendosi appena, chiaramente sta pensando che io abbia qualcosa a che vedere con questo. Devo stringere le labbra per evitare di ridere. Se rido mi odierà a morte. Non voglio che mi odii a

[8] Gruppo musicale hard rock-heavy metal formatosi a Los Angeles nel 1981 (*n.d.t.*).

morte. Idealmente devo trovare il modo per farmi amare. Ho l'impressione che neanche le *piaccia* la maggior parte delle persone, quindi questa potrebbe essere una sfida.

Jack le dà una pacca sulla spalla, e con voce più dolce, come per convincere un animale terrorizzato a uscire da un nascondiglio, dice: «Dai una mano a questo povero ragazzo in qualsiasi modo tu possa. Sta praticamente dormendo qui».

Capitolo 9
Reese

«Dovrebbe proprio provare la torta al lime», consiglia la cameriera mentre mi porge la mia solita ordinazione.

«Forse la prossima volta». Infilzo una noce pecan con la forchetta. Se continuo così, il mio culo debordera dalla nuovissima Harley SuperLow che ho trovato ad aspettarmi sul vialetto di casa al mio rientro da Cancún. Il regalo di Jack per compleanno e promozione. Dopo che un cavo dei freni della mia vecchia Honda Shadow era stato trovato spezzato, l'aveva reputata pericolosa e l'aveva spedita a rottamare mentre io ero fuori. Aveva dato un anticipo consistente e io sto pagando delle modeste rate mensili per coprire il resto. Penso che tutto faccia parte del suo piano per trasformarmi in una ventunenne responsabile. Che porta la moto.

L'ho accettato di buon grado, incapace di contenermi la prima volta in cui ho acceso il motore e mi sono persa nel caratteristico rombo in fondo al petto. Oggi stavo progettando di perdermi in quel rombo giù fino alle Keys, finché non ho trovato il messaggio di Jack sul comodino, che mi chiedeva un aiuto in ufficio. Dopo tutto quello che Jack ha fatto per me, è una delle poche persone per cui farei di tutto per accontentarlo, quindi ovviamente ho cambiato i miei piani. Se avessi saputo che il robot e Ben avevano supplicato per ottenere la mia totale attenzione, non sarei venuta così volentieri.

Vedere Ben compiaciuto spettatore dell'imboscata, a braccia incrociate sul petto, non mi ha certo sollevato l'umore. Lui sa esattamente perché ho lavorato su soporiferi contratti aziendali nelle ultime due settimane. Onestamente, non penso che ficcarmi un coltello nell'orecchio sarebbe più doloroso che ascoltare la voce nasale di Nelson che disquisisce noiosamente su questa clausola e quell'emendamento e bla bla bla... Ma per quanto io sia stata agonizzante, ho tratto un certo piacere nell'apprendere che l'ego ipertrofico di Ben poteva accusare il colpo.

Ho accolto la richiesta di Jack, ovviamente, a denti stretti, e ho detto a entrambi che sarei rientrata dopo un'ora perché avevo qualcosa di importante da fare.

Questo circa tre ore fa.

Per questo non mi sorprende che Ben stia in piedi di fronte al mio tavolo con un gran sorriso compiaciuto sul volto, come se mi avesse preso con le mani nel sacco.

«Tutto questo è *molto* importante».

«Controllo qualità del cibo», mormoro mentre la sedia libera di metallo viene trascinata sul lastrico della terrazza e lui si siede.

«Bene, spero che tu abbia bocciato il caffè perché sa di merda», dice Ben, bevendo dal mio bicchiere di latte al cioccolato.

Apro la bocca per protestare ma la richiudo in fretta. Non voglio proprio pensare a cosa abbia fatto Ben con la sua bocca. E poi, parla con tutti in questa maniera o solo con me?

«Jack mi ha detto che ti avrei facilmente trovata qui».

«Sono molto prevedibile quando si tratta di mangiare». Guardo la torta confezionata che mette sul tavolo con un sopracciglio sollevato. «Affamato?»

«È per un'amica incinta che voglio andare a trovare dopo, se riesco a uscire dall'ufficio».

Cerca di farmi sentire in colpa. Carino. Per sua sfortuna sono cresciuta con un genio della manipolazione e in genere non ci casco.

«Bravo, fai contenta la tua futura mammina».

Quella risata forte echeggia nella terrazza; le persone si voltano. «Non vedo l'ora di riferirle quello che hai detto». Mi strappa di mano la forchetta, si fionda sul mio piatto e si porta un pezzo della mia torta alla bocca. «Cavolo quant'è buona. Ma dovresti provare la torta al lime la prossima volta».

«Odio i lime».

Scuote la testa e dice con un tono un po' spazientito: «No, Reese. Stai solo facendo la difficile».

«E chi lo dice?».

Fa un giro con lo sguardo, soffermandosi su un tavolo di giovani donne. «Lo dicono i Margarita che mi hai vomitato addosso».

Gli strappo la forchetta di mano e mi avvicino il piatto, proteggendolo con la mano libera. «In realtà odio i lime. Quella sera volevo solo abbracciare il cambiamento».

«E come è andata?»

«Be', ora sono sicura di odiare il lime *e* il cambiamento».

Ben porta la testa indietro e sorride verso il cielo, e non posso evitare di notare il suo pomo d'Adamo sporgere dal collo. Ha proprio un collo robusto e forte, ma non come quello di quegli orrendi ragazzi senza collo. Piuttosto il contrario. «Dimmi una cosa... vale proprio la pena soffrire per due settimane con i contratti di Nelson, che tutti sanno che odi?»

«Adoro lavorare con Nelson», mento. «Ha una voce incantevole».

Si mette comodo sulla sedia, rilassato, e mi guarda per un po'. «Mason mi ha avvertito che non devo infastidirti».

«Vedi? Il Grillo Parlante sa le cose».

«Sì, immagino di sì».

Mandando giù l'ultimo boccone con il latte e cioccolato, dico con sufficienza: «È una fortuna che tu non abbia bisogno di me».

«Oh, ma Jack ritiene di sì, quindi...». Allunga le braccia sopra la testa, le maniche della maglietta nera larga scendono rivelando quanto tempo abbia dedicato alla ginnastica, e sorride fiero. «Immagino che mi aiuterai, che ti piaccia o no».

Faccio un sospiro mentre il mio sguardo osserva la terrazza, consapevole di essere stata incastrata. Jack non pretende mai che io lavori con un avvocato in particolare. Dice sempre che è contento che io lavori duro e mi tenga fuori dai guai. Se ora lo ha fatto, è perché ritiene che sia necessario.

«Guarda». Ben appoggia i gomiti sul tavolo fissandomi con

quello sguardo penetrante che probabilmente cattura molte donne. «Se prometto di non nominare più nulla che abbia a che fare con Cancún, possiamo ricominciare?». Abbassa un po' la testa, i grandi occhi blu pieni di sincerità. «Cosa vuoi che faccia? Piangere? Strisciare a terra? Farò qualsiasi cosa tu mi chieda. Per favore».

Mi piace questo lato di Ben. Sono certa che non capiti spesso, e sono sicura che si sia preparato per bene questa conversazione, ma comunque mi piace che mi supplichi.

«Dài, qualsiasi cosa. Vuoi che inizi a pensare anch'io a qualcosa di imbarazzante?».

L'improvviso interesse, non tanto nel pareggiare i conti quanto per cosa possa imbarazzare questo stronzo, deve essere evidente sul mio volto, perché tira fuori il cellulare dalla tasca dei jeans. «Ecco, guarda questo. Almeno non è la ripresa di quando eri carponi col culo scoperto». Non sapendo cosa aspettarmi prendo l'iPhone, accorgendomi delle sue dita che sfiorano le mie nel passaggio, e vedo un tipo che si arrampica su un qualche palco, con un brandello di qualcosa che sembra un bikini rosa infilato nel culo e una serie di: «Oh mio Dio! Ma è...?». Con un brivido, faccio lo zoom sullo schermo e vedo un'inquadratura poco lusinghiera della sua persona.

«Già. Mi sveglio e vedo i commenti della mia amica a queste foto. Credo ne abbia fatte una cinquantina. Pensa che siano troppo divertenti». Ben riprende gentilmente il telefono dalla mia mano e scoppia a ridere.

«Devo conoscerla. Già mi sta simpatica».

«Sì, credo che andresti d'accordo con Kacey. Vi assomigliate molto». Rimette il telefono in tasca e diventa d'un tratto serio. «Sto annegando in questa merda, Reese. E June... porca puttana!». Si copre il viso con le mani enormi, trascinandole giù, mostrando la sua frustrazione. «Se devo sedermi in una stanza con lei ancora per un'ora, penso che mi taglierò le vene. Non posso trascorrere tutti i fine settimana in ufficio. Mia madre ha un agrumeto e avrà bisogno di me quando sarà stagione, e io ho bisogno di una mano. Per favore aiutami».

Faccio un sospiro. Forse ha davvero imparato la lezione. Forse… i miei pensieri si perdono dietro alla cameriera che accompagna due persone a un tavolo, dall'altro lato della terrazza. Riconosco l'andatura spavalda nei passi del tizio; ciocche di capelli ondulati intorno alle orecchie e più lunghi sul collo, e mi viene la voglia di attorcigliare quei boccoli con le dita.

Un'ondata di emozioni si infrange dentro me nel vedere Jared sedersi. Indossa i soliti jeans scuri, calati sui fianchi in maniera provocatoria. Sono sicura che se alzassi quella morbida maglietta grigia, vedrei l'elastico delle mutande di Calvin Klein; non indossa altro. La sua pelle normalmente olivastra è ancora più scura, come se avesse trascorso più tempo al sole. È probabile, se lavora all'aperto. E le sue braccia sembrano più robuste di…

«Terra chiama Reese». È Ben che poi aggiunge: «Cos'è che fa stare le ragazze a bocca aperta?».

Riesco per tre secondi a riportare l'attenzione su Ben che è lì in attesa, ma poi torno compulsivamente a Jared.

E guardo. Come un folle che necessita di un cocktail di sedativi e una stanza imbottita, guardo Jared per la prima volta da quasi nove mesi. Lui che intreccia le sue dita con quelle di lei e porta quella mano alla bocca, baciandola delicatamente, pronunciando qualcosa come «ti amo».

Faceva così con me.

«Merda», mormoro, ricacciando la nausea che mi assale e la gelosia. Volto la faccia dall'altra parte, provando a riparare il mio profilo con la mano nel caso Jared guardasse in questa direzione.

«Che succede?», fa Ben, rigirandosi sulla sedia.

Gli metto la mano sulla guancia, dandogli uno schiaffetto per spingerla nella mia direzione. «Niente. Sto per andare via».

Facilmente contrasta la mia forza, con gli occhi blu controlla gli altri tavoli. In qualche modo adocchia quello giusto. O quello sbagliato, dipende a chi chiedi. «Chi sono?»

«Chi è chi?». Fare la finta tonta non è mai stato il mio forte.

«Quella rossa sexy e quel tipo».

«Non è così sexy!», scatto, e stringo i denti mentre un ghigno si stampa sul volto di Ben. Mi stava provocando e ci sono cascata. Non riesco a impedire alla mia attenzione di ricadere di nuovo su quel tavolo. Mi si stringe lo stomaco nel vederla portare i capelli sulla spalla e fare dei risolini quando lui le dice qualcosa, col sorriso radioso. Ci provo ma non riesco a smettere di fissarlo, e il dolore sordo del tradimento mi batte nel petto, ricordandomi i suoi occhi verde pallido...

E all'improvviso quegli occhi mi guardano.

Mi immobilizzo come uno scoiattolo colpito dai fari di un'automobile mentre i vari stadi – dall'irrilevanza al riconoscimento, allo shock, alla preoccupazione – si susseguono sul suo volto, nel momento in cui Jared realizza che la sua ex moglie pazza è seduta solo a pochi tavoli di distanza. E quando Caroline si accorge di aver perso la totale attenzione del marito, si volta per vedere cosa ci possa essere di più importante per lui.

Per fortuna riesco a distogliere lo sguardo prima che il suo cada su di me, e ora fisso di nuovo Ben, e credo di avere il panico negli occhi. «Continua a guardare me, *per favore*», lo imploro.

«Non è così difficile». Credo che sia una lusinga ma ora non funziona.

Merda. Sapevo che un giorno il destino mi avrebbe fatto uno scherzo crudele. Il mondo è troppo piccolo e spietato perché ciò non accadesse. Ma non così presto e in questo modo. Non in jeans scoloriti, maglietta logora e stivali neri, e con i capelli scompigliati dal casco. Sono io quella che dovrebbe essere sexy.

Iniziano a scottarmi le orecchie mentre sento i loro occhi puntare me, e poi guardarsi fra loro, poi di nuovo passare a me, senz'altro discutendo sul da farsi. Ben deve aver percepito la mia ansia perché si allunga e mi stringe la mano nella sua. Non provo neanche a ritrarla. Poi si avvicina appena e mormora: «Tutto a posto?»

«No».

Un insieme di sorpresa e preoccupazione balena dai suoi occhi. «Devo ferire qualcuno per te?».

Nonostante la situazione sento il mio cuore ammorbidirsi un po'. È dolce da parte di Ben assumere un ruolo protettivo. Immagino che diversi anni come buttafuori gli abbiano sviluppato questi istinti. «Sì, ma non nel modo che pensi tu». Con la coda dell'occhio vedo Jared spostarsi dalla sedia e iniziare a dirigersi verso di me, con Caroline alle costole.

Oh merda. «Stiamo insieme, va bene?», mi lascio sfuggire senza riflettere.

La faccia di Ben per un attimo resta impassibile. E poi il sorrisetto di chi è a un pelo dalla vittoria gli si stampa in faccia. «Vuoi il *mio* aiuto?»

«Per favore, solo...». Non faccio in tempo a chiedere, Jared ora è in piedi accanto al tavolo.

«Reese, sei tu?». La morbida cadenza nella sua voce è seducente come lo era la prima volta in cui lo avevo incontrato, quando mi aveva attirato nella sua trappola. Caroline non perde tempo e avvinghia il braccio ossuto a quello di lui, posando la sua mano in maniera indiscreta in modo che l'anello si trovi proprio di fronte a me, al centro della mia visuale. Nel caso io non sapessi che fossero sposati. Mi obbligo a fare un lento respiro per calmarmi, ma sento una scossa nel petto.

«Ehi, Jared». Vorrei sembrare indifferente o disinvolta ma non riesco a evitare questa voce debole. La sola presenza di Jared ha sempre avuto un effetto tranquillizzante su di me. Con la coda dell'occhio noto il sopracciglio di Ben impennarsi mentre il suo sguardo passa al mio braccio, dove ho ancora il vistoso tatuaggio.

«Wow, sei così... diversa».

Mi tocco i capelli e scosto alcune ciocche. «Esigenze del mio nuovo lavoro». A dispetto della risposta disinvolta mi trema la voce. Non lo sopporto.

Jared sposta l'attenzione su Ben, osservando velocemente la parte alta del suo corpo, prima di tornare a me. «Cosa fai a Miami?»

«Vivo qui. Mi sono trasferita nove mesi fa». *Subito dopo che mi hai strappato il cuore.*

«Ah, Lina non ha detto nulla in proposito». *È perché lei ti avrebbe torturato se avesse potuto.* La mia amica tanto onesta ha una vena crudele che aspetta solo di essere sguinzagliata, forse peggiore della mia. «Noi abbiamo traslocato circa… ehm…». Aggrotta le sopracciglia come turbato.

«Due settimane fa». Caroline finisce la frase per lui con la sua pesante cadenza strascicata del Sud, aggiungendo: «In un fantastico condominio vicino al mare». E appoggia la guancia sulla sua spalla. «Vero, tesoro?».

Questo sembra dargli una scrollata. «Sì. Vero». Si morde il labbro. «Ho trovato un posto da saldatore. Lavoro sulle imbarcazioni».

«Come avevi sempre voluto», mormoro azzardando di guardarlo negli occhi. Sono ancora penetranti come un tempo.

«Esattamente». Le sue labbra si spiegano in un sorrisino tranquillo. Jared non è mai stato un gran burlone. Non come Ben. Lui è riservato di natura, preferisce starsene seduto e lasciare che le cose accadano, piuttosto che prendere in mano una situazione.

Lunga pausa durante la quale Jared semplicemente mi fissa, io serro le mascelle e Caroline sembra intenta a stare appiccicata al corpo di lui. Ciò è oltremodo imbarazzante. L'unico a sembrare perfettamente a suo agio è Ben. A giudicare dall'ampio sorriso sul suo volto, il bastardo se la sta spassando.

Tira fuori una mano. «Ciao, io sono Ben».

Con un leggero cenno del capo, Jared annuisce. «Jared».

«L'ex marito, giusto?».

Il volto di Jared si contorce con un'ombra di disappunto. «E lei è Caroline».

Ben le fa l'occhiolino. «La concubina».

Con le labbra leggermente increspate, manda i capelli dietro l'orecchio e sottolinea: «*La moglie*. Io e Jared stiamo insieme da quando avevamo dodici anni». Come se questo giustificasse tutto. Il messaggio sottinteso è chiaro. Il mio matrimonio con lui era stato un frivolo contrattempo nel loro progetto di vita felice.

«Giusto». Il tono asciutto di Ben è sottile ma inequivocabile.

È ovvio che lui non si preoccupa di offendere qualcuno ed

è contento di chiamare le cose con il loro nome. Una parte di me desidera baciarlo. L'altra vuole dargli un pugno sul naso.

Per fortuna cambia argomento e modulo in un batter d'occhio. «Gran bel posto questo, vicino al mare».

«Proprio vero!». Gli occhi di Caroline si illuminano e mi chiedo se sia tutta una messa in scena. Se sia davvero così briosa e dolce. «Adoro il loro caffè. Vengo qui ogni mattina».

Questo già lo so. Lo so perché lo scorso martedì mi sono seduta sulla panchina di un prato e ho aspettato per quasi un'ora che apparisse. Viene per il caffè del mattino alle otto e mezza. Poi cammina per quattro isolati in direzione ovest per arrivare a un vecchio edificio ristrutturato dove è assistente amministrativa in un'agenzia di assicurazioni. Lo so perché l'ho seguita dal locale al lavoro.

E so bene che ciò che ho fatto non è per niente salutare.

«Quindi dovete esservi *appena* sposati. Congratulazioni».

A Ben non sfugge proprio niente, cazzo. Gli uomini non sono capaci di notare certi dettagli. E quelli come Ben men che meno. Lancio uno sguardo alla "ti sembra proprio il caso?" nella sua direzione ma mi ignora, tenendo gli occhi sulla coppia felice.

«Sì. Lo scorso luglio, a Savannah. È stato un meraviglioso matrimonio, *elegante*. Il più bello».

Una coltellata perfettamente mirata alla mia schiena, dritta al cuore. Come se non fosse abbastanza, mi accorgo che col pollice, fingendo di giocherellare, solleva la manica della maglietta di Jared per mostrare un nuovo tatuaggio. Una figura avvolta in un mantello che tiene una saldatrice in mano.

Proprio dove era tatuato il mio nome.

Chiudo gli occhi per il fastidioso groppo in gola e per il dolore sordo che mi si diffonde nel petto, rimpiangendo di non indossare una camicia a maniche lunghe o la giacca della moto. Qualsiasi cosa che copra il mio tatuaggio di cui il mio corpo *non* si è sbarazzato. Non ho il minimo dubbio che la sua mossa sia stata intenzionale. Caroline non è la ragazza dolce come ambrosia che finge di essere.

Questo è troppo per me. Ho sempre saputo che il giorno in cui avrei rivisto Jared dopo la nostra orrenda separazione sarebbe stato difficile. Solo che non ho mai capito quanto grande fosse lo scombussolamento del mio cuore, pur così ben allertato, visto il modo concreto e doloroso in cui lui è andato avanti, a differenza di me, per molti aspetti.

Jared si schiarisce la voce e solleva il braccio sulla spalla di Caroline, nascondendomi di fatto la vista del tatuaggio. «E così dove stai lavorando ora, Reese?».

Sto ancora provando a ritrovare la voce quando lo strusciare della sedia di Ben mi scuote da un silenzio infernale. «Lavora nel mio studio legale», risponde Ben per me. Si alza e mi prende per mano, sollevandomi dalla sedia. Eseguo passiva.

«Studio legale?», fa Jared con occhi increduli mentre Ben butta un braccio sulle mie spalle. Ora che Ben è in piedi, la differenza di stazza è evidente. Ho sempre pensato che Jared fosse robusto, ma in confronto sembra esile.

«Una delle donne più in gamba che io abbia mai conosciuto. La metà degli avvocati non riesce a starle dietro, incluso me». Rivolgendosi a me con un sorriso malizioso, mormora: «Non è così, bambola?».

Gli rispondo con un sorriso a labbra strette.

«E infatti sarà bloccata in ufficio tutto il weekend per aiutarmi. Ma è stupefacente. Non si lamenta mai. Vero?». I suoi occhi su di me, in attesa di un mio cenno.

Mi ha messa all'angolo e lo sa. Faccio un sospiro. «Faccio quello che posso».

Fa l'occhiolino come a sigillare il nostro accordo silenzioso. E poi il galletto del cazzo mi tira a se, abbastanza vicino per abbassarsi e baciarmi dritto sulle labbra. Non tenta neanche di usare un po' di pudore come converrebbe in un bar o in presenza di altre persone, con la lingua che scivola dentro tranquilla prima di decidere dopo un po' di darci un taglio.

In circostanze normali sarebbe stata una piacevole sorpresa perché, pur essendomi convinta che fosse stata solo la tequila, Ben bacia da Dio. Ora però sto solo provando a fare i conti con la prima importante scossa del terremoto che ha fatto tremare il mio mondo.

Non so cosa diavolo provo.

So solo che mi sento la testa un po' leggera, Jared mi fissa intensamente, e Caroline fissa suo marito, con una strana espressione pietrificata sul volto.

Ben allunga il braccio indietro e con la mano libera prende il portafogli. Tira fuori una banconota da venti e la getta sul tavolo per saldare il mio conto. Agguanta la scatola della torta ed esclama: «È stato un piacere conoscervi. Ora devo riportare la mia ragazza al lavoro. Abbiamo un *lungo* weekend davanti». Facendo ruotare il mio corpo rigido e conducendolo verso l'uscita, mi infila una mano nella tasca posteriore, con una solida presa della chiappa sinistra, che sottolinea con una strizzata, e aggiunge con voce alta e fastidiosa: «Sai, penso che dovresti aiutarmi a dipingere il mio ufficio di rosso».

I miei polmoni non hanno più ossigeno e le guance vanno a fuoco.

Lo voglio strozzare.

E anche Mason, visto che Ben di certo ha saputo dell'incidente con la vernice rossa e del mio matrimonio fallito dal mio fratellastro, che non aspettava altro che dipingermi come la cattiva, senza dubbio.

Fischiettando Ben mi conduce all'uscita. Non oso girarmi. Riesco solo a mettere un piede davanti all'altro e fare del mio meglio per non colpire Ben con una forte gomitata nelle costole. «Grazie per aver ricordato quel fatto», sibilo a denti serrati.

«Cosa, della vernice?». E sbotta in una risata. «Davvero pensi che non si ricordino?». Toglie la mano dalla mia tasca, liberando il braccio per poggiarlo di nuovo sulle mie spalle. «Gli stavo solo comunicando che non mi interessa se la mia ragazza è una schizzata totale. Un giorno però me lo racconterai bene. Scommetto che è una storia interessante».

«Hai approfittato della situazione. Dieci punti per essere un pezzo di merda», bisbiglio mentre ci fermiamo sul marciapiede e aspettiamo che il semaforo diventi verde.

«Prego. Ti ho solo aiutato a far ingelosire il tuo ex marito. Di solito non faccio cose come fingere di essere il fidanzato di qualcuna. In genere sono come la Svizzera. Ho fatto il matto per te, quindi sii grata».

«Tutto solo per buon cuore?»

«Di certo per un mio organo», credo di sentirlo mormorare, e poi intravedo il suo sorriso furbo quando dice a voce più alta: «Esatto. Non essere sciocca e non leggerci dietro niente, va bene?».

Il braccio sulle mie spalle scivola via permettendogli di afferrarmi il mento. Mi tira su la faccia perché lo guardi negli occhi cristallini. «Provi ancora qualcosa per lui?»

«No».

Ovvio, non mi crede e aggiunge con un timbro più delicato: «Sai che sono coinvolti entrambi, vero?»

«Lo so».

Sospira e per la prima volta non vedo da nessuna parte ironia nel suo volto. «Non sei stupida, Reese. Quindi non fare come quelle stupide ragazze che si consumano per uno stronzo. Specialmente uno sposato».

Lo sento ma non ascolto, ancorata a qualcosa che ha detto prima. «Pensi davvero di averlo fatto ingelosire?»

«Puoi dirlo forte. Ho visto che faccia ha fatto, per non parlare della puttana di sua moglie. Non c'è modo, per un uomo che è stato dentro di te, di guardare un altro metterti la lingua in bocca».

«Questa dovresti farla pubblicare sulle cartoline della Hallmark». Ben è abile a far sentire bene una ragazza, devo riconoscergielo. Se non fossi così sconvolta dall'aver visto che Jared ha cancellato a vita il mio nome dal braccio, ammetto che sarei in grado di sorridere.

Mentre mi fissa, torna il classico sorriso seducente di Ben con le fossette. «E grazie per non avermi staccato la lingua con un morso prima». Pausa. I suoi occhi guardano dietro di me. «Stanno uscendo proprio ora. No, non farlo». Con le dita mi stringe la presa sul mento per evitare che mi giri, tenendo i miei occhi incollati ai suoi. «Troppo ovvio. Vuoi *davvero* farlo impazzire? E far impazzire lei, perché ti garantisco che non le è piaciuto il modo in cui lui ti fissava inebetito».

La voglia di infastidire Caroline è innegabile. Annuisco e Ben non aspetta altro. Posa la torta impacchettata su un chiosco di giornali accanto a noi, mi mette una mano dietro al collo e una sul culo e mi tira a se, inglobandomi col suo corpo, questa volta con un bacio che andrebbe dato a porte chiuse. Si guadagna anche qualche suonata di clacson e qualche fischio al passare delle auto.

Quando Ben alla fine mi libera, ci metto un po' a ricordarmi perché mi abbia baciata. «Stanno ancora guardando?», sussurro, col poco fiato che mi resta.

«Cazzo. Non erano loro. Dovrei farmi controllare la vista». L'espressione accigliata dura due secondi prima di mutare in un sorriso malizioso e capisco che mi ha ingannato.

Prendo la torta e gliela sfascio su quell'ampio torace.

«Come fate a essere amici tu e Mason?».

Ben alza gli occhi dal suo fascicolo e guarda me, poi i miei piedi appoggiati alla sua scrivania. Se è un suggerimento non lo raccolgo. Se devo passare tutto il weekend seduta in questo ufficio, voglio stare comoda. «Che intendi dire?».

Rispondo portando gli occhi al cielo: «Sai esattamente cosa intendo».

Si allunga sulla sedia, si stira, permettendomi di vedere meglio i muscoli definiti di petto e spalle. «Che posso dire? Sono un tipo socievole. Piaccio alle persone. Soprattutto alle bamboline arrapanti con i capelli viola».

«Ne hai incontrate molte a Cancún o ti sei spostato?». *Ottimo.* Stavo giusto pensando a quanto fosse stato gentile a onorare la promessa di non parlare più di quella vacanza e ora l'ho nominata io.

I suoi occhi si socchiudono leggermente come per valutarmi, e decidere cosa ammettere. «Penso che molte di loro fosse bionde. Tranne la spagnola. Ah... e una rossa».

Fantastico. Non sono affatto sorpresa. Non ho pensato neanche un attimo di essere qualcosa di diverso da una conquista di una notte. Avergli vomitato addosso è stata forse la mia salvezza. «Devi esserti stancato molto in questa vacanza», dico ironica.

Increspa quelle fossette. «Due di loro erano migliori amiche, quindi... sì, quella notte».

Lotto per evitare di spalancare la bocca, perché ho la sensazione che Ben non ne voglia sapere di chiudere con quel tipo di vita. Io posso considerarmi avventurosa, Jared pensava proprio questo di me, ma non credo che mi sognerei mai di competere con uno come Ben. Lui lavorava in un locale di spogliarelli, in fondo. «Ti sei sempre piaciuto così tanto?»

«Ho passato un anno difficile nel novantanove, ma l'ho superato in fretta», risponde con una risatina, riportando l'attenzione allo schermo del computer. Sono passate ore da quando siamo tornati dal disastroso incontro con Jared e Caroline, e io e Ben siamo stati tutto il tempo seduti in ufficio. Mi sono tenuta occupata analizzando il carico di lavoro, scrivendo appunti sui passi da intraprendere e sulle date importanti; cose che riesco a sfoltire in poco tempo. Poi daremo questi appunti a June e agli altri assistenti, perché completino il lavoro senza dover pensare o interagire. Tra questo e quel po' di conversazione, sono riuscita a non sentirmi troppo giù al pensiero di Jared dopo tutto.

Ben non ha fatto battute sui Margarita o sul mio gattonare. Non ha nominato il palpeggiamento pubblico a cui mi ha sottoposto all'angolo della strada, e grazie a Dio Jack non guardava dalla finestra in quel preciso istante.

È come se non fosse mai successo.

Studio il suo viso abbronzato e bello. Quel sorriso da svenimento. Dopo esser stata qui con lui così a lungo, per quanto io odii ammetterlo, Ben non si è rivelato quel cattivo ragazzo che mi ero convinta che fosse. Sì, è pur sempre impertinente e odioso, e molto irritante a volte, ma lavora sodo, sembra davvero rispettare Jack, ed è gentile con tutti. Anche con il mio fratellastro nerd.

Quindi, forse è stato un bene che Jack ci abbia spinto a lavorare insieme. Sono già abbastanza tesa, senza dovermi sforzare nella Missione: Evitare Ben al Lavoro. E ora non dovrò sedermi nell'ufficio di Nelson pensando ai modi per gambizzarlo e farla franca.

«Avevo ragione». Mi allungo per prendere la foto di Ben da ragazzo sul campo, in tenuta da football. Una brunetta piccolina, sua madre, presumo, anche se non gli assomiglia affatto, sta accanto a lui con un sorriso orgoglioso. «Quanti anni avevi qui?»

«Quattordici».

Davvero? Pensavo almeno sedici. «Eri già alto». E splendido. Anche a quell'età si capiva che Ben aveva certamente tutte le ragazzine intorno a sbattere le ciglia. «Hai detto che ti sei infortunato, vero?». Mi sembra di ricordare che mi avesse raccontato qualcosa del genere a Cancún. Quando annuisce gli chiedo: «E come mai sei diventato avvocato?»

«Onestamente?». Fa una pausa battendo la penna sul taccuino. «Stavo diventando un professionista. Non c'era dubbio a riguardo. Poi un imbecille mi ha sfondato il ginocchio. Quel colpo è stato scorretto da tutti i punti di vista. Non avevo la palla da almeno cinque secondi. Il tipo voleva farmi fuori in maniera definitiva. Non era nuovo a episodi del genere. Non avrebbe neanche dovuto avere il permesso di giocare». Si allunga indietro sulla sedia, e sul suo viso passa una rara espressione cupa. «La NCAA[9] fu coinvolta, il tipo venne sospeso per una fottuta partita. Ero incazzato nero ma non potevo farci nulla. Una volta che la NCAA si pronuncia, poi non torna sui suoi passi. Dovevo comunque tentare. Quindi ho istruito un caso da solo contro quel ragazzo, con nomi e cognomi, date e testimoni. I suoi trascorsi». Vedo nei suoi occhi la scintilla della passione. «Mi sono appellato perché lo sospendessero. Per me non sarebbe cambiato nulla, come avevo immaginato. Ma quando l'idiota mise a terra un altro giocatore l'anno successivo, grazie alla mia azione legale venne espulso per un anno». Ben si stringe nelle

[9] National Collegiate Athletic Association, associazione che definisce i programmi sportivi di college e università negli Stati Uniti (*n.d.t.*).

spalle. «La mia carriera sportiva si chiudeva lì, ma ho pensato di potermi esprimere al meglio nel diritto in materia sportiva. Conosco i retroscena di questa professione, oltre al gioco. Come individuare futuri talenti, tutte le scuole di prestigio, requisiti e condizioni dei contratti standard, e tutte le rotture di scatole burocratiche. Ho pensato che con un po' di fortuna me la sarei cavata».

«Ma Warner non ha una sezione dedicata al diritto sportivo, Ben», dico lentamente, per non smontare con qualcosa di ovvio l'improvvisa eccitazione nella sua voce.

Sorride. «Lo so, Reese. Non ancora, comunque. Mi è stato offerto un lavoro in uno studio legale sportivo sulla West Coast, ma devo stare a Miami per mia mamma per ora. E Jack vorrebbe farmi provare a crearne uno qui, dopo che avrò mostrato quello che valgo».

Ben rivolge di nuovo l'attenzione al suo lavoro e sento le mie labbra muoversi in un sorriso. Jack si adopera sempre per aiutare le persone. Mi chiedo se lo stia facendo con Ben perché è un caro amico di suo figlio, e Mason non ha molti amici. Jack è il tipo che farebbe queste cose.

«Cos'altro ha detto Mason di me?».

Le fossette riappaiono, le vedo anche da qui. «Che sei da manicomio».

«E?».

E lo sguardo di Ben si sposta verso di me. «E questo mi piace».

«Be', scusa se ti deludo», rispondo con un sospiro pesante mentre addento una mela lasciata da Jack, prima di andarsene. «Sono del tutto sana di mente. Ce l'ha con me da quando sono saltata fuori dall'armadio e si è fatto la pipì addosso». Ovviamente ometto il fatto che fossi vestita da pagliaccio e che avessi una mannaia che sembrava vera in mano. E che avevo otto anni. Perché quei dettagli potrebbero farmi apparire un po' instabile.

Ben scoppia a ridere di gusto, un suono autentico, che mi rassicura. «Bene, mi vuoi aiutare con questo lavoro o vuoi startene seduta a tentarmi tutto il giorno?».

Alzo gli occhi al cielo anche se in fondo mi crogiolo nelle sue parole.

Non ci credo.

Otto ore dopo quel ridicolo show nel bar, sto a cavalcioni sulla moto fuori dal Chick-fil-A[10] mangiando un panino mentre guardo un messaggio su Facebook dal mio ex marito.

È stato bello vederti oggi. Sei più bella che mai.

Rileggo il testo almeno venti volte e intanto un'amara nostalgia mi stringe le budella. Jared mi salutava sempre con un distratto "Ciao splendore" appena spegnevo la sveglia. La prima volta in cui lo aveva detto fui piuttosto sconcertata perché sentivo queste parole da quando avevo cinque anni, quando c'era ancora mio padre. Crescendo con una madre dall'aspetto di Annabelle, io che non avevo preso da lei, ed ero in tutto uguale a mio padre, so cosa significa essere splendidi, e sono certa di non esserlo. So di avere un *qualcosa*. Qualcosa che *a volte* attira l'attenzione di *qualcuno*.

Ma Jared mi ha sempre fatto sentire splendida.

All'improvviso mi è andato via l'appetito. Incartando il resto della cena e rimettendolo nella borsa per un altro momento, digito con mano tremante:

Anche per me è stato bello vederti.

Semplice. E molto falso. È stato "bello" vedere Jared oggi? È stato anche solo lontanamente piacevole? No, non lo è stato. Eppure sento la scintilla di un qualcosa dentro di me che mi convince di altro. E per quanto io voglia fare la stronza, per quanto io voglia stare con lui con la mia sfilza di "perché" – *perché mi hai lasciato? Perché mi hai mentito? Perché mi hai spezzato il cuore?* – mi ritrovo a fissare lo schermo, aspettando che abbia letto il messaggio, sperando in una risposta.

Sto ancora aspettando quando sento dei tacchi femminili e qualcuno che mi chiede: «Ha da accendere?».

[10] Catena di fast food statunitense specializzata in panini al pollo (*n.d.t.*).

Mi giro e vedo degli occhi castani che scrutano la mia figura, forse allo stesso modo in cui io ora faccio con lei. È molto bella e seducente, ha capelli neri lunghi e lisci, lucidi come seta, e labbra piene e imbronciate. Il seno certo *troppo* gonfio e tondo per essere vero.

«Mi dispiace, non fumo».

Emette un gran sospiro di esasperazione e le cadono le braccia, una sigaretta appesa tra due dita. «Perché nessuno fuma più?»

«Perché non fa tendenza. In più io ho già il cuore nero. Polmoni neri sarebbero il colpo di grazia».

«È lo stesso per me», mormora, guardando la mia moto. «È tua?».

Mi analizza con gli occhi socchiusi per un po' prima di indicarmi col mento l'altra Harley accanto alla mia, quella con le fiamme rosse e gialle che stavo ammirando prima. «È del mio ragazzo. Sta per uscire. Ehi!», saluta un tipo che arriva camminando, con la sigaretta accesa in mano. Lui sembra felicissimo di cercare un accendino in tasca, con gli occhi puntati sulla scollatura di quella donna, quando si accende la sigaretta. «Grazie tesoro», dice lei con la voce bassa e roca, facendogli l'occhiolino e soffiandogli una nuvoletta di fumo in faccia. «Ora vai prima che arrivi il mio uomo».

Che stronza. Però un po' mi piace.

Il mio telefono cinguetta di nuovo e, incapace di aspettare, controllo il messaggio.

È stata dura vederti con quel tipo oggi. È una cosa seria?

«Cazzo, mi prendi in giro?», mormoro, con gli occhi spalancati dallo shock. *Davvero?* Vedere *me* con qualcun altro è stata dura per *lui*? E poi perché mi chiede di Ben? Non sarà per caso…

Oh cazzo. Forse Ben aveva ragione.

«Cattive notizie?», chiede la donna fra un tiro e l'altro.

Sento il broncio impossessarsi furtivamente del mio volto. «No. Non penso». Faccio una pausa per metabolizzare questa svolta negli avvenimenti, mentre una strana eccitazione preme per venir fuori. «Penso che oggi ho fatto ingelosire il mio ex marito».

Se per lui è stata dura, allora… ci tiene ancora.

E io che avevo lavorato tanto per convincermi che non ci tenesse.

Quelle prime due settimane dopo averli scoperti insieme nella doccia, ero allucinata. Prima ho pensato di aver frainteso qualcosa, di non aver visto quello che avevo visto, di non aver udito ciò che avevo udito. E poi un mattino mi sono risvegliata da quella foschia, con gli occhi gonfi ed emotivamente a terra, e ho accettato che fosse vero. Da quel punto in poi i miei pensieri si sono trasformati in una speranza disperata che Jared si accorgesse di aver commesso un errore, che fosse solo confuso, che fosse accaduto solo quella volta, che forse avesse bevuto. Molto. Alle undici di un martedì mattina. Mi sarei aggrappata a qualsiasi versione dei fatti, purché lui finisse col tornare da me strisciando e chiedendomi di perdonarlo.

Sapevo che se lo avesse fatto io me lo sarei ripreso. Per quanto testarda e indipendente io sia, avrei capitolato in un istante. Perché sarebbe stato l'unico modo per mettere fine all'agonia che mi invadeva il cuore, da quando mi svegliavo la mattina a quando mi riaddormentavo la sera.

Quando Lina aveva trovato un messaggio di Jared, che chiedeva il divorzio, nella sua cassetta della posta, infrangendo le mie illusioni, dimostrandomi quanto fossi stata pazza, un risentimento deleterio aveva preso il sopravvento e riempito l'inutile vuoto rimasto. Ed era tutto. Era finita.

Mi sono aggrappata a quel risentimento per mesi, lasciandolo tramutare in indifferenza. È stato in qualche modo incoraggiante, provare che mentre Jared non mi vuole o non ha bisogno di me, neanche io lo voglio, né ho bisogno di lui. Che non ero stata umiliata da lui, troppo cieca per vedere cosa stesse succedendo sotto il mio naso.

Ma ora lui mi ha dato questa nuova sensazione a cui aggrapparmi, una specie di soddisfazione malsana: sapere che potrebbe esserci uno straccio di *qualcosa* rimasto nel suo cuore per me. Come una speranza riaccesa. È come se al mio ego maltrattato fosse stata data una dose di steroidi. Qualsiasi cosa sia è comunque inebriante.

«Stai provando a riconquistarlo?», mi chiede con un sospiro, guardandomi con attenzione.

«No… è sposato. Con la donna con la quale mi ha tradito». *Riconquistarlo?* Potrebbe mai accadere?

«Allora perché gli rivolgi la parola?». Spegne la sigaretta col tacco, dopo averla finita in tempo record.

«Non lo so». Non conosco questa donna e non mi importa se mi giudica. Forse è per questo che ammetto, senza pensarci troppo: «Forse voglio riaverlo con me». Faccio una pausa e poi aggiungo: «Dopo averlo ferito». Dopo avergli fatto male al cuore, averlo fatto sentire perso, avergli fatto rimpiangere le sue scelte. E poi, quando avrà pianto e strisciato a terra e sofferto… forse me lo riprenderò.

Riprenderemo quello che avevamo un tempo.

«E potrete vivere felici e contenti». Non so se sia sarcastica o meno. Ma poi la sua maschera di malumore scivola via per un momento, rivelando una sorta di profonda comprensione che mi dice che lei capisce il mio dolore. «Ho passato anni ad aspettare qualcuno, sperando che avesse solo bisogno di tempo. È stato stupido».

«Io non sono stata ad aspettarlo», rispondo.

Alza le spalle mentre un tipo alto con una giacca di pelle, jeans strappati e grossi stivali neri, esce dal ristorante, dirigendosi verso di noi.

«È lui?», chiedo indicandolo con un cenno della testa.

Un sorriso delicato muove il suo volto duro e intuisco che le capita raramente di sorridere. «Io e Fin siamo stati amici per anni. Lui è sempre stato disponibile per me. Poi alla fine ho capito quanto lui sia importante».

Quando ci raggiunge, non perde tempo e le dà un bacio veloce, che lei gli concede, toccandogli la barba in modo giocoso. Ad essere onesti lui non corrisponde affatto al tipo che nel mio immaginario possa attrarre una donna così. Lei potrebbe essere una spogliarellista o una escort. Ma a ognuno il suo.

«Ti piace?». Guarda la mia moto con la riverenza tipica dei motociclisti.

«Mi piacciono quelle un po' più potenti, ma è bella». Quando Jack mi aveva sorpreso con la proposta di firmare un prestito insieme, aveva già fatto una ricerca. Sembra che con questo modello da "principianti" ci siano meno probabilità che io mi ammazzi.

«Stavo pensando di prendere per China una di queste», ammette con un sorriso, «ma mi piace sentirla dietro di me».

«Wow. Si parla di moto. Elettrizzante», mormora secca la donna. «Pronti per andare, tesoro?». Si infila il casco e gli dà una pacca scherzosa sul sedere come per dirgli di partire. Lui esegue, lanciando una lunga gamba al di sopra del sedile. Lei usa le spalle di lui per bilanciarsi e fa altrettanto, inforcando la moto dietro al suo uomo. Poi piazza i suoi occhi su di me. «Dice il saggio: se devi lottare per accaparrarti un ragazzo, significa che non se lo merita. Prenditi colui che ti sta aspettando». Abbraccia il suo ragazzo in vita mentre lui avvia il motore.

Li guardo mentre si allontanano insieme velocemente.

Sdraiata sul letto con un braccio piegato sotto la testa, ancora vestita, fisso il telefono, decidendo come rispondere al meglio alla domanda di Jared riguardo a Ben. Alla fine decido per:

Non l'ho ancora sposato.

L'ironia. Quando si è in dubbio, usare sempre l'ironia.

Eppure fa ancora male.

Come se aspettassi una risposta, che potrebbe non arrivare stasera – Jared è sempre stato un disastro nel rispondere ai messaggi –, ruoto sul fianco per raggiungere la zona sotto il letto. Con le dita afferro il legno liscio del mio piccolo scrigno del tesoro, la scatola che racchiude il mio passato.

Il profumo di cedro mi solletica le narici, mentre apro la scatola e analizzo le foto del matrimonio che si nascondono lì. Il completo bianco dell'uomo vestito da Elvis che ci ha sposato non eclissa il mio volto radioso, mentre sto in piedi seminascosta dal lato di Jared, col vestito viola provocante in tinta con i miei capelli. Dall'angolatura da cui siamo stati inquadrati, il diamante sull'anello che porto al naso luccica investito dal flash. Jared è casual e sexy come al solito, in jeans scoloriti e maglietta attillata dei Kings of Leon[11] che avvolge il suo fisico scolpito a meraviglia, come se fosse tagliata su di lui e solo per lui.

Pensavo che Jared fosse fatto per me e solo per me.

Ci capivamo a vicenda. Più importante ancora, diceva di amarmi per come ero. Di amare ogni mio aspetto. Il mio essere stronza al mattino, sarcastica quasi tutto il tempo, tranne quando mi scioglievo in qualcosa di morbido e avvicinabile, quasi vulnerabile, tra le sue braccia. Gli piaceva che io portassi la moto e che suonassi la chitarra, e che potessi cantare a squarciagola Joni Mitchell e Eddie Vedder mentre preparavo l'uovo strapazzato, una delle poche cose che so cucinare. Gli piacevano i miei capelli viola e i miei piercing, e che non mi tirassi indietro all'idea dei tatuaggi abbinati. Neanche per un istante.

Amava il mio essere indipendente ed emotiva, e che io fossi diversa dalle altre ragazze.

A me, dal mio canto, piaceva che non contasse sui soldi dei suoi genitori e scegliesse di fare il saldatore perché gli piace lavorare il metallo. Che non guardasse due volte le altre ragazze mentre ero in giro con lui. Mi piaceva quando mi diceva di invitare i miei amici a uscire con noi. Amavo il fatto che non potesse stare una notte senza di me. Una volta ci aveva anche provato. Era venuto a Miami per l'addio al celibato di un amico, e alla fine aveva guidato per quel che restava di quella stessa notte, per accoccolarsi con me alle cinque del mattino.

Amavo il modo in cui mi aveva scelto in un attimo. Come mi voleva nella sua vita. Era l'unico uomo che sembrava volersi impegnare con me per sempre.

[11] Gruppo rock statunitense nato a Nashville nel 2000 (*n.d.t.*).

Con un sospiro, ripongo la foto nella scatola e tiro fuori il foglio di carta spiegazzato che sta sotto, l'appunto che Jared aveva lasciato a Lina.

Reese,
mi dispiace che tu lo abbia saputo così. Io e Caroline ci siamo incontrati e… la amo ancora. Quello che c'è stato fra noi sarà sempre qualcosa di speciale per me. Pagherò tutte le spese. Per favore firma i documenti così possiamo tutti andare avanti.
Mi dispiace,
Jared

Non ho mai pensato che un banale foglio di carta potesse avere il potere di trafiggere il cuore di un essere umano. Era arrivato con un modulo telematico compilato per chiedere il divorzio nello Stato della Florida, e dei Post-it colorati indicavano dove dovessi firmare.

Sapevo che quelli non li aveva messi Jared.

Ho tenuto questo foglio per ricordarmi quanto Jared mi avesse ferito e quanto non volessi più avere a che fare con lui. Eppure, ora che è a Miami, ora che ho avuto un assaggio di cosa si provi ad avere di nuovo la sua attenzione… non penso di poter lasciar perdere. So di certo che non riesco a smettere di pensarci. Tiro un sospiro, controllando di nuovo il telefono. Ne varrà la pena? Penso che quella donna davanti al fast food abbia ragione. O almeno *potrebbe* avere ragione.

È da un po' che non apro questa scatola. Scavando più a fondo trovo ricordi ancora più vecchi. Ancora più dolorosi.

La foto di una bambina piccola con i codini, con le mani allungate al massimo per raggiungere il manubrio della Harley del papà mentre finge di guidarla. La tiro fuori e la osservo attentamente, come ho fatto per anni, finché qualcuno bussa alla porta di sorpresa. Jack si affaccia, chinando un po' la testa dopo aver visto la mia reazione di spavento. «Come è stato lavorare con Ben oggi?».

Non riesco a non sorridere. È preoccupato che io ce l'abbia con lui per aver giocato la carta del boss. E avermi fatto lavorare di sabato, niente di meno. «Bene. Abbiamo fatto parecchi passi avanti. Gli ho detto che ci vedremo in ufficio domani pomeriggio».

«E è stato… professionale?».

Soffoco una sorta di grugnito. So bene cosa mi sta chiedendo Jack. «Non devi preoccuparti, Jack». Penso che non faccia altro riguardo a me.

Preoccuparsi.

Preoccuparsi che questa nuova Reese nella "versione aggiornata", che lui ha aiutato a creare, sia solo temporanea. Che sia solo una questione di tempo prima che io scenda dal treno dei rispettosi della legge, per così dire, che prima o poi gli tocchi ancora tirarmi fuori da qualche guaio. Che io scappi e mi sposi di nuovo.

Noto che le sue spalle si sono abbassate come se si fosse liberato da un peso. Entrando nella mia stanza, avanza e prende la foto che ho in mano. «Ti addormentavi con questa. Io la mettevo via prima che arrivasse tua madre e la trovasse. Te l'avrebbe bruciata».

«È stato un bene quindi che Annabelle non mi abbia mai rimboccato le coperte», mormoro sardonica, sebbene senta il calore diffondersi nel petto, all'aver ascoltato questa confessione. Non mi ero mai accorta di non essere io a nascondere la foto, o che Jack venisse a vedere come stessi la sera.

Assume un'aria di disapprovazione, guardando la foto per un minuto prima di ridarmela.

«Ehi, davvero non ti risposerai mai, Jack?», chiedo, riponendola e spingendo la scatola sotto il letto.

«Oh…». Un'espressione corrucciata gli fa aggrottare le sopracciglia. «Penso che due volte mi bastino».

«È stata Annabelle? Ti ha creato un tale casino?»

«È per tanti motivi, Risolatte». Sorride con tristezza. «Ho rinunciato a quell'amore tanti anni fa. Restare attaccati a persone che non vogliono il tuo amore non fa mai bene». Tira un grande sospiro. «Forse se incontro la donna giusta, le cose cambieranno».

«Be', di certo hai catturato l'attenzione della signorina Sexton», lo sfotto con un sorriso, sapendo di poterlo fare. Jack è una persona davvero tollerante e alla mano.

Rabbrividisce. «Preferisco qualcuno di un po' più... raffinato». Nonostante il cognome possa essere evocativo, con il vizio di avere sempre della liquirizia e una sigaretta appese alla bocca, la signorina Sexton è assai lontana dal cliché della vicina single sexy. Due divorzi alle spalle, e la voce nasale dei nativi di Boston che le dà un accento decisamente poco attraente. La trovi spesso ad annaffiare il suo giardino. È una che indossa i leggins in lycra verde lime, un reggiseno sportivo e le Crocs. Il fatto che abbia messo al mondo quattro figli, e abbia una cicatrice verticale da cesareo della vecchia scuola, non impedisce alla cinquantenne di sfoggiare ciò che *potrebbe* esserci stato venticinque anni fa. Sono sorpresa che non ci siano stati reclami ufficiali nel quartiere. È un vicinato di classe medio-alta di case indipendenti abbastanza grandi e tenute paesaggistiche.

Jack si china per darmi un bacio sulla testa. «Buonanotte».

«'Notte Jack», mormoro, ma poi lo chiamo: «Jack!».

Si ferma e si volta, con un punto interrogativo sul viso.

«Credi che si debba lottare per ciò che si vuole?»

«Sono un avvocato, Reese. Non faccio altro che lottare», riconosce con un sorriso; ma poi si corruccia. «Perché?»

«Niente. Solo curiosità».

Con una mano sulla maniglia, mi osserva per un attimo. «Ti stai tenendo lontana dai guai, giusto?».

Metto giù la testa sul cuscino. «Fino ad ora».

Pausa seguita da un sospiro esasperato. «Buonanotte Reese».

«Buonanotte Jack».

Appena la porta si chiude, mi rivolto e afferro il laptop per fare una cosa che non faccio da mesi.

«Caro vecchio Facebook, che aiuti la gente a impicciarsi dei fatti degli altri dal Duemila e...», bisbiglio, aprendo la pagina del profilo di Jared, serrando i denti nell'attesa.

Come immaginavo. Foto dopo foto, fiori e inchini e un enorme abito bianco tappezzano la sua bacheca. Tutte postate da Caroline. Davvero? La cerimonia in chiesa? Jared è ateo. Ci saranno cinquecento persone inzeppate a guardare un ateo che si sposa. Jared odia la folla.

Sorride in tutte le foto, non posso negarlo. E anche in smoking è bello da far girare la testa. Eppure…

Appare un nuovo post mentre scorro il suo profilo. Sorpresa delle sorprese. È lei a colpire ancora!

Il mio omone sexy è pronto a proteggermi qui, domani mattina! Cosa devo indossare?

Segue un link di un campo da paintball estremo a nord di Miami.

Mi si stringe lo stomaco. Mi piace il paintball. Io e Jared ci andavamo sempre, e in genere ci portavamo Lina e Nicki. Ho persino l'abbigliamento e una pistola semiautomatica da paintball.

Clicco sul link per leggere le informazioni sul posto. Proprietà e gestione della stessa famiglia da venticinque anni. Questo è sempre un buon segnale. Significa che sanno farlo funzionare e avranno un buon numero di arbitri. È un grande campo a nord della città, con un'area boschiva. Preferisco di gran lunga questi a quelli in città, dove fanno stare ammucchiati in un magazzino. Questo significa anche che ci potranno essere molti giocatori. Con tutti gli equipaggiamenti di protezione e le maschere, è difficile identificare una persona…

Non posso andarci da sola. Cioè, io sono un po' matta, ma non così tanto. Devo andare con le mie amiche. Mando subito un messaggio a Lina e Nicki:

Paintball. Domattina. Ore nove. Voi stronze venite con me, vero?

Non dirò loro il motivo. Non è importante. Ci divertiremo comunque.

Niki risponde subito con un semplice "presente". Lina ci mette qualche minuto in più, anche se so che ha letto la proposta.

Vengo, basta che possa portarmi il ragazzo che sto frequentando.

Do il mio okay, visto che non mi interessa chi si porti, basta che io possa colpire Caroline in testa con uno schizzo di vernice rossa. Qualche dettaglio logistico e esco dalla chat di gruppo. Mi sdraio sul letto e sospiro.

Cazzo.

Mi sono dimenticata di Ben. Dopo che saremo usciti da lì e saremo rientrati, doccia, pranzo e tutto il resto… non mi andrà di stare seduta in ufficio per tutto il pomeriggio.

Scorro per cercare il numero di Ben, ringraziando il cielo di esserci scambiati i contatti oggi, prima di separarci.

Scusa ma domani non ti posso aiutare. C'è stato un contrattempo.

E poi spengo il telefonino.

Capitolo 10
Ben

«Un contrattempo?». Che cazzo significa! Non permetterò che mi scarichi così. Oggi eravamo arrivati così a buon punto.

No, cavolo.

Sto sdraiato a letto e scrivo:

Non puoi svignartela. Sei ancora in debito per oggi e ho bisogno del tuo aiuto.

Nessuna risposta. Non lo ha neanche ricevuto. Deve aver spento il cellulare. Cerco tra i miei contatti e chiamo Mason. Lui risponde al secondo squillo.

«Di' a Reese di guardare il suo fottuto telefono», chiedo, con un accenno di irritazione nella voce, cosa davvero rara.

«Ah...». Me lo immagino trafficare con gli occhiali. «Non sono a casa al momento».

«Merda», mormoro tra me. «Dove sei? In biblioteca?». Mason è un ragazzo prevedibile. O è da Warner o a casa o in biblioteca.

«Perché cerchi Reese?»

«È solo che... doveva aiutarmi domani, e sta provando a scaricarmi».

Si sente un fischio nel ricevitore, seguìto da un ridacchiare femminile a voce bassa in sottofondo. Mi chiedo se abbia davvero chiamato Mason e controllo il display. Sì, è lui.

Deve esserci un errore. Riconosco una buona risata femminile quando la sento. «Amico, stai facendo sesso?».

Schiarendosi la voce con forza, dice: «Non so dove sia ora, ma so dove starà domani».

«Okay, dimmelo».

«Ti mando ora il link. Ci vediamo lì alle dieci».

Capitolo 11
Reese

Sono pronta a dare la caccia a quella puttana.

Dopo aver pagato le quote e aver fatto approvare la mia pistola per il campo, preso l'equipaggiamento in affitto, firmato le liberatorie, riesco a tirare via Nicki dalla zona delle iscrizioni mentre aspettiamo Lina. Non so se Jared e Caroline siano già arrivati, ma non voglio incrociare né l'uno né l'altra prima di essermi messa la tuta e tutto il resto.

«Ottima idea il paintball. Avevo bisogno di svagarmi dopo una settimana stressante», dice Nicki, stirando le braccia, con la pistola affittata a terra accanto ai piedi. Si scioglie i muscoli per tutto il tempo. Con pantaloni neri e dolcevita nero sulla sua struttura robusta, non corrisponde alla mia idea di assistente sociale che aiuta adolescenti problematici, ma scommetto che sia più brava di molti altri.

Sono andata col mio solito abbigliamento: pantaloni mimetici e maglietta a maniche lunghe abbinata. Sono ampi e non sono certo attraente, ma il paintball funziona così. Se vieni qui per mostrare il tuo bell'aspetto sei un demente. E te ne vai con i segni del combattimento. «Dove sono Lina e il suo uomo misterioso?», sussurro. «Se aspettiamo troppo il gioco si fa pericoloso». Non me ne vado via da qui finché non ho vuotato almeno un flacone addosso a Caroline.

«Buona domanda. Lina non è mai in ritardo», concorda Nicki. «Ma lo sei tu. Non posso credere che tu fossi già pronta sulla porta quando sono arrivata da te».

«Cerco solo di essere rispettosa». Oggi ho deciso di non venire in moto. Troppo rischioso. Preferisco che Caroline e

Jared non mi vedano arrivare. «E penso che potrei svagarmi un po' anche io».

«Certo, hai avuto una settimana tosta, con tutto l'universo contro di te e tutto il resto», dice con sguardo solidale. Ho aggiornato Nicki, mentre venivamo in macchina, su tutta la faccenda riguardante Ben, e le ho detto che Jared e Caroline sono in città. Delle mie due migliori amiche, Nicki è forse quella con cui si parla meglio. Fa domande ma sa anche riconoscere le cose non dette. È anche più capace di ascoltare. Lina ti dice solo ciò che pensa, in maniera diretta, senza un minimo di tatto.

Certo, nessuno sa che Caroline e Jared saranno qui oggi. Questo sarebbe dire troppo.

«Evviva, guarda chi ci ha fatto la grazia della sua presenza!», esclama Nicki lanciando le braccia in alto fingendosi esasperata. Non mi sfugge il sorriso tirato e lo sguardo equivoco verso di me, sebbene io non ne capisca il motivo.

Ma nell'attimo in cui mi volto, capisco.

«Mason?». Sento il volto contrarsi in un broncio e assumere uno sguardo torvo. «Che ci fai...».

D'un tratto tutto torna.

«Oh mio Dio!», esclamo a voce alta, mentre la mia migliore amica fa un passo avanti per prenderlo sotto braccio, come per trattenerlo.

«Ricordati, sono la tua amica e tu mi vuoi bene», dichiara Lina con ovvietà. Io sbarro gli occhi quando annuncia: «Io e Mason ci frequentiamo».

Cosa cosa? Guardo lei, poi Mason, che è concentrato sulla pistola da paintball che ciondola dalle mie dita, e di nuovo lei. «Sul serio? Tu e il mio fratellastro fate sesso?». Non riesco a reprimere una smorfia.

«Ho detto che usciamo insieme».

Guardo Mason e la sua faccia rossa come una barbabietola. Io ci vedo solo un ragazzino allampanato con occhiali spessi, che adora i telequiz e si lamenta perché lascio residui di dentifricio sputato nel lavandino. Se non ci va a letto, lui potrebbe essere ancora vergine. Spero che lei non si aspetti del buon sesso per lungo tempo.

Mason e Lina? Ma... Ma... «Lui porta pigiami da vecchio!», esplodo, come se i pigiami a righe col colletto, i bottoni e le tasche spiegassero tutto.

Lina, col suo caschetto biondo, si porta i capelli dietro un orecchio, la faccia calma e composta, come se si aspettasse questa mia reazione. «È intelligente, carino, e gentile. Non fare la stronza».

Io sono del tutto consapevole di *essere* una stronza, quindi non mi offendo. Inoltre sono ancora sconvolta. La mia migliore amica si vede con la nemesi della mia infanzia? Chiedo di nuovo.

«Ti ricordi quando siamo venute da te per prendere in prestito degli attrezzi da Jack?».

Annuisco. È stato nel fine settimana in cui Nicki e Lina si erano trasferite. Avevano bisogno di martello e trapano. Io ero impegnata a studiare per l'esame finale del lunedì successivo, quindi non potevo aiutarle.

«Mason si era offerto di venire ad aiutarci».

«Come? Mason sa usare un trapano?»

«Sì, Mason sa usare il trapano», risponde lui con tono infastidito e in contemporanea Lina ammette: «No».

Lui guarda di scatto Lina che scrolla le spalle. «Tesoro, è così». Poi per attutire lo scossone al suo ego, si sporge verso di lui e lo bacia sulla guancia, lasciandomi a bocca aperta come un pesce lesso. Nicki è troppo intenta a soffocare la sua risata nasale con la mano per dire qualcosa.

«Ad ogni modo... ha passato la giornata *provando* ad aiutarci». Al che Mason alza gli occhi al cielo. «E poi l'ho portato fuori a cena per ringraziarlo. Poi abbiamo iniziato a chattare su Facebook, e...».

«Al diavolo Facebook. Il motore di ogni rivolta», borbotto tra me.

«...mi ha proposto di uscire per un cinema e cena», conclude Lina. «Non te lo abbiamo detto subito, perché prima volevamo assicurarci che valesse la pena avere a che fare con la tua inevitabile reazione».

«E?». Li guardo entrambi, con voce rassegnata perché conosco già la risposta, visto che ora siamo qui tutti insieme.

«E puoi sparare alla tua migliore amica e al tuo fratellastro per la tua gioia. E poi non ne parliamo più. Capito?», mi ammonisce Lina.

Tecnicamente, non posso, perché sono nella mia stessa squadra, ma… Punto la pistola in alto. «Bene. Possiamo andare? O ci sono altre sorprese per oggi?».

Due braccia forti mi avvolgono tenendo le mie bloccate al petto e sollevandomi da terra, un fresco profumo di abbigliamento sportivo mi riempie le narici. «Quindi è per questo che mi hai dato buca?».

Capitolo 12
Ben

«Buongiorno, splendore!». Sfodero un ampio sorriso nel rimettere giù Reese, guardandola scansarsi con un misto di sorpresa e fastidio sul volto.

«Che ci fai qui?».

Indico i miei jeans consunti e una magliettaccia grigia. «Ti do una possibilità di pareggiare i conti con me per aver riso di te».

Quegli occhi di caramello mi squadrano, come preoccupati che io vada oltre. Faccio un passo indietro nel vederla avanzare verso di me, e mi chiedo se debba smettere di sorridere come un idiota, e pensare a proteggermi da un imminente pugno alla gola. «Intendo dire, come hai saputo che ero qui?».

Punto il mento verso Mason. «Dopo che mi hai scaricato via SMS ieri sera – a proposito, è stato proprio patetico –, ho chiamato Mason per farti il culo. Lui era dalla tua amica e mi ha detto di oggi. Quindi…». Alzo le spalle e le faccio un sorriso compiaciuto. «Eccomi. Immagino che possiamo andare insieme in ufficio dopo». Non aspetto la sua risposta, perché se necessario me la metterò in spalla e trasporterò quel concentrato di cocciutaggine fino alla macchina. Chiamo Mason. «Ieri sera lo hai dato a questa qui? Se sì, ben fatto», dico annuendo con la testa.

Mason arrossisce mentre cerca di evitare che il suo sorriso fiero diventi troppo evidente. Buon per lui. Il ragazzo dovrebbe scopare più spesso. E la tipa, che riconosco come l'amica coreana-non coreana di Reese, è una bella ragazza della porta accanto. «Ehi! È parecchio che non ci si vede!».

«Davvero ti ricordi di me?». Il suo tono è piatto e dubbioso.

«Non dimentico un bel visino, tesoro».

«Di cattivo gusto», mormora Reese, trapassandomi con uno strano sguardo. «Questa è Lina e lei è Nicki, visto che sono certa che tu non ricordi i nomi abbinati a questi visi *indimenticabili*».

Apro la bocca ma ho un flash, quindi esito. *Ah... ecco come diventa Reese quando si ingelosisce.* «Non mi avevi dato dei nomi falsi?».

Reese volta la testa verso la ragazza alla sua destra, quella che potrebbe darmi filo da torcere, se dovessimo scommettere sfidandoci a braccio di ferro, quando lei scoppia a ridere. «Giusto! Quella sera eravamo le Charlie's Angels».

Reese invece non ride. «Traditori. Tutti voi!». Si mette bruscamente la maschera, si gira, e marcia verso l'entrata del campo in assetto da guerra.

E io guardo il suo bel culo in mimetica per tutto il tempo, sapendo che almeno uno di quei proiettili pieni di vernice ha su scritto il mio nome.

«Non ci gioco da quando avevo circa quindici anni», dico quando imbocchiamo tutti e cinque il sentiero nel bosco, con gli occhi all'erta per gli avversari. Oggi ci sono diverse squadre che giocano in contemporanea, e noi, la squadra viola, come scelto da Reese, siamo contro quelli che hanno una larga fascia rossa al braccio.

Davvero appropriato.

Ne abbiamo già colpiti quattro, mentre nessuno di noi è stato ancora colpito. «Che posto meraviglioso», sussurra Nicki con voce vellutata. «Ci si potrebbe girare un intero capitolo di *Hunger Games*».

Ha ragione, potrebbero. È come un'arena; la foresta è abbastanza fitta, e il manto vegetale sul suolo è abbastanza alto da creare il terreno di caccia perfetto. Ci sono addirittura dei piccoli fabbricati, avamposti disseminati un po' ovunque. Mi sarebbe piaciuto conoscere prima questo posto. Dovrò portarci a giocare Nate e i ragazzi. Forse anche Kacey.

«Peccato che sia vietato arrampicarsi sugli alberi», mormoro scuotendo la testa mentre vedo Reese abbracciare un ramo e iniziare a tirarsi su. Lasciando la mia pistola a Mason, le passo un braccio intorno alla vita esile e la tiro giù proprio mentre sta per aggrapparsi al ramo con la gamba. «Ho la sensazione che tu sia peggio di me nel seguire le regole».

Risponde rigirandosi per puntarmi la pistola al collo. «E non sono contraria a sparare a membri della mia squadra».

Rido scansando la pistola. So che dice il vero. «Vuoi essere espulsa dal gioco? Ci sono arbitri ovunque qui». Il campo è troppo grande e girano in quad.

«Stavo solo cercando di avere una migliore...».

Le sue parole vengono interrotte dal click di una pistola semiautomatica e scariche di vernice piovono accanto a noi.

«Al riparo!», urla la ragazza di Mason, ed è strano, lo dice come fosse un soldato in fuga, correndo per circa sei metri verso la piccola baracca. Stiamo tutti vicini dietro di lei; entriamo mentre continua l'assalto. L'urlo di Mason che volta l'angolo per cercare di ripararsi ci dice che abbiamo il primo ferito. Lina lo fa voltare per mostrarci il grande schizzo blu dietro alla sua camicia a quadri pulita. «Ops, sei morto».

«Che dolore», si lamenta.

Sento una tosse finta a camuffare un «Femminuccia» che proviene da Reese che sbircia dalla finestrella, seguita da un lieve pugno alla spalla della sua amica Nicki.

«Che faccio ora?», chiede Mason, ignorando la sorellastra.

Qualcuno fuori risponde al nostro posto. «Ragazzo con camicia a quadri! Sappiamo che sei stato colpito! Non barare provando a pulire la camicia!», grida.

«Non sto barando!», esclama Mason indignato. «Io non baro!».

«Sì, sì, vero?», arriva la risposta indolente. «Vieni fuori dove possiamo vederti con le mani alzate!».

«Qui ci sono dei veri matti», borbotta Nicki, infilando la punta della sua pistola attraverso il buco per sparare alcuni colpi fuori.

«Immagino che vi aspetterò all'ingresso», bisbiglia Mason, togliendosi la benda viola e dirigendosi fuori, con la testa un po' curva. Penso che si stesse divertendo. Inoltre, essere colpito per primo in un gruppo di ragazze deve aver toccato un po' il suo ego.

«Non ti preoccupare, mi occuperò io per te delle signore». Allungo le braccia per abbracciare tutte e tre le donne mentre, attraverso la finestrella, guardiamo Mason arrancare sul sentiero, verso il gruppo, con la benda viola protesa in segno di resa.

Ed è lì che tutti loro premono il grilletto, bombardando di vernice il ragazzo mingherlino che, a mani alzate, prova a ripararsi il petto dalla dolorosa imboscata ravvicinata.

«Figli di puttana!», grida Lina, scansandomi per passare e uscire dal rifugio, con Nicki alle calcagna, con le pistole puntate, sparando davanti a loro in un'esagitata carica, al grido di «Banzai!» a pieni polmoni. Intanto io e Reese assistiamo alla scena dal nostro riparo sicuro.

Alla fine dello scontro, circa venti secondi dopo, tutti e quattro i componenti maschili dell'altra squadra, Nicki e Lina sono fuori dal gioco.

E Mason è coperto di vernice dalla testa ai piedi.

«Poveraccio». Ridacchio. «Credo che a lei piaccia davvero».

«No, Lina è così. È inevitabile che faccia il kamikaze a un certo punto. Mi sorprende che abbia aspettato così a lungo».

«Vincete per noi!», urla Nicki con un gesto della mano. «Vi aspettiamo al cancello».

Reese sospira, togliendomi il braccio dalla sua spalla. «Be', questo gioco non durerà a lungo».

«Potremmo sempre stare qui nascosti per un po'. Riorganizzarci». Sorrido, valutando il suo bel completino mimetico. I pantaloni sono aderenti sul sedere, mettendo in risalto la sua rotondità e valorizzandolo.

Scuote la testa con su la maschera. «Anche se non posso vederti in faccia, so che mi stai facendo la lastra».

Scoppio a ridere, e lei risponde spintonandomi: «Shh! Siamo a *caccia*!». Si sporge per guardare dalla finestra, dicendo fra sé: «Parli troppo forte!».

«Bene. Ora vai tu a caccia. Io sarò qui dietro, ad ammirare il tuo ben di Dio». Mi tolgo la maschera e sollevo un lembo della maglietta per asciugarmi il sudore dal viso.

«Qui non è permesso togliersi la maschera. Pensavo che tu tenessi molto alle *regole*», mi sfotte Reese, tirandosi su la maschera e mostrando le guance rosse, ricoperte di uno strato di sudore, i capelli umidi in una disordinata coda di cavallo. I suoi occhi finiscono sul mio addome scoperto per un attimo, prima di guardarmi di nuovo in faccia, con una strana espressione della bocca.

Non posso farne a meno. «Pensi a ieri, non è vero?».

Alza gli occhi al cielo, ma non mi sfugge il suo lieve sorriso sulle labbra. «No, e tu?»

«Non ho mai smesso». Non mi imbarazza dirlo. Fare il matto con Reese è stato uno spasso. Soprattutto davanti a quell'imbecille che lei stupidamente ha sposato. Cosa sarà a spingere le ragazze verso tipi cupi, volubili e tatuati? Perché deduco che lui sia così, mi è bastato guardarlo. E persino con la moglie perfetta attaccata alle costole, ho colto lo sguardo tagliente che mi lanciava. Non mi sorprende. Non vedo come a qualcuno non possano mancare i baci di una ragazza come Reese, soprattutto dopo essersi legato a una ragazza qualsiasi.

Reese, be'...lei è scontrosa, una stronzetta sputafuoco finché le sue labbra ti trovano, e stai sicuro che la sua lingua ti sembrerà cosparsa di cocaina, perché non ti sazierai mai della sua dolce bocca.

La guardo in faccia mentre sembra pensarci su per un attimo, il petto sale e scende più veloce di quanto non facesse qualche momento fa. Non avrei nulla in contrario a entrare nei pantaloni di Reese qui, ora. «Cazzo», mormoro, spostando i piedi.

«Che c'è?».

Sospiro. «Niente. È solo che odio indossare il sospensorio».

Sento la punta della sua pistola colpirmi all'inguine, facendo *toc toc*. «Perché lo indossi? Hai paura che qualcuno vada a caccia dei tuoi gioielli?».

Sto per dirle che vorrei che *lei* corresse dietro ai miei gioielli ma senza l'arma, ma una risatina femminile risuona all'esterno. Ci rimettiamo in fretta la maschera, e io mi curvo stringendomi a lei per guardare fuori dalla finestrella.

Lotto per trattenere una risata quando vedo una coppia arrampicarsi sulla collina di fronte a noi; la femmina con un paio di calzoncini di jeans e una maglietta annodata su un fianco. «Daisy Duke gioca a paintball? Che idiota del cazzo. Perché non l'ha fatta coprire di più? Le farà male quando la colpiranno». Il tipo gira di qua e di là, perlustrando la zona per appurare che non ci sia qualcuno.

«Sì, lo è», concorda Reese, e io sento un piacere perverso nella sua voce quando scompaiono in una capanna. «Dài». Senza aspettare, si lancia fuori e dietro l'angolo, con la pistola puntata e pronta.

«Sono della squadra gialla!», bisbiglio, cercando di non parlare a voce troppo alta nel caso ci fossero dei rossi lì vicino. Lei non mi sente, però. O non vuole sentire. Continua ad andare avanti come una piccola ninja, balzando silenziosamente tra i rovi, evitando di spezzare rami. Accelero, ma non in maniera così aggraziata, e la raggiungo dopo qualche secondo. Lei si è fermata accanto alla baracca. Alza un dito verso la sua maschera, per avvisarmi.

Non credo che ci siano rischi, comunque. Dai rumori che sento, sono occupati.

A fare proprio quello che pensavo di fare solo cinque minuti fa insieme a Reese.

E dal modo in cui avanza lentamente dietro l'angolo, Reese sta per confermare il motivo per cui facevo bene a essere preoccupato.

Cacchio, mi piace la pupa.

Puntando la mia pistola, faccio un passo in avanti accanto a lei, mentre il leggero rumore ritmico dello sbattere contro la parete prende velocità. È evidente che il tipo sta trivellando Daisy Duke, e sta peggiorando il mio fastidio. Non posso farne a meno. È normale per un maschio decollare quando sente questo tipo di roba.

Reese sembra bloccarsi un attimo. Ora farei qualsiasi cosa per vedere l'espressione del suo viso, per capire cosa le passa per la testa. Intanto lei alza una mano per fare il conto alla rovescia con le dita, partendo da cinque.

E poi balziamo insieme oltre la porta.

Almeno sono stati un po' furbi e hanno tenuto la maschera sul volto.

I calzoncini della pupa sono a terra, le gambe nude intorno ai fianchi del tipo mentre lui gli dà una passata di aratro, con i pantaloni appesi sotto al culo. Tutto sommato, molta carne vulnerabile in vista.

Con un grido di battaglia ritardato, apriamo il fuoco, bombardandoli di vernice dalla testa ai piedi. Io mi accanisco soprattutto sul dorso del tipo, ma Reese non fa prigionieri, scaricandola sul suo sedere e sui fianchi di lei mentre pianti e grida di dolore accompagnano il *clic* delle nostre pistole.

La mia si esaurisce prima di quella di Reese, e lei non sembra ancora soddisfatta. Alla fine la prendo per un braccio e la tiro via. Corriamo giù per la collina, con grida di «Stronzi!» echeggianti nella foresta. Continuo a tirarla finché la valle e la casupola non sono più visibili e non posso più correre perché rido come un ossesso.

Appoggiandomi con la schiena a un albero, lotto per recuperare il fiato. «Non posso credere a quello che abbiamo appena fatto». Se la coppia fa un reclamo ci espelleranno dalla partita, e forse verremo banditi da questo posto. Significa però che dovranno ammettere quello che stavano facendo lì dentro e, anche se non ci sono regole nel manuale che vietino il sesso, penso che gli arbitri non lo approverebbero.

«È solo colpa loro, cazzo!», sussurra, col cuore in gola come me. «L'hai vista? E se ci fossero dei bambini in giro? Che cretina!».

Scoppio in un'altra risata. «È una vita che non sento quella parola. È chiaro che quella tipa ti ha offeso col suo senso dell'avventura».

«Quello non era senso dell'avventura. Era un totale nonsenso», ringhia tra un respiro e l'altro. «Che idiota, venire vestita in quel modo».

Tra il caldo di mezzogiorno, la maschera e la corsa, sono un bagno di sudore. Non ne posso più di questa maschera ma non voglio rischiare di perdere un occhio. «Andiamo, muoviamoci prima che un avversario ci colpisca».

Lei sospira. «Ne ho abbastanza di giocare oggi».

«Cosa? Scordatelo! Non me ne vado prima di trovare la bandiera o prima di essere colpito». Sono competitivo di natura. Ed è davvero tanto che non mi diverto così.

In tutta risposta, Reese punta la sua pistola verso le mie parti basse.

E spara.

Con le braccia incrociate sul petto, guardo Reese filarsela dallo spogliatoio, controllando con occhi furtivi in ogni direzione mentre corre dritta verso la mia macchina, che è qui ad attenderla, buttando la sua borsa con i vestiti sporchi e la pistola nel bagagliaio. Spostando una ciocca di capelli appena lavati dietro all'orecchio, inclina la testa e mi guarda con aria docile. «Sopravviverai?»

«Non ne sono certo. Dovresti prenderlo e farci un giro di prova», sorrido, tirandomela addosso, il profumo di sapone, di una doccia appena fatta, mi cattura e ho la prova che sì, il mio cazzo è ancora in grado almeno di alzarsi.

Mi fa un sorrisino e si tira indietro. «Dovresti scrivere al produttore e fare un reclamo».

«E dire cosa, di preciso? Che le loro conchiglie morbide non proteggono bene quando una ragazza ci spara su a bruciapelo con una pistola semiautomatica da paintball?». In realtà il dolore è andato via in pochi minuti, ma cavolo se mi ha fatto male. Credo che non sarebbe stato così doloroso se non ce lo avessi avuto già duro come il marmo e se le palle non mi stessero già per scoppiare. Ma ho gonfiato il tutto per avvantaggiarmi con Reese, sperando di farla sentire in colpa per il suo gesto, lungo il percorso in macchina fino all'ufficio.

Scrolla le spalle. «Non so. Escogita qualcosa. Sei tu l'avvocato. E ora andiamo». Si tuffa in macchina dal lato del passeggero, prima che io possa rispondere. A essere onesto, pensavo di doverla spingere a forza in macchina per venire da Warner. Ma dopo che mi ha sparato sui genitali e che le sue amiche le hanno mandato un messaggio dicendo di essere andate via prima di noi, non si sta ribellando. In realtà sembra avere fretta di andarsene da qui.

«Stai bene?», chiedo, salendo al posto del conducente, pronto a sparare l'aria condizionata. Anche se ho fatto una doccia veloce nello spogliatoio, con questo caldo sto già sudando di nuovo. «Che c'è che non va? Ti senti in colpa per aver rovinato un momento magico alla coppia felice?».

Le sue labbra si stringono e fa una pausa. «No. È solo che pensavo che mi sarebbe piaciuto di più. È stato...». Scuote la testa. «Niente. Andiamo prima che cambi idea riguardo al lavoro».

«Eh no, cavolo». Inserisco la chiave, e avvio il motore. «Però sto morendo di fame».

«Allora siamo in due».

«Bene. Ci fermiamo a prendere dei bambini da mangiare strada facendo, per questa donna malvagia». La macchina sta per partire quando vedo una donna con i capelli rossi e un tipo alto con i capelli scuri che attraversano il parcheggio venendo verso di noi, a passi lenti e rigidi. I pantaloncini cortissimi di lei sono puliti ma non posso dire lo stesso delle gambe, che sono macchiate di vernice rossa secca. Lividi sparsi sul retro delle cosce.

«Aspetta un minuto». Do un'occhiata per vedere meglio i loro volti. «Ma non è...?»

«Vai!», mi esorta, mettendosi gli occhiali da sole e curvandosi un po'.

Mentre passiamo, Reese si volta dalla parte opposta mentre io guardo bene il grande tatuaggio sulla spalla del tipo che prima era stato coperto dalle maniche lunghe. «Non ci posso credere». Scoppio a ridere. «Non avremo mica avuto l'onore di dare l'estremo "vaffanculo" al tuo ex e alla sua moglietttina?».

Reese non risponde, e smanetta con la radio, cambiando la stazione. La voce di Chris Cornell si diffonde dalle casse.

«Porca puttana», mormoro con un sorriso. «Ricordami che non devo *mai* farti incazzare». La lascio nel suo silenzio e mi immetto sulla strada principale, mentre il puzzle inizia a comporsi. Ma sì. Reese sapeva di certo che i due erano lì. E doveva aver immaginato chi fosse l'idiota che si era presentata vestita così. Alla fine chiedo: «Come facevi a saperlo?».

Non penso che mi risponderà. Ma poi, con un profondo sospiro lo ammette: «Facebook. Mi ha messaggiato ieri sera. Avevi ragione. Si era ingelosito di te. Poi *lei* ha postato qualcosa riguardo al venire qui e, be'... non ho saputo resistere». L'accenno di un timido sorriso le increspa le labbra, mentre china la testa. «Fammi un favore, però, non dirlo a nessuno».

Mi arrischio: «Immagino che sia stato doloroso vederli lì così, non è vero?». Lo è stato di certo. E io che pensavo a quanto mi fossi divertito a stanare due persone che lo stavano facendo. Per Reese invece non si trattava solo di due persone. Era qualcuno che lei amava. A proposito, dal modo in cui le si contorce la bocca, sono certo che sia ancora coinvolta.

Dopo un lungo silenzio, ammette con dolcezza: «Non è la prima volta che vedo questa scena ma, sì, fa male». Anche se mi piace proprio il suo solito lato sarcastico, devo dire che il lato malinconico che ora ho davanti mi fa venire voglia di tirarla a me per abbracciarla o baciarla, o... cazzo. Sto per muovermi per raggiungere la sua mano e tenergliela quando il Bluetooth si attiva e inizia a squillare il telefono, inserendosi nella musica. Un enorme "Mamma" appare sul display.

Merda.

Reese guarda me, poi il display, poi di nuovo me. «Non vuoi rispondere?»

«La chiamerò dopo dall'ufficio».

Veloce come una serpe che cattura la sua preda, Reese tira fuori la mano e preme il tasto verde di risposta sul volante.

Io brontolo: «Sei proprio una rottura di...».

«Ciao!». La parlata lenta di mia madre risuona squillante dagli altoparlanti.

«Ehi, mamma». Lancio uno sguardo spazientito verso il mio passeggero, il cui umore nero ha lasciato il posto a un ampio sorriso.

«Con chi stavi parlando?».

Faccio un profondo respiro. Ecco il motivo per cui non volevo rispondere. L'unica ragazza che mia mamma abbia mai conosciuto è Brittany Jo. Sono uscito con lei al secondo anno di università, soltanto per due settimane, e sono stato obbligato a presentarla a mia madre dopo aver giocato a una partita di football. E l'unico motivo per cui ricordo il suo nome è che mia mamma ha continuato a chiedermi di lei. Per almeno sei mesi, dopo che la storia è finita, perché sono stato beccato a fare sesso con sua sorella gemella a una festa.

Cacchio, ero ubriaco e le due erano identiche, a parte i vestiti; cosa che *probabilmente* avrei dovuto notare. Ma sua sorella non ha detto mai una dannata parola quando me la sono portata in camera.

«Solo un'amica», rispondo con esitazione.

«Salve, signora Morris!», cinguetta Reese come un'innocente ragazza di chiesa, sbattendo le ciglia e scherzando con me. «Mi chiamo Reese».

C'è una pausa di uno, due, tre secondi e poi: «Wow, ciao cara».

Ah, cazzo. Sento quell'accento. È mia mamma che si entusiasma perché una qualche donna ha incastrato il suo bambino. Si metterà a cercare delle porcellane dopo che avremo chiuso la telefonata, o farà una di quelle cazzo di cose tipiche delle madri quando c'è un matrimonio in vista. «Solo un'amica, mamma», ripeto. «Siamo stati in un campo da paintball con un gruppetto di amici e ora stiamo andando al lavoro, dopo che avremo mandato giù un boccone». Per sicurezza ci infilo anche: «Ho dovuto darle un passaggio perché la sua moto aveva un guasto». Forse così ho smontato la lieve fantasia che si è fatta mamma.

«Oh, voi due dovreste prima fare una deviazione e passare da me! Ho comunque bisogno che tu dia un'occhiata al trattore, Ben. Fa uno strano rumore e non voglio chiamare Bert, a meno che non sia necessario. Sai quanto si prende».

Una deviazione? Voglio bene alla mia mamma, ma la tenuta non è propriamente dietro l'angolo. E questo è parte del suo fascino. «Non può aspettare fino a domenica prossima? Ho un quintale di lavoro da fare».

«Suppongo di sì. Però potrei farvi trovare il pranzo pronto per quando arrivate...». La sua voce è un condensato di delusione.

«È un'idea carina, mamma, ma...».

Reese mi interrompe con un: «Saremmo felici di venire, signora Morris. Ci vediamo fra poco».

«Splendido!».

Sì, splendido. Sono sicuro di aver appena sentito le campane a nozze nella sua voce.

Appena la telefonata si conclude, Dead Mau5[12] riempie la macchina. Reese si controlla per cinque secondi e poi scoppia a ridere. «La chiami mamma? Quanti anni hai, dieci?»

«Casa sua è a centosessanta chilometri da qui. Sarai bloccata in macchina con me per le prossime due ore».

Sistemandosi sul sedile, chiude gli occhi. «Svegliami quando arriviamo lì».

[12] Pseudonimo di Joel Thomas Zimmerman, disk jockey e produttore discografico canadese. Si pronuncia "*dead mouse*", ovvero "topo morto" (*n.d.t.*).

Capitolo 13
Reese

«Diverso da quello che mi aspettavo», bisbiglio quando la Jetta di Ben gira dopo il grande cartello "Tenuta Bernard Morris" e avanza lentamente sul più lungo vialetto di accesso che io abbia mai visto, con i suoi filari di querce, abbastanza fitti da creare una copertura simile a un tunnel. Con barbe di tillandsia che pendono con eleganza dai rami, sembra uno scenario da film. Uno di quei posti da sogno dall'atmosfera magica, che sembrano creati a regola d'arte da un'équipe di scenografi.

«Non è poi così grandioso come sembra», minimizza.

«Sembra una casa gigantesca con una piantagione di arance», replico quando individuo la grande villa bianca su due livelli, con balconi in legno lungo il perimetro, e colonne maestose; finestre con imposte nere aperte ci fissano dall'alto. La Bandiera Confederata appesa, floscia, a un angolo, mi evoca un soldato ritto immobile, come in attesa del nostro arrivo.

«*È* una casa gigantesca», concorda. «I bisnonni di mia mamma, i Bernard, si spostarono qui dalla Louisiana, e vollero sentirsi come a casa loro, quindi costruirono una casa colonica. Un po' fuori contesto, ma è stata una casa mitica in cui crescere. Richiede un gran lavoro, però».

Quando ci avviciniamo, vedo cosa intende dire. L'esterno ha un urgente bisogno di tinteggiatura. Le tegole hanno iniziato a spostarsi, e il portico della facciata della casa pende leggermente a sinistra. Eppure, è bella perché richiama un senso storico, e un che di casa di fantasmi. Scommetto che trabocca di storie da raccontare, sia gioiose che drammatiche.

Spegnendo il motore, Ben si gira sul sedile per scrutarmi con una rara espressione seria.

«Ti agita il fatto che io incontri la tua mamma, vero?». Nel momento in cui non voleva rispondere alla telefonata della madre, ho capito di cosa si trattasse. Quando sbuffa una boccata d'aria, non riesco a trattenermi, e rido. «Ti prego, non dirmi che tua mamma è convinta che tu sia un vergine discepolo di Cristo».

«No, quel sogno è svanito quando mi ha scoperto con la figlia del vicino dietro al granaio», risponde con un sorriso ironico, aggiungendo: «Ma ti prego non farmi pentire di essere venuti, MacKay». I suoi occhi tremolano nel guardare la porta d'ingresso, mentre appare una donnina con un prendisole a fiori e un grembiule, identica a quella nella foto sulla scrivania di Ben, ma più grande di età.

Lo seguo e scendo dalla macchina, quando un cane da caccia emette un lungo latrato prima di scodinzolare giù per le scale del portico e verso Ben, con la pancia che quasi sfiora terra.

«Cosa dai da mangiare a questo cane, mamma? Ehi, Quincy!». Ben si accovaccia per permettere al cane di poggiare le zampe anteriori sul suo ginocchio. Gli prende le orecchie e le gratta, dicendo qualcosa a bassa voce a proposito di una "brava ragazza". Una volta finiti i saluti, il cane sposta l'attenzione su di me, un po' più cauto quando mi inchino per porgergli la mia mano. Dopo aver annusato un po' e aver accettato una pacca amichevole, si volta e ondeggia, tornando verso la casa e verso la madre di Ben, che mi scruta con attenzione.

Chissà cosa penserà questa donna di me. E perché tutt'a un tratto questa cosa mi interessa. Prima, quando mi sono cacciata in questa trappola, non ci stavo pensando.

Non ho vissuto molte scene alla *Ti presento i miei*. Di fatto ce n'è stata una sola: quella con i genitori di Jared, subito dopo la nostra fuga a Las Vegas. Considerando che il figlio non aveva avuto il coraggio di dire loro di essersi lasciato con Caroline, la futura nuora che avevano selezionato con cura per lui, direi che quell'incontro era andato proprio come me lo ero immaginato: una catastrofe.

Con la massima discrezione, mi pettino con le dita i capelli, lasciati ad asciugare all'aria dopo la doccia a razzo. E al momento non posso fare granché per i jeans e la maglietta.

«Ora chi è nervoso?», rilancia Ben, voltando la testa con un sorriso compiaciuto, mentre lo guardo andare rilassato verso sua madre. Lui indossa una maglietta blu e gialla dei Dolphin e jeans consumati, quindi io non sfiguro rispetto a Ben. La differenza è che lui *sta bene* comunque.

«Sono passate settimane!», lo rimprovera la madre, anche se non c'è ombra di amarezza nella sua voce. Lui risponde sollevando quel corpo minuto tra le braccia e facendola roteare, provocando in lei grida e una risata. Riesce difficile credere che una donna così esile abbia messo al mondo un uomo così robusto. Non credo che superi il metro e cinquanta. «Benjamin Morris! Mettimi giù prima che mi venga un altro infarto!».

Il sorriso di lui si spegne dopo quella frase, ma fa come richiesto. Lei si scuote la gonna con delicatezza prima di voltarsi per guardarmi con gli stessi occhi blu e la stessa gentilezza di Ben. «E tu devi essere Reese». Tende una piccola mano e io la prendo subito.

«Ha una bellissima casa, signora Morris».

«Oh, ti prego! Chiamami Wilma, e questa vecchia casa sta quasi cadendo a pezzi. A volte vorrei che un fulmine la incendiasse facendola crollare perché richiede tanto lavoro. Ma entra. Ho preparato del tè freddo e dei panini». Dà delle pacche sulla pancia di Ben. «Come piace a Benjamin».

Ben mi scopre mentre serro le labbra per evitare di scoppiare a ridere. Lanciandomi un suo braccio sulla spalla, mi chiede: «Che c'è?»

«Sei un *vero* cocco di mamma», sibilo, guadagnandomi un enorme sorriso.

Wilma ci spia un attimo e si illumina.

E ora è chiaro. Ora ho capito cosa innervosisce Ben. Non che io possa prenderlo in giro davanti alla sua "mamma". È il fatto che lei si faccia un'idea sbagliata su noi due.

Ben è stato molto chiaro col mondo intero riguardo alla sua intenzione di non impegnarsi con nessuno. Mai. E se si trattasse di chiunque altro, un braccio sulla mia spalla indurrebbe le persone a credere, ingannandosi, che io e lui stiamo insieme. Ma si tratta di Ben, quindi non faccio lo sforzo di spingerlo via.

Inoltre devo ammettere che mi fa sentire bene.

Dietro la casa, filare dopo filare, gli alberi si estendono lungo gli avvallamenti e i rilievi della tenuta a perdita d'occhio. Passiamo accanto a un granaio color miele alla nostra sinistra, costruito molto più di recente rispetto alla casa, è chiaro. Ha grandi porte chiuse nella parte anteriore, affiancate da piccole finestre. E nell'oscurità all'interno, sono quasi certa di vedere un volto scrutarmi. Ma scompare così in fretta che non posso esserne certa.

«Possiamo pranzare fuori in veranda», propone Wilma, conducendoci a casa. L'interno è datato, ma in modo pittoresco, con pavimenti di legno consumato e una carta da parati a fiori, di cui una parte sembra iniziare a staccarsi, che arriva fin su alla modanatura che rifinisce i soffitti alti.

«Ben mi dice che questo terreno è della sua famiglia da generazioni», converso mentre le mie dita scivolano intenzionalmente sulla venatura del legno di un tavolino. Ovunque io guardi, trovo mobili rustici. Ognuno è diverso, a suggerire che non si tratta di produzione industriale, e al tempo stesso *qualcosa* fa sì che sembrino parte di un set.

«Più di cento anni», conferma la mamma. «Questa è una casa molto vissuta».

Sento la mano di Ben sfiorarmi la parte bassa della schiena mentre ci spostiamo in una stanza tutta bianca, fatta di legno e vetro. Le finestre da parete a parete sovrastano l'enorme distesa della tenuta di famiglia, che non riuscivo ad apprezzare bene dal vialetto. Non posso non sbirciare fuori, al tavolo di quercia, carico di pane di vario tipo, carni e insalate, in parte perché il mio stomaco borbotta, ma anche per le quantità. Ce n'è abbastanza per dieci persone. E non ho dubbi che sia tutto fatto in casa, e fatto in particolare per il figlio.

«Le buone maniere, Benjamin!». Wilma toglie la mano di Ben dal vassoio dei panini con uno schiaffo. «Aspetta Reese».

«A lei piaccio così come sono», dice sorridendo, e con le braccia avvolge le spalle della mamma, per un altro abbraccio, stampandole un bacio sulla fronte. È adorabile.

E così del tutto estraneo per me.

Mentre ci sediamo per mangiare, ascolto in silenzio Wilma che parla della stagione a venire, esprimendo le sue preoccupazioni sulle malattie dilaganti e sul clima deludente; continuando con le tubature della casa, tutte da sostituire. E intanto cerco in lei dei difetti: segnali ingannevoli, affermazioni subdole, ragionamenti egocentrici. Tutte cose che mi rimandano ad Annabelle. Ma non ne trovo traccia.

La mamma di Ben è autenticamente gentile ed è palese che ama suo figlio.

Come ogni madre dovrebbe amare il suo bambino, suppongo.

Quando portiamo i piatti sporchi in cucina, la mia pancia è pronta a scoppiare, ma mi sento come se avessi sempre vissuto in casa Morris.

«Reese, hai mai visto prima una piantagione?», chiede Wilma, portandosi uno dei piccoli boccoli castani dietro l'orecchio. I capelli grigi stanno appena iniziando ad affacciarsi.

«No, non posso dire di averne viste».

Dà una pacca sulla schiena di Ben. «Perché non la porti a fare un bel giro?».

Mi aspetto che lui declini l'invito, dicendo che dobbiamo rientrare. Ma non lo fa. Invece annuisce e mi avvolge le spalle col suo braccio. Sollevo lo sguardo in tempo per carpire il sorriso segreto che affiora sulle sue labbra mentre attraversiamo la casa, passando di nuovo per l'ingresso.

«Da dove viene tutto questo arredamento?», oso chiedere.

Gli occhi blu di Wilma guardano Ben per un attimo mentre chiede: «Sono bei mobili, non ti pare?»

«Sì», confermo, passando la mano sul legno intagliato di un piccolo scrittoio.

«Tutto ciò che vedi è opera del padre di Ben. È un falegname».

«Davvero?». Ben non ha detto una parola riguardo al padre e, visto che oggi non è apparsa nessuna figura paterna, stavo iniziando a pensare che non facesse parte del quadretto. Inoltre Ben aveva parlato di aiutare la mamma nella piantagione perché era tutta sola, mentre si prostrava per avere il mio aiuto in ufficio.

Ma Wilma ha appena usato il tempo presente, quindi il padre deve essere qui in giro. Altrimenti perché tenere una casa piena di ricordi? Con dei colpetti ai fianchi di Ben, chiedo: «Hai ereditato il talento di tuo padre?»

«No. Devo ammetterlo. Dài, andiamo». Mi stringe il braccio intorno al collo, serrandolo con delicatezza. E con la scusa, appoggia la mia guancia alla sua maglietta morbida. «Andiamo MacKay».

«Non la strapazzare! Non è mica uno dei tuoi fratelli». Tenendogli la faccia con le mani, Wilma si allunga sulle punte dei piedi e gli dà un bacio sulla guancia. «Ora andate a divertirvi. Io vi impacchetto tutti i resti del pranzo perché ve li portiate a casa, così non dovrete pensare a cucinare».

Trattengo una risata nasale. Ben non si preoccupa di cucinare. Lo vedo passare davanti al mio ufficio tutti i giorni con una busta della paninoteca in mano. Potrebbe comprare l'intero fast food. Povera donna ignara… La vedo scomparire nella sala e non posso fare a meno di sussurrare: «La tua mamma ha una minima idea di chi sia *davvero* il suo piccolo, dolce Ben?».

Con un sorriso arrogante, mi conduce fuori dalla porta principale. «Che cosa intendi dire?»

«Che passi la maggior parte del tempo senza pantaloni addosso».

«Di recente non più». Porta gli occhi verso il basso, lungo il mio corpo, facendomi provare un nervosismo inaspettato, mentre mi porta verso il granaio. «E questo non ha nulla a che vedere col portarmi a casa i piatti cucinati da mia mamma».

«Mi sembra logico». Inizio a stuzzicarlo sui fianchi finché allenta la presa su di me. «Quindi hai un fratello?». Mi rendo conto che Ben sa fin troppe cose di me, e io non ne so altrettante di lui.

«Tre: Jake, Rob e Josh».

Quattro fratelli Morris. «E sono tutti come te?». Subito immagino quattro giganti biondi seduti a tavola, bocche sorridenti e pestifere, determinati a far impazzire la madre.

«Come me, in che senso?»

«Grandi e grossi, spavaldi e puttanieri cocchi di mamma?».

Ridacchia. «Be', sì, ci assomigliamo, ma io sono di gran lunga il più attraente, è ovvio».

«Va da sé». *Mio Dio, quattro uomini dell'aspetto di Ben?*

«Rob è sposato, Josh è divorziato. Entrambi hanno figli. Jake è stato con una ragazza per un paio d'anni. Aspettano un bambino».

«Quindi sei l'unico che non vuole impegnarsi?».

Ride. «Immagino di sì. Ho anche una sorella maggiore, Elsie».

«Fammi indovinare… tu sei il più piccolo?». Mi risponde con un sorriso. *Questo spiega alcune cose.* «E tu ne approfitti se ti fa comodo, vero?»

«Puoi farmene una colpa?». Spuntano profonde fossette nelle guance di Ben.

«Immagino di no». Appena superiamo il granaio, percepisco di nuovo del movimento attraverso il vetro della finestra. Come se qualcuno stesse lì dietro a guardare. «Ehi, Ben, c'è qualcuno là dentro?»

«Mio padre, è probabile». Ben intreccia la sua mano con la mia e mi spinge lungo il granaio, allontanandomi dalla finestra.

«Lui non esce?». Non posso fare a meno di pensare che sia strano che suo padre non sia uscito a salutare il figlio. A meno che la madre non sia una Betty Crocker[13] psicopatica che tiene suo marito in catene nel granaio, fingendo che abbia una malattia incurabile. Sono certa di aver visto uno spettacolo di questo tipo in passato.

«Più tardi, questa sera. Gli piace stare lì dentro». Ben tira via un telone blu che ricopre un oggetto, e ogni cruccio riguardo allo strano papà sparisce alla vista di ruote con battistrada spessi e roll bar rossi e gialli.

[13] Nome fittizio di una cuoca americana che apparve in programmi radiofonici dal 1924, poi dal 1930 in libri di ricette, e infine in televisione dal 1949 (*n.d.t.*).

«Sì, ti sposerò», mi lascio sfuggire, mentre mi dirigo dritta al posto di guida della dune buggy.

«Alt». Un braccio possente mi avvolge in vita per trattenermi, tirandomi stretta a lui. «Pensi che ti darò le chiavi così facilmente? Questo corre».

«Certo che corre!». Sento gli occhi che mi si riaccendono. Mentre le altre bambine aspettavano in fila per salire sulla giostra con le tazze alla fiera, io ero la monella che andava a sbattere col go-kart in pista. Non sono mai stata la classica bambina. Non so quante volte sono rientrata a casa con i vestiti sporchi di erba e il fango sui capelli.

«Non so se fidarmi. Tu sei capace di far fuori me, te e mezza piantagione».

«Guido in maniera molto responsabile!».

«Hai detto così agli sbirri quando ti hanno beccato a fare corse illegali?»

«Non erano corse illegali e non c'è stata alcuna denuncia!», gli rilancio.

«Non è quello che mi ha riferito Mason», controbatte.

Come fa Mason... «Maledizione!». Deve averglielo detto Lina. *Cambio di programma*. Mi giro e premo col mio corpo sul suo.

Uno scoppio di risate interrompe quel tentativo molto palese di seduzione. «Oh, cavolo, sarò un idiota, ma ora non ci casco». Mi fa ruotare su me stessa e mi dà una forte sculacciata prima di montare su, al posto di guida della dune buggy. Si muove in maniera sciolta, per un uomo così alto e con una corporatura così robusta. «Sali».

Faccio come dice lui ma non senza mugugnare, e intanto studio un piano per distrarlo e metterlo sotto assedio.

«Ti conviene tenerti. Questo attrezzo è vecchio e instabile». Accende il motore che produce un brontolio lento, basso e gutturale, come se il trabiccolo prendesse vita, e tutto il mio tronco vibra con il sedile. Sbanda non appena Ben ingrana la prima, scoppiettando e muovendosi un po' a scatti prima di balzare in avanti tra l'erba alta.

Ben guida in discesa lungo un sentiero sabbioso, in un mare

di alberi, e poi ingrana la seconda, e la terza; io mi esalto nel brivido dell'accelerazione. C'è troppo rumore per parlare, e io sono felice di godermi il sibilare degli alberi tra i quali sfrecciamo, mentre ci lasciamo dietro una nuvola di polvere. I sobbalzi lungo il sentiero mi scuotono la testa da una parte e dall'altra. Non mi importa. Continuiamo a scendere passando di sentiero in sentiero, finché non mi rendo conto che siamo in un labirinto di aranci. Non so come faccia Ben a capire dove stia andando.

Saremo a ottocento metri dalla casa quando Ben fa una brusca sterzata a destra, che mi sbatterebbe dritta contro il suo petto se non avessi la cintura di sicurezza che mi taglia il collo. Si avvicina a una sommità, e d'un tratto stiamo davanti al panorama di una distesa di alberi e altre proprietà e, al di là di tutto questo, il mare blu.

«Wow», mi lascio sfuggire, mentre fisso quell'affascinante veduta, non prestando più attenzione al percorso che sta seguendo Ben, finché si ferma in una zona sabbiosa, accanto a un camioncino agricolo giallo con una ruota a terra e un enorme buco provocato dalla ruggine, che corrode il pannello laterale. Ben spegne il motore e saltiamo giù.

«Incredibile! Che ne dici?», lo sento dire, e sento i suoi occhi su di me, che sto lì in piedi a guardare il panorama. Camminando verso l'albero più vicino, raccoglie con delicatezza la piccola sfera verde che pende dal ramo. «Se tu vedessi questo posto in primavera, con tutti gli alberi di arance navel in fiore, e l'aria che profuma di miele e fiori. È un'altra cosa». Sbirciando al di là della sua spalla, vede di certo il mio sorrisetto perché aggiunge velocemente: «E non sfottermi per quello che ti ho detto finché non lo vedi con i tuoi occhi. E non lo senti con le tue narici».

«Deve essere bello», ammetto. Mi impressiona che esista un posto del genere così vicino a dove abito. «Sei molto pratico di coltivazione di agrumi?».

Infilando le mani nei jeans in maniera disinvolta, si gira e torna indietro passeggiando. «Sono cresciuto qui e abbiamo aiutato mia mamma, quindi sì, ne so quanto basta». Tirando calci ai ciuffi d'erba, che tentano invano di mettere radici nella sabbia, spiega: «Mio nonno diceva sempre che questo era il luogo migliore per le coltivazioni. Il tipo di terreno, l'esposizione al sole, la temperatura mite durante la notte e la vicinanza dell'oceano ne fanno la migliore regione per la coltivazione degli agrumi».

Ben raccoglie un ramoscello lì vicino, e gira lentamente intorno al vecchio camioncino, battendo con il legno sul metallo e appuntandolo sulle ruote, mentre osserva il terreno intorno al mezzo. «Mamma possiede trentacinque ettari di alberi, soprattutto pompelmi e piante di arance navel, e qualche mandarino. La stagione inizia a ottobre e continua fino a maggio. Non ci sono magazzini, né celle frigorifere. Li raccogliamo quando arrivano le ordinazioni, e poi li spediamo agli imballatori. È semplice. Passo qui ad aiutare la maggior parte dei fine settimana della stagione. Questo riduce i costi della manovalanza».

Lo è di certo. A parte tutto il resto, Ben è un ottimo figlio per Wilma e, pur avendolo preso in giro chiamandolo "cocco di mamma", vedere questo suo aspetto mi suscita tenerezza.

Gettando il ramoscello da una parte, bisbiglia quasi a se stesso: «Uhm. Di solito qui dentro trovo almeno un serpente a sonagli».

Rabbrividisco mentre Ben apre la sponda posteriore, che emette un forte stridio di protesta. Sono sorpresa che sia riuscito ad aprirla, visto come tutto il resto del camioncino è così vecchio e decrepito. «Questo era di mio nonno». Ci si accomoda sopra e poi mi allunga una mano facendomi cenno di raggiungerlo. Io cedo, lasciando che mi prenda dalla vita e mi sollevi accanto a lui come se non pesassi niente. «Io e Jake passavamo giornate intere a correre per la tenuta, e poi sgattaiolavamo fuori dalle nostre camere, e ce ne stavamo in giro tutta la notte con gli amici, a bere sotto le stelle. Quelli sono i bei tempi andati». Ben si reclina e si sdraia nel camioncino con le gambe a penzoloni oltre il bordo. Incrocia le braccia dietro la testa. Con questo movimento la sua maglietta si solleva quel tanto da scoprire una striscia di addominali subito sopra la cinta. Non so quando Ben trovi il tempo per lavorarci, ma di certo si allena ancora parecchio. Forse dovrei sforzarmi di più, visto che lui sta facendo di tutto, e mi sembra sincero, per vedermi di nuovo nuda.

Ma perché ora mi salta in mente di fare colpo su Ben? Non sono affatto preparata per un'altra relazione e, quando *lo sarò*, non sarà certo per uno come lui. Da Ben potrei ottenere quello che stavo cercando a Cancún.

Qualcosa di facile. Divertimento. Cose che non feriscono. Con una data di scadenza e senza aspettative.

«Vedi spesso i tuoi fratelli e tua sorella?», chiedo, provando a distrarmi da quei pensieri mentre guardo il suo busto, con la maglietta tirata su.

«No, il che è assurdo, considerato quanto siamo stati vicini durante la crescita. Ci sono solo sette anni tra Josh e me. Io e Jake abbiamo undici mesi di differenza. Lui vive in Mississippi, e lavora nei casinò. Ci sentiamo ogni tanto ma non lo vedo da...», la sua bocca si arriccia all'insù mentre pensa, «tre anni, mi pare».

È una cosa normale? Mi verrebbe da dire di no, soprattutto dopo aver conosciuto la madre di Ben. Direi che per lei la priorità sarebbe avere la famiglia riunita. «E gli altri?»

«Elsie si è trasferita a San Diego per studiare e non è mai tornata. Ci sentiamo al telefono circa una volta al mese». Percepisco una punta di rammarico nel suo tono quando lo ammette. «Rob e Josh vivono entrambi a Chicago. Non li vedo da anni, ma mandano le fotografie dei loro bambini».

«È strano, non trovi? Intendo dire», guardo al disopra della mia spalla in direzione della casa, sebbene non possa vederla da dove siamo, «mi sembra che tua mamma saprebbe gestire bene una vacanza con tutta la famiglia riunita». Immagino che il Natale con Wilma sarebbe come nei film, la casa che profuma di pan di zenzero, e le decorazioni con il vischio.

«Sì, un tempo qui era tutto un gran fermento», dice con un sospiro, e sento una mano che casualmente mi sfiora la schiena. «Sono successe molte cose qui con mio padre. Nessuno viene più a trovarci». Sento che Ben ha altro da dire ma si ferma.

«Neanche per rivedere tua mamma?»

«Lei è andata a trovare Elsie in California un paio di anni fa. Ed è andata a Chicago da Rob un weekend la scorsa Pasqua. Poi ha avuto un lieve infarto mentre era lì. In realtà è stato un colpo di fortuna che non sia successo qui, dove sta tutta sola». Ben chiude gli occhi. «Manca a tutti, ma non abbastanza da tornare qui».

«Perché? Che cosa è successo?». So che sto insistendo, ma Ben è fatto così. Se non vuole dirmelo troverà un modo per girarci intorno.

«Solo… drammi familiari. Mio padre è uno stronzo e non tratta bene mia madre. Prima la trattava *davvero* male. Hai presente, corna e altro. Ora è solo un patetico vecchio ubriaco che odia il mondo». Ben tira un sospiro. «Odio questi drammi. Li tengo lontani».

«Svizzera?»

«Puoi dirlo forte. Svizzera», mormora, apparentemente tranquillo, con gli occhi chiusi. Ma non c'è la minima ombra di un sorriso sulle sue labbra, e questo è raro per Ben. Mi fa pensare che potrebbe essere triste. «E che mi dici di te?», chiede. «Fratelli? Sorelle? Oltre a Mason, certo».

«No». Annabelle diceva che non voleva rovinare il suo corpo più di quanto non avesse già fatto partorendo me.

«Ma che c'è fra voi due? Non capisco se è tutta una messa in scena o se davvero vi detestate».

«È quello che sembra ogni tanto, non è vero?». Mi sono posta spesso questa domanda. «So che lo faccio impazzire col fatto che non appendo la mia giacca o che lascio macchie di caffè in cucina. Non sono sicura che dipenda solo dal fatto che lui è un maniaco dell'ordine».

Ben ridacchia. «Sì, mi piace rompere le palle a quel ragazzo. Vado nel suo ufficio e gli sposto tutte le cose».

«Sei tu che lo fai? Lui se la sta prendendo con me da due settimane!». Mi allungo e bacio la parte scoperta della sua pancia, appena sopra la cinta. Giuro, non aspettava che questo perché la mano con cui mi stava toccando la schiena mi agguanta sul fianco e mi spinge giù fino a farmi sdraiare, con la testa adagiata nell'incavo del suo braccio. Ride piano. «Tieni le mani a posto o dico a mamma che stai provando a corrompermi».

«Non ti crederebbe», ribatto, provando a dimenarmi. Quando mi rendo conto che Ben non ha intenzione di lasciarmi andare da nessuna parte, mi arrendo e mi accovaccio, usando il suo petto come cuscino. Restiamo sdraiati in silenzio per alcuni lunghi minuti, mentre il sole picchia e le cicale cantano. So che molte persone non le sopportano, ma a me non dispiace la loro melodia.

«Come eravate da bambini? Andavate d'accordo?»

«Oh, lui mi odiava *davvero*», ammetto. «Ricordo il giorno in cui ci siamo trasferite a casa di Jack. Lo avevo incontrato solo poche volte e sembrava molto riservato. Che illusa, pensavo che le cose cambiassero. Che sarebbe stato bello avere un fratello…». Sorrido al ricordo di Mason a nove anni, un ragazzino scheletrico con gli occhiali e i capelli neri davvero disordinati. Buffo, l'unica cosa che è cambiata è che ora lui è un uomo invece che un bambino. «Jack diceva che Mason era solo molto arrabbiato con lui per avergli sostituito la mamma, che era morta per un aneurisma cerebrale qualche anno prima, e per questo lui se ne stava sempre nascosto in camera sua». Mi stringo nelle spalle, una strana tristezza mi avvolge quando ripenso al giorno in cui capii che Mason non sarebbe mai stato come uno di quei fratelli maggiori che si vedono in televisione, che ti abbraccia e allontana i bambini cattivi. «Una mattina, quando avevo circa otto anni, decisi di mettere tutti e tre i suoi pesci siamesi combattenti in un acquario. Non credevo che si sarebbero davvero uccisi fra di loro. Ma quando tornammo da scuola e Mason andò nella sua stanza, be'… diciamo che gli era rimasto un pesce solo».

«Quindi eri una di *quelle* bambine». Immagino Ben scuotere il capo con disapprovazione ma quando sollevo lo sguardo, gli vedo un sorriso divertito.

Accoccolandomi sul suo petto, continuo. «Mason non ci vedeva dalla rabbia. Andò a scuola il giorno dopo e disse a Chase

Butler, quello spaccone testa di cazzo, che mio padre mi aveva lasciata come un cane randagio in una stazione di servizio. Be', tempo dieci secondi dall'ingresso in mensa, Chase aveva fatto intonare a tutti il grido di "MacKay Randagia". Capii subito il perché. Dopodiché, neanche io ho più voluto molto bene a Mason». Il soprannome mi ha perseguitato per tutti gli anni della scuola media. I bambini sanno essere stronzi.

«Uh, allora è di questo che parlava...», mormora Ben.

«È vera la storia di tuo papà?».

Faccio una pausa, scegliendo bene le parole. Questo non è un argomento di cui parlo con chiunque e se Ben cominciasse a sfottermi... «Direi di sì. Cioè, mio papà mi lasciò in un autogrill, ma non ho un brutto ricordo di quel giorno. Ricordo solo che facemmo molta strada sul suo furgone, e rincorremmo delle galline e dei maiali, intorno a una fattoria. E tante risate. Annabelle però la racconta come se lui fosse un uomo orrendo e io fossi stata messa in gran pericolo. Sembra che avessero avuto una grossa litigata e lui se ne fosse andato con me col suo furgone, dicendo che la stava lasciando e che non mi avrebbe più riportata indietro. Quindi Annabelle chiamò la polizia e disse che ero stata rapita. Mio papà era già schedato per una stupida lite in un bar dove un tizio era finito in ospedale, quindi aggiungerci un'accusa di rapimento sarebbe stato grave. Ho sempre pensato che fosse stato quello il motivo per cui mi aveva lasciata lì». Aggiungo con voce più dolce, più per confermarlo a me stessa: «È l'unica spiegazione logica». Ci abbandoniamo al silenzio mentre ascolto il forte battito cardiaco di Ben vicino al mio orecchio, lasciando che il sole pomeridiano mi accarezzi la pelle, nella speranza che scacci le tenebre che si insinuano in me quando penso a mio padre e a come mi abbandonò, quasi fossi un gatto ormai indesiderato.

«Be', penso che ora stare con Jack sia un'ottima cosa per te». Ben rompe il silenzio, sfiorandomi un braccio con le dita che vanno su e giù.

Sorrido tra me e me. «Sì, lui è eccezionale». Ho sempre saputo che Jack era una brava persona, che teneva davvero a me.

Penso che per questo sia stato così doloroso quando mi voltò le spalle tanti anni fa. È lì che capii quanto il comportamento di Annabelle lo avesse ferito in profondità. E così il mio rapporto con lei è ulteriormente degenerato dopo il loro divorzio.

«E Mason è un bravo ragazzo. Sì, ha un'aria un po' bizzarra, ma è una persona su cui si può fare affidamento. Forse ora che scopa, si rilasserà un po'».

Emetto un gemito e faccio una smorfia. «Non ci avevo più pensato. Grazie». Mi accoccolo sul petto di Ben, inalando il suo odore: sapone, detersivo per bucato, e il suo sudore pulito per questo calore, mentre provo a bloccare l'immagine che a un tratto mi assale. «Pensi che prima di lei fosse vergine?».

Ben ridacchia. «No, non credo proprio. Cioè, non ci posso mettere la mano sul fuoco ma credo che abbia intinto l'uccello a una festa al nostro primo anno».

E con questa uscita si merita una seconda smorfia. «Gesù, Ben! Wilma sa che usi questo linguaggio con le donne?»

«Mia mamma mi ammazzerebbe di botte se mai mi sentisse parlare così con una ragazza», ammette con franchezza. «Ci credi se ti dico che mi limito anche?»

«No, *non* ci credo». Se questo è il genere di cose che escono dalla sua boccaccia, tremo all'idea di ciò che nasconde quel suo cervello.

Con un risolino, Ben mi prende una ciocca di capelli tra le dita e inizia ad attorcigliarne l'estremità. «Be', raccontami qualcosa della vernice rossa».

L'improvviso cambio di argomento mi spiazza ma mi riprendo dopo una pausa di pochi secondi. «È un colore offensivo. Qualcuno direbbe satanico».

«La vernice rossa era tua?».

Sospiro. «Uffa, stiamo tirando fuori tutti i miei scheletri dall'armadio in questa bella giornata di sole?». In realtà non mi interessa se Ben pensa che io sia pazza. Dato che l'ho appena coinvolto in un'imboscata per sparare al mio ex e alla sua neomoglie, ho già fatto un buon lavoro per dare un'immagine non lusinghiera di me stessa. Eppure eccoci qua. A questo punto o

Ben non è un tipo che giudica, oppure è abbastanza arrapato da scoparsi ragazze pazze. Entrambe le cose, credo.

«Si è trasferita a casa mia, Ben. Ha messo le mie cose negli scatoloni e me le ha lasciate fuori dalla porta». Ben con l'altra mano si fa strada fino alla mia cinta e ci aggancia un dito, sta sdraiato tranquillo, ascoltando il mio racconto di come quel giorno fossi entrata in ogni stanza dell'appartamento, trovando solo odore di candeggina e tracce di *lei.* Di loro. *Insieme.* C'erano cuscini rossi decorativi, ordinatamente disposti sul divano, al posto di quelli miei vecchi, enormi, color antracite. Sulle pareti, dove erano appese le mie foto di vecchi furgoni arrugginiti, fotografie di paesaggi toscani a tinte vivaci.

Ogni oggetto nuovo era un'improvvisa coltellata nel petto. Nella vita di Jared non esistevo più. A sole *due settimane* dalla notizia devastante. E sembrava tutto così naturale. Ricordo di essermi afferrata e stretta lo stomaco mentre, tornando indietro, mi arrischiavo verso la camera da letto. E nell'avvicinarmi sentivo distintamente odore di tinteggiatura. Sapevo che era una pessima idea, che gli effetti su di me sarebbero stati devastanti. Ma dovevo vedere per esserne certa. Era come fare un frontale con un treno in corsa. E quando ho aperto la porta…

Il treno mi ha investito in pieno.

La nostra camera da letto ora aveva tutto un altro sapore. Tutto era fuori posto. A partire dai mobili spostati fino alle stampe di papaveri rossi, alla foto che mi sbeffeggiava da sopra la testata del letto in ferro battuto. La testata che afferravo quando Jared stava sotto, fissandomi con occhi verdi accesi, così tante volte, mentre mi dichiarava il suo amore.

Non potevo staccare gli occhi dalla fotografia in bianco e nero di loro due sdraiati a letto, con le lenzuola bianche a coprire le nudità mentre erano avvolti in un abbraccio, anche se mi disgustava. Sapevo che quella foto risaliva a prima che io e Jared stessimo insieme, perché non c'era il mio nome sul suo braccio sinistro.

Le pareti appena tinteggiate, color cremisi, servivano solo a mettere maggiormente in risalto l'intimità di quella foto, al punto che sembrava che stessero lì a letto in quel momento. Serrando le mascelle, avevo raggiunto la maniglia dell'armadio, e l'avevo aperto con uno strattone. Dove prima i miei vestiti penzolavano alla rinfusa, ora c'era un guardaroba ordinato.

Ho digrignato i denti e spalancato il cassetto superiore della cassettiera, trovando mutandine di pizzo e reggiseni, ben sistemati accanto ai boxer di Jared.

Era ufficiale. La puttana si era *trasferita* lì.

Sbattendo il cassetto mentre le lacrime mi scendevano sulle guance, trattenevo l'impulso di urlare. Avrebbe dovuto avere la decenza di aspettare che me ne andassi! E non avrebbe dovuto toccare la mia cazzo di roba! Mentre io stavo rannicchiata in posizione fetale a casa di Lina, dietro la porta accanto, a piangere per la perdita dell'amore della mia vita, Caroline giocava a fare la decoratrice, e come una vipera avvelenava le mie cose, e mi impacchettava per spedirmi via. Rubando la mia vita.

In quell'attimo, guardando i vestiti, il letto e tutte le cose da "femminuccia", la rabbia che mi esplodeva dentro aveva un unico obiettivo. Era una rabbia pericolosa, che non voleva sentir ragioni o considerare le conseguenze.

Non chiedeva altro che placare l'agonia di quello strazio e risollevare il mio orgoglio ferito.

E il barattolo di tinta rossa lì nell'angolo che mi chiamava era l'antidoto perfetto.

Una lunga pausa segue il racconto fatto a Ben dei dettagli più interessanti. Perché gli abbia detto tutto questo non lo so. Però ora che l'ho fatto, mi accorgo che mi sento meglio. Sollevata. Lui ora sa chi sono, e di cosa sono capace.

Ben stringe leggermente il braccio a sé, avvicinandomi a lui, e sospira. «Lo ami ancora?»

«Non lo so. Penso di sì», rispondo con sincerità, «e credimi, so quanto sia stupido, quindi non devi ricordarmelo». Il senso di vuoto mi riempie ancora il petto ogni volta che penso a Jared, ogni volta che mi trovo a controllare se abbia risposto a un mio messaggio. Amavo quell'uomo dai capelli scuri, così tanto da soffrirne anche quando le cose andavano bene. Non pensavo che fosse possibile amare qualcuno così profondamente. Forse non era neanche salutare. Prima prendevo in giro le ragazze che non potevano fare a meno di stare attaccate ai loro uomini in pubblico, che ridacchiavano e tubavano, e sbattevano ciglia di occhi sognanti.

Ma quando ho incontrato Jared, mi sono trasformata in una di loro.

«Be', per quello che può valere, io penso che sia un idiota».

«Non faccio sesso con te, eh».

«Dài! Niente bugie, niente impegni. Nessuna paura dell'amore. È solo il più bel giorno della tua vita con un *bravo ragazzo* che casualmente è anche un gran fico».

Non posso trattenere lo scoppio di una risata profonda e gutturale. «Sei proprio un maiale arrogante».

«Mi sta bene. Ma possiamo almeno spassarcela un po'?». Si solleva e si curva, avvicinando la bocca al mio orecchio in maniera così invitante. «Perché so che lo vuoi».

Quella voce profonda mi provoca un brivido che mi attanaglia le membra. Il mio rifiuto, che ho sulla punta della lingua, è un bluff che nasconde un silenzioso assenso, quando il mio telefono inizia a squillare. Ben si risdraia brontolando mentre tiro fuori il telefono dalla tasca, tenendolo su per leggere il numero, per essere sicura. «Come diavolo le salta in mente di chiamarmi?»

«Annabelle Lecter?», legge Ben sul display.

«Quella donna mangia il cuore degli uomini. Le calza bene». Io premo "ignora" e rimetto il cellulare in tasca. Con l'orecchio sul petto di Ben, il suo scoppio di risa è ancora più forte del solito. Non posso non chiedermi cosa possa volere da me Annabelle. Sono andata via da Jacksonville nove mesi fa, e lei non ha fatto lo sforzo di chiamarmi fino ad oggi. Comportamento anomalo per una madre. Comportamento normale per Annabelle.

«Deduco che tu e lei non siate migliori amiche», fa Ben debolmente, rimandando il suo tentativo di infilarsi nei miei pantaloni.

«Non parlo con lei da quando mi sono trasferita a Miami, e Jack mi ha chiesto di chiamarla per farglielo sapere».

«Quindi sono…».
«A gennaio sarà un anno».
Sbuffa. «Com'è possibile? Io parlo con mamma tutti i giorni».
«Perché tu hai June Cleaver come mamma e io ho Joan Crawford». Non ci sono dubbi che il mio temperamento io l'abbia ereditato da lei. La rabbia di Annabelle ha fatto volare più di un piatto in una stanza. Eppure questo è un lato che si guarda bene dal far trapelare. Il mondo esterno deve conoscerla solo come la raffinata *socialite*, come lei ama rappresentarsi.
«Avete avuto un grosso litigio?».
Sospiro. «Tutta la mia vita con lei è stata come un grosso litigio. Voleva una figlia da far entrare in società e ha avuto…». Indico me stessa.
«Una figlia con i piercing e a volte i capelli viola, che porta la moto e può descrivere nei dettagli i sedili posteriori di una macchina della polizia», conclude la frase per me.
«Annabelle indossa Gucci e mangia tartare di manzo. Va all'opera e collezione *ice wine*».
Annuisce lentamente come se stesse attento a capire. «Devi essere stata un'adolescente ribelle difficile da contenere».
«Siamo entrate in conflitto molto prima degli anni della mia adolescenza. Annabelle non è mai stata tagliata per fare la madre. Lei si cura solo delle apparenze, dei soldi e di se stessa». Chiudo gli occhi e sospiro, cercando di cambiare argomento. «Mi sento così rilassata qui all'aperto. Questo posto è un incrocio tra *Forrest Gump* e *Anna Dai Capelli Rossi*».
«Non ricordo Tom Hanks che raccoglie le arance».
«No, voglio dire… quell'ampia casa, i grandi alberi centenari e l'aria di campagna… Zitto. Lo sai cosa intendo».
Ben ricomincia a trafficare con i miei capelli. «Sì. Ora è così. Presto inizieranno ad arrivare gli ordini e poi diventerà più movimentato. Riceviamo ordini da tutto il Paese. Da quando abbiamo il sito e il sistema aggiornato in rete, ed è qualche anno, c'è un gran daffare». Sospira. «Tra ispezionare, campionare e raccogliere… cavolo, anche solo andare in giro a controllare che gli alberi non abbiano malattie o problemi… sta diventando

troppo. Soprattutto per una donna di cinquantun anni che ha avuto un infarto, che ha dovuto superare da sola. Avrei preferito che vendesse e divorziasse da questo patetico stronzo».

«Non vuole farlo?»

«No. Questo posto è la sua vita. Si farebbe seppellire qui se fosse permesso. E tiene fede a quelle quattro parole dette in chiesa quel giorno, quindi lo fa restare».

«Penso che quelli si chiamino voti, Ben», gli ricordo seccamente, ruotando la testa finché il mio mento è sul suo petto e posso guardarlo in faccia.

«Chiamale come vuoi. Sono un mucchio di parole che intrappolano le persone convincendole di dover restare infelici per il resto della vita».

Non tutti. «Suppongo che tu non dirai "lo voglio" molto presto», dico alla leggera.

Chiude di nuovo gli occhi, e fa un sorriso di traverso con una fossetta su una guancia. «Tu che ne dici?»

«Hai mai avuto una ragazza, Ben?». Ha mai tenuto qualcuno tra le braccia per tutta la notte, ridendo e condividendo i suoi segreti più profondi? Ha mai offerto la sua spalla quando lei aveva bisogno di piangere? O l'ha tenuta stretta quando la vita gli ha affibbiato una mano di carte di merda? Ha mai avuto piena fiducia in lei, o è mai stato qualcuno di cui lei potesse fidarsi? Ha mai guardato l'orologio, nell'attesa di rivederla?

«Una volta alle scuole superiori, per due settimane».

No, direi di no. «Hai proprio fatto uno sforzo», lo sfotto.

«Impegnarmi in una relazione non fa per me». La fa semplice, come se dicesse "I broccoli non fanno per me".

«Non va affatto bene, Ben. Penso che qualche pazzerella là fuori un giorno potrebbe fare di te un coglione felice».

Apre un occhio per guardare in basso verso di me per un lungo momento, meditando. «Sì, ma se invece me ne capita una cattiva come te? Non vorrei rischiare che il giorno in cui la mando a 'fanculo, lei mi spari nelle chiappe». Mi pizzica sul fianco nel dirmelo, come per assicurarmi che sta solo scherzando.

«Divertente». So che l'incidente del paintball di questa mattina non verrà accantonato da Ben, ma ora non voglio ripensare a quei secondi che hanno preceduto lo sparo, quando li ho sentiti insieme, quando ho saputo che Jared era dentro di lei.

Il dolore sordo al petto sta tornando. Dobbiamo cambiare argomento. «Parlando di cattiveria...». Tiro fuori dalla mia tasca la chiave del buggy e gliela sventolo davanti alla faccia. «Sarà una lunga camminata per te quando ti avrò abbandonato quaggiù».

«Stai scherzando, cazzo...». Ride mentre prova ad agguantarla, e io la rimetto in fretta in tasca. «Davvero? Ancora non mi conosci?». Come per dimostrare di aver ragione, Ben mi mette di schiena nel cassone del camioncino, e in pochi secondi ho entrambe le braccia al di sopra della testa, trattenute da una sua sola mano. «Oh, aspetta. Solo per precauzione...». Si sposta, forzando le mie cosce intorno ai suoi fianchi. «Non vorrei che mi colpissi i gioielli una seconda volta in un giorno. Non prima che tu ne abbia usufruito a pieno».

«Non mi abbasserei mai a quel livello», esclamo fingendomi offesa.

«Davvero?». Il suo sopracciglio biondo si alza severo.

Gli faccio un sorriso innocente. In realtà è vero, stavo solo preparando il ginocchio.

È perfettamente a suo agio quando porta in basso la mano libera. Lo so perché mi fissa con un sorriso che farebbe abbassare gli slip alla metà delle donne in ufficio, sposate o meno. Sento uno strattone quando le sue dita scavano nella mia tasca e iniziano a rovistare. Potrei tentare di togliermelo di dosso ma, vista la posizione, in realtà penso che lui non aspetti altro. Quindi resto ferma mentre lui fa con calma, e alla fine mi fa penzolare davanti il trofeo argentato appeso a un dito.

«Adesso puoi toglierti di dosso a me, che ne dici?», gli ricordo.

Con un sospiro, sposta appena il suo peso, e mi fa scivolare il suo braccio libero sotto la testa, facendomi da cuscino sul duro metallo. «Potrei», concorda, quegli occhi blu brillanti cercano i miei occhi, il mio naso e la mia bocca, come per analizzarmi.

E poi si china e mi bacia. Senza esitazione, come se fosse

impossibile non desiderare la lingua di Ben Morris nella mia bocca, che si insinua intorno alla mia, in una danza morbida ed esperta. Il problema è che in questo momento, qui fuori, isolati da tutto, lontani dalla realtà, nella pace del frutteto, io lo desidero. Ora capisco perché Ben volesse farmi fare un "giro" invece che puntare dritto al lavoro.

Si stacca per guardarmi con un sorriso consapevole.

«Ti rendi conto che di solito gli amici e i colleghi di lavoro non fanno questo genere di cose, giusto?»

«Mi piace infrangere le regole». Mi lascia andare i polsi, e passa la mano ora libera lungo la mia maglietta, sollevandola. Il ragazzo deve avere un obiettivo in testa perché mi slaccia il reggiseno senza indugio e me lo toglie in qualche secondo. «Oh, grazie a Dio», dice con un gemito, affondando la testa per afferrare l'anello con la bocca.

Io insinuo le mani sotto la sua maglietta morbida, sento la sua schiena muscolosa, e quando Ben avvolge la sua lingua intorno all'anello e mi solletica, le sue parole fanno eco nella mia testa. *Sì, grazie a Dio.*

Si solleva in tutta lentezza, e con le mani raggiunge i miei jeans, li sbottona e tira giù la lampo con un guizzo casuale. «Non ho mai fatto un inventario completo dei tuoi piercing».

Visto che non do nessun segnale di risposta, un gran sorriso gli si stampa in faccia e so che cosa sta architettando prima ancora che mi tocchi i pantaloni. Sono troppo stretti perché possa infilarci una mano dentro. Non perde tempo e scivola giù dal furgoncino, per stare in piedi davanti a me, con un intento chiaro su tutta la faccia. Scendendo, mi prende per i jeans e inizia a tirarli giù.

È in quel momento che si sente il rombo improvviso di un motore e lo stridio di freni.

«Chi è?», chiedo, mentre Ben si volta di scatto a sinistra. Non posso ignorare un gran senso di delusione, un dolore sordo mi tormenta il basso ventre.

Porta la testa indietro e guarda su in cielo. «Secondo te?». Con un forte gemito, i suoi occhi guardano con desiderio il mio seno nudo. Si inchina per un ultimo bacio casto sulle labbra e poi se ne va, lasciandomi ad abbottonarmi i pantaloni e a rimettere il reggiseno e la maglietta, nell'istante in cui accosta un pickup rosso con una larga striscia bianca intorno.

Wilma salta giù con facilità dall'abitacolo alto per una persona della sua età. «Benjamin James Morris, hai portato quaggiù questa giovane donna senza niente da bere?».

Grattandosi la nuca con pigrizia borbotta: «Temo di sì. Scusa».

Stringo le labbra. Considerando il motivo per cui Ben mi ha portato fin qui al caldo, penso che una bevanda fresca non fosse nei suoi progetti.

«A volte sembra che non ti abbia cresciuto io». Facendo il giro del pickup, apre lo sportello del passeggero e tira fuori una borsa frigo. Ben la raggiunge in pochi secondi e le toglie il peso dalle mani. «Mamma, lo sai che non dovresti sollevare cose pesanti».

«Oh, smettila. Non sono ancora invalida. Un piccolo infarto non mi ucciderà». Lo sguardo di disapprovazione di Ben le provoca un sorriso ancora più grande di quelli del figlio. Ora capisco da chi ha preso quel fascino malizioso. Ma sento anche il peso della sua paura per le parole di Wilma. In un solo pomeriggio mi sono resa conto che questa donna potrebbe lasciare un grande vuoto nelle vite di molte persone, quando se ne andrà.

«Non ero sicura dei tuoi gusti, Reese, quindi lì dentro c'è dell'acqua, del tè freddo, e della Coca-Cola. Ho anche messo uno spuntino leggero. Qualche focaccina e marmellata di arance fatta in casa. È la merenda preferita di Ben».

«Certo che lo è», lo sfotto, dando per gioco un pizzicotto sulla guancia di Ben, mentre posa la borsa termica sulla sponda del camioncino. «Grazie mille».

«Come hai fatto a trovarci?», chiede Ben mentre pesca dalla merenda.

Un sorriso scaltro curva le labbra di Wilma. «Perché è il tuo posto preferito nella piantagione. Davvero pensavi che io non sapessi che eravate tu e Jake a lasciare le lattine di birra quaggiù?». Mi guarda e scuote la testa. «Sai che Ben e il fratello sgattaiolavano qui la notte, pensando che io non lo sapessi, e poi provavano a convincermi che i braccianti bevessero durante il lavoro? Oh, ma non mi hanno permesso di interrogarli o di licenziarli senza avere prove certe. Il mio futuro giocatore di football barra avvocato era molto preoccupato per le conseguenze legali di un'azione del genere».

Ben ha la decenza di mostrarsi imbarazzato, mentre manda giù un sorso d'acqua. «Quindi è per questo che sei venuta fin qui?».

Lei gli rivolge uno sguardo tagliente ma poi dice: «Ho proprio bisogno che tu dia un'occhiata a quel trattore prima che riparti».

«Certo», risponde Ben, tirando fuori il cellulare per controllare l'ora, e sospira aggiungendo: «Non immaginavo che fosse così tardi».

«Allora forse dovreste fermarvi a cena». Sento la speranza nella sua voce. Le piace davvero avere il figlio qui. Scommetto che le piacerebbe avere anche gli altri figli.

«Sì, mi dispiace mamma. Ma proprio ora sto iniziando a prendere confidenza con il lavoro. Oggi ho perso tanto tempo».

Dal tono della sua voce e dal suo sguardo sincero capisco che Ben è amareggiato. Immagino che io non sia stata d'aiuto, visto che questa mattina l'ho obbligato a fare un cambio di programma, tutto nel nome della vendetta. «Sì, vorremmo proprio restare», lo interrompo, dandogli una lieve gomitata nelle costole. «Sono già incastrata con te tutta la settimana. Immagino che ci aspettino lunghe giornate».

Mi guarda per un momento, uno sguardo indecifrabile sul suo volto.

E poi sorride.

Capitolo 14
Ben

«Te lo ricorderò la prossima volta che mi sfotti per essermi portato a casa delle cose cucinate da lei». Do a Reese una sculacciata scherzosa mentre mi supera nel portico, con le braccia cariche di avanzi.

«No. Io ti ho preso in giro perché sei un mammone, e questo lo confermo», chiarisce, facendomi la linguaccia.

Dalla mia mossa audace di poco fa nella piantagione, ho una gran voglia di mettere di nuovo le mani su di lei. Sto per raggiungerla sulle scale quando appare mia mamma con una scatola di marmellate e conserve di frutta fatte da lei. «Queste sono per Reese», sottolinea, piazzandomele davanti al petto. «Portale tu per lei, caro».

«Ce n'è abbastanza per me, vero?», chiedo, contando otto barattoli.

Ricevo uno scappellotto sulla testa per quest'obiezione. Non so come faccia mamma, dal suo metro e cinquantacinque, a raggiungere sempre, quando ne ha bisogno, il mio metro e novantadue.

Con le mani libere, incontra Reese in fondo alla veranda. «Ora non ti sentire un'estranea qui. Vorremmo vederti ancora». Scansandole una ciocca di capelli che le erano andati sul viso, prende Reese per le spalle e si sporge per darle un bacio sulla guancia.

Ho visto Reese sconvolta solo due volte: il giorno in cui ci siamo rivisti in ufficio e ieri, quando ha rivisto il suo ex. Ora, però, mi guarda con occhi grandi, come per chiedermi qualcosa, rigida come un tronco. Questo non dissuade mia mamma che le friziona la schiena aggiungendo: «E il "vorremmo" include Ben».

Oh cazzo. Perché deve fare esternazioni di questo tipo? Sarà anche vero, però... Occhi di caramello mi guardano, con un improvviso barlume di perfidia. «Solo se la prossima volta Ben mi farà guidare quella dune buggy».

«Oh, Ben. Non l'hai lasciata guidare?». Mamma mi fa la ramanzina, un solco severo tra le sopracciglia.

Ovviamente Reese esagera di proposito, mettendo il broncio quel tanto che basta da sembrare triste senza cadere nel patetico. «L'ho supplicato ma lui ha detto qualcosa riguardo al fatto che le donne non debbano stare al volante».

Resto a bocca aperta quando Reese corre via, ridendo divertita, e in quel momento mi arriva un secondo scappellotto leggero sulla testa. «Penso che hai incontrato la tua metà», mia madre mormora, aggiungendo: «Mi piace».

«È perché ti ha assecondato guardando il mio album di fotografie di quando ero neonato».

«E la prossima volta farò in modo di rivelarle i dettagli dei tuoi anni più problematici», ribatte soddisfatta.

Devo darci un taglio. «È solo un'amica, mamma», le ricordo.

«Sì, ti ho sentito prima, figlio mio». La sua voce è leggera e ariosa. Sbrigativa.

«Dico sul serio. Non andare a prenotare la cerimonia dal tuo pastore. Reese è la figliastra del mio capo e se si scoprisse che io e lei siamo più che amici, dovrò spostare il mio culo dalla Warner. Non vuoi che mi licenzino, vero? Finirò col risolvere controversie di pescatori in Alaska». Porto il suo fragile corpo verso di me, ricordando una vita di viaggi in macchina prima dell'alba, per andare agli allenamenti di football, quando doveva conciliare la gestione di questo posto con cinque figli in età adolescenziale. Questa donna mi ha dato troppo. «*Poi* chi verrà qui a prendersi cura di te?». Stanne pur certa, nessuno dei miei fratelli. Loro si sono pressoché lavati le mani di questa situazione.

«Non preoccuparti per me. L'importante è che io ti veda felice».

«Io *sono* felice».

«Con una moglie», specifica inflessibile.
«Allora posso garantire che Reese non ha intenzione di diventare nuovamente una moglie nel prossimo futuro».
«Nuovamente?», ripete mia madre, col sopracciglio inarcato.
«Già». Le faccio lo sguardo da persona informata sui fatti e aggiungo: «Finché suo marito non l'ha tradita».
Mamma emette un suono di disapprovazione, schioccando la lingua sul palato. E dopo una pausa, mormora sarcastica: «Prima, nella piantagione, non sembravi troppo preoccupato di perdere il lavoro».
Apro la bocca ma mi zittisce. «Oh, Benjamin. Ti ho visto inseguire ragazze da quando avevi sei anni, quindi non far finta che non sia così. Posso solo immaginare quello che hai combinato in tutti questi anni, lavorando al club. Ma questa ragazza è diversa. Non è vero?»
«No». Le campane. Le cazzo di campane della chiesa suonano nella sua testa. Lo so.
«Ben, sono la tua mamma. So quando dici le bugie». Fa una pausa. «Sono anni che non sei così rilassato a casa».
Non posso fare altro che sospirare. Ha ragione, ad essere onesti. In genere, quando imbocco il vialetto, riesco solo a pensare a quanto sia solitario questo posto, a quanto mi divertivo qui, *anni fa.* Ma oggi l'ho rivisto con occhi nuovi, con gli occhi di Reese, che si sono illuminati appena ne è entrata a far parte.
Devio il mio sguardo per vedere le sue chiappe che spuntano dal sedile di dietro mentre carica le provviste in macchina e io sogghigno, colto da un flash di Cancún. «Pensa quello che vuoi, mamma, ma non ci sperare».
«Non capisco perché devi essere così testone riguardo al sistemarti».
«Sai esattamente il motivo», le ricordo gentilmente, abbassandomi per baciarle la fronte. «Ci vediamo il prossimo fine settimana». Sono a metà strada diretto verso la macchina quando mi ricordo il motivo per cui mi ha chiamato. «Quel trattore ha bisogno di una bella revisione. Non farti convincere da Bert a fare altro». Quel trattore ha la mia età. A forza di

guardare per anni mio nonno e poi Josh che ci lavoravano, ho imparato i rudimenti.

«Okay. Grazie, figliolo».

«Non c'è problema». Mamma non dovrebbe avere a che fare con questo genere di cose. Quel patetico e inutile fantoccio che si nasconde nel vecchio granaio dovrebbe essere abbastanza uomo per farlo. Sfortunatamente ha mostrato che tipo di persona sia, anni addietro.

Raggiungo Reese e metto la scatola sul sedile posteriore.

«Potrebbe venderli», mormora Reese, tirando fuori uno dei barattoli. «Potrebbe avere un banco tutto suo, per esempio in un mercato o posti del genere».

«Già, potrebbe», concordo. «Molti frutteti allestiscono dei mercatini sul loro terreno oggigiorno. Lei aveva parlato di questa possibilità ma, di nuovo, è altro lavoro e lei qui è da sola».

Reese ci pensa e arriccia le labbra malandrine. «È un peccato. Quel granaio sarebbe un buon posto per il mercato». E indica la vecchia struttura.

Mi oppongo a quel brivido di soggezione. Succede ogni volta che penso di entrare di nuovo là dentro. «È pieno di seghe e robaccia. Gli attrezzi da falegname di mio padre».

Annuisce lentamente e io sento la domanda silenziosa: *Perché non è venuto a mangiare con noi? Perché non è venuto fuori a salutare?* Le ho già detto più di quello che dico in genere alla gente.

«Dovremmo andare». Indicando con la mano il sedile di dietro, aggiungo: «E faremo finta che tu ti prenda tutto questo. Forse te ne concederò un barattolo se sarai *molto* carina con me nel tragitto per tornare a casa». Me la mangio con gli occhi. Non posso neanche pensare a questo pomeriggio nella piantagione. È una tortura. In realtà la maggior parte della giornata è stata una tortura. Ma è stata anche molto divertente.

La abbraccio da dietro, tirandola stretta a me, mentre attutisco le sue urla con la mano. «Ragazzino viziato!». Vengo premiato con una leccata sul palmo. Inizio a ridere. «Dopo Cancún, pensi che un minimo di saliva sulla mano mi disgusti?». Denti aguzzi azzannano il polpastrello del mio dito indice, e io salto indietro e controllo se perdo sangue, mentre provo a reprimere un'imprecazione tenendo i denti stretti.

«Non farà mai una cosa del genere, tesoro. E se lo facesse mi chiami subito. Ora hai il mio numero», grida mia madre dal portico.

Cosa? Si sono scambiate i numeri? Oh cazzo. Sto per chiedere perché diavolo mia madre abbia dato il suo numero di telefono a Reese, quando il suono di porte che scorrono su rotelle mi riempie le orecchie. I peli della nuca mi si rizzano all'istante. Mi volto giusto in tempo per vedere mio padre uscire dal granaio incespicando, con la sua unica mano avvolta intorno a una bottiglia di Wild Turkey, la sua officina buia e malsana uno scenario appropriato alle sue spalle. Indossa una vecchia maglietta blu a maniche corte. Quel che resta dell'altro braccio sta lì appeso; il troncone che inizia giusto al di sopra del gomito mostrato con fierezza.

Di solito fa in modo di coprirlo con indumenti a maniche lunghe, anche nei giorni più caldi qui in Florida, dunque so che è intenzionale; un promemoria per me.

«Joshua, vieni a salutare Reese», fa mamma. Spero che Reese non percepisca la tensione nella sua voce. Mamma teme che iniziamo a litigare, ma non ce n'è motivo Non è rimasto nulla in me per quest'uomo. Niente odio. Di certo niente amore. Tutto questo è finito molto tempo fa. Per me lui non esiste più.

Joshua Morris senior avanza con passi lenti e regolari e fa un cenno a Reese, poi con lo sguardo passa da lei a me.

«Salve. Sono una collaboratrice di Ben», spiega Reese. Dalla voce sembra a suo agio, ma dagli occhi attenti, che si assottigliano nel guardarlo, vedo che non lo è affatto. Capisco il motivo. Potrei assomigliare a mio padre, ma lo sguardo duro e freddo ci differenzia completamente. Quasi esitando, aggiunge: «Jack Warner è il mio patrigno».

Un lento sorriso maligno si disegna sul volto di mio padre. «Ti guadagni la scalata alla cima nel peggiore dei modi, Ben?», biascica calunnioso.

«Joshua!». Il grido acuto e sorpreso di mia madre distoglie l'attenzione di mio padre da noi.

«I miei piatti sono nel granaio, Wilma», borbotta in maniera quasi sconnessa, con la testa china mentre si gira e si incammina verso la casa, barcollando per le scale, per poi scomparire all'interno.

La faccia di mia mamma è una maschera di afflizione e imbarazzo. «Mi dispiace così tanto, Reese. È solo che Ben e Joshua... Lui... deve aver avuto una giornataccia». Mamma non trova le parole per scusarsi, e comunque nessuno con un minimo di cervello troverebbe plausibile una sua spiegazione. Sbuffo senza trattenermi. Sì. Proprio una brutta giornata, a contemplare i suoi attrezzi e accudire la sua bottiglia di whisky, prendendosela col mondo e con questa "vita di merda" che gli è capitata. Mamma ci saluta e lo segue dentro casa, non prima di mimare con le labbra "Ti voglio bene" verso di me.

Quando ci sediamo in macchina e io accendo il motore, Reese ritrova la parola. «Allora, tuo padre è incantevole».

Mi stavo chiedendo come avrebbe reagito a quell'esibizione. «Ti avevo avvisato, no?».

Sembra riflettere un attimo. «Annabelle in genere ha già al suo attivo quattro Martini per l'ora di cena. Ma non ha un "problema"», chiarisce ironicamente, mimando le virgolette con le dita. E dopo una pausa chiede: «Come ha perso il braccio?»

«Un incidente nella sua falegnameria nove anni fa». Non voglio proprio entrare nel dettaglio con Reese. Ha i suoi problemi familiari e se facciamo un mix con i miei, ci rattristeremo invece di divertirci.

Lei emette un fischio grave. «Un falegname che perde il braccio? Quella si chiama sfortuna».

«Già». Ingrano la prima e percorriamo il vialetto, con le querce che ci fanno da riparo; le stesse su cui mi arrampicavo da bambino, quando ero già del tutto disilluso sul matrimonio dei miei. «L'ha presa decisamente male».

«Non posso credere che lasci tutto a me, senza neanche un pompino». Gli occhi di Reese si illuminano nel guardare di nuovo il suo bottino, questa volta davanti al portico di casa sua.

«E se evitassimo questo tipo di battute visto che Jack è in casa? La sua Escalade è sul vialetto, quindi so che c'è. Questa è l'ultima cosa che debba arrivare alle sue orecchie. In più, il solo sentire Reese pronunciare la parola "pompino" mi stronca all'istante. «E consideralo uno scambio per tutte le ore che passerai con me questa settimana».

«Sai chi adora la marmellata di lamponi?». Un sopracciglio le si inarca a mo' di sfida mentre tiene su un barattolo rosso. «Mason».

Ridacchio, immaginando già dove voglia andare a parare quella testolina malefica. «Lasciami indovinare…».

«Forse la mangerò direttamente dal barattolo davanti a lui, con un cucchiaio». Fa un sorriso maligno, e devo soffocare la mia risata rumorosa.

«Va a letto con la tua migliore amica ora, quindi voi due forse dovreste provare a trovare un'intesa».

Lei fa una smorfietta. «Hai ragione, non ci avevo pensato. Grazie di avermelo ricordato… di nuovo».

Cauto sullo starmene ancora lì, faccio qualche passo indietro. «Farei meglio a non trattenermi oltre, altrimenti Jack mi licenzia». Se no rischio di fare qualche stupidaggine, come baciarla. Non ho fatto altro che pensarci durante il viaggio di ritorno. Cavolo, ho bisogno di una scopata. Sono passate settimane. Ed è un nuovo record per me.

«Non con questo, non lo farà». Reese mi sventola in faccia un pacchetto di stagnola con il polpettone avanzato. «In realtà mi venderebbe a te se pensasse di poter avere altre porzioni di cibo cucinato da Wilma perché, a meno che non cucini Mason, l'unica cosa che usiamo qui è il microonde».

«Mason cucina per voi?».

Lei alza gli occhi al cielo. «A volte. Tofu e alghe e…». Fa una smorfia disgustata. «Io non mangio queste cose». Voltandosi indietro per raggiungere la maniglia, esita un attimo e poi dice:

«Grazie per essere venuto con me stamattina, a sparare al mio ex e a sua moglie».

«Quando vuoi».

«Oggi mi sono divertita». E poi corruga la fronte come se fosse sorpresa di rendersene conto.

«È stato divertente», ammetto sorridendo. «Non ricordo l'ultima volta in cui ho passato un intero giorno con una donna senza scoparci. Diamine, anche facendo sesso, non penso di aver mai passato una giornata intera con una donna».

Lei scuote la testa ma sotto sotto sorride.

«Ora dove vai?»

«A fare una doccia fredda», ammetto, facendo diversi passi riluttanti all'indietro, allontanandomi da lei. Non sono mai stato così ansioso di farmi una sega. «Ci vediamo domattina?».

Con un occhiolino e una finta voce vogliosa ribatte: «Pensami», prima di aprire la porta ed entrare.

E… ce l'ho duro come il marmo.

Come se non la pensassi comunque.

Capitolo 15
Reese

«Vengo con un carico di conserve di frutta fatte in casa, da un frutteto della contea di Indian River». Metto giù la scatola sul piano di lavoro davanti a Jack.

Giornale in una mano, bacchette cinesi nell'altra, prima dà uno sguardo alla cassetta e poi in alto, al di sopra dei suoi bifocali guarda me. «Hai pagato per questi, vero?»

«Pagato?». Faccio una pausa scenica e poi ammicco. «Me li hanno regalati. C'è anche del cibo fatto in casa».

Questo stuzzica il suo interesse. Jack ha molti pregi ma non è un bravo cuoco. Libera una mano, l'avvicina alla scatola e tira fuori un barattolo. «Cosa sei andata a fare oggi in un frutteto nella contea di Indian River?». Aggrotta le sopracciglia nel leggere l'etichetta, aggiungendo: «Nella piantagione di Bernard *Morris*». Dallo sguardo sospettoso sul suo volto, ha già fatto due più due.

«Oh, sai… ho solo aiutato un amico». Mi fermo lì, e prendo il latte al cacao in frigo, sentendo i suoi occhi curiosi bucarmi le spalle. «Mason e Lina sono qui?».

Con un sospiro, lascia cadere la domanda che so che ha sulla punta della lingua e risponde alla mia: «Sono usciti per cena e poi cinema. Sembra che stiano bene insieme. Oggi lei lo ha persino portato a fare shopping; vestiti nuovi e altre cose».

«Non illuderti troppo. Lina scoprirà quanto è strano tuo figlio e se la darà a gambe».

Lui ride. «Be', è la *tua* migliore amica, quindi deve essere *molto* tollerante». Fa una pausa per guardarmi mentre riempio un bicchiere. Ultimamente bevo dalla bottiglia solo quando c'è Mason in giro. Alla fine chiede: «Hai parlato con tua madre ultimamente?»

«No, perché?».

Si toglie gli occhiali. «Ha chiamato in ufficio questo pomeriggio, ti cercava. Ha chiesto che la richiami appena torni a casa». Mi guarda con attenzione. «Sembrava importante».

«Mah». Prima il mio cellulare, ora Jack? Se fosse la classica donna ci sarebbe da preoccuparsi. Ma ciò che è importante nel mondo di Annabelle in genere non lo è. Eppure devo ammettere che sono curiosa.

«Sì… "mah". Esattamente ciò che penso io». La sua bocca fa una smorfia di disgusto e chiede: «Per favore chiamala, il prima possibile. Preferirei non ricevere chiamate giornaliere dalla mia ex moglie». Una volta che Annabelle si mette qualcosa in testa, è come un cane con l'osso.

È per questo che tiro subito fuori il telefono. «Bene, vediamo cosa vuole la mia carissima *mammina*, okay?».

La sua finta voce dolce, ancora seducente a quarant'anni, riempie il mio orecchio al secondo squillo. «Reese?»

«Sì».

«Non avevi il cellulare con te oggi?»

«Ce l'avevo».

Una pausa. «Quindi hai visto la mia chiamata».

«È un piacere anche per me. È passato un po' di tempo. Sono appena rientrata a casa e Jack mi ha detto che lo hai chiamato».

«Sono sorpresa che ti abbia passato il messaggio».

Una fitta di dolore mi colpisce la mascella e mi accorgo che sto digrignando i denti. Questo è sempre stato un mio problema quando c'era Annabelle. A un certo punto ho anche portato un bite la notte perché digrignavo i denti mentre dormivo. Ho smesso solo quando me ne sono andata, e quelle fitte sono passate. Stasera immagino che sia in compagnia dei suoi Martini. È difficile capirlo, perché regge bene l'alcol. «Che ti serve? Di questo si tratta, siamo oneste».

Sbuffa infastidita. «Io e Ian terremo un ballo di beneficenza a novembre, e pensiamo che farebbe migliore impressione se la nostra *intera* famiglia partecipasse». Quindi è una questione politica. Sono certa che abbia trovato una persona perfettamente adatta a lei, con la stessa cura per le apparenze. «Ti manderò un abito idoneo da indossare. Hai messo su peso per caso? E spero che i tuoi capelli non siano più di quel colore orribile. Se sì, dovrai renderli presentabili».

Alzo gli occhi al cielo ma non rispondo.

«Ho l'accompagnatore perfetto per te, lui è un…».

«No». Questa cosa è già successa. Quando avevo sedici anni, mi fece partecipare a una festa natalizia in un club privato esclusivo, con un figlio di un socio dello studio legale di Barry. Il ragazzo era un ventiquattrenne studente in medicina con l'aspirazione di diventare ginecologo. Chiamami sessista, non mi interessa gran che, ma al giorno d'oggi, con le pari opportunità, e le donne medico che esistono, sono perplessa quando sento uomini che scelgono di frugare nelle vagine per tutto il giorno per lavoro. Quindi ho passato l'intero pasto a interrogarlo sulle sue intenzioni e motivazioni.

Con vivo orrore di Annabelle.

«Be',come posso fidarmi che tu porti con te un uomo adatto. Guarda chi hai sposato».

«Non vengo, Annabelle».

«Che vuol dire non vieni?». Ora gli scappa quel classico, leggero modo di frignare; ora sono sicura che abbia bevuto.

Non ho mai detto di no ad Annabelle, e ogni volta avrei voluto farlo. Certo, ho fatto un sacco di storie, mi sono comportata come una ricca bambina viziata. Spesso ho fatto di tutto per rovinare ancora di più la nostra relazione a fine serata, ma non le ho mai risposto un secco no. Non sono neanche sicura di aver mai pensato di avere questa opzione.

E ora che l'ho fatto, non sa come gestire la faccenda. «È impossibile. Questo evento porterà pubblicità, e occhi su di noi e su di me, sui nostri valori familiari».

Annabelle e i valori familiari? È una contraddizione.

«Sono certa che te la caverai altrettanto bene senza di me».

«Dopo tutto quello che ho fatto per te…».

«Ci penserò e ti farò sapere». Non andrò mai e poi mai, ma questo non è il momento buono per discutere. Quella donna è un genio nel dipingersi come la povera vittima. Quando è ubriaca, lo è dieci volte tanto. Non posso occuparmene ora. E comunque sono a quattro ore di distanza da lei. *Buona fortuna, Annabelle*. «Devo andare».

«Va bene». E il telefono fa *click*, lasciandomi a fissarlo imbambolata.

«Qualcosa di importante?», chiede Jack, fingendo disinteresse.

«Sì. Da far tremare la terra. Annabelle darà una festa e mi vuole lì per farla apparire una madre rispettabile e amorevole».

«Non devi fare niente che tu non voglia fare, Reesie».

Sorrido. «Lo so. Grazie, Jack. Sono stanca. Ora me ne vado a letto». Prendo due barattoli di marmellata di lamponi dalla scatola. «Se vedi il Grillo Parlante stasera, digli che ho qualcosa che gli interessa, e sono disposta a negoziare a partire da domattina».

Jack mi guarda passare e scuote la testa. «Voi due non dovevate iniziare a comportarvi da adulti?»

«Presto».

Sdraiata a letto, mi scopro a guardare il soffitto per un'ora buona, provando a liberarmi dal dolore che mi assale quando penso a Jared e a quello che ho visto nella capanna del paintball. Ma c'è stata una parte della giornata, alcune ore, fuori nel frutteto con Ben, in cui mi sono sentita stabile, come se fossi scesa da quell'altalena emotiva su cui ero salita. Lì l'aria è magica, tra le pareti di quella grande, vecchia casa. L'ho percepita. Quella magia che ha protetto generazioni intere, dal loro prezioso sorgere fino al loro fragile spegnersi; ha visto amori sbocciare e poi scemare; ha ascoltato singhiozzi di cuori infranti, e infine di nuovo risate. E come la famiglia al suo interno, anche se leggermente malandata, svetta ancora fiera, accogliendo nuove persone nella sua vita.

Tra la forza silenziosa e il conforto della casa e la distesa verde del frutteto, mi sono ritrovata capace di profonde boccate di aria fresca, da riempire i polmoni; dopo mesi di respiri corti di atmosfera stantia e insoddisfacente.

O forse non è stata affatto la magia dell'aria fresca. Forse è stata la compagnia.

D'impulso prendo il telefono e scorro i contatti della selezione veloce.

«Ti mancavo già così tanto?», risponde un Ben molto stordito.

Mi accorgo di sorridere spontaneamente. «Com'è andata la doccia?».

Emette un sospiro. «Veloce ed efficace. Mi ero quasi addormentato». Vengo subito assalita da un'immagine di lui sdraiato nel letto. Nudo. Non è un buon segno. Questo tipo di fantasie erano riservate a un uomo, e solo a lui. «Che succede?»

«Niente. Solo...». Esito. «Grazie per oggi».

«L'hai già detto». C'è un sorriso nella sua voce.

«Giusto, l'ho detto». Penserà che sono un'idiota.

Una pausa imbarazzante sospende la nostra conversazione e poi Ben chiede: «Che cosa indossi?».

Porto gli occhi al soffitto. Suona talmente finto, ma mi viene da ridere perché è Ben a dirlo. «Niente di niente. Buonanotte». Chiudo la chiamata prima che possa rispondere.

Una tazza gigantesca di caffè di Starbucks ancora caldo e un'arancia mi aspettano sulla scrivania il lunedì mattina con un bigliettino:

Catrame nero per un cuore nero.

Sorrido.

Sto ancora sorridendo quando bussano alla porta e mi volto.

Lo fisso, con gli occhi spalancati.

È Mason. Ma non Mason. Perché Mason è un nerd da camicia abbottonata fino al collo, cravatta sottile, occhiali spessi e capelli trascurati. Il tipo davanti a me si è trasformato in qualcosa che potremmo definire per lo meno carino. I suoi ricci ribelli sono stati domati e pettinati, e la maglietta a girocollo e i pantaloni non lo fanno sembrare così strano. E gli occhiali sono spariti, mostrando grandi occhi verde oliva. Non lo avevo mai visto senza i suoi grandi occhiali spessi.

«Com'è andato il resto della tua giornata? Oltre a esser stato rapito dagli alieni, certo», chiedo, gustando il caffè dall'aroma ricco e intenso mentre lo guardo sospettosa.

Mason arrossisce. «È andata bene. Posso parlarti un attimo?».

Mason è sempre stato fin troppo felice di girarmi alla larga la mattina. «Deve essere importante. Siediti. Dimmi che ne è stato del mio *amorevole* fratellastro».

Chiude la porta e si avvicina, ispezionando la sedia prima di sedersi, tormentandosi le mani in grembo nervosamente. Con gli occhi passa in rassegna la mia scrivania. «La metà delle pratiche dello studio è sulla tua scrivania».

«Questo è il premio per essere brillante ed efficiente. Vieni al dunque. Tra te e Ben, tutti penseranno che da me la mattina si è aperta la stagione». Ho già visto il robot passare due volte, con la testa che ondeggia di qua e di là come quella di un piccione, cercando di capire a quale caso io stia lavorando».

«Jack mi ha chiesto cosa sta succedendo tra te e Ben».

Il mio stomaco si stringe per il disagio. Se mai Mason volesse pareggiare i conti con me questo sarebbe il momento. «Tu cosa gli hai detto?».

Stringe le spalle. «Gli ho detto che voi due siete solo amici».

«Ah. Bene».

«Immagino che sia una bugia».

«No, siamo *solo* amici». Amici che se la spassano un po', ma... Jack non ha chiesto dettagli.

L'espressione lievemente accigliata mi dice che non mi crede. «Okay, bene, perché Ben non è il tipo di ragazzo per cui perdere la testa. Gli voglio bene. Cioè, è un buon amico, ma non è il tipo che si impegna e non vorrei che qualcuno si facesse male».

«Qualcuno... intendi me?». Mason si preoccupa per me?

Mason si agita sulla sedia, porta le mani agli occhiali, che però non ci sono. «So che per te è stata dura con... quello che hai passato».

Per quanto impacciato, devo ammettere che questa nuova versione di Mason rapito dagli alieni è piuttosto gradevole. Annuisco ma tengo la bocca chiusa, per paura di dire qualcosa che rovini questo momento simile a un episodio di *Ai confini della realtà.*

«Quindi...». Fa una pausa, tamburellando le mani sul bracciolo della sedia.

Avrei dovuto capire che stava facendo il gentile per un motivo preciso. «Cosa vuoi, Mason?».

Schiarendosi la voce, arriva finalmente al punto. «Senti, a Lina cos'è che piace fare? Intendo dire per divertirsi».

«Perché non lo chiedi a lei? Voglio dire, quant'è che state insieme, *tre mesi*?».

Scrolla le spalle. «Perché voglio farle una sorpresa. Quindi... Dammi una mano».

«Potreste andare a Las Vegas e sposarvi. Questa sarebbe una sorpresa».

Sbuffa infastidito, ma poi vedo un lampo strano, diverso; mi guarda di nuovo. Tristezza, pena, non ne sono sicura. Stringo le labbra e decido che se Lina in qualche modo è felice con lui, allora be', devo comportarmi da amica, anche quando si tratta di Mason. «Adora gli aeroplani. Portala a quel museo dell'aviazione».

Annuisce lentamente. «Ottimo». Una pausa, e poi assottiglia gli occhi. «Ehi, non mi stai prendendo in giro, vero? Perché se scopro che la vista degli aerei le causa improvvise crisi epilettiche non sarà divertente».

Faccio una smorfia. «No, se volessi fregarti ti direi di portarla ad un museo di farfalle».

Alza un sopracciglio. «Farfalle? Pensavo che piacessero a tutti».

«Non a Lina. Il loro piccolo corpo le fa dare di matto».

«Oh». Tira su col naso. «Okay, grazie». Si muove per alzarsi ma barcolla, schiarendosi la gola. «Per quel che vale, scusa se ti ho chiamato "demonio" quando Jack e tua mamma si sono lasciati».

Tutto torna. Stare con Lina gli fa bene. Ecco cos'è. Deve essere questo. In piedi, si dirige verso la porta. «Ah, e quella sostanza rossa che hai usato per scrivere "Redrum[14]" sul mio computer è...».

«Marmellata di lamponi».

«Bene». Un lento sorriso gli si staglia sul viso. «Io adoro la marmellata di lamponi».

«Lo so». D'impulso raggiungo il cassetto e tiro fuori un barattolo. Glielo lancio, lo guardo mentre gli sfugge goffamente dalle mani, una, due, tre volte, e sembra afferrarlo appena con una presa nient'affatto atletica, prima che si schianti sul pavimento.

Con un'espressione imbarazzata, tiene su il trofeo, e poi sorride come a dire "ehi, ce l'ho fatta a prenderlo!".

«Ah, è Ben che ti sposta le cose in giro per l'ufficio. Non sono io».

Alza gli occhi al soffitto, e non è una mossa alla Mason. «Grazie».

Nell'attimo in cui esce dal mio ufficio telefono a Lina. «Tu e Mason state complottando di uccidermi o è solo che sei bravissima a letto?»

«La seconda. Però se non ti decidi a trattarlo bene, gli darò abbastanza munizioni da metterti a terra per sempre», mi risponde impassibile senza un attimo di esitazione, come se stesse aspettando la mia chiamata.

«Ciò è altamente pregiudiziale».

«E questo vale per tutti. Gli ho detto che non farò da cuscinetto tra voi due, quindi dovete iniziare a comportarvi come normali fratello e sorella».

«Disse la figlia unica». Qualcuno bussa alla porta e mi distrae. È Ben, davanti alla vetrata, che indica la polo rossa che indossa, con quel sorriso aperto così attraente. Afferro l'arancia e la lancio sul vetro all'altezza del suo viso. Mimando con la bocca "centrato" mi fa l'occhiolino e tira avanti, con quel sorriso che mi fa infuriare, ma accende anche in me il bisogno di giocare.

[14] Dal romanzo di Stephen King *Shining* e quindi nell'omonimo film di Stanley Kubrik; redrum al contrario si legge "*murder*", in italiano "omicidio" (*n.d.t.*).

Sto ancora ridendo tra me e me quando Natasha fa capolino.

Sei libera a pranzo oggi?

Fisso il mio telefonino per assicurarmi di aver letto bene il messaggio di Jared. *Merda!* Che faccio? Agguanto il telefono fisso per chiamare Lina una seconda volta questa mattina, ma riaggancio immediatamente. A che serve chiamare lei o Nicki. O chiunque altro. Conosco perfettamente la risposta giusta.

Tap, tap, tap... do dei colpetti con la penna sul mucchio di cartelle mentre mi arrovello. Ho così tanto da fare per Ben che dovrei lavorare nella pausa pranzo...

Caffè. Mezzogiorno?

Risponde "sì" in pochi secondi.

«Dovrebbe provare la torta al lime», consiglia la cameriera castana, servendomi il piatto con la torta al cioccolato e noci. Giuro, dal modo in cui insistono da queste parti, si direbbe che abbiano investito sul mercato azionario del lime. Le sorrido a labbra strette e le chiedo il conto, con gli occhi fissi sull'entrata del locale. Jared ha sempre avuto la fama del ritardatario, ma mezz'ora è assurdo, soprattutto senza almeno un messaggio.

Inizio a pensare che mi abbia dato buca quando una voce profonda e familiare mi dice: «Sicura di non voler provare qualcos'altro?».

Vengo strappata all'istante dalla mia lamentela silenziosa e scaraventata in quel posto speciale dove paradiso e inferno si incontrano, dove iridi verde menta mi fanno sobbalzare il cuore una, due, tre volte, prima che vada in fibrillazione, nonostante i miei sforzi per restare indifferente. «Resto con quello che conosco».

In tutta risposta sorride. «Scusa, sono in ritardo».

Trattengo il fiato mentre lo guardo scostare la sedia libera e sedersi. «Non c'è problema. Però devo tornare presto in ufficio». Avevo già previsto di usare la scusa del lavoro per andarmene al bisogno. Ora, avendocelo davanti, penso che lo farò. La sofferenza è una bolla di rabbia che cresce ancora una volta, solo che ora è mista a confusione e paura e… sì, trepidazione.

Esita nel trovare una posizione comoda sulla sedia. «Ieri sono stato in un fantastico campo di paintball a nord della città, e mi sono beccato un tiro ravvicinato sul sedere».

Direi piuttosto trenta colpi, ad essere precisi. Stringo le labbra per non lasciarmi sfuggire un sorriso vendicativo.

«Dovresti andarci qualche volta. Penso che ti piacerebbe».

«Ci darò un'occhiata», riesco a spiccicare impacciata. L'unica cosa che mi trattiene dallo scoppiare a ridere, ora come ora, è il rivivere quella scena che ho in testa: quello che ho sentito il momento prima del nostro attacco, per cui ero pronta a voltare le spalle e correre via. Grazie al cielo avevo la maschera, altrimenti Ben mi avrebbe visto piangere.

C'è una lunga pausa. Jared tamburella delicatamente le mani sulla superficie degli altri tavoli. È un suo gesto nervoso. «È un po' imbarazzante, non trovi?», ammette infine con una risata pigra. Un altro segno di nervosismo.

«Meno imbarazzante della volta scorsa». Do un'occhiata inconsapevole al suo braccio, al grande tatuaggio della mietitrice che spunta dalla camicia.

Vedendo dove va a parare il mio sguardo, Jared ci passa una mano sopra, dicendomi con codardia: «Mi dispiace che tu lo abbia scoperto in quel modo».

Sospiro, chiedendomi se si riferisca al tatuaggio o al tradimento. O a entrambi.

Mi guarda i capelli. «Stai proprio bene, Reese. Non che tu non fossi bella già prima. Solo che ora sembri… cresciuta. Più responsabile».

Sento le mie guance arrossire mentre fisso il piatto davanti a me, senza appetito. «Per i miei gusti è un po' noioso».

«Tu non sarai *mai* noiosa». Una veloce frecciata dei miei occhi cattura un luccichio nei suoi. Ci sta provando con me? Mi guarda con quel viso bellissimo che prima incredibilmente potevo baciare in qualsiasi momento. E alla fine sospira. «Ho mandato tutto a puttane, Reese, e mi dispiace molto».

Un sapore metallico mi riempie la bocca nel mordermi la lingua per evitare di rispondere, perché so che mi emozionerei e potrei parlare sulla difensiva. Devo restare calma.

«Ho amato Caroline da quando avevamo sei anni. Quando all'improvviso mi ha lasciato, ero distrutto. Poi dal nulla, una settimana dopo, sei spuntata tu, *l'esatto* opposto di lei».

«Lo sono di certo», bisbiglio secca.

Quel bel sorrisetto lo rende ancora più attraente. «Lo sei, questo è sicuro». Ma scompare in fretta. «Mi ero ripreso. Volevo così tanto voltare pagina, dimenticarla, andare avanti, che ho affrettato le cose fra te e me. E prima di accorgermene eravamo sposati. Poi, circa un mese dopo Las Vegas, Caroline mi ha chiamato piangendo. Non le parlavo da quando ci eravamo lasciati, quindi non sapeva nulla. Immagino che i miei genitori abbiano chiamato i suoi dopo che siamo andati a trovarli, e glielo abbiano detto».

Faccio una smorfia di dolore al ricordo di quel giorno disastroso. Giuro che sua madre mi stava facendo qualche maleficio silenzioso, quando eravamo seduti a tavola.

«Ad ogni modo mi ha chiamato, piangendo, dicendomi che in realtà aveva avuto solo bisogno di tempo e spazio, ma che aveva sempre dato per certo che saremmo tornati insieme. Ci siamo messi d'accordo per vederci una sera a cena e poi...». Si stringe nelle spalle. «Le cose sono andate avanti e non sapevo più come fermarle. Sono riemersi vecchi sentimenti e mi sono sentito confuso. E poi ci hai scoperto quel giorno sotto la doccia e...».

Strizzo gli occhi per cacciar via quel ricordo, lo avevo sentito venire mentre entravo in casa. È per quello che non si erano accorti di me all'inizio. Ma ora so qualcosa di importante. «Mi tradivi già *un mese* dopo il nostro matrimonio?». Posso sentire a stento la mia voce, è a malapena udibile, e ora la verità inizia a rivelarsi. Come posso chiamare matrimonio quello che c'è stato fra noi? È stata tutta una farsa.

«No! Dopo quella prima sera, le ho detto che non potevamo più vederci e non l'ho vista per un mese. Poi però lei è venuta alla festa di anniversario dei miei genitori». Quella a cui mi sono rifiutata di partecipare.

Se fossi andata non so se ora saremmo qui seduti a un tavolo a parlare del nostro matrimonio fallito.

Il suo sguardo si sposta sulle mani. «Lei è sempre stata così dolce e premurosa, e...». Mi schiarisco la voce per soffocare una risata amara. Lei lo ha manipolato. «...corrisponde a quel che vuole per me la mia famiglia e...». Sì, la sua famiglia. Erano disperati quando mi ha presentato a casa. «...un giorno sarà una buona madre». Sembra che mi stia rifilando la propaganda dei genitori, ma più va avanti, più mi rattristo. Se questo è ciò che voleva dalla sua vita, allora noi due non avevamo la minima speranza. Dolce... premurosa... idonea... futura buona madre... Nessuna di quelle etichette mi si addice, vere o fasulle che siano per quanto riguarda lei.

Mi sento come se fosse lui quello con la pistola da paintball puntata a bruciapelo sul mio cuore, che spara senza pietà. Non sono venuta qui per sentire questi discorsi. Faccio una mossa per spostare indietro la sedia quando sento: «Ma mi manchi, Reese».

Resto a bocca aperta, scioccata dal finale discordante di questa "Ode a Caroline".

I suoi occhi carichi di emozione mi fanno divampare dentro. «Stavamo bene da far schifo io e te, non è vero?».

E poi si sporge per prendermi la mano.

Il ricordo ancora così vivido di loro due ieri è come un pugno allo stomaco, che oggi mi ricorda di non lasciarmi trasportare dalla nostalgia, di non farmi catturare dalle sue parole. Voglio urlargli contro un "Sì! *Stavamo* davvero bene da far schifo e tu hai rovinato tutto!", dovrei infilzargli la mano con la forchetta. Invece mi lascio andare al contatto fisico solo un attimo in più, finché riesco a richiudere la mascella spalancata, e sfilo la mano da sotto la sua e uso la forchetta per infilzare la torta. È intatta, ma almeno non potranno servirla a nessun altro, tutta bucherellata com'è.

Lui aspetta mentre io faccio tre lunghi, profondi respiri per calmarmi. «Lei lo sa che sei qui con me ora?». Lancio uno sguardo di ricognizione nella terrazza, cercando la troietta rossa rubamariti nascosta dietro una pianta.

Una ruga gli attraversa la fronte. «Cosa? Pensi che ci stia spiando?»

«No, solo una *pazza* lo farebbe».

Fa una pausa, un sorriso gli curva le labbra. «No, non lo sa. Non mi rivolge neanche la parola al momento».

«Ah sì? Avete litigato sul serio?». La mia coscienza inizia a divertirsi; in testa ho una risata trionfante e maligna.

«Già. Per una stupidaggine che è successa al paintball», mormora assente, inclinando la testa. «Non gioirne in maniera così evidente, okay?»

«Farò del mio meglio», ribatto impassibile.

Racchiude una mano dentro l'altra. «Litighiamo parecchio, in realtà. La conosco da diciotto anni eppure dal momento in cui ho pronunciato quei voti, è come se si fosse trasformata in una donna del tutto diversa, e sta provando a cambiare me insieme a lei». Esita per un momento, guardandomi con attenzione. «Tu non eri così, però, non è vero?».

È perché ci conoscevamo solo da un mese e mezzo prima di *sposarci*. E no, non lo ero. Io non volevo cambiarlo. Non distolgo gli occhi dal suo sguardo focoso, che ho visto una quantità di volte, anche se mai in un locale pubblico, ma non faccio commenti.

«Allora, questo avvocato che frequenti, da quanto tempo dura?»

«Qualche mese», mento.

Lui annuisce lentamente, avvolgendo la mano intorno alla mia tazza di caffè vuota, spingendola piano avanti e poi tirandola indietro. «Stavo pensando che potremmo uscire a cena tutti insieme o fare qualcos'altro qualche volta».

Ora non trattengo la mia risata amara. So che Jared è un po' ingenuo talvolta; lasciarmi andare nel loro appartamento a riprendere le mie cose quel giorno è un buon esempio di come a volte non rifletta a fondo sulle cose. Ma questa! Masticare cibo… portare avanti una conversazione… non tagliare la gola a Caroline con un coltello… tutte cose che mi sembrano impossibili.

Mi guarda in faccia con occhi verdi tremolanti, interpretando il mio sguardo. «Troppo improbabile?»

«Giusto un pochino».

Si stringe nelle spalle. «Va bene, allora… forse un drink o qualcosa di meno impegnativo per cominciare. Anche solo noi due. Io voglio davvero che siamo amici, Reese. Almeno».

Almeno? Cos'altro diavolo potremmo essere? Lui è sposato! Sta facendo davvero quel che credo? Saltellare avanti e indietro tra Caroline e me come un pesce spiaggiato? Vuole avere la botte piena e la moglie ubriaca? Se fossi un estraneo e guardassi la scena punterei il dito e riderei della stupida bionda solo per essersi seduta qui e aver parlato con questo stronzo. Se fossi un estraneo e non la bionda idiota che fino a poco tempo fa amava follemente il suddetto stronzo, che le ha spezzato il cuore, l'ha umiliata e scaricata in un fosso.

«Ci dovrò pensare», dico, alzandomi. Si alza anche lui, e siamo uno di fronte all'altra, a disagio in questa situazione. Giriamo i tacchi e ce ne andiamo? O ci abbracciamo? Gli do un colpo sulle parti basse, così, forse, una volta tanto inizia a usare quella densa massa di materia grigia che gli riempie il cranio?

«Hai un nuovo numero, vero?». Tira fuori il suo cellulare dalla tasca e inizia a scorrere la rubrica.

Esito. «Sì, un numero locale di Miami».

Aggrottando le sopracciglia borbotta: «Strano. Avevo il tuo numero qui. Non so dove sia finito». Penso di avere un'idea a riguardo. *Al paradiso perduto, presso la tua nuova moglietttina.* «Ecco. Lo rimetto in rubrica. Dài, spara».

Esito.

Lo faccio?

Gli do il mio numero?

Gli do il mio numero.

«Ottimo. Bene…». Aggrotta la fronte e poi, facendo un passo avanti, avvolge il mio corpo rigido in un abbraccio che non ricambio. «A presto. Spero». E nello sciogliere l'abbraccio mi bacia la guancia di striscio. Lo guardo andar via felice e fischiettante.

E lascio andare un gran sospiro.

Non so come prenderla. Jared non è felice con Caroline. Nel tremendo vortice di sofferenza che mi ha attanagliato per mesi, non posso non riconoscere la piacevole sensazione che questa notizia mi provoca. Ora si è aperto del tutto e mi ha detto che gli manco. Mi sta mostrando che prova ancora dei sentimenti per me. Se mai volessi che Jared:

Soffrisse.

Si tormentasse.

Mi amasse di nuovo.

Questa sarebbe l'occasione perfetta.

Ma prima, avrei bisogno che Svizzera stesse al gioco.

Capitolo 16
Ben

«Be', guardati, il grande avvocato».

Merda… Solo al suono di quella voce vellutata il sangue mi scorre dritto al cazzo. Non riesco a controllarlo. Mercy ha sempre avuto questo effetto su di me. È solo peggiorato dalla mia festa d'addio da Penny's. La regola di Cain "non si scopa con le spogliarelliste" è stata pubblicamente gettata fuori dalla finestra da lei e Hannah quella sera. Nello stesso momento. Io non lo avevo neanche proposto ma, caspita, non mi sarei mai lasciato sfuggire un'occasione così.

Ma la faccia di Mason, che adesso si volta e trova la spogliarellista biondo platino nel mio ufficio, è quasi spassosa. Il suo colorito passa dal pallido al rosso barbabietola in un istante, mentre gli occhi gli schizzano senza controllo in mille direzioni, dal viso di Mercy alle tette, di nuovo al viso, poi alla parete e di nuovo alle tette, prima che si volti verso di me con occhi imploranti.

«Questo è il mio caro amico Mason. Mason, lei è Mercy».

Lei si sporge con una risatina. Dopo una stretta di mano imbarazzata, il ragazzo farfuglia qualcosa a proposito di fotocopie e scappa via dall'ufficio.

Io mi alzo e faccio il giro intorno alla scrivania per sollevare l'esile spogliarellista bionda in un grande abbraccio. Il suo profumo floreale quasi troppo forte mi assale. «Ehi, bambola». Non ho mai avuto per lei un interesse diverso dall'amicizia, oltre a qualche beneficio occasionale che tenevamo segreto e lontano da Penny's. Io rispetto Cain e le sue regole… fino a un certo punto. E, se avessi pensato che lei volesse qualcosa da me, non lo avrei lasciato accadere.

Ma inizio a temere che qualcosa sia cambiato.
Ora ricevo suoi messaggi quasi ogni giorno. Mi chiede di andarla a trovare al club.
I suoi grandi occhi blu esplorano il mio ufficio, e l'enorme catasta di pratiche. E me. Il suo sguardo si ferma sul mio petto mentre con le dita giocherella col colletto della mia camicia. «Hai un'aria più adulta». Indossa più di quanto io sia abituato a vederle ma non può nascondere quel che fa per vivere, con quell'abito corto e aderente. Le sue curve sono messe in risalto, il suo viso, il modo di muoversi… è tutto un gridare "Io mi spoglio per denaro".
E, dalla moltitudine di sguardi diretti al mio ufficio, è chiaro che tutti sentono quelle grida. Viste le paure di Jack, che Mason mi ha riportato, circa le trasgressioni del mio precedente lavoro, è facile che questa intrusione nel mio ufficio non mi faccia una buona pubblicità. Eppure, non posso cacciarla via. Posso solo sperare che se ne vada presto.
«Ad ogni modo, cerco di esserlo. Che fai qui?».
Le sfugge una piacevole risatina. «Ero in zona e ho pensato di fare un salto. Penny's non è più lo stesso posto senza di te». Una mano delicata scorre sul mio collo e poi scende veloce, unghie che percorrono il mio addome fino a trovare la cinta. Mercy ha sempre scherzato così. Sa che mi provoca una reazione immediata, e questo le piace.
«Vieni qua». Con la scusa di chiudere la porta mi allontano prima che la sua mano scenda ancora di più. Accompagnandola all'altra sedia io torno alla mia, usando la scrivania come barriera.
«Pensavo che saresti venuto a trovarmi da Penny's nel fine settimana», dice mettendo un muso gentile.
«Sono stato bloccato qui il week end». Davvero, tra il lavoro e Reese, non ho neanche pensato a Penny's. Il sabato sera ero esausto. Non posso credere di non aver messo piede nel locale per tre settimane. Per me è un record.
«Ora lì non ci si diverte più». Il suo sorriso scompare. «Non so cosa sia successo, Ben. Charlie è scomparsa, China è stata

licenziata...» Il suo volto si contrae. «Non ho mai visto Cain così triste».

«Già, neanche io so cosa stia succedendo». È una bugia. Lo so meglio di molti altri, visto che uno dei miei migliori amici, e principale buttafuori da Penny's, Nate, mi ha chiamato la settimana scorsa per aggiornarmi. Sembra che Cain, mio buon amico e proprietario di Penny's, si sia innamorato di una spogliarellista, con più scheletri nell'armadio di quanti lui non sia stato in grado di scoprire con i suoi metodi illegali, di cui io non dovrei sapere nulla. Lei se ne è andata nella notte e ora lui è devastato. E io ho sempre visto Cain rilassato e composto.

Con un sospiro, Mercy accavalla le gambe più volte, distraendomi del tutto con una rapida vista di mutandine nere di pizzo. Oggi almeno le indossa. Non è mai detto. Cazzo, sono anche tre settimane che non scopo. Ecco un altro lasso di tempo innaturale per me. E ora sono seduto davanti a una ragazza che si diverte a fare sessioni private di lap dance. Non so come diavolo la comunità Amish produca esemplari di questo tipo. Devo proprio andare a vedere uno di questi posti per scoprire se si tratta di un caso isolato.

Dopo altri dieci minuti di conversazione garbata, Mercy si alza di scatto. «Bene, ora ti lascio al tuo lavoro. Volevo solo vederti nel tuo ufficio». Si inchina e mi dà un bacio sulle labbra. «A cena più tardi?».

Cena è il termine in codice per sesso? Non siamo mai andati a mangiare fuori. Con un lungo sospiro e una sbirciata al suo décolleté, dico: «Sì, vedo se riesco a finire presto questa sera». È più forte di me.

Appena Mercy esce, noto Reese in piedi davanti alla mia porta, con almeno una dozzina di cartelle gialle strette al petto, un'espressione sardonica sul volto mentre guarda la mia ospite.

Girandosi verso la porta, Mercy offre a Reese un sorriso di sfida. Mercy sarà anche dolce ma non è una scema; sa distinguere quella punta di giudizio nello sguardo tagliente di Reese, e si avvia verso l'uscita canticchiando.

Reese passeggia nel mio ufficio e mi scarica le pratiche addosso senza troppi complimenti. Sono piuttosto sicuro che il suo scopo fosse quello di schiacciarmi l'uccello. «Allora esci con quello zuccherino? Perché dopo avermi portato a casa tua a conoscere tua madre, ero sicura che tu mi amassi». Lo dice in maniera così disinteressata che non devo preoccuparmi se crederle o no.

Mi mordo la lingua mentre decido come reagire. Rispondere a Reese è una faccenda delicata. Mi accorgo che ci tengo a non fare la figura dell'imbecille, mentre in genere me ne infischio. Alla fine opto per un: «Sei al sicuro, promesso». Mi tolgo le pratiche di dosso e le poso sulla scrivania. «Allora, che hai scoperto?»

«Ti ho scritto alcuni commenti su cose che dovrai approfondire, e su alcune pratiche, per fissare le priorità quando il robot porterà tutto questo in aula. Ho anche risolto il caso Kensington per te. Non c'è di che».

Non posso fare a meno di guardarla con attenzione. Il confronto con Mercy mette ancora più in risalto il fascino naturale di Reese. Lei è così *vera*. Niente silicone. Un fisico sodo, senza essere eccessivo. Sarei disposto a uccidere per vederla di nuovo nuda. Se mia mamma non fosse piombata lì in quel momento, altri trenta secondi e ce l'avrei avuta distesa nel retro di quel camioncino.

Sfila un foglio di carta dalla cartella in cima, sbattendolo sulla scrivania. «Vedi? Il buon dottore è fuori». Le sue dita lunghe e sottili colpiscono il foglio. «La ditta della moglie ha donato centomila dollari alla raccolta fondi della sua clinica privata, sei mesi fa».

Riportando l'attenzione alla causa, osservo la fattura. «Cazzo. Hai ragione». Direi che è sufficiente per screditare il consulente tecnico, che sta provando a dipingere il nostro cliente come un padre che usa violenza psicologica, al fine di ottenere la custodia unica della figlia di tre anni, e tutto il guadagno del mantenimento della bambina che ne consegue. «Senza la deposizione di questo cretino, la battaglia per la custodia è azzerata».

«Okay, Erin Brockovich, dove diavolo l'hai trovato?».

Fa spallucce. «Non è stato poi così difficile».

Natasha era in difficoltà, io peggio che mai. Pensavamo di dover fare i salti mortali per vincere questa causa, e avevamo perso le speranze. Guardo di nuovo il sorriso compiaciuto di Reese. Sto pensando seriamente di portarla in quella sala conferenze, all'angolo, dall'altro lato del corridoio, per ringraziarla nella maniera in cui vorrei *davvero*. Bendata e ammanettata. Jack è fuori città per una conferenza. A parte Natasha, nessuno avrebbe motivo di interromperci mentre "lavoriamo".

Accidenti, questi pensieri non aiutano la situazione imbarazzante che sto provando a nascondere sotto alla scrivania.

Getto la penna e mi allungo indietro sulla sedia. «Sei fantastica. Lo sai, vero?»

«Preferisco spettacolare». Spinge una ciocca di capelli dietro all'orecchio; sul viso una smorfia di scuse. «Guarda, lo so che ti avevo promesso che sarei restata fino a tardi, ma oggi è stata una giornata un po' difficile e non mi sento in forma. Vado a fare un pisolino a casa e mi rimetterò a lavorare più tardi».

È un po' pallida, ora che ci faccio caso. «Okay, come credi».

«Allora, c'è qualcos'altro di assolutamente importante che devo fare per te prima di andare?». I suoi occhi deviano sulle mie parti basse quando aggiunge secca: «A parte il problema che risolverà lo "zuccherino" più tardi». Il suo tono è lievemente caustico.

«Gelosa?». La sola possibilità mi fa sorridere come un asino. Aggancio le mani dietro la testa e ammetto: «Perché preferirei piuttosto il tuo aiuto a riguardo». E sono sincero.

Reese porta in dentro le labbra come se valutasse il mio corpo con quello sguardo da predatore. In genere, se mi divora con gli occhi, lo fa di nascosto, e sceglie dei momenti in cui crede che io sia distratto. La sua voce scende di alcune ottave e un «Okay» scivola fuori dalle sue labbra sottili. «Sala conferenze?»

«Cosa?». Le mie sopracciglia schizzano su. *Merda*. Non me lo aspettavo. Perlustro con gli occhi spalancati l'ufficio, per capire se qualcuno abbia visto o sentito qualcosa, dato che la porta non è neanche chiusa. Farà sul serio? Chi può dirlo! So solo che mi farà un male boia se non fa quello che dice.

Scoppia in una fragorosa risata. «Signora Cooke!», strilla quando l'assistente di Jack passa accanto alla porta.

La signora Cooke torna sui suoi passi e si affaccia nella stanza, senza fiato, e asciugandosi la fronte sudata con un fazzoletto. «Che succede, cara?»

«Ben mi stava giusto dicendo di aver mangiato tutti i suoi muffin nel weekend e si chiedeva come le possano venire così deliziosi».

Gli occhi della gentile signora si illuminano quando si posano su di me. «Oh, ragazzo mio. Ti do la ricetta per tua mamma. Hai carta e penna a portata di mano?». Le sue mani svolazzano mentre inizia a ridacchiare, con un suono buffo alla Betty, il personaggio dei Flintstones. Cammina a papera nel mio ufficio e si strizza nella sedia libera, e intendo davvero che si strizza, mentre lancio un'occhiata a Reese.

«Ti sono stata utile?», chiede Reese con dolcezza.

Non posso far altro che sorriderle. «Sì, grazie». *Come una secchiata di ghiaccio.*

«Bene. Forse non avrai più bisogno dello zuccherino, in fondo». E se ne va impettita.

Sto sprofondando nell'oblio più totale quando qualcuno bussa alla mia porta.

«Sì?», esclamo, intontito, aprendo un occhio per vedere i numeri rossi sull'orologio digitale dietro di me. Le due del mattino. Sono proprio esausto.

La porta si apre con un cigolio, e uno spiraglio di luce dal corridoio rivela capelli biondo platino, e un vestito stretto blu sfavillante. «Ehi», saluta Mercy, allungandosi per chiudere la porta col sedere. «Mi ha fatto entrare Travis».

Ruoto sulla schiena e mormoro: «È stato gentile». Ho condiviso una casa con cinque ragazzi per quasi sei anni. C'era sempre qualcuno, e non hanno *mai* lasciato Mercy fuori dalla porta. Forse è il caso che io stabilisca delle nuove regole, vista la situazione.

Con la sua andatura rilassata, lenta e aggraziata, come quella di un gatto, raggiunge il lato del mio letto. Ho iniziato a dormire con la tenda aperta, perché trovo che la luce del mattino mi aiuti ad abituarmi ai nuovi ritmi del sonno. Ora, filtra abbastanza luce dalla strada perché io possa intravedere appena la sua sagoma. «Hai detto che mi avresti chiamato».

«Sono stato incasinato col lavoro». In realtà ho dimenticato l'appuntamento con Mercy. Dopo aver ricevuto istruzioni dettagliate sugli strepitosi muffin della signora Cooke, che darò davvero a mia mamma, ho trascorso ore a rovistare tutti i fascicoli che mi ha portato Reese. Lo sguardo di Mercy scivola sul mio petto e il mio addome esposti, le sopracciglia si inarcano appena quando porta la sua attenzione ancora più in basso, dove sto già piantando una tenda sotto alle lenzuola. Non ci posso fare niente. Le sue dita si sollevano e fanno quel piccolo movimento incurvato intorno alle spalline del vestito e poi, dando un colpetto, spinge la stoffa giù, finché il vestito cade sul pavimento, formando un mucchio luccicante. Lavorando da Penny's sei giorni a settimana, ho visto Mercy nuda così tante volte che potrei quasi tracciare una mappa delle sue lentiggini nell'oscurità.

«Pensavo che forse...», spiega mentre abbassa con cautela il lenzuolo e sale sul letto, scivolando con una gamba sopra di me, per mettersi a cavalcioni sulle mie cosce, «...potrei restare qui questa notte e», si abbassa, con le braccia appoggiate ai lati del mio cuscino, la sua quinta di tette rifatte premuta sul mio petto, «prendermi la mia dose di Ben. Sei d'accordo?».

Non posso fare a meno di sorridere. Mercy ha un suo modo di usare le parole. Non è mai esplicita o volgare, ma il sottinteso è sostanzioso. Il mio cervello sorvola per convenienza sulla parte "restare questa notte" e va dritto alla parte in cui scivola lungo il mio corpo, finché i suoi capelli lunghi mi accarezzano l'addome e sono accolto nel tepore della sua bocca.

E poi, con un gemito profondo, il mio cervello si spegne del tutto.

«Stai bene?», chiede Mason dalla porta.
«Mi daranno un calcio in culo e probabilmente me lo merito», biascico fissando il telefono.

Vuoi che andiamo insieme da Storm e Dan questo weekend?

Sapevo che non dovevo permettere che accadesse. Ma come fai se una favolosa spogliarellista si presenta in camera tua nel bel mezzo della notte? Nessun uomo direbbe di no. Non importa chi tu sia. E se mi rispondi che tu diresti di no, o sei un maledetto bugiardo, o sei gay.
Non si era mai fermata a dormire, però. Io mi sono alzato e sono uscito prima che si svegliasse questa mattina, quindi almeno non ci sono stati saluti imbarazzati. E ora mi scrive di andare a un matrimonio insieme? Okay, si tratta di Storm e Dan, ma… no. A pelle questa situazione non mi piace. L'istinto mi dice che Mercy vuole *di sicuro* qualcosa di più. Dirle che vorrei che fossimo solo amici non funzionerà. Scuoterà la testolina e dirà: «Lo so, Ben», e poi mi prenderà il pisello in mano. Sarei un illuso se sperassi di risolvere portando con me un'altra conquista; finirei con le braghe calate alle caviglie, in un bagno, con qualche cocktail di troppo in corpo.
Cazzo. Questo significa che devo avere un'accompagnatrice! Ma chi? Chi posso coinvolgere? Non posso portarmi qualche tipa con cui ho già scopato in passato o mi troverei nella stessa situazione in cui sono ora con Mercy. Cioè, si tratta di un matrimonio. Le donne impazziscono ai matrimoni. Si pestano i piedi per agguantare il bouquet della sposa. Mi serve qualcuno che non si aspetti *nulla* da me. Mi serve… «Dov'è tua sorella oggi?», chiedo a Mason di getto. Ho tenuto d'occhio l'ufficio di Reese tutta la mattina, e non c'è segno di vita. Mi aveva promesso che sarebbe stata qui ad aiutarmi. In più, anche se odio ammetterlo, la dose giornaliera di Reese mi fa bene. È come se fossi in crisi d'astinenza.
«Sorellastra», corregge. «È a casa, malata».
«Sul serio?». *Merda*. Ieri aveva detto che andava via prima per recuperare un po' di sonno.

Annuisce. «E si è portata dietro una pila di fascicoli, incluso uno mio per errore. Sto andando ora da lei a recuperarlo». E aggiunge bisbigliando: «In quella casa infetta».

Vero! Mason tende a evitare le persone malate come potenziali portatrici di peste bubbonica. «Vado io. Non sono una femminuccia», propongo subito.

«Ben, dico sul serio, non vorrai...».

«Non è un problema. E poi lei preferisce me».

Qualche pensiero scorre in quegli occhi verdi e poi intravedo un accenno di sorriso. Ma è qualcosa di talmente rapido che non ne sono così certo. Pesca le chiavi dalla tasca e le lancia sulla mia scrivania. «Ecco. È probabile che non aprirà». Butta giù l'indirizzo. «Quei documenti mi servono entro mezzogiorno. Puoi prenderle delle medicine? Ho promesso a Jack che lo avrei fatto».

«Che cosa vuole?».

Alza le spalle. «Tylenol? Nyquil? Valium?»

«Va bene». Prendo le chiavi e l'indirizzo. E aspetto.

E aspetto.

Alla fine desisto. «Amico, non mi vuoi dire di non provarci con tua sorella?»

«Sorellastra!», mi corregge bruscamente, ma di nuovo intravedo quell'accenno di sorriso. «No. Non sono troppo preoccupato». Mason se ne va, e voltandosi mi ricorda: «Entro mezzogiorno. Il fascicolo mi serve entro le dodici».

Bene. Ho quasi due ore per riuscire a convincere Reese a venire al matrimonio con me.

Capitolo 17
Reese

«Com'è possibile che non ci siano medicine in questa dannata casa?»

«Lo sai che l'unica cosa che fa tutta quella robaccia è indebolire il sistema immunitario». Il vivavoce diffonde nella stanza la voce squillante di Lina, come un megafono. «Ecco perché ti dico di prendere il ginseng tutti i giorni».

«Tu e il tuo Grillo Parlante...», bisbiglio, fissando il muro davanti a me, con la testa sollevata da tre cuscini, tanto che sto quasi seduta. Altrimenti non riesco a respirare. Ho già fatto un blitz nell'armadietto del bagno di Mason. Trabocca di vitamine e integratori, ma non c'è niente che faccia davvero al caso mio. Neanche Jack può essermi d'aiuto al momento, visto che secondo lui un bicchierino di vodka al giorno toglie il medico di torno. L'unica cosa utile che abbia trovato è un barattolo di Vicks Vaporub, con cui mi sono cosparsa il torace, la schiena e anche il labbro superiore.

«E il Grillo Parlante si ammala? Perché *io* non mi ammalo».

«Sono certa che nessuno di voi due sia realmente umano. Sarà per questo che vi siete trovati», borbotto nella vestaglia grigia logora, avvolta intorno a me come un bozzolo, che non è sufficiente a ripararmi dal freddo che sento in tutto il corpo. Pensavo fosse solo sonno arretrato, con tutti i pensieri che avevo in testa riguardo a Jared. Ho lasciato l'ufficio prevedendo di fare un pisolino e recuperare in serata. Avrei potuto anche lasciare tutte quelle pratiche in ufficio, visto che appena ho messo la testa sul cuscino sono crollata e non ho aperto occhio per tredici ore. Ora non riesco a smettere di tremare, e la testa mi sta per scoppiare per la pressione della sinusite.

Voglio solo prendere delle medicine senza andare dal dottore ma, a parte delle pillole scadute dieci anni fa, che ormai sto considerando di prendere, in casa non c'è l'ombra di un analgesico.

«Ho visto dello zenzero nel cassetto di Mason. Devo prenderlo?». Sì, Mason ha un suo cassetto nel frigo. E gli prenderà un accidente quando vedrà che ho rovistato lì dentro.

Il forte sospiro esasperato di Lina arriva prima delle sue parole. «Lo zenzero va preso *prima* di ammalarsi. Riflettendoci, se vuoi assumere qualcosa di naturale, prendi dell'aglio».

«Un'altra delle tue diavolerie coreane?»

«No, roba di naturopatia». Col suo tono piatto, Lina può suonare saccente a volte, soprattutto per chi non la conosce. «In genere lo prendo con del pane per renderlo più accettabile».

«Non c'è pane in questa casa, tranne le gallette di riso di Mason, e quelle mi fanno strozzare», brontolo.

Giuro che la sento alzare gli occhi al cielo dal vivavoce. «Dimenticavo quanto tu sia fastidiosa quando stai male».

«Non puoi portarmi qualcosa?»

«Non subito. Fra qualche ora. Ho incontri con clienti tutto il giorno. Hai provato con Nicki?»

«Lei oggi è a un'ora di guida dalla città».

«Jack? Mason?»

«Jack è in tribunale, e Mason? Dici sul serio? Lui non verrebbe senza uno scafandro. Non ti sorprendere se avrai un altro coinquilino questa settimana». Emetto una serie di gemiti gutturali e mugolii per evidenziare la mia sofferenza. Quando la smetto – inizia a dar noia anche me – Lina esordisce: «Allora... c'è questo tipo al lavoro che penso ti piacerebbe».

«Oh mio Dio, Lina. Questo non è il momento adatto».

Lei continua, ignorandomi del tutto. Lei e Nicki sono campionesse in questo. «Pensavo che potremmo fare un'uscita a quattro questo sabato: tu e lui, io e Mason».

«No».

«Per Ben, vero? State uscendo insieme?».

Sospiro. «No. Tra me e Ben non c'è nulla». Nulla di reale.

Anche se l'idea che lui reciti la parte del mio compagno ha il suo perché.

«Davvero? Niente di niente?». Le sue parole sono cariche di scetticismo.

«Niente, Lina. Sono ancora una vecchia zitella acida e Ben tirerebbe fuori una vera mossa alla Houdini se solo sentisse la parola "appuntamento". Inoltre non è il mio tipo! Lo sai». Lina ha visto che tipo di ragazzi mi attirano. Soggetti malinconici con la moto, tatuati. Magri, con i capelli scuri e spettinati. Al confronto, un ex giocatore di football biondo, alto e sorridente, esperto di arance, mi fa pensare a Big Bird, il pennuto giallo gigante che cantava per i piccoli telespettatori di *Sesamo apriti.*

«Lo so, ma dài, non lo trovi per niente attraente? Perché io penso che lo sia, e Nicki concorda con me. Addirittura Mason ha ammesso che se fosse gay impazzirebbe per lui».

Perché immaginare Mason con Lina non era già abbastanza... Ho difficoltà a tenere gli occhi aperti, quindi smetto di preoccuparmi. Forse mi avventurerò nell'incoscienza. «Sì, è attraente». Aggiungo con riluttanza: «È sexy da morire, in realtà. E bacia da Dio. E lo sa. Fa un po' il cazzone, ma nulla che non si possa risolvere con un po' di nastro adesivo».

«E? Ha disturbato quella ragnatela che non ha il permesso di disturbare?». È ovvio che Mason ha detto a Lina della politica aziendale che non permette ai dipendenti di avere relazioni fra loro, quindi non sono sicura di quale risposta voglia sentire.

«Abbiamo giocato un po', ma la tela di Carlotta è ancora al sicuro». Mentirei se dicessi che le cose non sono cambiate dopo questo weekend. Vederlo con quella spogliarellista ieri mi ha infastidito. Non perché io abbia una forte reazione femminista nel vedere una donna che vende il suo corpo. Ero più interessata a sapere quante volte siano stati insieme quei due, se ancora lo facciano, e come riuscire a farli *smettere.*

«Intanto non fare niente per far licenziare te o lui. Mason è molto preoccupato. Lui vuole bene a Ben ma lo conosce fin troppo».

«Jack non mi licenzierebbe mai».
«Reese...».
«Non farò licenziare Ben», borbotto seccata, aggiungendo: «Ma grazie per la massima considerazione che hai della tua migliore amica».
«Dico sul serio. Non vorrei che tu ti incattivisca se qualcosa non andasse per il verso giusto».
«Stai tranquilla. Tutta la cattiveria è già uscita fuori. E poi, mi prendi in giro? Non voglio avere una storia con Ben! Lui è come un'orticaria che il più delle volte non vuole andar via».
«Va bene, ottimo. Senti, sai che la sorella di Nicki ora si occupa di promuovere articoli da sex shop per donne. Dovresti ordinare qualcosa da lei».
Sospiro. «La mia migliore amica mi suggerisce di ricorrere a un vibratore a ventun anni? Hai perso tutte le speranze con me, fantastico!».
«Condivido quest'idea». Una voce maschile familiare mi prende in giro d'un tratto, a un passo da me. Sbarro gli occhi e mi trovo due fanali blu e un enorme sorriso che incombono su di me. Quindi faccio quello che qualsiasi giovane donna normale, mezza morta per l'influenza, farebbe se sorpresa da un uomo nella sua camera da letto. Caccio un urlo e metto una mano avanti di getto, assestandogli un colpo sul naso.
«Gesù, Reese!». Ben salta all'indietro, e mette una mano avanti per proteggersi da ulteriori attacchi mentre l'altra è a coppa davanti al viso.
«Merda», borbotto nel vedere un lieve gocciolio di sangue dalla sua narice.
Guarda in basso scioccato il suo dito coperto di sangue. «Tu credi?»
«Reese?». È la voce preoccupata di Lina.
«Oh, lei sta bene. Non posso dire altrettanto del sexy avvocato a cui vuole mettere il nastro adesivo», mormora Ben.
Fantastico. Ha sentito *tutta* la conversazione. Ho le guance in fiamme. Tiro via un fazzoletto dalla scatola sul mio comodino e glielo schiaffo in mano. Incapace di nascondere il fastidio nella

mia voce chiedo: «Che ci fai nella mia stanza? Come ti salta in mente di sbucare così alle mie spalle?».

Tamponandosi la narice, mormora: «Sono venuto a prendere un fascicolo per Mason». Controllando il fazzoletto tutto insanguinato aggiunge: «Perché sei così violenta?».

Alzo gli occhi al cielo. «Per caso mi hai portato delle medicine per il raffreddore? Mason sa che le stavo cercando».

«È questo il tuo modo di chiedere scusa?»

«Vuoi che ti chieda scusa perché tu hai fatto irruzione a casa mia, ti sei avvicinato furtivamente al mio letto e mi hai fatto prendere un colpo?».

Mi mostra le chiavi di Mason.

«Dettagli», biascico, lasciandomi cadere di peso sulla pila di cuscini, senza più un briciolo di energia dopo quello spavento.

I rimedi di Lina per il mal di gola mi ricordano che è ancora al telefono. «Ora devo andare a quell'incontro. Ti chiamo più tardi. Buon divertimento, Ben. Quando sta male è ancora più cordiale». Dal vivavoce si sente il *click* del telefono, mentre vedo Ben muovere il naso.

Mi attanaglia un senso di colpa. «È rotto?»

«No, penso che andrà tutto bene». E dopo una pausa: «Mason dice che hai l'influenza».

Chiudo gli occhi. «Non lo so. Potrebbe anche essere Ebola, o peste bubbonica. È troppo presto per dirlo. Ma sono certa che sia molto contagioso».

Quando mi arrischio a guardare di nuovo Ben, lo trovo a osservare la mia figura e so cosa vede: capelli spettinati, una faccia chiazzata, occhi rossi, pantaloni grigi deformi e maglietta logora enorme dei Depeche Mode che mi arriva alle cosce. È la maglietta di Jared che ho rubato durante il fattaccio della vernice rossa. Ben abbassa la testa e sorride di nascosto.

«Che c'è?», scatto, ben consapevole di non essere affatto attraente in questo momento. E molto infastidita col mio fratellastro, per aver spedito qui il nostro collega arrapante e odioso mentre sono in questo stato. «Ora sei pronto per me?», chiedo beffarda, tirando su le coperte fino al naso.

Ridacchiando, butta il fazzoletto nel cestino della spazzatura. «Fammi prendere quel fascicolo così poi ti lascio ai tuoi discorsi di vibratori e ragnatele».

Le guance mi si scaldano di nuovo mentre maledico Mason in silenzio. «Passami quei fascicoli lì». Con la mano indico vagamente il pavimento e lo guardo inchinarsi, ammirando in silenzio come gli calzino bene i pantaloni.

Sento i suoi occhi su di me mentre cerco nel mucchio. Trovando quello che vuole il mio fratellastro, gli attacco un Post-it sulla prima pagina e ci scarabocchio su: "Ho trovato una cosa tua e l'ho appena leccata. Indovina cosa?". *La vendetta è una brutta bestia, Mason. Pensavo che lo avessi già imparato.*

Ben fa un risolino e ribatte: «Non credo che mi piaccia quel sorriso perfido».

«Non preoccuparti. Non è rivolto a te». Chiudo il fascicolo e lo getto a terra ai piedi di Ben. Incupita, tiro su le coperte fin sopra la testa. Così è ancora più difficile respirare, ma quando sono ammalata sono come un animale ferito, che cerca un angolo tranquillo per rifugiarsi e morire. Qualcosa di cui Mason era ben consapevole quando ha spedito Ben fin qui. Gli torcerò quel collo ossuto quando lo vedrò. «Assicurati di chiudere a chiave la porta di casa».

Sento i passi di Ben. Sbirciando un attimo dopo lo vedo vagare per la stanza, e accarezzare la mia Yamaha, la vecchia chitarra elettrica blu. «Wow, su questa non mentivi», mormora.

Ce l'ho da quando avevo quindici anni, quando ho preso dal portafogli di Annabelle cento bigliettoni e sono andata di filato in un banco dei pegni. Sono stata molto scaltra. Ho aspettato che tornasse barcollando dopo una delle sue serate al Fair Oakes Country Club, sapendo che avrebbe presunto di aver speso una follia per una bottiglia di vino quella notte. Un ragazzo di nome Len mi ha insegnato a suonare, sedendosi accanto a me tutti i pomeriggi, sui gradini di una scuola pubblica. Io già suonavo a orecchio, e in un anno strimpellavo i Led Zeppelin.

Mi viene da sorridere ripensando al commento che Ben aveva fatto a Cancún. «Sì, mi rendo conto che questo mi rende irresistibile».

«'Fanculo, sì», mormora Ben, aggiungendo con un tono ironico: «Ma forse non ora».

«Sta' zitto».

Il suo sguardo invade il resto delle mie cose, percorrendo i furgoni vintage e gli album appesi alla parete, il pouf in cui adoro sedermi quando strimpello qualche nota distrattamente, il modellino di Harley sulla libreria, un armadio pieno di vestiti appesi a caso sulle grucce. Tutte cose che mi rappresentano; tutto ciò che mi ha fatto sentire a casa in questa stanza degli ospiti; tutte cose a cui avrei volentieri dato fuoco dopo che Caroline le aveva toccate. «Sei tutta strana, Signorina MacKay. Sto ancora cercando di capirti. Harley, vecchi furgoni arrugginiti e Depeche Mode». Fa una pausa. «Ti piace il grigio, vero?»

«Il mio colore preferito». Lo guardo preoccupata mentre si avvicina, si volta e poi si sdraia sul letto accanto a me, affossando il materasso col suo peso e facendo cigolare le molle. Uno strano gemito che sembra un po' un ruggito mi scappa dalla gola quando mi insinua una mano sotto la schiena. «Vieni qua. E non picchiarmi». Nonostante i miei brontolii e le proteste, mi tira a sé, e mi ritrovo in pochi secondi con la testa sul suo petto. «Non ti lamentare quando ti ammalerai», lo avverto con sguardo torvo, chiudendo gli occhi e cercando di non sospirare, quando inizia a far scorrere quelle dita abili tra i miei capelli. Se per Ben questi sono i preliminari… lo lascio fare. Anche con le narici otturate, sento comunque quel profumo di pulito della sua acqua di colonia sportiva. Mi ricorda il weekend. Mi ricorda anche che ho baffi Vicks Vaporub, certamente repellenti, per i quali non mi ha preso in giro… non ancora.

«Ascolta». Si schiarisce la voce con forza. «Ho un favore da chiederti e, visto che ti sei data malata per non lavorare con me per tutta la settimana…». Anche se non mi vede, faccio uno sguardo esasperato. «Ti ricordi quanto ti ho aiutato col tuo ex marito?»

«Sì, leccandomi le tonsille. Ricordo qualcosa».

«E poi trasformandomi in tuo complice con l'inganno. Non te lo dimenticare. Allora, ho una *cosa* questo sabato e avrei bisogno del tuo aiuto».

«Una *cosa*?»

«Sì, una specie di festa. A casa di un mio amico. Devo sembrare impegnato».

Ora capisco. «Svizzera vuole fare una messa in scena?»

«Praticamente».

Wow! L'universo collabora con me per una volta? Potrei avvantaggiarmi di quest'occasione. Se è così disperato. «No so», inizio a dire, simulando un tono diffidente.

«E dài, Reese! Io ti ho aiutato. Per favore». Nascondo un sorriso piegandomi sul suo petto. Mi piace quando Ben mi implora. «Mi serve solo che tu crei qualche azione di disturbo».

Ottimo. Gergo da football. «Perché io?»

«Perché tu non fraintenderesti».

«Già, per questo puoi stare tranquillo. Ho capito bene le tue intenzioni», brontolo. «Anche se potrei essere morta per sabato».

«E se ti dessi qualcosa per mantenerti in vita?»

«Dammi qualche indizio».

Tirandosi su e facendomi spostare, Ben si alza dal letto, proprio ora che mi stavo abituando al suo contatto. Quell'improvvisa assenza mi crea uno strano disagio. «Dove stai andando?», chiedo nel vederlo uscire dalla mia stanza. Un attimo dopo è di ritorno, davanti al letto con una busta bianca della farmacia e una vaschetta di polistirolo. «Mezza farmacia, una zuppa di spaghetti e pollo in cambio di un finto appuntamento».

Faccio uno scatto in avanti con la mano ma non sono abbastanza rapida e Ben allontana il sacchetto, lasciandolo penzolare fuori dalla mia portata. «Affare fatto?»

«Non sei corretto».

«Probabilmente più corretto di te».

Questa è la mia occasione. «Mezza farmacia e finto fidanzato per una sera, in cambio di un finto appuntamento a questa *cosa*».

Il suo sorriso scompare. «Cosa? Finto fidanzato? Perché?»
«Il perché non è importante. Quello che conta è quando, e te lo comunicherò».
Inspira profondamente e allarga le narici. «Stai tramando qualcosa, non è così?». Io resto in silenzio, guardandolo mentre valuta la proposta, e il suo sguardo si posa sulle mie labbra. «Finto fidanzato a servizio completo?»
«Molto improbabile». Anche se i miei trascorsi con questo ragazzo farebbero pensare altrimenti.
Mi lancia un sorriso del tipo "di questo ne parliamo dopo", ma il sorriso scompare e fa una strana posa col sopracciglio. «Rischio di essere licenziato per questo?»
«Sarà il nostro piccolo segreto». Mi faccio il segno della croce sul petto.
Posa la zuppa sul mio comodino e mi lancia la busta. «Vengo a prenderti sabato alle cinque. Indossa un abito. E che sia rosso».
E alzo di nuovo gli occhi al cielo. Sembra che a Ben piaccia proprio continuare a scherzare.
Esita un attimo, poi si inchina per darmi un bacio in cima alla testa. «Guarisci presto, e chiamami se ti serve qualcos'altro».
Lo guardo dirigersi verso la porta con un misto di disagio e piacere. «Abbraccia Mason e digli che sei sicuro che la mia eruzione cutanea è contagiosa».
Lui scoppia in una risata fragorosa che risuona dall'ingresso, mentre io prendo la busta e ne controllo il contenuto. Deve aver comprato tutte le medicine che erano sugli scaffali.
E preservativi.
Quelli con lo smile.
Non mi trattengo. Anche se mi sento uno schifo, inizio a ridere in maniera incontrollata.

Capitolo 18
Ben

Non sono abituato a non sentir parlare Reese. Ora, seduta dal lato del passeggero della mia Jetta, mi scruta da sopra gli occhiali da sole calati, mentre i raggi del tramonto, nel tardo pomeriggio, colpiscono il parabrezza. Direi che qualcuno le ha tagliato la lingua.

Certo, questo non mi impedisce di posare gli occhi sul suo corpo, ancora, nel suo abitino bianco. Non distinguo gli stili, a parte "corto e aderente", ma qualsiasi cosa stia indossando Reese, mi piace. Il top le fa le tette più grandi del normale, e anche se non riesco a vederle il culo con tutto quel tessuto nella parte bassa, me lo ricordo comunque a memoria. In fin dei conti, visto che sono un ragazzo dalla fervida immaginazione, non riesco a toglierle gli occhi di dosso.

Non solo perché è favolosa. Ma perché mi è mancata. Non la vedo da quando sono andato da lei quattro gironi fa, quando stava *tanto* male. Sono così contento che ce l'abbia fatta. Non ci speravo.

Uno schiarimento di voce e un sopracciglio alzato mi dicono che si è stancata del mio sguardo da assatanato. «Immagino quanto tu senta caldo vestito così».

«Già», borbotto uscendo dalla macchina, con la temperatura di fine giornata, ricordandomi per la decima volta che *devo* tenere la cravatta fino al termine della cerimonia.

«Scusa. Non avevo nulla di rosso nel guardaroba», spiega con un sorrisino, mentre è sul vialetto, indicando il vestito.

«Niente di niente?».

Lei si stringe nelle spalle e inizia a camminare, dandomi una bella visuale delle gambe. Mi chiedo ancora se quell'anello al capezzolo sia l'unica cosa che nasconde. «Niente di cui tu debba esser messo a conoscenza», mi dice da sopra la spalla.

«Uff. Pensavo che il sexy avvocato avesse qualche chance». Per poco non sanguinavo quel giorno, mordendomi la lingua per evitare di ridere a voce alta, mentre origliavo la conversazione che aveva con la sua amica al telefono. E poi hanno iniziato a parlare di vibratori e... cacchio! Sono stato con alcune pupe a cui piace tirar fuori dal cassetto i loro giocattoli dopo che io ho fatto. Quelle notti sono sempre state memorabili.

Lo sguardo che Reese mi lancia voltandosi, con le guance rossissime, mi fa alzare una mano in segno di resa. Ho imparato a conoscerla a sufficienza, e so che Reese può essere tosta, ma non le piace essere messa in imbarazzo. E l'ultima cosa che vorrei è far incazzare il mio piccolo incursore.

«Di che tipo di festa hai detto che si tratta?», chiede Reese, osservando due spogliarelliste di Penny's, che camminano sul vialetto davanti a noi, entrambe con un abito talmente attillato che un manichino non ci starebbe dentro.

Se mai le avessi detto la verità, non avrebbe acconsentito a venire. «Il tipo di festa in cui ci si diverte». La prendo con delicatezza sotto braccio, e inizio a condurla intorno al lato di questa villa di Miami che dà sulla spiaggia. Dio sa se potrebbe accelerare il passo, ma per ora segue la mia andatura lungo il vialetto. «Allora, per chiarezza, sono solo un incontro occasionale o sono la tua nuova ragazza?»

«Incontro occasionale. Chi mi conosce non crederebbe mai ad altro». Le sparo il mio sorriso vittorioso nell'aggiungere: «Ma comunque molto amorevole, è chiaro. Altrimenti non ti avrei portato con me».

Scopro una sua lieve smorfia di irritazione. E poi i suoi piedi si arrestano, come fosse un gatto bisbetico a cui si vuol fare il bagno, alla vista delle sedie rivestite di bianco e dell'arco.

«Mi hai portato a un fottuto *matrimonio*?», sibila e io d'istinto fletto il mio braccio intorno al suo.

«Non ti esprimere così, porta male».

Dal modo in cui affonda le unghie nel mio avambraccio,

inizio a pentirmi di aver usato l'effetto sorpresa. «Sono vestita di *bianco*, Ben!».

«E stai benissimo, cazzo», la rassicuro, ma i suoi occhi sono chiusi, e sta già scuotendo la testa come a dire "Dio, sei un tale idiota".

«Non ci si può vestire di bianco a un matrimonio! Sembrerà che io stia provando a competere con la sposa».

«Oh, 'fanculo. Non preoccuparti di questo. Non puoi competere con lei». *Merda.* Sospiro. «Intendo dire...». Anch'io mi rendo conto di essermi dato la zappa sui piedi, e il suo sguardo basso me lo conferma. «Mi sono espresso male. Sai cosa voglio dire. Dài». La trascino in avanti. «Prendiamoci un drink. Avranno già tirato fuori delle buone cose». Conoscendo Storm, al bar ci saranno solo delle ottime bottiglie per i suoi invitati.

«Per favore, dimmi che conosci queste persone, Ben. E che loro sanno che ci sono anche io. Perché ora come ora mi sento molto a disagio; come se fossi qui a rovinare la cerimonia».

«Rilassati. Storm e Dan sono due dei miei più cari amici. E sanno che ci sei anche tu». Quando li ho chiamati ieri sera per dire loro che avrei portato una mia conquista, lei mi ha fatto una sorta di interrogatorio, e mi ha cazziato per aver aspettato l'ultimo momento per dirglielo, ma poi ha riso dicendo di non vedere l'ora di conoscerla. È una persona eccezionale.

Il sopracciglio di Reese, dalla forma perfetta, si inarca. «Si chiama davvero *Storm*?».

Me lo aspettavo. «Sì, è il suo vecchio nome d'arte. La donna incinta a cui hai distrutto la torta la settimana scorsa. È lei che si sposa oggi». Salutando il barman ordino due shot di tequila e una Corona.

«Niente tequila», ribatte Reese, scuotendo la testa furiosamente.

«E dài. Ne avrai bisogno per stare con me». La messa in scena funzionerà meglio se riesco a far sciogliere un po' Reese.

«Perché? Ci stiamo sposando anche *noi*?». Mi piace quando mi smonta le battute per minimizzare la sua irritazione. Soprattutto battute idiote come questa.

«Pupa, l'unico modo per farmi mettere l'anello al dito è che io stia in una bara».

«Potrebbe accadere entro la fine di questa serata», borbotta quasi tra sé e sé, e poi dice al barman in attesa: «Per me un Jim Beam, liscio. Grazie».

«Gesù. Suoni la chitarra… hai una Harley… bevi whisky… Ti comporti come gli uomini?», la stuzzico mentre il ragazzo le versa da bere, e le porge il bicchiere.

«Non in questo momento», ribatte con tono secco mentre manda giù un buon sorso. Almeno non si è ancora staccata da me. Questo è positivo. Così Mercy ha meno spazio per starmi addosso. Già la vedo con la coda dell'occhio, insieme ad Hannah, la sua compagna di malefatte. E non è neanche garantito che la presenza di Reese sia un deterrente.

«Quella vestita di blu non è lo zuccherino?». Le sopracciglia di Reese si inarcano a esprimere tutta la sua sorpresa, nell'esaminare il vestito cortissimo della spogliarellista.

«Già. Vuoi che te la presenti di nuovo?». Chinandomi vicino all'orecchio, e sentendo di nuovo quel suo profumo di fragole con panna, sussurro: «Però quella a sinistra potrebbe essere più il tuo tipo». Nell'attimo in cui finisco di pronunciare queste parole, il gomito ossuto di Reese incontra le mie costole.

La guardo mentre le osserva; i suoi occhi si restringono appena, mentre con le dita si alliscia la gonna, sistemandola qua e là. Di solito è così risoluta che vederla all'improvviso un po' insicura la rende più piacevole e umana. «Davvero ti piace tutto quel silicone?», chiede infine.

«Ha il suo perché», ammetto, ma aggiungo: «Eppure le ragazze così diventano presto una noia. E io preferisco le tue tette. Però penso di aver bisogno di rinfrescarmi la memoria a riguardo». Ed è la verità. Per entrambe le mie affermazioni.

«Un'altra frase da cartolina». I suoi occhi color caramello si spostano verso l'alto per fissarmi, come se stesse soppesando la veridicità delle mie parole e scegliendo l'osservazione da saputella da rifilarmi. Quando apre la bocca, sono tentato di mettere alla prova questo finto appuntamento e chiudergliela con un bacio. E sono più che certo che le piacerebbe. Ma prima che io mi arrischi, una mano familiare mi dà una pacca sulla spalla.

«Pensavo che tu fossi morto e sepolto in qualche fosso», tuona la voce profonda di Nate.

È sempre uno spasso vedere una persona che si imbatte per la prima volta in Nate. E Reese non fa eccezione. I suoi occhi si spalancano nell'esaminare il capo della sicurezza di Penny's. La capisco. Centotrentacinque chili di muscoli. È stato Nate a farmi sedere su una sedia di plastica dura e a tampinarmi, domanda su domanda, prima ancora di farmi incontrare Cain per un lavoro. La sua incredibile stazza, superiore a quella di qualsiasi tackle sinistro con cui io abbia mai giocato a football al college, mi ha fatto tenere la bocca chiusa, tranne che per pronunciare "sì" e "no".

Ci stringiamo la mano. «Lo so, amico. Questo lavoro di giorno mi sta uccidendo. È la dura fase della gavetta». Ero abituato a vederlo tutte le sere, ma a parte una breve telefonata e qualche messaggio, non ci parlo da settimane. Uno degli effetti secondari del crescere e cambiare. «Nate, questa è Reese». La tiro stretta a me di nuovo. «È la mia ragazza».

«Ragazza?». Ridacchia. «Immagino che tu non lo conosca ancora bene».

Lei non perde un colpo. «Mi ha mentito e mi ha drogato per corrompermi e farmi venire qui, quindi penso di averlo inquadrato bene».

Nate butta la testa all'indietro e scoppia a ridere in maniera incontrollata, guadagnandosi qualche occhiata curiosa. «Voi due dove vi siete conosciuti?».

Quando lei inclina un po' la testa da un lato per guardarmi, vedo il suo sorriso diabolico. «Lavoro da Warner».

«Avvocato?»

«Sì. Presto anche socio. In realtà lui sta facendo il tirocinio con me». Forse dovrei infastidirmi perché sta mentendo così spudoratamente a uno dei miei migliori amici, ma in realtà mi sto divertendo. E lei è persino credibile.

Nate fa un altro ampio sorriso. Sembra che Nate sia tutto sorrisi per Reese. «E come se la cava il nostro ragazzo?»

«A essere onesti è un po' *lento*. Non sono certa che ce la farà».

Be', è un piacere vederla ora che ha superato il suo iniziale imbarazzo.

Un'altra fragorosa risata di Nate mi fa alzare le mani in segno di resa, mentre i miei occhi sono catturati dallo sfrecciare di un lampo rosso. «Bene, voi due avete tutta la serata davanti. Non vi stancate troppo presto a mie spese. Kacey!», grido, salutando l'esuberante sirena, l'unica donna con cui io abbia mai ipotizzato di impegnarmi. Se lei e Trent non fossero stati già praticamente sposati.

«Cosa?», esclama di getto mentre corre verso di me. Ma si affretta a ricomporsi dandomi un bacio sulla guancia, prima di rubarmi la birra dalle mani e berne un gran sorso.

«Sei uno schianto».

Quel suo bellissimo viso fa un ampio sorriso. Di quelli di cui non mi sazio mai. Ne faceva così pochi e forzati quando l'ho conosciuta. «Ora non è il momento di provarci con me. Devo tornare dalla sposa. Rimandiamo a dopo, quando rintraccio Trent, così ti pesta a sangue, okay?».

Ridacchio e lei mi rende la birra, e mi ricordo della notte di un po' di anni fa, quando io e Trent eravamo sbronzi, e io da vero imbecille avevo tirato fuori quello che era successo tempo addietro tra me e Kacey nello spogliatoio delle donne in palestra. Io intendevo solo fargli un complimento perché era fortunato ad averla.

Trent ha un potente gancio destro se si incazza.

Voltandosi verso Reese con quegli occhi di un azzurro cristallino, Kacey non perde tempo e chiede: «Questa chi è?»

«Reese. Ostaggio per il matrimonio». La mano di Reese, delicata solo all'apparenza, spunta fuori.

«E la tua nuova migliore amica», aggiungo. «A voi due piace rompermi le palle, quindi immagino che andrete d'accordo». Con il suo umorismo tagliente e il suo carattere, Reese in realtà mi ricorda *molto* Kacey, e così penso che o se la intenderanno subito bene o si strapperanno i capelli in una zuffa. In ogni caso sarà uno spettacolo da non perdere.

Il volto di Kacey si illumina. «Mi sembra giusto. Ho talmente tante foto di Ben, così poco lusinghiere, da farti riconsiderare la tua presenza qui con lui. Dopo parleremo un po' delle sventure di Ben».

«Perfetto». Sapevo che questa serata non sarebbe stata priva di ripercussioni.

Veloce come una saetta – Kacey passava ore in palestra a fare kickboxing – raggiunge e dà un pizzico al mio capezzolo attraverso la camicia, prima di allontanarsi impettita, riempiendo l'atmosfera di quella sua risata diabolica.

«Dico sul serio, tra te e lei, finirò presto in ospedale», borbotto, massaggiandomi il petto.

Da qualche parte dietro di noi, il violinista inizia a suonare, indicando che è arrivato il momento di sedersi. Nate mi si avvicina, fuori dalla portata di Reese, e sussurra: «Pare che Mercy oggi non vedesse l'ora di incontrarti».

«Che cazzo», mormoro, scuotendo la testa e poi sospirando. «Mi conosce bene. Allora, perché aspettarsi qualcosa?».

Lo sguardo severo di Nate, col bianco degli occhi in netto contrasto con la pelle color ebano, mi indica che per lui il mio ragionamento non regge. «Be', invece sembra che non ti conosca così bene. Quindi ti conviene sputarle in faccia la verità. Il fatto che non lavori più per Cain non mi impedisce di spaccarti il culo».

E non scherza. Sia Nate che Cain ci tengono a vigilare affinché le persone non approfittino delle ballerine di Penny's. Che siamo buoni amici o meno, che io abbia buone o cattive intenzioni, finirò con due occhi neri, anche se non sono stato *io* a piombare nella camera da letto di una di loro.

«Tutto chiaro, amico. Fidati di me. È tutto a posto».

Sento pronunciare la parola "imbecille" mentre Nate si allontana, seguita da una risata.

«Sembra che il tuo amico voglia ucciderti», commenta Reese, che osserva tutto, mentre ci incamminiamo per cercare un posto. Ricevo molti cenni di saluto e sorrisi da volti familiari. In pratica c'è tutto lo staff di Penny's, o chiunque conosca Storm.

«È per questo che sei qui. Per assicurarti che non lo faccia». Mi lascia intrecciare le mie dita alle sue, mentre la guido verso dei posti in fondo a destra, dove ci sono due sedie libere, il più lontano possibile da Mercy. «Ti ricordi la ragazza che è venuta a trovarmi in ufficio?»

«Lo zuccherino?»

«Già, Mercy. Devo mantenere un rapporto platonico con lei e tu mi aiuterai in questo. Ma non devi trattarla male. D'accordo?»

«*Moi?*», risponde Reese, con l'aria da innocente, portando la mano libera al petto, scrutando tra la folla, e individuando rapida Mercy.

«Dico sul serio, Reese. Lei è un'amica, ma credo che si sia fatta idee strane».

Lo sguardo di Reese è diffidente quando mi chiede secca: «E come mai si sarebbe fatta strane idee, Ben?».

Le lancio uno sguardo d'intesa. «Non è facile dire di no quando ti si butta addosso».

Scuote la testa e mormora: «Non provi neanche a nasconderti, è così?».

L'unico modo che ho per rispondere è un'alzata di spalle.

«Immagino che la scorsa settimana tu abbia voluto risollevare la mia giornata col mio ex», dichiara Reese con un sospiro, e senza entusiasmo.

«E non ti ha fatto proprio schifo, non è vero?», le ricordo con un sorriso. E non ha disdegnato neanche il pomeriggio da mia mamma.

«Dio, che sbruffone che sei». Anche se il suo tono è alleggerito da un accenno di sorriso. Con un pesante sospiro, mi posa una mano sulla guancia. Porta il mio viso più vicino a sé, fino a farmi sentire il suo alito caldo sull'orecchio. Le sue labbra mi accarezzano il lobo e mi chiede a voce bassa: «Questo è abbastanza amorevole?»

«Wow...». Mi schiarisco la voce mentre sento dei brividi

corrermi giù per la schiena. «Sì, così può andare». Giusto per farmi avere un'erezione pazzesca, prima che la sposa arrivi all'altare. Se la scenetta dell'altro giorno con la signora Cooke mi ha insegnato qualcosa, è che entro la fine di questa serata rimpiangerò di aver chiesto a Reese questo favore. La ragazza si diverte a torturarmi.

Prendendo fra le dita una ciocca dei miei capelli sulla nuca, con la bocca ancora sul mio orecchio, ride piano. «Cosa direbbe di tutto questo la tua mamma?».

Passo un braccio sulle sue spalle, mentre Dan e Trent in smoking prendono posto sotto l'arco. «Lei mi ha insegnato a essere gentile con le ragazze, ma non mi ha specificato esattamente come». Penso che mia mamma abbia un'idea chiara di come io lo faccia.

Staccandosi, Reese mi guarda con un'espressione indecifrabile.

Alzo le spalle. «Che c'è?»

«Tu sei di una razza a parte, Benjamin Morris», risponde infine, anche se questo mi dice ben poco di cosa stia davvero pensando.

Ma quando corro il rischio di avvicinarla a me, e darle un rapido bacio sulle labbra, lei non si scosta né mi dà un colpo sul pacco. «Lo zuccherino non sta guardando», conferma con disappunto, senza neanche spostare lo sguardo per verificare.

«Davvero? E adesso?». E senza aspettare le rubo un altro bacio. E non rifiuta neanche questo.

Ma i suoi occhi si stringono appena mi scosto.

Me la farà pagare di certo entro fine serata.

Capitolo 19
Reese

«Mi piacciono i tuoi amici!», grido, le scarpe appese a due dita della mano, mentre i piedi si godono la sabbia fresca e umida della spiaggia.

«Più di quanto ti piaccia io?»

«Sì, ma per questo non ci vuole molto». Mi giro e mi metto a camminare all'indietro, gustandomi il sorriso di risposta di Ben, perfettamente visibile al chiarore della luna piena. Forse è colpa del Jim Beam, ma stasera mi sembra anche più accattivante del solito. A dire il vero, l'intera situazione – puttana e tutto il resto – mi ha spinta a controllarmi i capelli nello specchio per tutta la sera, e continuo a sentire piccole scosse elettriche per tutto il corpo. Anche con la camicia fuori dai pantaloni e la cravatta sparita ormai da un pezzo, il grande atleta sta proprio bene con addosso un completo. In un certo senso sono felice che non ne indossi uno in ufficio tutto il giorno. Sarebbe una distrazione.

«Davvero? È per questo che mi sei stata appiccicata tutta la sera?», chiede, il sopracciglio inarcato, come se fosse al corrente di un qualche piccolo segreto.

Non riesco a trattenere una risata. «Come? Mi hai dato un compito e a me piace strafare». È buffo, quando qualche ora fa abbiamo girato l'angolo ritrovandoci sulla scena di un matrimonio, la sola cosa che mi ha impedito di mettergli le mani al collo e strozzarlo è stata sapere che le mie mani non sono grandi nemmeno la metà di quanto sarebbe necessario per riuscire nell'intento. Ma mi sono adattata in fretta alla situazione e ho conosciuto alcuni dei suoi amici… che devo dire mi piacerebbero davvero.

Soprattutto quella rossa, Kacey, la damigella d'onore. Ha un senso dell'umorismo perverso. Ha mantenuto la promessa e ha passato quindici minuti buoni a scorrere le foto del suo telefonino per mostrarmi "il meglio del meglio" della festa d'addio di Ben. Che poi si è rivelato essere "il peggio del peggio". Alcune, però, non ha voluto mostrarmele, e credo c'entrassero le spogliarelliste. Probabilmente ritiene che, in quanto ragazza di Ben, vederlo molestato da altre donne possa darmi fastidio. E quando ho intravisto per sbaglio quella dello zuccherino che gli stava a cavalcioni e ho provato quella fastidiosa stretta allo stomaco, ho pensato che forse aveva ragione.

Quando Ben si è chinato su di me, dandomi quel primo bacio, appena prima della cerimonia, avrei potuto rifiutarmi. Avrei potuto respingerlo e dirgli di no. Ma non l'ho fatto. Sono stata al gioco. Si è trattato di una decisione sorprendentemente facile, soprattutto dopo aver beccato le continue occhiate furtive che gli lanciava Mercy. Sapevo che, se mi fossi allontanata più di mezzo metro, al mio ritorno l'avrei trovata avvinghiata a lui, intenta a sedurlo con la sua vagina tappezzata di lustrini, o qualunque cosa usino le spogliarelliste per attirare i ragazzi come Ben.

Così gli sono rimasta avvinghiata io, invece.

Lasciando che mi rubasse un bacio dopo l'altro.

Sembravano degli esperimenti al limite della sconvenienza, perlopiù, in parte perché sapeva che avrei anche potuto incazzarmi, ma anche perché sa che, anche se non lo ammetterò mai, sotto sotto piacciono a me quanto a lui.

«Pensi che abbia funzionato?»

«Ho ancora i pantaloni, quindi sì, cazzo. Per stasera ho evitato una situazione imbarazzante».

«Per stasera *solo*?». Sospiro esasperata.

Fa cinque passi veloci nella mia direzione e, all'improvviso, mi solleva tra le braccia. L'urletto che mi scappa, quando mi ritrovo per aria, a girare in tondo come se fossi una piuma, mi riempie d'imbarazzo. E lo shock non fa che aumentare quando, nell'istante stesso in cui i miei piedi tornano a posarsi sulla sabbia, Ben, con un tempismo perfetto, mi scocca un bacio sulla bocca.

Riesco a sottrarmi alle sue labbra, ma non alle sue braccia. «Lo sai che non possiede la vista bionica, vero?»

«No, non è tra i suoi talenti», concorda lui.

«Imbecille», mi scappa, prima che riesca a trattenermi.

Si limita a un sorriso sghembo. «Che c'è? Non posso farci niente. È divertente. Ti stai divertendo, giusto?»

«Sì», ammetto riluttante, alzando lo sguardo sul profilo della sua mascella squadrata, le mani appoggiate sui suoi bicipiti. Vorrei davvero che non fosse tanto attraente. Ma in quel caso non avrei acconsentito a questa situazione, quindi...

«Sempre amici?»

«Immagino di sì».

«E non cercherai di sposarmi perché ti ho baciata un paio di volte, vero?»

«Un *paio* di volte?». Sono talmente incredula che le sopracciglia mi arrivano a metà fronte. «Sei come uno di quegli orribili ragazzini che se ne vanno in giro per il quartiere a baciare le bambine facendole piangere».

«Solo una ragazza, oggi», mi corregge, avvicinandosi e rubandomi l'ennesimo bacio: almeno il ventesimo, questa sera. «E non vedo le lacrime».

Non so che cosa mi succeda, con Ben. È odioso come pochi, ma una piccola parte di me, da vera idiota, è lusingata dal fatto che mi trovi attraente, soprattutto considerando che proprio adesso potrebbe essere con una spogliarellista, la quale, devo ammetterlo, è bella da morire, silicone e quant'altro. Una di quelle ragazze che ti fanno pensare che potresti anche cambiare squadra, per una notte, per capire come mai gli uomini si diano tanto da fare.

E d'altronde, non si può certo dire che Ben stia cercando di conquistarmi. Forse è questo, il problema.

«Be', considerando che sto ancora cercando di vendicarmi del mio ex marito, non penso di avere il tempo, nella mia vita, per un'altra relazione malata. Ma grazie per l'interessamento».

La sua sonora risata si diffonde per la spiaggia vuota. «Bene. Non ho proprio bisogno di altre donne ossessionate da me».

La sua risposta mi strappa un risolino nasale, ma mi fa sorgere una nuova domanda. «Quando hai assaggiato lo zuccherino l'ultima volta?».

Aggrottando la fronte come se stesse riflettendo a fondo, dice: «Quando è stato? Lunedì? O martedì? Non saprei. Queste giornate stanno iniziando a sembrare tutte uguali».

«Mentre l'amore della tua vita era sul letto di morte, a combattere contro una malattia che le divorava la carne e una fine certa?», esclamo teatrale. Sono davvero scioccata che abbia risposto in modo tanto sincero. È una cosa sulla quale un ragazzo normale avrebbe senza dubbio mentito. Sono scioccata anche dal fatto che sia stato a letto con lei solo *giorni* fa, subito dopo aver quasi scopato con me a casa di sua madre. Cioè, sapevo che c'era stato a letto, perché, parliamoci chiaro, si tratta di Ben. Ma pensavo fosse una cosa del passato. «Lo sai che sei una testa di cazzo, vero?», dico, con un'inaspettata sensazione di acidità nello stomaco.

Lui scrolla le spalle. «Non è stata colpa mia».

Quasi inciampo in un osso di formica. «Ho sentito *bene*?»

«Che c'è?». I suoi occhi azzurri mi guardano seri. «Ero mezzo addormentato in camera mia, quando lei è entrata e si è tolta i vestiti. Poi mi si è arrampicata sopra e mi ha fatto un pompino...».

«Okay!». Lo interrompo, dandogli una pacca sul petto, al culmine dell'irritazione.

«Ehi, me l'hai chiesto, e io sono per la verità, quindi...».

«Bene, sono felice che tu abbia conservato almeno uno dei tuoi valori da boy scout. Ma dobbiamo assolutamente lavorare sul filtraggio dei dettagli non necessari».

Si gratta la nuca con un sorriso impacciato sulle labbra. «Che cosa avrei dovuto fare?»

«Be', *ovviamente* andarci a letto», concordo, fingendomi seria e liberandomi dalla sua presa per raccogliere la bottiglia di Jim Beam che ha recuperato al bar poco fa e lasciato cadere nella sabbia prima di sollevarmi. In quanto ospite dell'ultimo minuto al matrimonio di una ragazza incinta – al quale mi sono presentata vestita di bianco – stasera mi sono comportata bene, accontentandomi di una piacevole, leggera euforia e niente più. Ma ora, bevendo una lunga sorsata, devo accettare il fatto che questa illuminante passeggiatina "romantica" con quel puttaniere del mio finto fidanzato cambierà probabilmente le cose.

«Come mai hai cambiato umore?»

«Accidenti, non saprei. Magari perché sto facendo la parte della cretina tutta bacini bacini con il suo ragazzo, ignara del fatto che è un puttaniere e probabilmente è stato a letto con tutte le donne presenti? Perché essere la moglie cieca, ignara del fatto che il marito la tradisce *da mesi* non mi è bastato?». Mi mordo la lingua, prima che altri dei miei più intimi pensieri mi escano dalla bocca non richiesti, ma è troppo tardi. Il danno è già fatto.

Lo capisco dagli occhi tristi da cucciolo con cui Ben mi sta guardando.

«Torniamo al ricevimento», borbotto, passandogli accanto. Ma lui non è d'accordo. Stringendomi le braccia attorno alla vita, abbassa la testa e preme la fronte contro la mia, in un modo molto amichevole e allo stesso tempo intimo. In un modo di cui non credevo fosse capace. La sua vicinanza è tanto confortante quanto inebriante.

«È l'unica, qui, con cui sono stato. Be'», fa una piccola smorfia, «anche Hannah, ma solo una volta e per tipo un minuto. Quella notte era più interessata a Mercy». *Oh mio Dio!* «E mi dispiace. Non avevo pensato a questo risvolto, quando ti ho chiesto di accompagnarmi».

Dopo aver digerito, per un lungo istante, il dettaglio piuttosto vivido di cui non avevo certo bisogno, alla fine faccio un sospiro profondo. «Immagino che semplicemente il mio orgoglio stia facendo fatica a superare quel casino».

Con un luccichio diabolico negli occhi, Ben si butta a pesce – per l'ennesima volta – per un altro bacio. Solo che questa volta non si allontana in fretta, persuadendomi invece ad aprire la bocca. In men che non si dica la sua mano mi tiene la nuca, la sua lingua è annodata alla mia, e io non lo respingo. È davvero bravo.

Ed è tutto così semplice. E lineare e indolore, perché sappiamo entrambi che si tratta di una cosa puramente fisica e nessuno dei due vuole di più. E, stranamente, mi sento come se fossimo amici. Ben, in un certo senso, è come un bambino con cui giocavo da piccola, che mi ha visto attraversare gli imbarazzanti anni allampanati dell'adolescenza e mi fa ridere.

E che ora mi sta rendendo note le sue intenzioni, premendomele contro la coscia.

Si ritrae all'improvviso. «Davvero sei gelosa di Mercy?». Rimane un istante immobile in silenzio, poi, con gli occhi che brillano, mi lascia andare e inizia a sbottonarsi la camicia, rivelando parte del torace muscoloso. Non sono del tutto sicura di cosa stia facendo, fino a che non ha aperto completamente la camicia e mette mano alla cintura, le sue fossette sempre più pronunciate. «Perché non è il caso. Sono più che disposto…».

«No!».

Le sue mani si bloccano, un sorriso sornione gli tira le labbra. «Sei sicura?»

«No?».

Piega la testa di lato, il suo volto tradisce una sorpresa che è pari alla mia. Restiamo fermi lì, a fissarci mentre l'acqua lambisce la battigia, e io mi domando che cosa fosse quell'esitazione. Sono sicura che se lo sta domandando anche lui. Poi i suoi occhi iniziano ad assumere quell'espressione eccitata, come se si fosse appena reso conto che sta per scopare.

Così mi giro e me la do a gambe.

«Dove vai?», mi grida.

Dritto davanti a me, le luci del matrimonio dei suoi amici brillano sfolgoranti. Con un'occhiata alle mie spalle, lo vedo che mi rincorre, apparentemente impassibile. Di certo non ci mette troppo impegno. Ma io non vado tanto veloce, quindi probabilmente mi raggiungerà prima che arrivi alla casa.

Merda. E dopo?

Esorcismo della vagina, tentativo numero due? Proprio qui? Al contrario di quanto dice la gente, rotolarsi nudi nella sabbia non è né romantico né comodo.

Alla mia sinistra c'è una fila di case: tutte grandi ville con belle finestre enormi e giardini curati illuminati. Tutte eccetto la… uno… due… le conto mentalmente… la quinta a partire da quella di Storm e Dan. Alcune delle luci sul lato e sul davanti dell'edificio sono accese, ma sul retro sono tutte spente e all'interno è buio pesto.

E mi viene un'idea, così dal nulla. Una di quelle idee maliziose che, a quanto sembra, mi è impossibile ignorare. Soprattutto se ho bevuto.

Corro verso il confine della proprietà e supero con un salto la bassa siepe, atterrando senza fare rumore con i piedi nudi sull'erba tenera.

«Reese?». Il sussurro improvviso di Ben lacera il silenzio della sera.

«Sì?».

Un istante dopo, un po' più da vicino: «Cristo. Ti prego, dimmi che non hai intenzione di derubare qualcuno».

Mi giro e lo vedo appena fuori dalla proprietà, con un'espressione di panico per lui rara a rovinargli la maschera spensierata. «Non sono una criminale!».

«Che cosa stai facendo, allora?».

Con le mani dietro la schiena, apro la cerniera del vestito e lo lascio cadere a terra, rivelando il segreto che tenevo nascosto sotto la spessa stoffa bianca.

Un «Cristo» a denti stretti sfugge alle labbra di Ben, mentre i suoi occhi contemplano voraci il completo intimo rosso. Un tempo questo colore mi piaceva davvero, e questo particolare completo era uno dei preferiti di Jared. Ricordo di essere stata a guardarlo per due ore nel bidone della spazzatura, tempo fa, quando mi sono trasferita a Miami, prima di decidere di salvarlo. Il reggiseno fa veramente miracoli su di me. «Lo sai, c'è un oceano, laggiù, e non è di proprietà di nessuno».

«È troppo freddo». Slacciandomi il reggiseno, respingo un attacco improvviso di nervosismo. «Non ti sei mai infilato di nascosto nella piscina di qualcuno, prima d'ora?».

Coprendosi la bocca con una mano, gli occhi incollati al mio seno ora nudo, mormora: «Non in una villa da milioni di dollari di Miami scelta a caso».

«Una villa da milioni di dollari di Miami scelta a caso, ma senza sicurezza e senza cartelli che lo vietino espressamente. È come se ce lo stessero chiedendo». Con un respiro profondo per ritrovare la calma, scivolo fuori dalle mutandine, e gli occhi di Ben si scollano dal mio seno per schizzare più in basso. «Lo sapevo che eri un codardo». Mi calo silenziosamente in acqua, facendo a malapena increspare la superficie specchiata della piscina.

Ben arriccia le labbra un istante, come per decidere la prossima mossa. «Non sono un codardo. Semplicemente stasera non mi va di farmi arrestare».

«Wow. È una sensazione *così* piacevole, sulla pelle», lo sfotto in un tono intenzionalmente seducente, e attraverso la vasca dove l'acqua è alta, cercando di ridurre al minimo gli schizzi.

«'Fanculo», sento provenire dall'oscurità alle mie spalle. *E tre… due…* Si sente un fruscio di rami, Ben che attraversa la siepe, togliendosi la camicia. «Dannazione, Reese. Mason aveva ragione. Tu porti *davvero* guai». Ignoro il commento e lo osservo togliersi prima scarpe e calze, poi pantaloni e boxer, ammirandone in silenzio il fisico.

Okay. Lo ammetto. Ben ha di che vantarsi. Ammetto anche che probabilmente sono lì lì per fare qualcosa di davvero stupido, con lui. E quel piccolo interruttore che abbiamo dentro, che dovrebbe intervenire e farmi preoccupare della cosa – credo che si chiami morale o coscienza, o… non saprei – be', finora non ha fatto altro che starsene lì seduto bello comodo a godersi lo spettacolo.

Ben si infila in piscina dal lato opposto a dove mi trovo io, molto più silenziosamente di quanto mi sarei aspettata da uno della sua stazza. E, quando inizia a camminare nell'acqua verso di me con un'espressione che non lascia dubbi riguardo alle sue intenzioni, i cadaveri di farfalla che giacevano in fondo al mio stomaco – quelli che Jared aveva spiaccicato molto tempo prima – ricominciano a svolazzare come matti.

Ben mi fa sentire bene. Mi fa sentire importante.

Magari *voglio davvero* che questo accada.

Ma non gli renderò le cose *così* facili. Con una risatina sciocca, mi stacco dal bordo e nuoto fino al lato opposto. Riesco a farlo altre due volte, ma, con l'apertura di braccia e la forza di Ben, mi ritrovo presto coinvolta in un gioco al gatto con il topo che finisce per intrappolarmi contro una delle pareti, con il fiato caldo del mio predatore sulla guancia e il suo largo petto premuto contro il mio, a tenermi ferma. Siamo proprio sopra la discesa tra la parte in cui si tocca e quella più profonda, e l'acqua mi arriva appena sopra la clavicola. «Ora mi sento come uno stronzetto di sedici anni. Grazie».

«Mi sono piaciuti i miei sedici anni, quindi prego». Fatico a mantenere la voce ferma. Non so se a causa dell'eccitazione o del nervosismo.

Ben sbuffa, togliendomi con una mano i capelli dalla spalla. «Perché? Perché ti potevano processare solo come minore?»

«Nessuna di quelle accuse è stata confermata». Dannazione, devo essere stata una bella rottura di coglioni per Barry. E anche per Jack. Dovrei probabilmente chiedere scusa a entrambi per i capelli bianchi che devo avergli fatto venire in anticipo.

Un braccio appoggiato al bordo della piscina, Ben asciuga un rivolo d'acqua sulla mia guancia con la punta di un dito. «Se ci beccano stasera, quello che ci rimette sono io. Te ne importa almeno un po'?»

«Oh, rilassati! È solo una violazione di secondo grado, e non ci sono cartelli che vietino l'ingresso. Possiamo dire che è un malinteso e cavarcela senza alcuna conseguenza. A meno che tu non abbia un'arma, a quel punto sarebbe un crimine di terzo grado. Come fai a non saperlo?»

«Come fai *tu* a saperlo!».

Gli faccio una smorfia di ostentata esasperazione e poi gli rivelo il mio piccolo segreto. «I proprietari sono *al* matrimonio. Hai presente quel tipo che sembra una versione invecchiata di "The Situation"?».

Lo vedo frugare nella memoria. Non sa di chi parlo. «E la

donna con le labbra giganti da papera e quella gran testa di ricci biondi?».

Ben mi fa un sorriso storto, facendo apparire una delle sue fossette. «Sì, l'ho vista».

Ovvio.

«Davvero? Questa è casa loro?»

«Sì. E i gemelli che gironzolavano attorno al tavolo dei dessert sono i loro figli».

Ben rimane un attimo in silenzio. «Be', e se dovessero tornare proprio adesso? E che mi dici degli allarmi silenziosi? Ne hai mai sentito parlare?»

«Fidati di me. Tra la moglie e i figli che non hanno fatto altro che chiedere del buffet di mezzanotte e il marito che intortava tutte le spogliarelliste presenti, non saranno a casa tanto presto. E...». Gli sfioro con il dito la muscolosa curva della spalla, scendendo fino al petto per giocherellare con il suo capezzolo. «...ho sentito la moglie che gli rompeva le scatole dicendogli di rimanere il più sobrio possibile, perché la sicurezza sarebbe passata alle nove di domattina ad aggiustare il sistema di sicurezza attorno alla piscina». Gli faccio un sorrisino compiaciuto. «Perché *non* funziona».

Finalmente capisce. «Uhm... Quindi non c'è alcun reale pericolo di venire beccati, è questo che mi stai dicendo?»

«Fondamentalmente».

Il suo petto si gonfia e ricade in un moto di sollievo, quindi Ben preme più forte il corpo contro il mio, accarezzandomi scherzoso la guancia con il naso. «Be', questo cambia le cose».

«Allora... L'acqua è bella calda, vero? Meglio del freddo oceano?», lo prendo in giro.

Ridacchia. Nello sforzo di cercare di parlare piano, la sua voce, naturalmente forte, si incrina. «Sì, altrimenti *avremmo* un *bel* problema, qui». E da quel che sento, con Ben che preme contro il mio ventre, al momento non è così. L'istante successivo, le sue mani si immergono per afferrarmi le cosce da dietro. Sollevandomi, mi guida le gambe attorno alle sue anche e fa un passo avanti per bloccarmi in posizione contro la parete della piscina. Liberando una mano, afferra il piercing al mio capezzolo, provocandomi una scossa di eccitazione. «Ti ho già detto quanto sono contento che tu l'abbia tenuto? Ti proibisco di toglierlo».

«Jack non ne sa niente, quindi ho immaginato che fosse okay».

Lascia cadere la testa sulla mia spalla con un grugnito. «Possiamo evitare di parlare dell'uomo che, se mai venisse a sapere di questa sera, mi licenzierebbe con un calcio nel sedere?»

«Affare fatto», acconsento, mentre mi infila una mano dietro la nuca e le sue labbra trovano il mio collo. Appoggio indietro la testa sul bordo della piscina, il respiro corto e spezzato. È passato un sacco di tempo dall'ultima volta che mi sono sentita così.

«A proposito di piercing nascosti…». Come se temesse di lasciarsi scappare di nuovo l'opportunità, Ben scende con la mano lungo il mio corpo senza perdere tempo, accarezzandomi il seno, l'addome e ancora più giù. Quando inizia a perquisirmi dentro e fuori, per un istante mi manca il respiro.

Un'altra delle tante cose di cui, a quanto pare, Ben è estremamente esperto.

«Sei deluso? Non ne ho avuto il coraggio», ammetto, sforzandomi di sembrare indifferente.

La mano che mi tiene il collo mi costringe ad alzare la testa e affrontare i suoi lucenti occhi azzurri. «Niente, qui, è una delusione, Reese». Infilando la mano libera tra la mia schiena e il bordo della piscina, mi travolge con il suo corpo e un bacio da offuscare la mente che mette fine a ogni ragionamento.

Tranne uno. «Hai portato un preservativo?», sussurro contro il suo corpo, chiedendomi quanto funzionino in una piscina e cosciente del fatto che deve indossare qualcosa molto in fretta.

Ben ridacchia e io sento la sua eccitazione scattare sull'attenti contro la mia pelle. «Credi che andrei *da qualche parte* senza un…».

Le sue parole vengono interrotte nel momento in cui, all'improvviso, un faro accecante ci illumina dalla casa. Ci giriamo all'unisono e vediamo un'anziana signora in piedi accanto alla porta finestra scorrevole, il fragile corpicino avvolto in un accappatoio rosa, i capelli acconciati con i bigodini, occhiali bifocali appoggiati sul naso e un fucile puntato nella nostra direzione.

«Oh, merda», mormora Ben. «Immagino che la nonna non sia stata invitata al matrimonio».

«Non muovetevi!», grida la donna con voce stridula, strizzando gli occhi. Le sue mani stanno tremando. Per la paura, la rabbia o l'età, non ne sono sicura. Ma ammetto di essere piuttosto preoccupata che per questo suo tremore uno di noi due finisca per ritrovarsi con una ferita accidentale da arma da fuoco.

«Lasci solo che ci vestiamo e in un minuto ce ne andiamo», le dice Ben, ma a quanto pare lei non ne vuole sapere, perché sta già scuotendo la testa.

«Che diamine, voi giovani pensate che sia normale fornicare nella piscina in cui nuotano i miei nipoti…». Contorce il labbro inferiore come se i suoi denti non fossero ben saldi. «La polizia sta arrivando!».

Ben lascia cadere la fronte contro la mia con un'imprecazione silenziosa.

Capitolo 20
Ben

«Posso tornare con voi?», chiede Dan ai poliziotti, quando questi fanno per andarsene.

Uno di loro, passandomi accanto, mi saluta svogliato con un ghigno in volto. Lo riconosco come uno dei clienti di Penny's. Non che questo collegamento sia bastato a impedire che finissimo nei guai, questa sera.

Ho chiamato Dan e gli ho chiesto di intercettare i poliziotti, nel caso Reese si sbagliasse e loro fossero riusciti a trovare una ragione per trascinare i nostri culi alla centrale. Sono abbastanza sicuro che Reese abbia ragione e che non possano accusarci di violazione di proprietà. Non lo sono al cento per cento per quanto riguarda le accuse di atti osceni in luogo pubblico e preferivo non scoprirlo con un paio di manette ai polsi.

Credo di sapere come Reese sia riuscita a evitare di sporcarsi la fedina penale fino a oggi: è una bugiarda compulsiva. Quando la nonnina ha annunciato che la polizia stava arrivando e Reese ha visto l'espressione sul mio volto, ha immediatamente aperto il rubinetto delle lacrime, giurando che Sara – come ricordasse il nome di quella donna, va oltre le mie capacità di comprensione, a meno che l'intero numero non fosse premeditato, il che, data la reputazione di Reese, potrebbe anche essere – ci aveva detto che potevamo venire a fare una nuotata notturna. La nonnina era scettica, ma almeno mi ha permesso di tirare fuori il telefono dalla tasca dei pantaloni e chiamare Dan.

Il tutto mentre eravamo ancora in piscina, perché non ci lasciava uscire. Ha detto di non fidarsi, che saremmo potuti scappare. Sono sicuro che in gran parte è vero, ma so anche che, con il faro che ci illuminava in pieno, occhiali o no, la vecchia poiana aveva un bel colpo d'occhio, dannazione.

Se avessi saputo che quello che ci puntava addosso era un fucile ad aria compressa vecchio di undici anni, avrei fatto uscire Reese e saremmo scappati.

Dan è arrivato qualche minuto dopo i poliziotti, portando con sé i padroni di casa completamente sbronzi e i figli. A quanto pare, Sara è rotolata fuori dalla macchina e si è trascinata dentro casa, dove è svenuta sul divano, quindi non ha potuto confermare la storia di Reese. Jim, il marito, grazie al cielo era un po' più lucido. È corso a portarci degli asciugamani e ha mandato dentro la madre e i bambini, giurando per tutto il tempo che sua moglie ci aveva effettivamente invitati a usare la loro piscina. Credo che chiunque si trovasse in quel giardino sapesse che si trattava di una grossa bugia, ma nessuno, nemmeno i poliziotti, aveva voglia di occuparsene, in quel momento. Dato che non avevamo fatto del male a nessuno, e che gli "atti osceni in luogo pubblico" si erano verificati in una proprietà privata, di notte, e non avevano offeso nessuno tranne la nonnina, i poliziotti sono stati felici di andarsene dandoci solo un avvertimento.

E tutto perché, quando in giro c'è una ragazza nuda, non riesco a pensare con la mia testa.

«Adesso posso tornare da mia moglie, per favore?», mi chiede Dan scocciato.

«Mi dispiace, amico», borbotto, abbottonandomi la camicia. Cazzo, più tardi questa storia mi costerà una ramanzina!

«Grazie, Dan», dice una Reese già vestita e dall'aria molto imbarazzata.

Dan sospira e poi si ammorbidisce. «Non preoccuparti». E, passandosi una mano tra i capelli biondi a spazzola, con un tono da poliziotto, aggiunge: «Ma che ti serva da lezione, signorina. Questo è ciò che succede quando si frequenta un tipo come Ben».

Lanciando un'occhiata a Reese di nascosto, la vedo premere

forte le labbra, come sforzandosi di resistere all'impulso di farsi una risata. Si limita ad annuire un consenso silenzioso.
E io non posso fare altro che scuotere la testa.

Jack ha visto che mi riportavi, questa mattina.

Il messaggio di Reese non poteva arrivare in un momento migliore. O peggiore.
«Ben! Hai un momento?», mi chiama Jack, mentre passo in tutta fretta davanti alla porta aperta, sperando di non essere notato.
«Merda», mormoro sottovoce. Espiro piano, facendo scivolare in tasca il telefono, poi mi giro per entrare nello spazioso ufficio di Jack. Speravo che lo studio sarebbe stato vuoto, la domenica pomeriggio. Sbagliavo.
Jack indica la sedia di fronte a sé. «Accomodati, prego». Il suo aspetto è sciupato almeno quanto mi ci sento io, i cerchi scuri attorno agli occhi più pronunciati del solito. Ha sui cinquantacinque anni e lavora più ore di chiunque altro, qui dentro. Non è certo quello per cui vorrei distinguermi io, arrivato alla sua età. In tono molto casuale, mi chiede: «Come è andata la nottata?».
Prima che riesca a evitarlo, la stretta del rimorso mi fa scappare un sospiro. Reese avrebbe potuto dirmi qualcosa in più su ciò che ha effettivamente raccontato a Jack. Ora sarò costretto a farmi beccare a mentire. Cioè, a parte *quasi* scoparmi la sua figliastra in piscina e *quasi* passare dei guai con la polizia, non è successo nulla. Quando siamo tornati al ricevimento, Dan aveva già riferito a tutti dell'"ennesima nottata all'insegna della stupidità di Ben". Non hanno perso tempo a darmi addosso. L'unico vantaggio di tutta la faccenda è stato che ha sentito anche Mercy e immagino abbia pensato che, se mai avevo intenzione di darlo a qualcuno, la fortunata era Reese.
Siamo rimasti nel salottino con il solito gruppo per un po', dopo che la folla se ne era andata, con l'intenzione di tornare a casa non appena avessi smaltito le poche birre che avevo bevuto. E ce ne saremmo andati, se non fossimo svenuti entrambi

per qualche ora sul divano, Reese accoccolata contro il mio fianco, la guancia appoggiata sul mio petto. È stato dolce. Se Nate e Ginger non si fossero addormentati all'altro capo del sofà componibile, avrei svegliato Reese per riprendere da dove la nonnina ci aveva interrotti.

Quindi, tutto sommato, per me è stata una notte relativamente innocente. Ciò nonostante sento che, qualunque cosa dica ora, farò comunque la figura del ragazzino beccato con le mani nella marmellata. Quindi decido per un: «Bene».

Jack cambia posizione, facendo dondolare la poltrona avanti e indietro. Poi inizia a ridere. «A volte mi dimentico com'era, avere la tua età».

Decido di tenere la bocca chiusa e stare a vedere dove ci porta questa conversazione. Spero non al mio licenziamento.

«Ricordo il giorno in cui la madre di Reese, Annabelle, è entrata nel mio ufficio perché voleva divorziare dal suo primo marito. Mi ha conquistato immediatamente. Una bellezza da rimanere a bocca aperta. Quando ha iniziato a flirtare con me, ero esterrefatto. Una donna con quell'aspetto, interessata a *questo*?». Indica se stesso. «Ma lo sembrava davvero, e un anno più tardi ci siamo sposati». Jack si lascia sfuggire una risatina beffarda, si alza e inizia a camminare per l'ufficio, facendo girare distrattamente un mappamondo, mentre gli passa accanto. «Ovviamente le cose tra di noi non hanno funzionato. Sono tornato in anticipo da un viaggio di lavoro, ho fatto una capatina qui per prendere delle carte e l'ho trovata con il mio socio». Accenna con la testa alla stupenda scrivania davanti a me. «*Lì sopra*».

Raddrizzandomi sulla sedia, mi ritrovo a guardare la scrivania sotto una luce completamente nuova. «E la usa ancora?»

«A quella scrivania si sono sedute cinque generazioni di Warner», mormora, avvicinandosi per battere le nocche contro il mogano liscio e lucido, come a sottolineare il punto. «Non volevo lasciare che quel diavolo di donna rovinasse anche questo. Aveva già rovinato quasi tutto il resto». Sospira profondamente, come se solo parlarne lo sfinisse. «Abbiamo divorziato subito dopo. Da quando eravamo diventati soci, Barry mi aveva aiutato a raddoppiare la lista dei clienti della Warner, e per rilevare la sua parte ho dovuto ipotecare tutto». Scuote la testa. «Mio padre mi aveva avvertito di non prendermi un socio, anche se Barry e io eravamo migliori amici dall'età di due anni. Avrei dovuto ascoltarlo».

Tornando a sedersi, continua: «Per quanto dolorosa sia stata l'intera esperienza, la sola cosa che rimpiango è stata di aver permesso che Annabelle mi tagliasse fuori dalla vita di Reese quando lei aveva dodici anni. La mia prima moglie e io avevamo sempre desiderato una bambina, ma dopo Mason lei aveva sempre abortito. Poi è morta. Avevo quasi rinunciato, quando è arrivata Reese. Conosco quella ragazza da quando aveva sei anni. Ho pensato spesso a lei, ma...». Scuote la testa. «Ho perso molto con il divorzio. La cosa peggiore in assoluto, però, è stato perdere i contatti con quella ragazza».

Questo è il genere di stronzate con le quali non vorrò mai avere a che fare. Quando eviti di prendere impegni che comportino firme, metalli preziosi e il mescolamento del DNA, non ci sono danni collaterali.

Ma perché Jack mi sta raccontando queste cose? Siamo al punto in cui mi dice che verrò cacciato perché ho tentato di corrompere la figliastra con la quale si è finalmente ricongiunto e che ama tanto? In cui tre anni di scuola di legge se ne vanno giù per il cesso perché lascio sempre che il mio cazzo pensi al mio posto?

«Probabilmente ti starai chiedendo perché ti racconto queste cose».

Reagisco con una scrollata di spalle che dice "in un certo senso" e una simultanea stretta allo stomaco.

Si mette a ridacchiare piano. «Non fingerò che Reese sia una dolce ragazzina. Era una sacrosanta peste all'età di sei anni ed è ancora fuori di testa, anche se sembra essersi calmata un po' da quando l'ho portata qui da Jacksonville».

Non poi così tanto, a giudicare dall'incidente in piscina della notte scorsa. «Le piace la vernice rossa», azzardo.

La sua risata si fa più profonda. «Dovevi vederla, seduta nella stanza degli interrogatori della centrale di polizia, tutta sporca dalla testa ai piedi come in una scena di *Dexter*. Sono felice che mi abbia chiamato, anche se era per tirarla fuori dai guai. Sorpreso, a dire il vero. Intanto che andavo a Jacksonville, ho chiamato Barry, perché non potevo credere che Annabelle non lo avesse costretto ad aiutarla a impedire che la figlia le infangasse la reputazione con dei precedenti penali. È stato allora che ho scoperto che hanno divorziato due anni fa. Abbiamo fatto una bella chiacchierata». Lo sguardo di Jack vaga fuori dalla finestra, come a voler rincorrere il passato. «Comunque, ho visto il mio viaggio a Jacksonville come l'occasione per fare ammenda». Aggrotta la fronte. «Reese è scaltra. Come sua madre. Può anche essere piuttosto egoista e vendicativa. Di nuovo, come sua madre. È impetuosa, e questo il più delle volte la fa finire nei guai. Ho trascorso molto tempo a parlarle di responsabilità, controllo e conseguenze, cercando di trattarla come un'adulta ragionevole. Da qui la Harley». Rimane un secondo in silenzio. «Suo padre guidava una moto; te l'ha detto?».

Scuoto la testa.

«Ha sempre parlato di comprarne una, proprio come lui. Fin da piccola, a sei anni».

Uhm... Il mistero di Reese sta iniziando a svelarsi. «La cocca di papà?».

Jack sbuffa. «Sempre e comunque. Sembra che passassero *molto* tempo insieme, prima che lui la lasciasse. E quando l'ha fatto, ha spezzato il cuore di quella bambina». Fa un profondo sospiro. «Quando lei e Annabelle si sono trasferite da me, un anno più tardi, Reese chiedeva ancora ogni sera dove fosse il papà. Quando sarebbe tornato. Perché non tornava a prenderla. Questo spezzava *il mio*, di cuore».

«Sì, ha detto qualcosa su di lui, l'altro giorno».

Jack si gira a guardarmi per un lungo istante, un sopracciglio inarcato. «Davvero? Normalmente non lo fa».

«Che cosa gli è successo? A suo padre, intendo».

Scrolla le spalle. «L'ha mollata in una tavola calda e se n'è andato. Per quanto ne so, non ha mai più cercato di mettersi in contatto con Annabelle, ma lei era piuttosto restia a parlare di qualunque cosa avesse a che fare con il suo primo matrimonio». Esita di nuovo. «Qualunque cosa sia successa, non credo che Annabelle si sia mai ripresa, l'ha resa una donna piena di rabbia. Quando ho saputo che cosa era accaduto a Reese, nella mia testa hanno iniziato a suonare dei campanelli d'allarme. Non voglio che finisca come sua madre, a spezzare il cuore di qualche povero diavolo perché qualche idiota prima ha spezzato il suo. È così che le persone si mettono nei guai».

«Di sicuro i guai le piacciono», concordo piano.

Storcendo la bocca, aggiunge: «E non ho dubbi che, qualunque cosa abbia escogitato la notte scorsa, che ti ha spinto ad avere l'ardire di lasciarla davanti alla mia porta di casa alle sei del mattino, tu non abbia potuto farci nulla».

L'improvviso cambio di argomento mi prende alla sprovvista, riportandomi alla mente la figura nuda e snella di Reese e costringendomi ad abbassare il volto, per paura che Jack possa leggervi i pensieri sconci che mi passano per la testa.

«Ascolta. Conosci la mia politica sulle relazioni tra colleghi in questo studio. Sono regole che ho introdotto per una buona ragione. Ho perso più di un bravo impiegato per casini sentimentali. Ti ho detto queste cose per aiutarti a capire che Reese è una giovane impetuosa ed emotiva che finalmente ha imboccato la retta via. Non la lascerò andare in pezzi per una relazione finita male con uno dei miei avvocati».

«Non sono in cerca di una relazione», giuro, le mani alzate in segno di resa.

Questo mi procura un'occhiataccia severa. «Be', posso garantirti che non approvo nessuna delle *altre* cose di cui tu possa essere in cerca, Ben. Posso solo immaginare a che tipo di esperienze tu sia abituato sul posto di lavoro, dato il tuo precedente impiego».

Faccio per aprire bocca, per negare le sue illazioni, per spiegare che Cain mi avrebbe reso storpio e cacciato con un calcio nel sedere, se gli fosse giunta voce che scopavo con le sue ballerine mentre lavoravo lì, ma Jack alza una mano per zittirmi. «La tua posizione alla Warner è salva. Per ora. Reese dice che voi due siete solo amici e io non ho ragione di credere il contrario. Ancora».

«Sissignore».

«E Mason l'ha persino confermato. Sappiamo entrambi quanto sia pignolo sul fatto di rispettare le regole».

«Sì. Lo è senz'altro». È come un automa programmato. Quando deve agire al di fuori delle regole, va in tilt.

Sfregandosi l'accenno di barba sulla guancia, Jack riflette: «Mi piace paragonare Reese a un cavallo selvaggio che si è abituato agli uomini. Tollererà la tua presenza, potrà anche avvicinarsi, senz'altro ti stregherà, ma non saprai mai esattamente quale sarà la sua prossima mossa. Ha problemi di fiducia con radici molto profonde».

«Di almeno un ragazzo si è fidata abbastanza da sposarlo», gli ricordo.

«Dopo sei settimane… e guarda che fine ha fatto quella pazza», mormora. «Non si è trattato di fiducia. Ma di bisogno di essere amata. Di qualcuno che scegliesse *lei*, per cui *lei* venisse sempre per prima. Tutti quelli che avrebbero dovuto considerarla una loro priorità avevano fallito, lasciandola a terra, a cercare un modo per rialzarsi. Suo padre, Annabelle, io… e poi anche quel pagliaccio che ha sposato».

Mi chiedo se Jack sappia che il suddetto pagliaccio ora vive a Miami, e che Reese si è lanciata in una missione di vendetta. A giudicare dall'accordo del finto fidanzato nel quale mi ha incastrato, non credo ne abbia avuto ancora abbastanza. E qualunque altra cosa abbia escogitato, sono abbastanza sicuro di non volerla sapere.

«Quella povera ragazza ha subito continui rifiuti». Jack unisce le dita delle mani davanti al volto e dice in tono calmo, ammonitore: «Se fra voi due dovesse succedere qualcosa, e poi finire male, sceglierei lei. Non mi importa quanto tu sia bravo come avvocato o amico di Mason. Lei sarebbe la mia priorità. Sono stato chiaro?»

«Ricevuto». Mi caccerà a calci nel sedere se le farò del male in qualunque modo, forma o maniera. Fortunatamente, lei sembra interessata a me solo per una cosa, ed è il tipo di cosa che posso darle senza problemi.

Con un leggero cenno del capo, si riappoggia allo schienale della poltrona. «Vorrei che questa piccola conversazione rimanesse fra noi due, se non ti dispiace. Reese non la prende bene, quando le si dice che non deve fare qualcosa, e io non voglio fornirle un motivo per iniziare a ribellarsi a me».

«Non gliene parlerò».

«Bene. Adesso, fuori di qui».

Con un breve saluto, balzo in piedi, accettando con piacere la mia carta "esci gratis di prigione".

Capitolo 21
Reese

Non mi nota, appoggiata allo stipite della sua porta, tanto è concentrato su un raccoglitore di documenti sparsi sulla scrivania. Così rimango lì a osservarlo per un momento. Ben non fa due passi senza quell'affascinante sorrisetto compiaciuto sulle labbra, ma, quando è intento a qualcosa, la sua fronte di solito è corrucciata, e la sua bocca prende una leggerissima piega all'ingiù. È un altro suo aspetto molto attraente. Quasi non vorrei interromperlo.

«Ti ho finito questi».

I suoi occhi azzurri si alzano di colpo a guardarmi, guizzano verso il basso, lungo il corpo, poi tornano sul mio volto, come se gli fosse impossibile non squadrarmi tutta. Per Ben forse lo è. E comunque, ora che ho dato una bella sbirciata a quello che c'è sotto i vestiti, colgo anch'io *ogni* opportunità per squadrarlo, quando passa davanti al mio ufficio. Di solito finisce che il mio battito cardiaco accelera e la mia concentrazione va a farsi benedire. Ben è diventato incredibilmente dannoso per la mia concentrazione.

Mette giù la penna e si appoggia allo schienale della sedia, facendo un sospiro profondo. «Ehi, Reese». Il sorrisetto è tornato, ma è accompagnato da qualcosa. Lo stesso qualcosa che ho notato nell'aria ogni volta che le nostre strade si sono incrociate questa settimana. Credo che sia cautela.

Se dovessi indovinare, azzarderei che Jack lo ha ripreso per il fatto che mi ha accompagnata a casa domenica mattina. Quando gli ho mandato un messaggio in proposito, però, Ben ha negato che ci sia mai stata alcuna conversazione. E poi mi ha chiesto che cosa indossassi.

Entrando, appoggio il raccoglitore sulla sua scrivania. «Le pagine sono tutte segnate. Ho anche preparato i documenti in più che il cliente deve firmare».

«Ti sei data un sacco da fare». Le parole che, in bocca a Ben, normalmente avrebbero un tono da flirt, ora sembrano quasi secche. Rivoglio il Ben malizioso. Credo anche di volere che mi baci di nuovo. «Stanco?»

«Sì. Questo lavoro non finisce mai».

Mi siedo provocante sulla sedia libera, appoggiando i piedi sulla scrivania. «Come posso aiutarti?».

Non mi sfugge la rapida occhiata verso sinistra, dove si trova l'ufficio di Jack. Ben si sporge in avanti e abbassa la voce a un leggero borbottio che è appena più di un sussurro, perché non credo che lui sia in grado di sussurrare. «Senti, ti ho già vista completamente nuda due volte. Averti qui nel mio ufficio mi sta provocando un'erezione furente, che non sarò in grado di nascondere, quando verrò chiamato per la riunione, cosa che deve accadere a minuti. Devi portare il tuo bel culetto fuori di qui adesso, in modo che possa concentrarmi».

Faccio scivolare a terra le gambe rumorosamente. «Come vuoi». Le sue parole mi riempiono di uno strano miscuglio di eccitazione e delusione.

Decisamente, Jack deve averlo minacciato.

È colpa mia, avrei dovuto farmi lasciare in fondo alla strada. Jack è sempre sveglio a quell'ora del mattino, e sapevo che c'era la possibilità che fosse sul tapis roulant, quello nella stanza sopra il garage che dà sul vialetto.

Mi alzo e mi dirigo verso la porta. Nel momento in cui afferro la maniglia, il sospiro pesante di Ben riempie la stanza. «Senti, non posso rischiare di perdere il lavoro per questo».

Mi fermo a guardarlo. «Per che cosa? Siamo solo amici, giusto?».

La penna nella sua mano si muove avanti e indietro, mentre lui mi considera per un istante. Poi sorride. «Certo, solo amici».

Alzo un dito. «Ma non dimenticarti, finto fidanzato, che abbiamo ancora un accordo». Non ho più parlato con Jared da quel giorno al bar, più di una settimana fa. Sento quella vocina che mi urla nella testa a ripetizione le parole "lascialo andare", ma una parte di me – la parte che mi fa aprire Facebook e digitare il suo nome non appena mi sveglio la mattina – non è ancora pronta. Non riesco proprio a capire perché. È per orgoglio? La speranza di ottenere vendetta? O è perché so che nel paradiso rubato di Caroline non va tutto bene? Perché rivoglio indietro il *mio* paradiso?

«Già...». Con un'altra occhiata verso l'ufficio di Jack, Ben tira fuori di bocca quell'unica parola. Scuote la testa, e una strana espressione accigliata gli deturpa il volto. «Solo cerca di non far licenziare il tuo finto fidanzato».

«Tieni». Appoggio un muffin della signora Cooke sulla scrivania di Ben e, alla vista delle sue braccia, che, avvolte in una polo aderente color carta da zucchero, sembrano ancora più definite, il mio stomaco fa una piccola capriola. Credo che l'azzurro sia il colore che preferisco, addosso a lui. Fa risaltare i suoi occhi. «Stanno finendo in fretta».

Ben alza lo sguardo dalla scrivania, con un'occhiata al muffin e poi a me. «Sarà perché ne ho già mangiati tre, stamattina». Poi, afferrandolo con la mano enorme, con un sorriso ironico, dice: «Ma grazie, mangio volentieri anche questo».

«Ti verrà una pancia come quella di Jack, se non ti dai una regolata».

Ben azzanna il muffin e, mentre mastica e deglutisce, mi guarda incuriosito. «Mi amerai ancora, quando non avrò più questo aspetto?»

«Assolutamente no». Mi giro per uscire, e la sua risatina mi strappa un sorriso.

Ma poi le sue parole mi raggiungono sulla porta. «Sai, hai un atteggiamento tremendamente carino, nei miei confronti. Non è da te. La gente comincia a notarlo. Pensano che Rancor si stia prendendo una cotta». Giro la testa appena in tempo per vedere la sua strizzatina d'occhio. «E noi non vogliamo che accada, no?».

Non capisco se mi sta solo prendendo in giro o se la gente lo dice davvero e ha notato che mi comporto in modo diverso. Ma so per certo che nessuno dei due vuole che si diffonda questo tipo di chiacchiere. «Tu però sai come stanno le cose, giusto?». Mi esce quasi come un avvertimento.

Con un gran sorriso, alza il muffin e dice: «Nessun problema, per me, Reese. Grazie per questo».

Non mi ero resa conto di trattenere il respiro, ma immagino che fosse così, perché il fiato mi esce in un profondo sospiro. Giusto per stare sul sicuro, aggiungo in tono calmo ma a voce alta, abbastanza alta da farmi sentire da metà ufficio: «Spero che ti ci strozzi. Buona giornata!».

Reese MacKay non ha "cotte" per nessuno.

La risata di Ben mi insegue mentre passo accanto a una dozzina di impiegati ficcanaso, fino al mio ufficio.

Le giornate al lavoro hanno imboccato Via di una Noia Paurosa. Non che mi ci sia mai particolarmente divertita, ma le ultime settimane erano state diverse. Più vivaci. Ora il mio ufficio è vuoto e monotono. Ma non per la mancanza di raccoglitori o tazze del caffè.

È perché un certo ragazzo biondo di uno e novanta fa in modo di non trovarsi più da solo con me nella stessa stanza. Io sono ancora al cento per cento concentrata sui casi suoi e di Natasha, ma lui ha iniziato a rivolgersi agli altri paralegali – che non sono svelti o efficienti nemmeno la metà di quanto lo sono io – quando ha bisogno di risposte.

Per un po' sono stata preoccupata che potesse credere a queste "chiacchiere" che provo qualcosa per lui e che mi evitasse intenzionalmente per non illudermi. Ma continuo a beccare i suoi occhi azzurri puntati su di me, *in ogni momento*. Né la cosa lo imbarazza. Lo so perché mi fa l'occhiolino ogni volta che i nostri sguardi si incontrano.

Non posso neppure inchiodarlo nel suo ufficio, perché è *sempre* in riunione con Natasha.

E ora inizio ad avere la paranoia che stia succedendo qualcosa tra lui e il robot, anche se lei è fidanzata e sono piuttosto sicura che non farebbe mai sesso occasionale. Probabilmente è altrettanto combattiva a letto quanto lo è in tutto il resto, una cosa che dubito interessi a Ben.

Che *spero* non gli interessi.

A meno che non sia una di quelle che legano gli uomini e li frustano. Quello a Ben *potrebbe* interessare.

Odio questa situazione.

Non *voglio* neanche niente, da Ben, eccetto quello che già abbiamo. È solo che non voglio che lo abbia con qualcun altro.

Così ora mi ritrovo a cercare tutte le scuse possibili per fermarmi nell'ufficio di Ben. Ecco perché sono in coda per comprare questo terribile caffè – uno scherzo – e qualche focaccina.

«Ti ho già vista qui. Non posso credere di non avere capito chi fossi».

La gente dice che le pronunce cantilenanti del Sud sono belle e rilassanti. Alle nove del mattino e considerandone l'origine, questa la paragonerei più a delle unghie che grattano su una lavagna.

Do un'occhiata alle mie spalle all'espressione acida di Caroline e mi chiedo che cosa ci faccia qui così tardi. Le quattro volte che l'ho aspettata sulla panchina del parco qui davanti è entrata alle otto e mezza, puntuale come un orologio. Dallo sguardo tagliente che mi rivolge, sto iniziando a pensare che oggi possa avermi aspettata lei. «Mi spiace, io invece non posso dire di avere mai notato *te*». Pago le cose che ho preso e mi allontano dal bancone. «Ti auguro una *splendida* giornata!», le dico, con il tono più irritante e allegro che riesco a mettere insieme, passandole accanto e avviandomi verso la porta.

Una mano mi afferra il braccio come in una morsa. «Credi che non sappia che cosa stai facendo?», mi chiede Caroline a denti stretti.

Abbasso gli occhi sulla sua mano e lei la toglie in fretta, come se avesse improvvisamente visto delle ferite. «Era una domanda trabocchetto? Perché sto andando a lavorare. Non è esattamente un atteggiamento furtivo».

Mi trafigge con un'occhiata di ghiaccio. «Si stanno verificando un bel po' di coincidenze, ultimamente, non sei d'accordo?»

«A parte il fatto che abbiamo gli stessi gusti in fatto di uomini e bar, non ne vedo altre». Mi sta talmente vicina che sento l'odore del suo alito. Sa di anguria. Il gusto finto delle gomme da masticare. *Odio* l'anguria. Figuriamoci.

Caroline stringe gli occhi. «Come ha fatto il tuo numero a finire di nuovo nel telefono di Jared?».

Mi sforzo di contenere la sorpresa. Jared è fissato con il suo telefono, non vuole che nessuno lo guardi. O forse non voleva che lo facessi io, perché scriveva alla sua ex.

Subito dopo, Caroline chiarisce la mia confusione. «È questo il vantaggio di conoscere qualcuno dall'età di sei anni. Diventa facilmente prevedibile. E anche le sue password».

«Cosa c'è, non ti fidi di lui?». Dubito che Jared sarebbe felice di sapere che la mogliettina gelosa mette il naso tra le sue cose, e gelosa lo è eccome. Nel profondo sento una punta di gioia.

«Non lo avrai *mai* indietro», dice lei lentamente e con voce pacata, con quel tipo di sicurezza che non si può fingere. «Jared è innamorato di me da tutta la vita. Quando abbiamo rotto, era così disperato che avrebbe fatto qualunque cosa. Perché credi che avrebbe sposato una psicopatica motorizzata come te, altrimenti? Tu sei stata un errore che rimpiange ogni giorno. Lui è *mio*, e lo sarà sempre».

Le emozioni mi scoppiano dentro: una pericolosa mistura di rabbia, umiliazione e dolore che brucia agli angoli degli occhi e mi fa venire una gran voglia di versarle questo caffè bollente in testa. Non ho mai scordato neppure per un secondo l'espressione sul suo volto quando ho aperto la tenda della doccia, quel giorno. Potrei giurare che stesse aspettando proprio quel momento, perché mi ha guardata subito dritta negli occhi, con un luccichio trionfante nei suoi.

E ora mi lancia il guanto nel bel mezzo di un bar, circondate da pasticcini e perfetti estranei. Colgo un lieve tremolio della sua mano e mi viene da pensare che possa avere un po' paura di me. Visto che le ho lasciato un paio di forbici infilate negli occhi in quella foto di lei e Jared, dovrebbe averne. Dovrebbe probabilmente temere che la colpisca proprio qui, in mezzo a tutta questa gente. Magari è proprio quello che sta sperando. È esattamente quello che *ho voglia* di fare. Caroline sa che ho un brutto carattere. Potrebbe sporgere denuncia e liberarsi di me. Ci sarebbero un mucchio di testimoni, qui.

Ragazza intelligente.

«Come mai sei tanto preoccupata del fatto che abbia il mio numero di telefono, allora?», chiedo con una calma forzata nella voce, sentendo il dolce che ho in mano sbriciolarsi da quanto lo stringo.

«Non lo sono», farfuglia, a quanto pare presa alla sprovvista. «Voglio solo che tu sappia che lo so e che mi fai ridere. Tutti i miei amici ridono di te. Sei *patetica*».

Sì, mi sta decisamente provocando.

Mi mordo la lingua per soffocare l'irresistibile tentazione di chiederle come stanno le sue gambe, dopo quella domenica. Non c'è motivo di darle qualcosa per cui possa chiedere un ordine restrittivo. «Be', è bello vedere che Jared sta passando da una pazza all'altra. Ti auguro una splendida giornata», esclamo con esuberanza forzata, voltandole la schiena e allontanandomi, la mascella serrata.

Tiro fuori il telefono e pigio il due tra i numeri veloci.

«Reese? È tutto a posto?», chiede immediatamente Jack.

Aggrotto la fronte, osservando le auto e i pedoni per strada. «Sì...».

Dal ricevitore arriva un lungo sospiro di sollievo. «Okay, bene. Pensavo solo... dato che mi stavi chiamando», dice con una risatina. «Di solito a quest'ora sei rintanata nel tuo ufficio, a odiare tutto il mondo per un'altra ora o due».

«Ah, già. No, sto bene».

«Allora, che cosa c'è?»

«Avevi parlato di una festicciola per Ben e Mason?». È diventato ufficiale la settimana scorsa. Ben e Mason hanno avuto i risultati dei loro esami da avvocato e sono passati entrambi. Adesso sono associati.

«Sì. Perché?».

Le rotelline del mio cervello deviato stanno girando velocemente. «Ho intenzione di organizzare qualcosa per questo venerdì».

«Be, la signora Cooke ha già...».

Lo interrompo. «No, Jack. Non festeggeremo nel seminterrato di una chiesa. Troverò qualcosa di adatto». Un locale informale, una situazione rilassata. Terreno neutrale. Un posto in cui poter andare e venire come se non me ne fregasse un cazzo.

E ricordare al mio ex marito quanto gli manco.

Non appena chiudo la conversazione con Jack, mando un messaggio a Jared.

Venerdì sera verso le otto sarò al Grill con degli amici. Serata informale.

Dopo un secondo, aggiungo:

È meglio se cambi la password del telefono. A detta della tua adorabile mogliettina, che ho appena incontrato, sei troppo prevedibile.

Capitolo 22
Ben

Grazie a Dio, è venerdì.

Da queste parti ogni giornata si confonde con la successiva. Immagino di aver spinto la porta dell'ufficio con un po' troppa forza, perché sbatte, facendo alzare almeno una dozzina di teste dai loro cubicoli come in quel gioco con le marmotte che si vede ai luna park. Faccio un cenno di scusa con la mano e lascio cadere un altro raccoglitore.

Dannazione, che cosa darei per avere Reese assegnata a me a ogni ora del giorno e della notte! Mi piace lavorare con lei. No, *adoro* lavorare con lei, cazzo. Solo averla attorno in qualche modo rende tutto più divertente.

Ecco perché ho dovuto quasi evitarla, questa settimana. Ed è uno schifo.

Jack ha ragione: quella ragazza ha un modo che ti strega. Gli idioti come me sono condannati.

Faccio il giro della scrivania e trovo sulla mia sedia un sacchetto regalo rosso, dal quale spuntano ciuffetti di carta velina bianca. Dopo settimane passate a nascondermi in stanze polverose e a sottostare agli ordini di Natasha, l'altro giorno sono stati pubblicati i risultati degli esami da avvocato. Mason e io siamo passati. Sono finalmente un avvocato a tutti gli effetti. Immagino che questo sia una specie di regalo di congratulazioni.

Frugo curioso nel sacchetto e trovo un biglietto ripiegato:

Congratulazioni per essere ufficialmente diventato un robot.

Nel caso il soprannome non fosse un indizio sufficiente, i disordinati scarabocchi dal tratto inequivocabilmente femminile mi dicono che a mandarlo è stata Reese. La ragazza ha una scrittura peggiore di quella di qualsiasi medico che abbia mai incontrato. Penso che sia perché è sempre di corsa. Cercando ancora, tiro fuori una maglietta rosso brillante con la scritta: "Mi hanno vomitato addosso a Cancún e l'unica prova che ho è questa orribile maglietta rossa".

Sono sicuro che la mia fragorosa risata si senta per tutto il piano.

Dannazione, adoro il suo senso dell'umorismo.

E sono davvero deluso, quando nel suo ufficio non trovo nessuno a parte la sagoma del Rancor, il computer già spento. Immagino che non sia un gran problema. Posso ringraziarla alla festa che daranno per Mason e me stasera dopo il lavoro.

Eppure, non mi va di aspettare neppure fino ad allora.

«Ottima scelta», grido per sovrastare la musica della band che suona dal vivo, mentre vago con lo sguardo tra la folla riunita al Grill, soffermandomi su una coppia di brunette che mi hanno già notato e, stando a come salutano e fanno l'occhiolino, non si vergognano certo di farmelo capire.

«Ha organizzato tutto Reese», ammette Mason con una certa sorpresa nel tono, facendo tintinnare la sua birra alla spina contro la mia. «Salute. All'essere dei veri avvocati».

«Ma dov'è la piccola sfacciata?». L'intero staff dello studio, incluso Jack, è qui per festeggiare, stasera. Hanno isolato con un cordone un'area del locale tutta per noi, apparecchiata con vassoi di cibo e alcuni tavoli. Ho fatto la ronda per le ultime tre ore, guardando l'orologio e la porta un po' troppo spesso.

«Con Lina e Nicki. Lina mi ha appena mandato un messaggio dicendo che saranno qui tra poco».

«Come sta andando? È lei la ragione di questo look alla *Can't Buy Me Love* che hai adottato?». Mason non è mai stato rinomato per il suo acuto senso della moda, ma ora ha abiti nuovi e porta i capelli in modo diverso. Indossa persino le lenti a contatto. Lo tormentavamo sempre per quegli stupidi occhiali spessi che aveva, ma ha sempre rifiutato di cambiarli.

Arrossisce e scrolla le spalle. «Avevo voglia di provare qualcosa di nuovo e lei mi ha aiutato».

Scopare sta davvero facendo meraviglie per questo ragazzo. «E le cose vanno bene tra voi due?».

Sul suo volto passa un'espressione imbarazzata. «È bello. È...». Annuisce, ma il suo sorriso impallidisce. E alla fine dice: «È complicato».

«Oh, diamine, non sarai *innamorato* di lei, cazzo. È così?»

«No! Cioè, mi piace. *Molto*. Ma...». Lo sguardo fisso sulla sua birra, lascia la frase in sospeso.

«Ma che cosa? E non sono uno da confessioni amorose, quindi è meglio che si tratti di qualcosa di poco sentimentale», lo avverto.

«È la migliore amica di Reese, quindi...». Esita, come se fosse riluttante ad ammettere il resto. «Sono in attesa di trovare qualcosa di profondamente sbagliato, in lei».

Quando scoppio a ridergli in faccia, non sembra particolarmente contento. «Credevo che tu e Reese steste risolvendo i vostri cazzo di problemi». Li ho visti parlare di più, in ufficio. L'altro giorno Reese si è persino offerta di aiutarlo a correggere alcune lettere legali da spedire ai clienti.

«Credo che sia così», ammette scrollando le spalle. «Piano piano».

«Be', stando a quello che dice Jack, Reese non uscirà di nuovo dalle vostre vite. Mai più. E se voi due doveste venire ai ferri corti, io scommetterei su di lei, solo perché tu lo sappia».

Scrolla di nuovo le spalle e manda giù un'altra lunga sorsata di birra. E io sorrido tra me. Mason non regge l'alcol. Prima di arrivare in fondo al suo bicchiere starà ridacchiando come una ragazzina. A proposito di sbronzi, bisogna che rallenti un po' con queste, o finirò per fare qualcosa di stupido, di poco professionale e, be'... tipicamente da Ben. E questo non è né il luogo né il momento adatto, mi sa. Più tardi, a casa mia, dove i ragazzi daranno un'altra festa per me, sarà caccia libera.

«Che cosa sta succedendo tra te e Reese?», chiede Mason all'improvviso.

«Te l'ho già detto. Niente».

«Ben». Si sporge in avanti e abbassa la voce. «Non voglio vederti licenziato». Strizza gli occhi, aggrottando la fronte. «Lo so di essere diverso dagli altri ragazzi, ma tu mi hai sempre fatto sentire come uno del gruppo. Sei sempre stato un buon amico, per me. Sto solo cercando di proteggerti».

È buffo che Mason mi stia dicendo queste cose proprio adesso. Quando ho iniziato la scuola di legge, mi sentivo *io* quello diverso. Passare dalla mia università, dove mi vedevano ancora come il grande quarterback anche quando ormai non giocavo più, a essere un signor nessuno a cui mancava la classe e l'indole da studioso che tutti gli altri sembravano possedere, è stata dura. Cioè, avevo passato l'esame di ammissione e avevo la media necessaria, le lettere di raccomandazione e tutto il resto, ma una volta lì, per un periodo ho pensato di aver commesso un grosso errore a iscrivermi alla scuola di legge.

Lascio cadere una mano pesante sulla sua spalla, mentre la mia attenzione viene catturata da una testa biondo platino dietro di lui. «Non preoccuparti. Non mi farò licenziare». Osservo la gente spostarsi e tutti i maschi che girano la testa al passaggio di Mercy e Hannah, che si stanno facendo strada verso di me. «Dannazione», borbotto. Mi è impossibile vedere quelle due insieme senza pensare alla mia festa d'addio. Questa sarà una lunghissima notte, cazzo. Spero davvero che Reese si faccia viva presto.

«Sono quelle le due?». Mason strabuzza gli occhi, spingendo con l'indice sulla radice del naso, dove sarebbero i suoi occhiali, se ancora li indossasse.

«Sì», rispondo con un ghigno. Raccontare a Mason i dettagli di quella notte è stato divertente quasi quanto viverli. Il ragazzo pendeva da ogni mia parola come se gli stessi rivelando il segreto del Sacro Graal.

«Ben!». Riesco a malapena ad appoggiare il bicchiere, prima che Mercy mi salti addosso, avvinghiandomi il collo con le braccia e stampandomi un bacio dritto in bocca. «Congratulazioni!». So che è davvero felice per me e, diamine, non posso spingerla via. Sarebbe meschino.

Però indico davanti a me, cercando di staccarmela gentilmente di dosso. «Ti ricordi del mio amico Mason?»

«Certo». Gli occhi le si illuminano e va verso di lui. Osservo la scena con un sorriso, sapendo che cosa sta per succedere. La cosa più appropriata, da parte sua, sarebbe stringergli la mano e dirgli "ciao". Ma dato che l'ha già incontrato una volta, Mercy gli si avvicina e gli dà un lungo bacio sulla guancia, mandandogli il volto in fiamme all'istante.

«Ehi, Ben, non è un problema che siamo qui, no?», chiede suadente Hannah al mio fianco. È molto più riservata di Mercy. «Ho cercato di vestirmi in modo normale, in modo da non essere troppo *ovvia*, tra i tuoi amici avvocati. Credi che abbiano capito?».

Questo mi strappa una sonora risata, prima che riesca a evitarlo. Hannah è un'altra di quelle ragazze che potrebbero entrare qui vestite con un sacco di patate e la gente avrebbe comunque un'idea molto precisa del settore in cui lavora. Al contrario di Mercy, però, quello che fa la imbarazza, e non vede l'ora di finire la scuola per infermiere. Quelli sì che saranno pazienti fortunati.

Le butto un braccio attorno alle spalle e la stringo in modo amichevole. «Non credo proprio. Stai bene».

«Okay. Volevamo solo farti le congratulazioni e dirti che ci manchi». Si avvicina per darmi un rispettabile bacio sulla guancia. So per certo che quella notte per lei non ha significato altro che sesso alcolico sfrenato e divertimento. È innamorata da anni della capo barista di Penny's, Ginger. «Prenditi da bere», suggerisco con un ghigno, dandole una spintarella in avanti, mentre ispeziono la folla alla ricerca di Reese.

Sono circondato dagli sguardi invidiosi di ogni avvocato maschio della Warner. Per lunedì prevedo telefonate e inviti di tutti i tipi. Ci sono abituato. Kent e i ragazzi non fanno altro che implorarmi di far venire le ragazze di Penny's a casa nostra per uno spettacolino privato.

Stasera, li ho accontentati.

Quando la sagoma imponente di Nate si fa largo verso di me per stringermi la mano, la clientela del Grill, invece di spostarsi melliflua come era successo per far passare le due spogliarelliste, si apre in due come il Mar Rosso. «Ginger non è potuta venire, ma mi ha chiesto di darti un gran bacio con la lingua da parte sua».

«Dille che la smetta di provare a farci cambiare sponda, amico».

Il suo volto si apre in un enorme sorriso. «Posso restare solo per poco. Stasera devo gestire il locale, anche se, a quanto pare, la metà delle ballerine va a una festa a casa di questo coglione che conosco, più tardi».

Ridacchio della sua presa in giro. «Dov'è Cain?»

«Fuori dallo Stato». La mia espressione perplessa non ottiene altro. Nate è leale al cento per cento e, qualunque cosa Cain stia combinando, non vuole che altri ne vengano a conoscenza. Spero che abbia qualcosa a che vedere con Charlie. Qualcosa di bello. Quel ragazzo merita di essere felice.

Detto questo, Nate si allontana verso l'altro lato del bar, dove c'è una persona che conosce, rivelando, nascosto alle sue spalle, un altro uomo molto più piccolo. «Quello è un buon amico da avere dalla tua parte», mormora Jack, seguendo Nate con gli occhi per un istante. Quindi torna a Mercy e Hannah addossate a Mason, la prima che gioca con il suo colletto, la seconda che lo guarda sbattendo le ciglia.

«Anche quelle due, se prova a domandarlo a suo figlio», scherzo.

«Sì». Jack sorride compiaciuto, sorseggiando la sua birra. «Sarebbe bello vederlo lavorare un po' meno e godersi un po' di più la vita». Esita. «Non godersela *fino a questo punto*, magari».

«Piccoli passi, per Mason», concordo con una risatina.

Guardandosi attorno, mi chiede: «Hai visto quella ribelle della mia figliastra? Ha organizzato l'intera serata e non è qui».

Bella domanda. Una parte di me la vuole inchiodata al mio fianco per parare le avances di Mercy. L'altra, invece, la vuole fuori dal bar e dai cordoni di sicurezza, in modo da non mettermi nei guai con Jack. Inizio a pensare che sia solo una questione di tempo.

«Ho parlato troppo presto!», esclama Jack, illuminandosi all'improvviso.

Non posso fare a meno di notare che, alle sue parole, il mio stomaco ha un sussulto. E quando mi giro e sulla porta vedo una bionda con un provocante vestito rosso e un sorriso pericoloso, fa addirittura un'intera capriola.

«Oh, cazzo...», borbotto tra me.

Senza dubbio, ha in mente qualcosa.

Capitolo 23
Reese

«Ho dimenticato di dirvi una cosa, ragazze», grido a Lina e Nicki, mentre ci facciamo largo tra la folla. Il Grill è sempre pieno, il venerdì sera. Direttamente sulla spiaggia, sembra uno di quei bar in stile polinesiano dove si possono guardare le partite, con il tetto a capanna in finta paglia, le pareti aperte e un sacco di schermi piatti. Questa sera, il locale è pieno di dipendenti della Warner.

Troppi. E ancora non se ne sono andati. Avevo detto che il party di lavoro era dalle cinque alle sette: orario cocktail. Alle otto, sono ancora qui.

«Ti sei sposata di nuovo», risponde Lina impassibile, come se si aspettasse quell'annuncio.

«Non esattamente», mormoro piano. Daranno di matto.

Io stessa potrei dare di matto.

«Dove sono questi avvocati di cui parlavi?», chiede Nicki, da togliere il fiato come al solito, fasciata in un abito viola senza spalline. «E pensi che mi crederanno quando dirò che sono un avvocato anch'io?»

«Sono laggiù. Pronuncia la parola "deposizione" molto lentamente e sbattendo le ciglia, e crederanno a qualsiasi cosa. Ma, ragazze… devo dirvi che…».

«Wow! Guarda che capelli!». Un paio di dita mi toccano senza invito la nuca, la ciocca color amarena che mi sono fatta fare al salone dopo il lavoro. Il biondo totale mi stava annoiando a morte e ho pensato che questo fosse ancora abbastanza rispettabile per gli standard dell'ufficio. «*Très chic*. Lo adoro!», grida Natasha, tutta uno svolazzare di mani, il che mi dice che molto probabilmente è ubriaca. Senza aspettare davvero una mia risposta, continua: «Chi sono le tue amiche?». E allunga una mano. Nello stringergliela, il sopracciglio sinistro perfettamente disegnato di Lina si inarca.

«Lina, Robot. Robot, Lina».

Natasha mi ha sentito chiamarla in questo modo così tante volte che non credo la disturbi più. In ogni caso, è troppo occupata a fissare la manica d'inchiostro di Nicki.

«Ti ha fatto male?». Allunga una mano e inizia a palpeggiarle il braccio.

«Ti ci abitui», risponde con gentilezza Nicki, ma le sue labbra sono strette in un sorriso tirato. Odia essere toccata a quel modo. Guardando le mie amiche con tanto d'occhi, mimo loro con la bocca un «Andiamo».

«Allora, dov'ero rimasta...». Riesco a vedere la testa bionda di Ben, accanto a Jack, che svetta sopra le altre. Mi sorride, anche se è leggermente teso. Ma i suoi occhi stanno comunque perlustrando il mio corpo e brillando di approvazione per la cosetta rossa che mi sono comprata oggi. È aderente e corta, ma la gonna scende a campana per dare maggior risalto alle mie gambe. Leggermente elegante per la serata – soprattutto se indossata con i tacchi –, ma con i capelli sciolti e senza gioielli penso che il look sia perfetto. Farò uscire la *femme fatale* che è in me, come fa Nicki.

Passo velocemente in rassegna le teste, mentre mi avvicino. Jared ha risposto al mio messaggio dicendo che sarebbe venuto, ma ancora non lo vedo.

Jack si gira, sono alle sue spalle. «Ciao, Reesie». Mi cinge le spalle con un braccio e mi bacia su una guancia. Istintivamente, mi abbandono al suo affetto con un sorriso, sentendomi di nuovo la sua piccolina. Poi il suo sguardo si sposta sui miei capelli, e si acciglia. «C'è qualcosa di diverso».

Jack è un vero uomo all'antica. Con un buffetto a qualche ciocca dei nuovi capelli e un sorrisino semi-imbarazzato, gli faccio: «Almeno non è tutta la testa».

«Mmm... sì». E dopo un istante: «Stai bene. Non hai l'aria troppo selvaggia». Poi lancia un'occhiata alle ragazze alla mie spalle, sorride e dice: «Felice di rivedervi, signore. Come vanno il nuovo appartamento e i vostri lavori?»

«L'appartamento è okay. Il lavoro non proprio». Lina non è certo un tipo prolisso. Se può dire qualcosa in otto parole, la dice in otto parole. Qualcuno potrebbe pensare che sia scontrosa o brusca.

Io la trovo incantevole.

«Be', il cinquanta per cento non è male. Prendi l'abilitazione e potrai venire a lavorare da me, d'accordo?». Sono piuttosto sicura che Jack non stia scherzando, il che è grandioso, perché adorerei lavorare con Lina.

«Sto andando via, Reese», continua, rivolto a me, «ma grazie per aver organizzato tutto questo». Si avvicina per aggiungere a bassa voce: «Hai ragione. Meglio del seminterrato della chiesa della signora Cooke».

Scrollo le spalle. «È il meno che potessi fare per il mio adorato fratellastro».

«Giusto. Cerca di non tormentarlo troppo, stasera».

«Per questo c'è qui *lei*». Punto il pollice in direzione di Lina.

Scuotendo la testa, Jack se ne va, lasciandomi faccia a faccia con Ben, che si affretta a buttare un braccio sulle spalle di Lina e uno su quelle di Nicki. «È un piacere rivedervi, ragazze. Grazie per essere venute alla mia festa».

Una piccola parte di me sprizza gelosia da tutti i pori, chiedendosi se Ben avrebbe provato a rimorchiare una di loro due, nel caso io non ci fossi stata. Ci sono precisi svantaggi nell'essere amica di un puttaniere con il quale occasionalmente ti trastulli, come quella vocina nella tua testa che ti dice che probabilmente andrebbe a letto anche con le tue amiche.

«Io sono qui per *lui*», lo corregge Lina con un tono un po' troppo acido, gli occhi grigi posati su Mason lì accanto… e, cosa più importante, sullo zuccherino e la sua amica che gli stanno avvinghiate addosso.

«Ciao». Mason non perde tempo e si libera delle fan adoranti per raggiungere Lina. La sua voce più bassa di un'ottava suona stranamente più dolce e meno da automa. «Tutto bene?». Si avvicina per baciarla sulla guancia. Non so se mi abituerò mai a vederli insieme.

Li sto ancora osservando, quando Ben attira la mia attenzione, tirandomi una ciocca viola scuro. «Mi piacciono. E mi piace *molto* anche il vestito rosso». Stringendomi al petto (a un ignaro spettatore, potrebbe *probabilmente* sembrare un abbraccio di congratulazioni) mormora: «Che cos'hai in mente?»

«A che cosa ti riferisci?», chiedo con finta innocenza, il conforto delle sue braccia in contrasto con la tensione che sento lungo la spina dorsale, sapendo che Jared sta per arrivare.

Percepisco le vibrazioni della sua risatina soffocata in tutto il corpo. «So che non è niente di buono. Solo che non sono sicuro se sono *io* a dover fare attenzione o se hai un'altra vittima designata».

Gli do un buffetto sul naso e mi allontano, registrando una mia certa riluttanza, nel farlo. Se non avessi una diversa missione, questa sera, potrei non volerlo proprio. La vicinanza di Ben mi fa sentire davvero bene.

Mi squadra dalla sua notevole altezza e la sua espressione si addolcisce. «Grazie per avere organizzato questa serata per me».

«E Mason», gli ricordo.

Ed ecco quel suo sorrisetto malizioso. «Non prendiamoci in giro. Hai fatto tutto questo per me».

«Hai intenzione di commuoverti?»

«No...». Un ghigno malinconico gli sfiora le labbra. «Ma vorrei poterti baciare per essere stata così insolitamente carina».

Sento un piccolo nodo allo stomaco, causato dal senso di colpa. Ma poi mi ricordo che stiamo parlando di Ben. In realtà, non gli importa perché l'ho fatto. «Be', allora le cose potrebbero girare in tuo favore, stasera. Potrei volermi giocare la carta del finto fidanzato».

Butta indietro la testa. «Ah, merda, Reese. Non puoi farmi questo proprio stasera!».

«Lo sto facendo, invece. Hai promesso».

«E tu hai promesso che non mi avresti fatto licenziare». Si

guarda in giro come per sottolineare il concetto. «C'è metà dello studio, qui! Incluso Jack!».

«Rilassati. Jack se ne sta andando».

«Sì, be', anch'io». Lo guardo trangugiare una grossa sorsata di birra, e in me scocca una scintilla di panico. *Ben se ne va?* «I miei amici danno una festicciola per me a casa. Tu e le tue amiche siete più che benvenute, se volete venire... Solo non spargete la voce. Non ci voglio un branco di avvocati».

Mi sento improvvisamente sollevata e mi rendo conto di quanto, Jared o non Jared, desideri davvero passare la serata con Ben. «E Mason?».

Ben sbuffa ironico. «Mace non mi preoccupa. Lui conosce esattamente le mie intenzioni». Abbassa lo sguardo sulle mie labbra.

«Quando ho chiesto un finto fidanzato, non ho ordinato il servizio completo», gli ricordo con un colpetto nello stomaco, anche se sento accelerare il battito cardiaco. Ben non fa una piega, lo spesso strato di muscoli lo protegge.

«Questo non significa che non lo avrai». Mi fa l'occhiolino, aggiungendo serio: «Solo non qui».

«Be'...». Mi accorgo che, persa nei miei pensieri, sto digrignando i denti, e becco lo zuccherino che si getta un'occhiata indifferente alle spalle fingendo di non guardarci. «Puoi almeno non mettere la lingua in bocca a nessun'altra, finché sei qua? O sembrerò l'idiota che viene tradita per la seconda volta». Aggiungo un gentile «Per favore» alla fine, non si sa mai.

«Speravo di usare Mason come distrazione per Mercy, ma la tua amica, qui, mi ha incasinato i piani». Dopo un istante di silenzio, mormora: «Aspetta», e mi dà un leggero pizzicotto sul busto. Lo tallono con gli occhi, mentre si fa largo verso due avvocati dell'ufficio contenziosi che non riescono a smettere di guardare nella nostra direzione. Immagino che siano concentrati sulle due spogliarelliste, perché, quando Ben chiede loro di seguirlo, i loro volti si illuminano.

«Ehm, Reese?», grida Nicki, con un bicchierino di tequila appoggiato immobile alle labbra e lo sguardo inchiodato in un punto dall'altra parte della sala. «Quella cosa che ti eri dimenticata di dirci?».

Non ho nemmeno bisogno di guardare, per capire di che cosa stia parlando. Con un buffetto casuale ai capelli, do un'occhiata alle mie spalle e vedo Jared e Caroline seduti a un tavolo con un gruppo di altre persone, lui che batte il piede a tempo con la cover band sul palco.

Quando mi rigiro, non vedendo il panico che si sarebbero aspettate sul mio volto se si fosse trattato di un caso, le mie amiche mi scrutano accigliate. «Che cos'altro hai combinato, Reese?», chiede Nicki con un sospiro, un millisecondo prima che Lina chieda: «Sapevi che sarebbero stati qui?». La sua voce ha quel tono duro che assume quando non è affatto contenta del mio comportamento. L'espressione di Mason, invece, è confusa.

«Potrei averne avuto una vaga idea», ammetto.

«Chi è qui?», chiede Mason, ma nessuno gli risponde.

Lina ruota lentamente sui piedi per girarsi verso il bar. «E *come facevi*, esattamente, a saperlo?»

«È una lunga storia, e tu non vuoi essere complice di questa situazione, vero? Stai solo al gioco, okay?».

Lina sospira. «Lo faccio sempre. Anche quando ti comporti in modo davvero orribile. Ti comporterai in modo orribile, stasera, Reese?».

Le picchietto con una mano sulla testa, ignorando la sua domanda. «Brava la mia amica che mi sostiene».

«E cosa c'entra Ben?», chiede Nicki.

«Cosa c'entro io?». La sua voce profonda alle mie spalle mi sorprende al punto da farmi trasalire. Sento il calore della sua mano appoggiata sulla schiena. Chinandosi a raggiungere il mio orecchio, mi dice piano: «Problema risolto. Quei tizi dei contenziosi sono in paradiso».

Gli batto la mano sul petto robusto, girando la testa per guardarlo. «Bravo il mio finto fidanzato».

Una smorfia gli si dipinge sul volto per un secondo, poi si distende in un sorriso e le sue mani lasciano la mia schiena. «Quindici minuti», mi ricorda sottovoce.

Con la coda dell'occhio, vedo che Jared mi ha individuata e ora mi sta osservando. Ma non mi giro. Non voglio che sembri che lo sto cercando. O che in un modo o nell'altro mi importi se è qui. «Okay, c'è una cosa che devo fare, prima. Puoi per favore ordinarmi da bere?»

«Dove stai andando?».

Indico con lo sguardo in direzione della band, il cui cantante sta annunciando una breve pausa. «A parlare con loro». Quando ho chiamato il Grill per prenotare e ho scoperto che il venerdì sera hanno musica dal vivo, ho subito capito al di là di ogni possibile dubbio che questa serata sarebbe stata fantastica.

Ben sorride. «Vai a richiedere una canzone per me?».

Mi avvicino pericolosamente – forse non dovrei farlo, con Jack che potrebbe ancora aggirarsi qui attorno e circondata dagli avvocati della Warner, ma sento gli occhi di Jared puntati su di me e l'idea che questo possa dargli fastidio mi sprona – e sussurro: «Cosa ne dici se per te faccio qualcosa di meglio?».

Ben si irrigidisce, la mascella tesa, e fa un passetto all'indietro, controllando con indifferenza le teste.

Io scappo letteralmente verso il palco, con un sorriso, nel mio ammiccante vestito rosso: quando una è posseduta dal diavolo, deve entrare appieno nella parte. Mi avvicino al cantante. È lui quello che devo affascinare.

Ed è così che cinque minuti più tardi mi ritrovo con una chitarra a tracolla. Avrei voluto poter portare la mia. È vecchia e schifosa, ma ne conosco tutti i trucchi e i segreti. Dovrò accontentarmi di questa.

Picchiettando sul microfono, mi schiarisco la voce. Le luci del palco non sono abbastanza forti da nascondere il pubblico sotto, così vedo il mare di teste che si girano verso di me. Sono solo vagamente nervosa. Non sono mai stata una che va in ansia davanti a tanta gente. Forse, se lo fossi stata, avrei evitato una buona metà delle azioni stupide che ho commesso. Ora, almeno, sto davvero facendo una cosa in cui sono brava, una cosa che non facevo da quando Jared e io stavamo insieme.

«È passato un po' di tempo dall'ultima volta che sono salita su un palco». È l'unica cosa che dico, poi faccio cenno alla band con la mano alzata. E, mentre il gruppo attacca le note iniziali di *Call me*, di Serena Ryder, ogni singolo dipendente della Warner mi fissa a bocca aperta. Tutti tranne Ben, naturalmente. Lui se ne sta lì in piedi a braccia conserte. A osservarmi incuriosito.

E poi inizio a cantare.

Respirando lentamente, facendo uscire le note dal fondo del diaframma, lasciando che si librino fuori dalla mia bocca, canto, con le dita che scivolano e si piegano, premendo sulle corde. È una canzone profonda e roca, che si adatta perfettamente alla mia voce bassa. Essere di nuovo quassù, lasciare uscire le mie emozioni attraverso le parole di qualcun altro in un modo che mi permette di dire quello che penso senza temere alcun giudizio, mi fa fremere di eccitazione. Ho sempre amato cantare, anche quando ero piccola e non ne ero capace. Questa è una delle poche cose che Annabelle ha fatto per me: farmi prendere lezioni di canto. L'ha fatto perché tutte le altri mogli in vista avevano le figlie in qualche coro. Ma a me non interessava cantare in un coro. Invece sono entrata in una band. Eravamo piuttosto bravi, ma non siamo durati molto. Il batterista e il bassista – due fratelli – litigavano troppo.

La prima sera che mi sono alzata, e ho cantato per Jared in uno squallido bar di Jacksonville, è stata, a sentir lui, la sera che ha capito che voleva sposarmi. Diceva che la mia voce gutturale gli faceva correre i brividi lungo la spina dorsale e in tutti gli arti, e che si fermavano solo quando gli avviluppavano il cuore. Jared ci sa fare, con le parole.

E anche ora vedo quello strano sorriso schivo, sulle sue labbra, la sua attenzione incollata su di me.

Un'espressione che Caroline studia attentamente e che, a giudicare da come allarga le narici, non le piace minimamente.

Dentro di me esplodono sfavillanti e gloriosi fuochi d'artificio di soddisfazione.

Dopo che l'ultima nota della canzone si è spenta, nel locale aleggia per due secondi un silenzio di tomba, quindi scoppia un boato di applausi. Non posso che sorridere raggiante. Lascio scivolare gli occhi su Jared per un millisecondo appena, abbastanza per vedere quella luce familiare, e poi mi concentro su Ben, che sta venendo verso di me e mi fa scendere dal palco sollevandomi con le sue forti mani attorno alla vita.

Bravo il mio finto fidanzato.

«Perché ci tieni tanto a farmi licenziare?», borbotta, avvicinandosi. Non troppo, ma di certo abbastanza da risultare inappropriato, sul barometro relazionale di Jack. Spero che se ne sia andato prima che salissi sul palco.

«Credo che ci riuscirai benissimo da solo». Faccio un passo indietro, nel caso non lo faccia lui. Non voglio davvero che Ben diventi una vittima di guerra e, se Jack fosse ancora qui e vedesse questa scena… «Dov'è il mio drink?»

«Ce l'ha Lina», mormora e, mentre abbassa gli occhi sulla mia scollatura, un sospiro gli gonfia il petto. «E farai meglio a *tracannarlo*, perché *noi* ce ne andiamo immediatamente».

Oh Gesù. È ovvio che Ben ha dei piani che mi riguardano. Stasera. Probabilmente è una cosa buona. È d'aiuto al mio piano: Dentro. Lascia il segno. Fuori. Non voglio fermarmi troppo a lungo ed essere costretta ad affrontare quei due insieme. Andarmene dopo una bella figura, mi lascia in vantaggio. «Sono da te in un secondo, okay?». Mi sfilo la tracolla della chitarra e la restituisco al chitarrista, che mi fa un cenno di lode prima di saltare di nuovo sul palco. Colpendo delicatamente al braccio Ben, mi dirigo verso il bagno delle signore, sentendo i suoi occhi fissi sulla mia schiena per tutto il tragitto. O magari erano gli occhi di Jared.

O di entrambi.

Ma nell'istante in cui esco dal cubicolo, trovo un paio di occhi molto diversi a fissarmi. Occhi pieni di odio. E di paura. Appartengono alla puttana rossa, che mi aspetta accanto al lavandino, le mani piantate sui fianchi.

«Che cosa ci fai qui?», mi aggredisce.

Talmente prevedibile. Apro il rubinetto. «In questo preciso momento, mi sto lavando le mani. Vuoi sapere che cosa ho fatto là dentro?». Indico con il pollice alle mie spalle, verso il gabinetto. «Perché sarebbe un tantino strano». Se i ruoli fossero invertiti, io le avrei già dato un pugno, a questo punto.

«Ti avevo avvertita!». Mi punta un'unghia con la french dritta in faccia, così vicina al naso che resisto alla tentazione di sbattergliela via. «Stai lontana da lui!».

Le rivolgo la mia espressione più confusa. «Sono qui per una festa con i colleghi».

«Davvero?». Sulle labbra le compare un sorriso altezzoso. «Quindi non hai scritto a Jared? Perché in qualche modo ha scoperto che conoscevo la sua password».

«E come è andata a finire?».

La sua mascella si irrigidisce e questo mi dice non molto bene. «Gli hai chiesto di venire».

«No. Ha detto che voleva uscire a bere qualcosa e io gli ho detto che stasera sarei stata qui», chiarisco lentamente, e poi assumo un tono più condiscendente. «Credo che dovresti preoccuparti maggiormente del perché Jared voglia innanzitutto incontrare la sua ex moglie. Perché si dia tanto da fare per essermi *amico*».

Caroline aggrotta la fronte. Riesco a vedere le rotelline del sospetto che iniziano a macinare, la Caroline un tempo estremamente sicura di sé che soffre le pene del dubbio. *Jared la starà tradendo? Lo farebbe?* Il mio lavoro per questa sera potrebbe anche essere finito. Potrei lasciarla qui così.

Ma naturalmente non lo faccio, perché le bruciature del loro tradimento hanno lasciato ferite che mi hanno mutilata emotivamente. «Mi chiedo come starai, quando sarai *tu* a beccarlo con un'altra donna».

«Non farebbe mai una cosa del genere a *me*».

La fisso a lungo, cercando la verità dietro le sue parole. Non posso dire se ci crede veramente. Se crede di essere tanto importante, per lui. «No?». Mi appiccico sul volto un sorriso malizioso, e capisco che è vincente, perché Caroline impallidisce. E poi, siccome questa donna non ha mostrato ancora una briciola di vergogna per quello che mi ha fatto, non ha tentato nemmeno una volta di dire "Mi dispiace", vado dritto alla giugulare, sussurrandole tra i denti: «Mi assicurerò di farti sapere che cosa penso della tua doccia».

I suoi occhi balenano di rabbia. «Puttana!».

Immagino che Lina e Nicki l'avessero vista seguirmi e se ne stessero con l'orecchio premuto contro la porta, perché, nell'istante stesso in cui Caroline si mette a urlare, si precipitano dentro, tallonate a ruota da Ben e Mason e da un paio di tipe curiose che stavano venendo al bagno. Un tempismo perfetto, davvero. Ero ferma lì, le braccia conserte, quando Caroline mi si è avventata addosso ad artigli sguainati.

Le permetto di darmi un graffio sul décolleté e lasciarmi qualche impronta ben definita sul collo, prima di spingerla via.

Nicki impedisce a Caroline un nuovo attacco, trattenendole con forza le braccia lungo i fianchi. L'ho vista bloccare delle persone con una presa al collo, quindi posso dire che in questo caso è stata piuttosto gentile. Dubito che sia necessario, comunque. Dal viso rosso a chiazze di Caroline e dal modo in cui si sta lisciando il vestito, è imbarazzata. «Chiederò un'ordinanza restrittiva nei tuoi confronti».

Mi tampono il graffio sul collo con un fazzolettino datomi da Lina. Quando lo tolgo, è sporco di sangue. «Buona fortuna, allora. Io non ho fatto niente di male. Se ben ricordi, io ho cambiato città *per allontanarmi* da voi. *Io* non mi sono mai avvicinata a nessuno dei due». Be', questa tecnicamente è una bugia, ma lei non sa del paintball. «*Io* non ho il vostro nuovo numero di telefono. Non ho iniziato *io* a mandare messaggi a Jared. E di certo non sono stata *io* ad aggredirti fisicamente. Davanti a testimoni. Io sono semplicemente qui a festeggiare con i miei colleghi. E il mio ragazzo», aggiungo, indicando Ben, che mi spara una delle sue occhiate esasperate, mentre Mason ne lancia una delle sue all'amico. «Magari dovrei essere io a chiedere un'ordinanza restrittiva nei *tuoi* confronti. Che cosa ne pensi?». E, giusto per essere stronza fino in fondo, chiedo a Lina. «*E tu* che cosa ne pensi?»

«Credo che la corte sarebbe dalla tua parte, ma io non sono un avvocato». Girandosi leggermente, Lina prosegue: «Voi che cosa ne pensate, avvocati? Credete che Reese abbia prove sufficienti, in questo caso?».

Mason si passa una mano tra i capelli per la decima volta. Mi chiedo che cosa lo stressi di più, se essere in un bagno delle donne o non avere la più pallida idea di che cosa stia accadendo e chi sia Caroline. Schiarendosi la voce, riesce a dire: «Credo che Reese abbia prove più che sufficienti. In effetti dovremmo chiamare la polizia e fare immediatamente denuncia per aggressione».

Non ci credo. Il Grillo Parlante mi sta realmente difendendo. Certo, la cosa ha probabilmente più a che fare con il suo desiderio di compiacere la mia migliore amica, ma...

Per ringraziarlo, gli comprerò un pacchetto formato famiglia di salviettine disinfettanti.

«Caroline?». Ci giriamo tutti a guardare Jared, che entra nel bagno delle donne seguito da quello che immagino sia il direttore del locale. Tenendomi la gola in modo un po' più plateale, mi assicuro di far sparire dal volto anche la minima traccia di sorriso. Non che Jared si debba necessariamente bere la mia scenetta della ragazza ferita, ma... «Che cosa sta succedendo, qui dentro?». Guarda Caroline, poi me, quindi il fazzoletto di carta sul mio collo, e di nuovo lei con un'espressione sorpresa. «Dimmi che non hai appena aggredito Reese nel bagno».

Il volto di Caroline si fa di una sfumatura di rosso ancora più intenso, ancora meno attraente. Credo che la dolce piccola "pesca della Georgia" sia appena stata colta con le sue mutande da perbenista calate, e con quel suo lato molto poco raffinato, che preferisce tenere ben nascosto, al vento.

«Non sporgerò denuncia. Voglio solo tornare a festeggiare la serata di Ben insieme a lui». Prendendo a braccetto il mio finto fidanzato, che mi sta ancora guardando con una strana espressione in volto, esco dal bagno e percorro il corridoio a testa alta, con gli altri dietro.

«Vi raggiungiamo tra un minuto», dice Ben, trattenendomi e spingendomi in una nicchia vicino a un'entrata di servizio, lontano dalla sala principale e da occhi indiscreti.

«Certo. Magari nel frattempo, mentre aspettiamo, Lina mi può spiegare», borbotta Mason, lanciandomi un'occhiataccia, mentre vanno avanti.

Ben mi solleva il mento con il dito per ispezionare il graffio. «Non è tanto grave».

«A meno che non abbia la rabbia».

Questo mi frutta un sorrisetto. «*In effetti*, stava praticamente schiumando dalla bocca. Sono sorpreso che tu non l'abbia colpita a tua volta. Ma del resto immagino che sia andato tutto come volevi che andasse, non è così, Signorina Subdola?». Poi il suo sorriso impallidisce un po' e, più a bassa voce, mi chiede: «Era *tutto* per *lui*?». Sento la domanda che c'è dietro. *Qualcosa di ciò che hai fatto stasera era per me?*

Merda. Forse mi sbagliavo. Forse a Ben importa davvero.

I suoi occhi si spostano sulla mia bocca, ricordandomi il fine settimana passato, facendomi sentire come se in qualche modo lo avessi appena tradito. Anche se *non è così*, perché siamo solo amici, una cosa sulla quale eravamo entrambi inflessibili. *Siamo* inflessibili. Eppure, sto iniziando a sentirmi un po' in colpa.

«Ehi, Reese, stai bene?». Immagino che non siamo poi così ben nascosti come pensavamo, visto che Jared non ha avuto problemi a trovarci.

«Sta bene. Prendi quella pazza di tua moglie e andatevene di qui», risponde Ben per me, stringendo le mani attorno alla mia vita come per tenermi ferma.

Jared si gira a fissare Ben, e il suo sguardo si indurisce. L'ho visto altre volte trasformarsi in una testa calda, pronto ad attaccare briga.

«Non pensarci nemmeno, amico», mormora Ben come avvertimento. «Gira i tacchi e porta a casa quel tuo culo pieno di lividi».

Non può averlo detto davvero.

Guizzando da me a Ben e di nuovo a me, gli occhi verde chiaro di Jared si stringono fino a diventare due fessure, come se stesse elaborando. E… eccola lì. L'illuminazione. *Oh mio Dio*. Il mio stomaco si è appena riversato sulle vecchie tavole di legno del pavimento. Io lo uccido, altro che finto fidanzato.

Jared apre bocca per dire qualcosa, ma dal bagno delle donne esce Caroline singhiozzante: a quanto sembra, il direttore la sta scortando fuori dal ristorante. Scuotendo appena la testa, Jared si gira e la segue, con la mascella che tradisce irritazione.

Ben mi trascina dall'altra parte della nicchia, fino a che non siamo praticamente in cucina.

«Non posso credere che tu mi abbia esposta a quel modo! Adesso sarà *lui* a chiedere un'ordinanza restrittiva!».

«No, non lo farà! E comunque nessun giudice gliela firmerebbe», dichiara Ben, scuotendo la testa. «Per favore, dimmi che non rivuoi davvero indietro quel coglione».

«No». *Forse.* «Voglio ferirlo», ammetto apertamente. È la verità, e quando lo dico a voce alta sono costretta ad accettare il fatto che Lina ha ragione: mi comporto in modo orribile. E mi viene anche da pensare che forse queste scene sono un po' troppo melodrammatiche, per Ben. Magari ora alza le braccia e se la squaglia via di qui.

E a quest'idea qualcosa mi formicola nello stomaco.

Ben annuisce lentamente, come se in qualche modo capisse, come se mi comprendesse. Ciò non significa che non veda la delusione nei suoi occhi azzurri, che fa sfumare il mio momento di perfida gloria. «Lo sai che alla fine ti farai solo del male, vero?».

«È un rischio, sì».

«Be', allora perché darsi tanta pena? Potresti impiegare tutte queste energie per impressionare *me*».

Lo guardo perplessa. «A che scopo?»

«Per un letto king-size con le lenzuola di *Toy Story*», risponde senza esitazione.

Mi scappa una risatina ironica. Be', almeno è coerente. Incrociando le braccia sul petto, lo sfido: «Non è vero che hai le lenzuola di *Toy Story*».

Lui scrolla le spalle e affonda gli occhi nella scollatura del mio vestito. «C'è solo un modo per scoprirlo».

Dopo essersi guardato alle spalle, probabilmente per assicurarsi che non ci siano occhi indiscreti, si rigira a fissarmi per un lungo istante, scrutando i miei lineamenti. Sono ancora un po' su di giri per i fumi della vendetta, ma sono piuttosto sicura che l'improvvisa accelerazione dei battiti del mio cuore abbia più a che fare con i flashback di quando ero in piscina con Ben che con qualunque cosa riguardante Jared.

«Devo uscire di qui, prima di mettermi nei guai». Rimane un attimo in silenzio, poi un sorriso furbetto gli accentua più che mai le fossette. «E tu devi farti perdonare per avermi mentito».

«Vivi nella sede di una confraternita», esclamo, osservando la grande casa di mattoni marroni nella parte vecchia di Miami.

La risata profonda di Nate, l'amico di Ben, riempie l'interno del Navigator, mentre Ben spiega: «Non è la sede di una confraternita. È solo una grande casa nella quale vivono sei ragazzi che sono stati al college insieme».

«Ne sei sicuro?». Scendo dal SUV e sento delle urla provenire dal portico. Alcuni ragazzi trangugiano birra intonando un coro di quella che sembra una canzone conviviale irlandese. «Perché non credo che i tuoi coinquilini lo sappiano, ancora».

Con una pacca sul cofano e ringraziando il suo amico per il passaggio, Ben mi mette un braccio sulle spalle proprio mentre la Subaru di Mason accosta dietro di noi. «Non volevi stare lontana da me neanche per un breve tragitto, vero?», dice con un ghigno.

«Sei mai stato in macchina con Mason?». Io ci sono stata costretta, una volta, per un totale di venti minuti: mi ha dato un passaggio al campus quando l'Audi era in officina per la messa a punto e pioveva troppo forte per prendere la bici. Ben scuote la testa, e io gli spiego: «Mette la freccia mezzo chilometro prima di svoltare».

«E scommetto che tu gliel'hai fatto notare».

«È un pericolo pubblico!».

«Ehi, Mace! Come funzionano le tue frecce?», grida Ben, guardando alle mie spalle.

Mi giro giusto in tempo per vedere Mason gettare un'occhiataccia seccata nella mia direzione. Poi inciampa in una crepa nel marciapiede e gli cadono di mano le chiavi.

«È una fortuna che il ragazzo sia tanto intelligente», mormora Ben con un sorrisetto, e mi fa strada, allontanandomi dalle mie due migliori amiche, che hanno lo stesso sguardo truce da quando abbiamo lasciato il locale. È l'altra ragione per cui ho evitato di andare in macchina con Mason: adesso non ho voglia di sorbirmi una ramanzina.

Saliamo le scale fino al portico, Ben mi abbraccia come immagino farebbe un fidanzato, battendo pigri cinque con alcuni dei ragazzi che sono lì.

«Perché vivi ancora come se facessi parte di una confraternita?», gli chiedo mentre apre la porta.

La risposta arriva immediatamente.

«Perché non è la sede di una confraternita, è un bordello», mi correggo, vedendo la quantità di gente che c'è in giro. Alcuni sono semplicemente sdraiati sui divani, le birre in mano e ragazze in età da college appollaiate in grembo, e ridacchiano o gridano per la partita di baseball in televisione. Altri invece stanno attorno a un altro gruppetto di ragazze poco vestite ed esageratamente formose, fingendo interesse per quello che stanno dicendo, ma con i pantaloni tirati al cavallo e grandi speranze rispetto a ciò che la serata potrebbe portare. «Perché non sono sorpresa?», grido per sovrastare una house music merdosa, gentile concessione di un tipo con un tavolo da missaggio nell'angolo.

Ben scuote la testa per negare, ma sta sorridendo. «Queste ragazze non sono di quel genere». La mia espressione dubbiosa lo costringe a spiegarsi. «Sono ragazze del Penny's. Ballano e basta».

«Davvero? E lo zuccherino? Balla e basta anche lei, per te?». Com'è che questa sera la ragazza mi dà proprio sui nervi?

La gente inizia a notare l'arrivo di Ben e scoppia un rumoroso boato di approvazione e applausi.

Lui ridacchia, spingendomi avanti. «Ti ricordi di Travis? Era a Cancún», chiede, quando ci troviamo faccia a faccia con un tipo alto, con i capelli arruffati e un'aria rispettabile.

Il tipo mi allunga la mano. Scommetto che lo sguardo confuso che ha sul volto non è molto diverso dal mio. Almeno non ero l'unica, ubriaca fradicia, quella sera in Messico. «Ci conosciamo?».

Mi indico la testa. «Ero tutta viola, se la cosa ti può aiutare».

Strabuzza gli occhi. «No!». Si gira verso Ben. «Alla fine l'hai trovata?».

Cosa? «Ben mi cercava?»

«Lavora con me», spiega Ben all'amico, stringendomi il braccio attorno al collo al punto che ho la guancia schiacciata contro il suo petto.

«Caspita, non ti dico quanto era incazzato per il fatto che non gli avevi lasciato il tuo numero», rincara ridendo. «Continuava a parlare di te».

Oh, la cosa si fa sempre più interessante. «Davvero?». Riesco a girare la testa e arrivo a guardare dritto la mascella squadrata di Ben. «Ti sei consumato di desiderio per me per tutto questo tempo, Ben?». So che non è tipo da consumarsi di desiderio, quindi Travis lo sta chiaramente prendendo in giro, ma è comunque divertente vedere Ben incassare, invece che bistrattare, una volta tanto.

Scuote la testa, ma, quando dà del bugiardo al suo amico, sta ridendo. Chinandosi per premere le labbra contro il mio orecchio, mormora: «No, è solo che volevo una maglietta nuova».

Faccio una smorfia e cerco di liberarmi dalla sua stretta. È inutile. Sono intrappolata e non sembra avere l'intenzione di muoversi. Decido di stare al gioco, rintanandomi contro di lui e rimanendo lì, mentre parla con il suo amico di mercato per il fantafootball a cui entrambi partecipano.

Così, quando il telefono inizia a vibrare, nella borsa, non mi faccio problemi a tirarlo fuori per leggere il messaggio:

Eri davvero tu?

Il mio cuore fa una capriola.

«No, no, no», borbotta Ben, riconcentrando tutta la sua attenzione su di me e strappandomi velocemente di mano il cellulare.

«Ficcanaso!». Gli allontano il volto con una manata, e lui alza il braccio sopra la testa con un sorriso. Non ho dubbi che gli piacerebbe che lo scalassi come un albero, ma non lo farò.

«Ha spezzato quel tuo cuore nero. E adesso è *sposato*. Non essere stupida».

«Si sta solo assicurando di aver capito bene come sono andate le cose, prima di farmi arrestare!», rispondo secca. E aggiungo: «E credevo che tu fossi la Svizzera».

Mettendomi una mano dietro la nuca, mi guarda con occhi azzurri e sinceri. «È così. Ma sono anche un amico preoccupato. Non rispondergli. Non mettere niente per iscritto. È il mio consiglio da legale». Poi guarda alle mie spalle e urla: «Ehi, Lina! Vieni a inculcare un po' di buon senso nella testa della tua amica per me».

Gli do un'occhiataccia, ma lui sorride, abbassandosi a posare un bacio veloce direttamente sulle mie labbra. «Non te ne andrai lasciandomi così, stasera».

«Così come?».

Stringe il mio corpo contro il suo e ottengo la mia risposta, un secondo prima che due mani crudeli mi afferrino per le braccia. Nicki e Lina si sono coalizzate per trascinarmi fuori sotto il portico, ma i miei occhi rimangono inchiodati in quelli di Ben.

«Okay, fuori il rospo, MacKay», ordina Lina, praticamente spingendomi su una delle poche poltroncine da giardino. Grazie al cielo non abbiamo pubblico, ora che i ragazzi si sono spostati dentro con il loro armamentario alcolico.

Nicki prova con un approccio leggermente diverso, sedendosi accanto a me in modo da essere sullo stesso piano. «Che cosa ti sta succedendo, socia?», chiede piano, offrendomi una birra.

Con un mugugno, abbandono la testa nella mano libera.

E poi racconto loro tutto. Anche dell'imboscata al paintball, che grazie al cielo trovano più divertente che inquietante. Quando ho finito, mi ritrovo davanti due paia di occhi, uno più duro dell'altro, ma entrambi comprensivi.

«È andato a letto con lei per quasi tutto il tempo che siete stati sposati?», chiede Nicki, gli occhi sbarrati per l'incredulità. «Non capisco. Sembrava così preso da te. Cioè, non c'erano segnali che mi facessero pensare che fosse un traditore. Non uno!».

Lina fa un sospiro profondo. «Non so che cosa dire di tutta questa storia, Reese. Ti fa bene? No. Starai di nuovo male? Sì. Ne vale la pena?». Rimane un attimo in silenzio, come per lasciarci il tempo di pensare. «No. Voglio dire, quella puttana si merita quello che l'aspetta e alla fine lo avrà: non preoccupartene. Il karma non dimentica mai. Ma non deve necessariamente arrivare da te. Non ha davvero alcun senso tenersi in contatto con lo stronzo. Quello che voi due avevate è finito e, anche se tornaste insieme, *non sarà mai lo stesso*. Non ti fiderai mai più di lui!».

«Ve l'ho detto, non voglio tornarci insieme!».

Lina ha un'espressione esasperata. «Ho bisogno di bere qualcosa, per trattare con questa testona del cazzo. Tocca a te, Nicki». Osservo la figura snella di Lina imboccare rigida la porta e mi domando come mai la mia migliore amica all'improvviso sembri tanto arrabbiata con me. Ne abbiamo passate tante, insieme, ed è sempre stata l'unica che non mi giudicava.

«È solo preoccupata per te», conferma Nicki, allungandosi a stringermi una mano. «Lo siamo tutti. Lo so che lo amavi, ma quell'uomo è una perdita di tempo, Reese. Vorrei che lo capissi».

Butto indietro la testa e mi lascio sfuggire un lamento esagerato. «Lo capisco!».

«Be', allora quando finirà questa storia? Fin dove hai intenzione di spingerti?»

«Non ho ancora deciso». È la verità. Mi sono immaginata qualche scenario, ma non ne ho ancora sposato nessuno.

«Be'...». Un sorriso amaro le torce le labbra. «Almeno hai Ben per tenerti occupata».

«Sì», concordo con un sorriso e sbircio attraverso la finestra alle mie spalle.

E vedo una testa biondo platino e Ben che le sorride. «Merda. Quando è arrivata quella?». Che ne è stato dei tipi dell'ufficio contenziosi che dovevano tenerla occupata? Immagino che non sia a caccia di un avvocato qualunque.

È a caccia del mio.

Bevo un lungo sorso di birra, cercando di dare un senso alla stretta che sento allo stomaco in questo preciso momento. Sono gelosa del fatto che sia stato con lei? Delusa che quel sorriso non sia riservato solo a me?

«Be', dovresti rientrare, prima che lo seduca con le sue mosse da spogliarellista», dice Nicki, alzandosi in piedi. Seguo il suo esempio e mi ritrovo faccia a faccia con Mason.

«Ehi». Fa una specie di smorfia. «Posso parlarti un minuto?». Guardo alle sue spalle, ma non c'è traccia di Lina. «È dentro», conferma lui. E aggiunge: «A trangugiare shot con Kent e Travis».

«Oooh...», gemiamo contemporaneamente io e Nicki. «Lina più shot, uguale vomito domani. Assicurati di avere un secchio», avverto Mason, aggiungendo, «e tienile indietro i capelli». Mason non prenderà bene i suoi doveri di fidanzato in caso di vomito. Questo potrebbe essere un vero e proprio banco di prova, per la loro relazione.

«Ci vediamo dentro», dice Nicki, dandomi un colpetto sulla spalla e lasciandomi sola con il mio fratellastro. Risprofondo nella poltroncina, e lui si siede accanto a me, restando in silenzio mentre io osservo un gatto randagio attraversare di corsa la strada, con gli occhi illuminati dai fari di una macchina che si sta avvicinando.

«Allora... credo di sapere che cosa sta succedendo».

«Sei *troppo* intelligente...». Allungo una mano per accarezzargli la testa e lui me la spinge via, con un'espressione seccata in volto.

«Sai, quando ti sei trasferita di nuovo da noi, ero sicuro che stessi cercando di spillare dei soldi a Jack. Ma fino ad ora non hai fatto altro che lavorare e cercare di non fare pazzie. Mio padre è davvero felice, Reese. Non lo vedevo così felice da molto tempo». Rimane un istante in silenzio. «Ma non sarebbe altrettanto felice se sapesse che cosa stai facendo».

Sta giocando la carta di Jack con me. E funziona, perché sento sulle spalle il peso della colpa. «Ti riferisci a quello che faccio con Ben o con Jared?»

«Entrambe le cose». Un altro istante di silenzio. «Sai, le relazioni non dovrebbero essere così, Reese. Non so se corri dietro a uomini del genere perché ti piace punirti o perché semplicemente non hai mai avuto una relazione come si deve, ma…».

«Non *corro dietro* a Ben», ribatto. «E la storia con Jared è stata tutto cuore e niente testa. È davvero l'unico modo in cui posso descriverla».

«E stavi usando la testa questa sera?», insiste. «Perché ho l'impressione che tu pensi di avere un conto in sospeso con il tuo ex».

«Che cosa te ne importa, Mason? Capisco che tu voglia essere carino con me a causa di Lina, ma non cercare tutto d'un tratto di fare il fratello maggiore».

«Non è…». Stringe forte le labbra. «Ti chiedi mai perché tua madre è quella che è? Che cosa l'ha resa tanto insensibile? Le persone non nascono così».

«No, non me lo sono chiesto, Mason. Cerco di non pensare *affatto* ad Annabelle». La mia irritazione cresce di istante in istante. Dove diavolo è Lina? Deve venire a prendersi il suo *ragazzo*.

«Be', penso che abbia qualcosa a che fare con ciò che è successo fra lei e tuo padre. Credo che non l'abbia mai superato, e questo la porta a rovinare dei brav'uomini come Jack».

«E che cosa è successo esattamente tra Annabelle e mio padre, Mason? Perché mi piacerebbe proprio saperlo e, puoi giocartici le palle, non ne ho idea. Tu sì?». Ho imparato in tenera età che a nominare Hank MacKay non ci avrei guadagnato niente se non di essere spedita in camera mia. Annabelle avrebbe potuto inveire contro mio padre davanti a me, ma quello che ha scelto di fare è stato molto peggio. Ha finto che non esistesse.

«No, non lo so», ammette. «Ma so che a *tutti* noi spiacerebbe vederti trasformare in lei». Sospira. «Sapevo che stava tradendo mio padre prima che lo scoprisse lui. L'ho sentita al telefono, una sera tardi. Solo, non ero sicuro con chi lo facesse. Poi, quando mio padre li ha beccati…». Mason stringe i denti. «Odiavo vederlo piangere per lei».

Mi si forma un nodo in gola. Jack *ha pianto* per Annabelle? Di certo non ho mai visto Annabelle spargere nemmeno una lacrima per Jack. In effetti, non credo di averla mai vista piangere dal giorno in cui l'ho guardata dare fuoco a una scatola di cose di mio padre nel vialetto. È rimasta lì, con le braccia strette attorno al corpo, a ignorare le mie domande, fino a che non c'è rimasto altro che cenere.

«Be', io *non* sono Annabelle e non paragonarmi *mai* a lei».

Mason accenna un sorriso. «Spero ardentemente che sia vero, Reese».

«Bene». Mi alzo, sforzandomi di stroncare la bolla di dolore che mi sta crescendo dentro. «Mi unirò alla tua ragazza per qualche shot». Giro l'angolo e varco la porta.

E trovo Ben con la mano dello zuccherino appesa alla cintura.

Capitolo 24
Ben

Merda. Questo *proprio* non aiuta, al momento. Abbasso lo sguardo e sbircio Mercy, le sue tette schiacciate contro il mio petto, la scollatura artificiale. Scommetto che Mercy aveva una prima – al massimo, una seconda – prima delle protesi. «Ti sei presa tutta la serata?».

Scrolla le spalle e mi fa un sorrisino civettuolo.

Cazzo. Sono mezzo ubriaco e una scopata sicura mi sta sfregando i capezzoli addosso. Dove diavolo è Reese? Non se ne sarebbe mai andata senza il suo telefono, e non ho intenzione di ridarglielo fino a domani. L'ultima cosa che deve fare è rispondergli. Lasciare la festa per andare a incontrarlo. Per fare cosa? Scoparselo per vendetta?

Non dovrebbe importarmene, e invece è così. Il fatto è che faccio molta fatica a capire esattamente perché. Non mi piace stare a guardare mentre i miei amici fanno stupidi errori, ma ho una strana sensazione riguardo a tutta questa situazione. Bevo una lunga sorsata di birra, cercando di capire se mi secca di più il fatto che si comporti come un'idiota o che vada a scopare in giro con un altro quando vorrei essere io a scopare con lei. Quella ragazza mi ha sconvolto la vita. Ben Morris non si preoccupa per queste stronzate. Ben Morris si lascia trasportare. Ben Morris è la Svizzera, cazzo! Può avere fighe da urlo dove e quando vuole, e senza complicazioni.

«Sei turbato per qualcosa?». Quando abbasso lo sguardo, i miei occhi incontrano la quinta di Mercy che mi aspetta. Esempio tipico. Anche se non sembra che sia più senza complicazioni.

Le faccio il mio miglior sorriso completo di fossette. «Ti sembro turbato?». *Merda, è così?*

«Che cosa sta succedendo con quell'avvocato del tuo ufficio?», chiede innocentemente.

«È solo un'amica», ammetto, senza preoccuparmi di correggerla a proposito dell'"avvocato".

«Un'amica come me?». Fa scivolare la mano sul davanti dei pantaloni. Quando sente l'erezione che mi sto portando appresso da quando Reese ha fatto il suo ingresso nel locale con quel vestito rosso, fa una risatina. «Quindi questo è okay? Cioè, potrebbe unirsi a noi, se lo volesse».

Mi sforzo di non sputare fuori la birra, perché, nell'immaginarmi la faccia di Reese in risposta a questo invito, non riesco a trattenere una risata. Seguita da un afflusso di sangue nelle parti basse. Dannazione, potrebbe essere eccitante. Mi chiedo se le piacerebbe.

Le mani fredde di Mercy mi scivolano sotto la camicia, per poi tornare sulla cintura. «Lo vuoi adesso, il tuo regalo?».

Oh, maledizione. Le blocco le dita con la mano. Dov'è Reese? Le sue amiche sono a un tavolo a battere shot di tequila e Jäger, ma lei non c'è. Cercando tra gli invitati, incrocio lo sguardo di Kacey. Non so quando sia arrivata. La saluto con una mano. Mi risponde con un cenno della testa in direzione di Mercy e un'occhiataccia del tipo "che cosa stai facendo?".

«Ti lascio solo per due minuti...». Sento la voce di Reese – intessuta d'irritazione – alla mia sinistra e sguscio velocemente fuori dalla presa di Mercy per avvolgere il corpo di Reese in uno stretto abbraccio.

«Ti prego, non lasciarmi di nuovo», le sussurro all'orecchio. «Contro di lei sono senza difese».

«Cretino», mormora, dandomi un'occhiataccia. Non saprei dirlo con esattezza, ma penso che possa essere sul serio furiosa con me. C'è decisamente una scintilla di rabbia in quegli occhi meravigliosi.

Così le lascio cadere un velocissimo bacio sulle labbra e la imploro:

«Salvami dal suo silicone».

Lei piega la testa di lato, gli occhi puntati sulle mie labbra. «Lo sai che sei un porco, vero?». Ma il suo tono non è più acido. Infatti la sento stringersi al mio corpo.

«Sì, ma stanotte sono il *tuo* porco».

«Non era una balla».

Sorrido. «Mia madre me ne ha comprati due set».

«Pensavo che nemmeno le facessero, per un letto tanto grande», mormora, accarezzando con il dito un sorridente Buzz Lightyear. Perlustra con lo sguardo la mia stanza: le semplici tende oscuranti, un paio di bottiglie di birra vuote sull'armadio e una parete di cheerleader di squadre di football mezze nude, ogni poster firmato e personalizzato apposta per me.

«È esattamente come me la immaginavo». Si avvicina per leggere una delle dediche e scuote la testa. «Allora, quando hai intenzione di crescere?»

«Mai. Chiamami pure Peter Pan». Ai poster non ci faccio neanche più caso. Sono come una carta da parati. Ho sempre pensato che li avrei buttati quando mi fossi trasferito, prima o poi. In realtà ho iniziato a sfogliare i giornali in cerca di un appartamento con una sola stanza da letto, ma l'idea di vivere da solo non mi attira. È questo che mi piace della casa: c'è sempre qualcuno in giro, sempre gente che va e che viene. Come da bambino con i miei fratelli.

È un tipo di confusione che mi fa stare bene.

Mi lancia un'occhiata civettuola girando solo la testa, quindi il suo interesse si sposta su un altro poster: una cheerleader dei Dallas Cowboys che ho conosciuto a una festa nel parcheggio di uno stadio e che si era presa una piccola cotta per me. «Quindi queste sono tutte fatine? Dove sono le loro ali?»

«Rimovibili», suggerisco, avanzando a piccoli passi verso di lei. Le sue spalle nude e la sua pelle liscia mi implorano di toccarle. Dopo la serie di occasioni mancate, non posso credere di avere finalmente Reese nella mia camera da letto. Non ho mai faticato tanto per scopare in tutta la mia vita.

«Lo stesso vale per le loro mutandine, sono sicura che non ci avrai messo molto a scoprirlo», la sento mormorare a voce bassa, gli occhi ancora puntati sulla parete, la mascella in continuo movimento.

«Che ne dici di concentrarti meno su quelle ragazze e più sul tizio presto nudo che ti sta accanto? Sempre che sia davvero il tuo genere… Me lo sto ancora chiedendo».

Fa un grugnito e mi dà un colpetto allo stomaco con il gomito appuntito, ma la cosa non mi impedisce di spostarle i capelli su una spalla, in modo che la mia bocca possa avere accesso al suo collo sottile.

«Sai, sei molto diverso da come pensavo», dice suadente, a bassa voce, appoggiandosi con tutto il corpo al mio petto e alzando la testa all'indietro così da lasciarmi libera la visuale sulla sua scollatura.

Non so frenarmi, la afferro per i fianchi e con uno strattone stringo il suo culo tondo contro di me, per farle sentire quanto la voglio. Per tutta risposta, si sfrega ancheggiando contro il mio corpo; un movimento semplicissimo, che però mi fa andare fuori di testa.

«Cioè?». Ho sbirciato il suo vestito cercando punti d'accesso per tutta la sera, quindi so che la cerniera corre sul fianco, lungo le costole, invece che lungo la schiena. Facendo scivolare le dita sotto il suo braccio, trovo il cursore e lo tiro piano. Il bustino attillato del vestito cede immediatamente, la stoffa si ripiega su se stessa rivelando un reggiseno di pizzo rosso in tinta. Un'alta mossa veloce delle mie dita e il reggiseno cade a terra.

«Non so. È solo…». Le sue parole si spengono in un gemito, quando avvicino le mani per riempirle delle sue tette, cercando con tutte le mie forze di non stringerle troppo. Non so che cosa sia, ma il modo in cui geme fa svanire in me ogni capacità di trattenermi.

Faccio scivolare le mani verso il basso, le dita sotto il vestito e le mutandine, finché non riesco a ridurre il tutto a un mucchietto sul pavimento, dal quale lei esce senza che debba chiederglielo. Calciando da parte gli indumenti, la afferro in vita e la faccio girare di fronte. «Diverso… meglio?», chiedo con un sorrisetto divertito, spingendola contro il muro e aprendole le gambe, abbastanza da farmi posto, da infilarci in mezzo il mio corpo.

Non mentirò. Sono già stato in questa esatta posizione con delle donne molte volte. Ma essere qui ora, con Reese, in qualche modo sembra una cosa nuova.

Il suo respiro è rotto, le braccia si avvinghiano al mio collo e mi tirano giù a incontrare la sua bocca, la lingua che scivola dentro e fuori prima che possa afferrarla. «Sì», geme, e non sono sicuro se è un "sì" alla mia domanda o a quello che l'aspetta. Le sue dita che mi artigliano la schiena, la mia camicia spiegazzata nelle sue mani, mi ricordano che sono ancora tutto vestito. Una cosa di cui mi ero completamente dimenticato, distratto dal sapore e dalla morbidezza delle labbra di questa donna tumultuosa e vendicativa.

Il mio cavallo selvaggio.

«Com'è che finisco sempre per ritrovarmi nuda prima di te?». Sento le sue mani fresche spostarsi verso l'orlo della camicia e infilarsi sotto per toglierla. Mi stacco giusto il tempo di sfilarla dalla testa e togliermi le scarpe, poi mi rituffo su di lei.

Mi ferma con le mani che spingono contro il mio petto.

Mordendosi il labbro inferiore in un modo che mi fa desiderare di spingerle via le mani per poterglielo mordere io, mi strappa un sospiro profondo. Le sue dita tastano i rilievi del mio petto, scendono fino all'addome.

«Ti piace il mio corpo, vero?», mormoro.

Due occhi ardenti si alzano a incrociare i miei, penetrandomi con una nuova intensità che non mi aspettavo, e non posso fare a meno di avvicinarmi, con un forte desiderio di sentire la sua pelle. Per la seconda volta, le sue mani mi fermano, respingendomi. «È passato un po', per me», ammette, e i suoi occhi si abbassano sulla fibbia della mia cintura, sbattendo le lunghe ciglia. È nervosa?

«Da quando hai lasciato il tuo ex?». Sono abbastanza sicuro che la risposta alla mia domanda sia "sì", stando a quanto ho sentito per caso la settimana scorsa, quando ho sorpreso Reese ammalata a casa sua.

Mi risponde con un singolo cenno della testa. Le sue dita hanno presto la meglio su cintura e cerniera, slacciandole in modo che i pantaloni dell'abito che indossavo oggi al lavoro rimangono aperti, mostrando il notevole rigonfiamento che ho per lei sotto i boxer. Le afferro i polsi e glieli sposto delicatamente, aprendomi un varco per avvicinarmi, fino a che il freddo metallo del suo piercing non mi sfiora il petto. Mi chino a baciarle un angolo della bocca. «Allora dimmi tu quanto forte, o piano, devo andare, okay?».

Per tutta risposta si libera della mia presa lenta. Infila una mano nella tasca posteriore dei pantaloni e mi prende il portafoglio. Tira fuori il preservativo in attesa di essere usato e getta via il portafoglio come fosse spazzatura.

«Be', sembra che almeno ti ricordi i fondamentali», borbotto ironico.

«Oh, mi ricordo più dei fondamentali». Fa scivolare lentamente le mani sul davanti del mio corpo, dal basso verso l'alto, come per memorizzarne la superficie, poi me le fa passare attorno al collo, allontanando la testa per guardarmi beffarda. «Spero solo che tu sia bravo, o tutti questi muscoli saranno una bella delusione».

Mi scappa una sonora risata e butto indietro la testa. *Lo spero anch'io.* Non ho mai avuto problemi, ma con questa ragazza... All'improvviso mi sento nervoso. «Se riesco a passare attraverso quelle ragnatele, dovrei essere a posto».

Grazie alla lampada che ho acceso quando siamo entrati, vedo le sue guance cambiare colore. Forse è per questo che decide di sbattermi il preservativo in mano e tirarmi giù pantaloni e boxer, facendo a malapena lo sforzo di far passare l'elastico attorno al pene.

Reagisco tirando indietro le anche. «Ehi! Hai intenzione di rompermelo?». O è arrabbiata o è nervosa; in entrambi i casi, la parte vitale del mio corpo non rientrerà tra le vittime. Le blocco le mani in alto, sopra la testa, con un braccio, quindi do un calcio a pantaloni e boxer.

Lei apre la bocca per dire qualcosa, ma io la interrompo con un bacio profondo, facendole scivolare in bocca la lingua e prendendone il completo controllo, mentre con la mano libera le accarezzo l'interno della coscia.

Sarà anche nervosa, ma è arrendevole, bagnata e dannatamente pronta.

«'Fanculo i preliminari», ringhia bocca contro bocca, con una gamba avviluppata alla mia coscia per tirarmi contro di sé. Le sue mani vorrebbero forzare la presa, ma io non la allento.

E sono combattuto se ridere o gemere. *'Fanculo.* Di solito cerco di tenermi addosso i pantaloni il più a lungo possibile, perché, una volta tolti, ho una soglia di cinque minuti oltre la quale ho bisogno di *entrare* dentro qualcosa. E ho bisogno di entrare dentro di lei. Adesso. È così vicina. Una veloce manovra e sono in paradiso. E in più lei deve dire quella cosa!

Ma i piccoli miagolii che cerca di soffocare, mentre con il pollice e l'indice mi do da fare su di lei, sono sufficienti a trattenermi. Staccandomi dalla sua bocca e dedicandomi al collo, mi prendo il tempo per inalare quel profumo di fragole e panna, seguendo con la lingua la curva della clavicola. Il suo corpo si sta ancora contorcendo contro la mia mano, il suo respiro si fa più faticoso e irregolare. Le tengo le mani bloccate sopra la testa fino a quando non perdo la presa, nel momento in cui le mie ginocchia toccano terra.

«Ho bisogno di più tempo per...». Quando la mia lingua ottiene il primo dolce assaggio di lei, le manca il fiato. Le braccia strette attorno alle sue cosce, con le spalle la tengo inchiodata al muro.

Reese urla, aggrappandosi ai miei capelli al punto che mi fa male la testa. Non me ne frega un cazzo; la sua reazione vale il dolore. È in occasioni come questa che sono felice di riuscire a sollevare un bilanciere di quasi due volte il mio peso, perché non ho problemi nel tener fermo il suo corpo che si dimena.

Il mio nome le esce di bocca in un gemito e si sente un tonfo: la sua testa che ricade indietro contro il muro. «Okay, perfetto». Si è rassegnata al fatto che non la lascerò andare. Lentamente, le sue dita lasciano la presa sui miei capelli e mi massaggiano la testa dove mi fa male, le sue cosce si aprono, rilassandosi leggermente. E quando viene?

Cristo.

In un certo senso vorrei che la musica non fosse così alta, perché, se i ragazzi avessero sentito, mi prenderebbero a pacche sulla schiena per settimane.

L'ultimo brivido si è a malapena spento, sul suo corpo, che io sono già in piedi. La sollevo e la porto sul mio letto, e lei si abbandona tra le mie braccia. La poggio delicatamente, prendendo un altro preservativo dal comodino: non ho intenzione di andare a cercare quello sul pavimento.

Quando alza lo sguardo su di me, ha gli occhi a mezz'asta, in perfetta armonia con le guance arrossate e le labbra gonfie che devo averle fatto venire baciandola con tanta passione. Assolutamente sexy.

«Non stai per addormentarti, vero?», chiedo, allungandomi sopra di lei. Se lo fa, muoio.

Un sorriso malizioso le curva le labbra, mentre una mano mi prende la nuca e l'altra scende ad afferrarmi e guidarmi dentro di lei. «Se così fosse, vorrebbe dire che stai decisamente sbagliando qualcosa», sussurra. E aggiunge: «Solo non farmi male».

«Credi che sia un dilettante?». Farle male? Sarò fortunato se riuscirò a entrare del tutto prima che mi si ammosci. E a quel punto *sì* che sembrerò un dilettante. È dannatamente piacevole e avvolgente. Meglio di quanto ricordi da molto tempo. E diverso. Sono sicuro che è solo l'attesa, trascinatasi per mesi a causa dei numerosi tentativi falliti.

Le esce una risata profonda, di gola, e i suoi muscoli si tendono, stringendosi attorno a me.

«Che ne dici di trattenere le risate fino a che non abbiamo fatto», dico, digrignando i denti. E poi la bacio, felice di avere di nuovo la sua lingua in bocca, e spingo lentamente, facendole scivolare una mano sotto i fianchi per sollevarla e trovare la giusta angolazione.

Un istante dopo non c'è più traccia di umorismo nei suoi lineamenti, i suoi occhi ardono nei miei, il suo corpo liscio scivola contro il mio, il suo respiro si fa sempre più roco, mentre oscilliamo una contro l'altro, prendendo in fretta velocità e intensità. Affonda le unghie affilate nelle mie scapole, chiedendo «Di più», e io gemo, sapendo che non durerò un altro minuto così.

Sollevandola, mi giro, per mettermi sulla schiena e godermi la vista di Reese nuda che mi cavalca.

Fantastico. Così ti sei guadagnato nientemeno che altri trenta merdosi secondi al massimo, coglione.

Quando guardo quei seni naturali a goccia rimbalzare come solo dei seni veri possono fare, e le sue dita si intrecciano alle mie, appoggiate sulle sue cosce, riduco il mio bonus ad altri dieci secondi, al massimo.

E quando le sue prime grida risuonano nella stanza, non molto tempo dopo, capisco che non durerò neanche quelli.

Capitolo 25
Reese

Sono cullata da due braccia forti, e ancora non ho ripreso conoscenza. È solo dopo che ho battuto un paio di volte le palpebre e il cuore mi si è fermato per qualche istante che riesco a concentrarmi sulla bellissima faccia sorridente che mi sta fissando.

«È ora di alzarsi».

«Chi ti ha fatto entrare?», gracchio, aggrottando la fronte; non mi sfugge il fatto che io sono del tutto nuda, mentre lui è completamente vestito.

«Questa è la mia stanza, ricordi?». Mi solleva e mi mette con i piedi per terra. «Andiamo. Sono quasi le undici».

«Sì, okay». Mi reinfilo a letto tirando su le lenzuola per coprirmi, ma queste spariscono al volo. «Pervertito», mormoro.

«Dobbiamo metterci in marcia».

«Credo che sia meglio, per tutte le parti coinvolte, se mi dai un'altra ora», borbotto, girandomi a pancia in giù. Questo potrebbe benissimo essere il suo modo di sbattermi fuori dal suo letto. In questo preciso istante, non mi interessa. Ci siamo addormentati ben oltre le cinque del mattino.

C'è un lungo silenzio.

«Smettila di fissarmi il culo», bofonchio nel cuscino.

Sento un paio di mani forti e calde risalirmi lungo le gambe. «Non posso farne a meno».

«Credevo avessi fretta».

«Mi bastano cinque minuti».

«Lo so bene». Sorrido, guadagnandomi una dolorosa sculacciata.

«Ti stai lamentando? Perché di certo non ti sei lamentata

stanotte. Non la prima né la seconda...». Ben si sdraia sopra di me, senza pesarmi addosso, la sua bocca contro il mio orecchio. «...né la terza né...».

Giro la testa per togliergli la parola con un impetuoso e veloce bacio a bocca chiusa. Poi torno a voltarmi dall'altra parte, per nascondere una smorfia soddisfatta che gli rivelerebbe quanto poco mi possa lamentare della notte passata.

La notte passata è stata... indimenticabile.

«Be', al momento potrei sfruttare quei cinque minuti per qualcosa di più divertente come lavarmi i denti», mento, mentre la sua mano mi scivola tra le gambe entrandomi dentro.

«Uh, be', e questo allora cos'è?».

Allungo un braccio per dargli una sberla dove capita. «Davvero romantico».

«Non vorrai cercare di darmi a bere che ti piacciono le romanticherie?», mi risponde. D'un tratto, non sento più il suo peso. Quando oso sbirciare da sopra la spalla, si è già tolto la maglietta e sta armeggiando con i jeans. Con una velocità da esperto ben allenato, in pochi secondi indossa un preservativo e torna a sdraiarsi su di me; la sua erezione mi preme contro la coscia, mentre la sua mano mi scivola sotto la pancia, per mettermi in ginocchio. Non so ancora se abbia una posizione preferita, ma di certo si sforza di far durare a lungo questa, come ho imparato la notte scorsa.

«Che cosa stiamo facendo?». *Merda.* Non avevo intenzione di dirlo ad alta voce. È solo... Credevo che dopo aver avuto quello che voleva, la notte passata, avrebbe perso interesse.

Sul suo volto si stampa un largo sorriso sicuro di sé. «Che cosa ti sembra che stiamo facendo?». Non so dire se abbia capito che cosa intendevo e stia solo evitando la domanda. Ma poi si interrompe per darmi un bacio su una spalla. «Vado al frutteto, oggi. I mandarini sono in anticipo di un paio di settimane e mia madre ha un sacco di ordini da evadere. Vuoi venire? Rimango a dormire là».

Il frutteto? Sento un impeto di eccitazione. Mi sono sorpresa spesso a pensare a Wilma e a quella casa, nelle ultime settimane – nel guardare le strade trafficate di Miami, o seduta nella villetta moderna ma ordinaria di Jack, ai margini della città –, chiedendomi, speranzosa, se ci sarei tornata.

Ora ne ho l'occasione, ed è stato Ben a invitarmi. Due cose che trovo ugualmente elettrizzanti.

«Ti lascerò guidare il trattore», dice, con tono di scherno, come se stesse allettando un bambino con un dolcetto.

Non gli rispondo a parole; lo guardo semplicemente da sopra la spalla, offrendogli un sorriso sincero.

Ne ottengo uno da lui, in cambio: un sorriso dolce, da ragazzino. «Ma prima...».

«Mi dispiace, mamma, siamo in ritardo». Osservo Ben sollevare sua madre e sbatacchiarla da una parte e dall'altra, prima di piazzarle un bacio sulla guancia, proprio come l'ultima volta. Lo ammetto... mi riempie il cuore. «Reese ci mette una vita per farsi carina».

Imbecille. «Ovviamente», borbotto secca, mentre Ben si occupa di Quincy al culmine dell'eccitazione. Mi ha dato in tutto dieci minuti, a casa, per farmi la doccia, cambiarmi e mettere insieme alcune cose per la notte, paranoico all'idea che arrivasse Jack e lo trovasse nel vialetto. Non è nemmeno voluto entrare. La versione ufficiale è che passo il weekend a casa di Lina e Nicki. Abbiamo già scritto sia alle mie amiche che a Mason per avvertirli. Nessuno di loro ha risposto al telefono, ma immagino che sia a causa di un brutto doposbornia e del fatto che Mason sta facendo da infermiere a Lina.

«E io che ti immaginavo così bella, appena giù dal letto», dice Wilma, stringendomi in un caldo abbraccio. «Devo picchiarlo io o lo fai tu?»

«Oh, gliela farò pagare, prima o poi», prometto, apprezzando tutto il calore di quel gesto a me inconsueto. È così che si comporta una madre normale? O Ben ha vinto alla lotteria? «È un tipo singolare, vero?», considero.

Il volto di Wilma è raggiante d'orgoglio. «Lo puoi ben dire». Segue un lungo silenzio, durante il quale ho la precisa sensazione che stia morendo dalla voglia di iniziare a fare domande indiscrete sulla mia relazione con suo figlio. Ma non chiede nulla. Allunga invece una mano per toccare le punte dei miei capelli. «Adoro questo colore. Ti sta bene».

Sorrido, pensando a quanto sarebbe diversa la reazione di Annabelle.

«Grazie davvero di aver rinunciato al tuo weekend per darmi una mano. Sta arrivando una valanga di ordini e il personale stagionale comincerà a lavorare solo fra due settimane».

«Sta' scherzando?». Lascio che i miei sensi assorbano tutto ciò che mi circonda – il silenzio di pace, la casa che può anche aver bisogno di qualche intervento, ma è comunque incredibile, le querce giganti che danno alla proprietà un'atmosfera struggente e romantica – e sospiro beata. «Sono molto contenta di essere tornata così presto». C'è un'unica cosa, in realtà, non esattamente piacevole, alla Tenuta Bernard Morris, ma è ben nascosta nel granaio, e si starà probabilmente scolando una bottiglia di whisky.

«Vieni?», grida Ben, arrampicandosi sul vecchio trattore e infilandosi il cappello da cowboy che stava appeso allo schienale, una visione che mi smuove qualcosa nel basso ventre. Non che mi piacciano i cowboy. Tutti quelli che ho incontrato lasciavano piuttosto a desiderare, anzi.

Fino ad ora.

«Credevo che avessi detto che potevo guidare?»

«Mento, per convincere le belle ragazze a fare quello che voglio. Non l'hai ancora capito? Puoi sederti nel carro, o quassù». Dà un colpetto con la mano alla scocca di metallo accanto al sedile, che copre la gigantesca ruota.

Mi arrampico e invece gli salto in braccio. «Bene. Possiamo guidare in due».

«Questa probabilmente non è una...», inizia a dire, ma io avvio il motore e il rombo del trattore soffoca le sue parole. «Okay, l'hai voluto tu!», grida, inserendo la marcia, e, con un braccio comodamente sistemato attorno alla mia vita, fa avanzare a balzi il trattore lungo il sentiero.

È lo stesso sentiero che ha preso qualche settimana fa con la dune buggy, solo che adesso andiamo molto più piano e non ci allontaniamo più di tanto. «Non sono mai stata su un trattore!», gli grido, mentre imbocca un viottolo più piccolo e spegne il motore. Contemplando le sfere arancione che contrastano con il verde delle foglie, chiedo: «Sono mandarini, questi?».

Mi sposta i capelli con la mano e con la bocca mi sfiora il collo, scatenandomi brividi di piacere che mi arrivano alla punta dei piedi. «Di sicuro un qualche agrume».

Allungando indietro un braccio, gli faccio cadere quel suo cappello da cowboy dalla testa. «È il termine tecnico?».

Mi risponde sbottonandomi i jeans.

Strabuzzando gli occhi, mi guardo in giro per essere sicura che siamo completamente soli. «Che cosa pensi di fare?»

«Risolvere il problema che hai creato saltellandomi in grembo per gli ultimi dieci minuti».

«Allora?», lo sento dire, mentre me ne sto con la testa appoggiata sul suo petto. «Vuoi lasciare il tuo lavoro fisso e fare la coltivatrice di arance, non è così?».

Sorrido, allungando le gambe attorno a una cassa ai miei piedi. Ce ne sono quindici, a riempire il carro che abbiamo trainato qui a rimorchio del trattore e sul quale ora siamo sdraiati. «Dipende. Il giro in trattore è un benefit giornaliero?». Per quanto dolorante dalla notte scorsa e da questa mattina, nell'istante in cui Ben mi ha tolto i pantaloni, gli sono saltata subito a cavalcioni. Se c'era qualcuno nascosto qui attorno, si è goduto un bel cazzo di spettacolo.

Lui ride ma non risponde.

«E tu?», chiedo dopo un po'.

«A volte. È rilassante, qui. Ho tanti bellissimi ricordi, con i miei fratelli. Ma...». La sua voce sfuma. Alzo la testa e colgo quel suo sguardo distante, Ben si è perso nei suoi pensieri. «Non mi sono fatto il culo alla scuola di legge per niente. E poi dovrei fare i conti con quel rudere», dice, con un cenno indolente della mano verso la casa. «Ristrutturarla costerebbe una fortuna, e poi che cazzo ci faccio?»

«È solo questa la ragione?». Qualcosa mi dice che le sue remore hanno più a che vedere con il rudere nel granaio.

Apre un occhio per guardarmi. «Ehi! Solo perché ti ho lasciato mettere le mani sulle mie arance, adesso credi di poter fare ogni sorta di domanda personale?».

Non sono sicura che sia realmente infastidito dalla mia domanda, ma, a giudicare dal sorriso compiaciuto sul suo viso, sono piuttosto certa che quel "mettere le mani sulle mie arance" non abbia niente a che fare con la frutta. Gli do un buffetto su un orecchio. «Pensavo fossero mandarini».

«Ahi!», piagnucola, ma subito mi sorride e mi afferra la mano, appoggiandosela sotto la sua sul petto. Aspetto in silenzio, guardandolo fisso fino a quando alla fine parla. «Ricordo di aver notato l'odore del whisky nell'alito di mio padre che avevo circa dieci anni. Mamma dice che non è sempre stato così. A quanto pare, quando si sono sposati, sì e no beveva. Era un uomo diverso, allora, dice lei. Magari è vero. So solo che è andata sempre peggio, tanto che a un certo punto ero imbarazzato quando qualcuno veniva a casa».

Mi dispiace per lui. Almeno Annabelle di solito reggeva bene, quando beveva. Ma le sere che non era così, andavo io a casa di Lina, invece di far venire lei da noi. I genitori di Lina non lo toccano neanche, l'alcol.

«Gli piaceva uscire il venerdì sera. Quando avevo circa sedici anni, ha iniziato a uscire e a non tornare fino al mattino seguente. Non diceva mai dov'era e, quando glielo chiedevo, mi rispondeva semplicemente di farmi gli affaracci miei. Mi mandava fuori di testa, perché sapevo l'effetto che aveva sulla mamma. Scendeva dalla sua stanza con gli occhi tutti gonfi e profonde occhiaie scure per aver trascorso la notte sveglia. A volte, passando accanto alla sua porta, la sentivo piangere. E poi è saltato fuori che la mamma aveva sempre saputo dove fosse, che cosa facesse... o *chi* si facesse».

«Quindi tuo padre aveva una relazione?»

«Be', non la chiamerei una relazione. Era più che si ubriacava e scopava con chiunque gliene desse l'occasione. Praticamente chiunque potesse raccattare al bar. Lo faceva da anni. Era un bell'uomo. Riceveva un sacco di attenzioni».

Povera Wilma.

«Lo fa ancora?».

Ben ride beffardo. «Dubito che possa anche solo tirarlo su, ormai. Adesso ha più whisky che sangue nelle vene. Ma dopo l'incidente gli è venuta una forte depressione e non ha più avuto molto interesse per... niente, in realtà. Non so neanche se abbia mai lasciato la tenuta, negli ultimi anni. Non può guidare con un braccio solo. Ordina da bere una cassa alla volta, che gli consegnano direttamente al granaio».

«Wow». Giro la testa e gliela riappoggio sul petto, ascoltando il suo cuore che martella contro la cassa toracica. «Non posso credere che sia rimasta con lui».

«Sì, be', il matrimonio fa fare cose stupide, immagino». Rimane un istante in silenzio. «Come perdere il tuo tempo dietro a un uomo che ti tradisce e poi sposa la sua amante».

Gli faccio una smorfia. Sapevo dove sarebbe andato a parare. «Be', non temere. Non credo che lo sentirò più, grazie a te». Ben mi ha restituito il telefono questa mattina, e non c'erano nuovi messaggi.

Non ho neanche più risposto a Jared. Non so che cosa dirgli, e seguo i consigli del mio nuovo avvocato: non metterò niente di incriminante per iscritto.

«Lo spero». All'improvviso mi ritrovo girata sulla schiena, con il volto di Ben sopra il mio e le sue braccia muscolose ai lati della testa. Dietro di lui, un limpido cielo azzurro.

Questo. Questo posto. Questo istante. Credo che potrei fare la coltivatrice di arance, se significasse giorni rilassati, pace e silenzio, Ben.

Merda.

«Hai l'aria di quella che sta per urlare», considera Ben, sfiorandomi delicatamente le guance con le nocche.

Credo che sia così. Contro me stessa.

La notte scorsa ha incasinato tutto, tra Ben e me?

Voglio di più, adesso?

Alzo lo sguardo e lo trovo a studiarmi, con una strana espressione in volto. «E *quella* faccia, invece, a cosa è dovuta?»

«Non ne sono ancora sicuro», risponde lui criptico, abbassandosi per darmi un bacio veloce sul collo. «Andiamo… Presto sarà pronta la cena». Neanche a farlo apposta, in quello stesso momento gli suona il telefono.

Capitolo 26
Ben

«Sembra davvero una brava ragazza», mi dice mia madre, mentre riporto in cucina una pila di piatti sporchi per scambiarli con delle fette di torta.

«Ha i suoi momenti», borbotto con un ghigno. Più tardi devo dirlo a Reese. Immagino che il demone che la possiede avrà una o due obiezioni a riguardo, e si prenderà gioco di chi l'ha descritta come una "brava ragazza".

«Oh Ben», mi riprende mia madre, ma sento divertimento nella sua voce. «A volte sei incorreggibile». Dopo un attimo di silenzio, riprende: «Ho preparato la vecchia stanza di Elsie, per stanotte, perché ha un letto matrimoniale grande. Devo prepararne anche un'altra?».

La mia espressione stupita la fa ridere. Mia madre, rispettoso membro della Chiesa, sta fondamentalmente tollerando il sesso prematrimoniale sotto il suo tetto. Perché non c'è modo che io trascorra una notte a letto con Reese senza un po' di buon vecchio sesso prematrimoniale. «Non guardarmi in quel modo. Sono solo molto felice che tu abbia finalmente una ragazza».

Apro la bocca per correggerla, quando dalla sala da pranzo arriva una grassa risata. «Suonavi il clarinetto?», grida Reese.

«Ti rendi conto che le hai consegnato un arsenale contro di me, con quel cazzo di album fotografico, vero?», sgrido mia madre con un sorriso sulle labbra.

«Il linguaggio, Ben. E sono sicura che tu le abbia già dato materiale a sufficienza». Mi prende il mento con la mano. «Sono orgogliosa di te, clarinetto e tutto il resto».

«Sei *tu*, Ben, questo con il vestito rosa?», giunge, sempre dalla sala da pranzo, la domanda successiva. Seguita da: «Sì!

Devi avere almeno dieci anni, qui!». E poi quella sua risata profonda e contagiosa.

«Non farti ingannare dalla fotografia, Reese», grida mia madre, le guance bucate dalle fossette, quelle che ho ereditato. «Ben aveva capito che giocare ad agghindarsi con le bambine del vicinato significava guardarle mentre si cambiavano». Scuotendo la testa nella mia direzione, aggiunge: «Caspita, se ci è rimasto male, il reverendo Perkins, quando ha capito che cosa stava succedendo».

«Oh, sì». Sfrego la mano su un accenno di barba, ripensando a sua figlia, una biondina graziosa di undici anni, molto più curiosa di quanto suo padre si immaginasse. Una frustata sul sedere con il canovaccio dei piatti da parte di mia madre mi strappa velocemente dai miei ricordi.

La osservo con affetto, mentre sciacqua i piatti e li infila in lavastoviglie. L'ho passata liscia molto più di quanto probabilmente avrei dovuto, da ragazzino, ma, quando mia madre puntava i piedi, ascoltavo sempre. Ascoltare quegli sprazzi di racconti sull'infanzia di Reese, e su quella brutta copia di madre che ha avuto, non fa che confermarmi quanto mi sia andata bene.

Quella volta che Rob ha chiamato per dirmi che mamma aveva avuto un infarto nel bel mezzo della sua cucina, sono saltato in macchina e ho guidato fino a Chicago per diciannove ore filate, senza mai fermarmi, con il petto pronto a esplodere dalla paura per tutto il tragitto. Trattandosi del weekend di Pasqua, non c'erano voli disponibili prima del giorno successivo, e io non ero disposto ad aspettare. Grazie a Dio stava bene.

Anche se non si è trattato di una cosa grave, non ne è uscita indenne. Lo vedo anche adesso. È invecchiata molto, da allora, i suoi movimenti sono più lenti, e le rughe sul suo volto sono più profonde. «Come vanno le cose qui, mamma? Sinceramente». Con il fatto che sono stato impegnato, prima con la scuola di legge, poi con l'esame da avvocato e infine con il nuovo lavoro, si è sempre rifiutata di dipingermi chiaramente la situazione. Non le piace far pesare su di me i problemi della tenuta. Il fatto è che pesano già su di me. A parte lei, sono l'unico, qui.

Con un respiro profondo, inizia a pulire i piatti dagli avanzi. «È molto lavoro per me sola, Ben. Ho solo cinquantun anni, ma mi sento molto più vecchia, ultimamente. Troppo vecchia per preoccuparmi dei soldi, andare in giro per il frutteto a controllare che gli alberi non si ammalino, e essere costretta ad avere a che fare con siccità e pesticidi». C'è un tono di rassegnazione, nella sua voce, che non le avevo mai sentito. Non posso fare a meno di chiedermi se non sarebbe diverso, con un uomo rispettabile che dividesse con lei il peso della proprietà.

«Hai parlato con Rob e gli altri? Che cosa dicono?».

Sulla bocca le compare una smorfia di tristezza. «Quello che dicono sempre: di vendere e lasciare tuo padre».

«E poi?»

«Che significa "e poi"?». Ora nella sua voce c'è un cenno di irritazione. «Questo posto è la mia vita. La vita della famiglia Bernard! Non posso venderlo».

«Lo so, mamma». In qualunque altro posto sarebbe infelice. «Ma lui...».

«Sai qual è la mia risposta. È la stessa di sempre: "Nel bene e nel male". È per questo che mi sono impegnata».

«Sì, ma il bene e il male...».

«Lascia perdere, Benjamin. È una mia decisione. Sono affari miei».

Una cosa che mi ha detto Reese mi è rimasta impressa. «Sei felice anche se non hai mai più trascorso un Natale sotto il tuo tetto con i tuoi figli? I tuoi nipoti? Sono *otto anni* che non ci ritroviamo più qui tutti insieme, mamma! Ed è a causa sua!».

Tira su con il naso e scorgo il suo mal celato dolore. «Faccio del mio meglio. Li vedo lo stesso».

«Sì, devi solo andare fino a Chicago per farlo. Niente feste, niente compleanni». Appoggio i piatti sul tavolo – il tavolo che ha costruito *lui* – e mi ci appoggio, con i pugni che fanno male, sul legno duro. Faccio un respiro per calmarmi. «I tuoi amici non vengono neanche più a trovarti. Entrare in questa casa è deprimente». Il suo silenzio mi irrita. Anche se non è mia intenzione, inizio ad alzare la voce. «C'è come una cazzo di spessa nuvola di...».

«Modera il linguaggio, quando parli con me, Benjamin», dice, interrompendomi in modo brusco.

«Scusa, mamma. È solo...». Gemo ad alta voce. «Non capisco! Ci ho provato, ma non capisco».

«Il matrimonio è per sempre, Ben».

«Sì. Una condanna a morte, a quanto pare».

Ci giriamo entrambi verso la porta, dove Reese si è appena affacciata schiarendosi la voce. «Questi devono rimanere in sala da pranzo o vanno qui?», dice, con in mano saliera e pepiera a forma di civetta.

«Qui, cara. Grazie». Mia madre gliele prende in fretta dalle mani, leggermente agitata. «Ben mi ha detto che la torta al lime è la tua preferita, così questo pomeriggio ne ho fatta una. Spero che sia all'altezza».

Reese accetta il piatto, lanciandomi un sorrisino perfido. «Sono sicura che sarà la migliore della mia vita».

Stanotte, o scopo di nuovo o mi uccide.

Decisamente una delle due.

Capitolo 27
Reese

Sono troppo intelligente per Ben.

Si lascia distrarre troppo facilmente. Quando gli ho messo in mano il piatto vuoto, dopo aver divorato la torta fatta da Wilma – che, tra parentesi, era deliziosa; io e il lime potremmo aver trovato un terreno comune –, facendogli scivolare l'altra mano in tasca, ha creduto che fosse un preludio a quanto lo aspettava dopo e mi ha sorriso malizioso. Come abbia fatto a non accorgersi delle mie vere intenzioni – prendere il mazzo di chiavi che gli avevo visto mettere lì prima – non lo capirò mai.

E ora sono uscita dalla porta d'ingresso, ho attraversato di corsa il prato antistante la casa, e sto cercando di accendere il motore di quella dune buggy, prima che lui riesca a raggiungermi. Lo so che è infantile, ma la sola idea di Ben che mi rincorre ridendo mi fa sentire meglio.

Ho sempre visto solo un lato di lui, quello del ragazzo allegro e simpatico che non si lascia turbare da niente e più che mai sicuro di sé. Non mi ero resa conto di quanto fossi arrivata ad apprezzare questa sua coerenza fino a che non è stata infranta da una discussione con Wilma. Non so di che cosa stessero parlando, ma, quando la voce di Ben ha iniziato a salire di tono, ho dovuto a tutti i costi interromperli. Da lì la debole scusa della saliera a forma di civetta.

Credo che Ben abbia uno strano potere su di me: la capacità di dare un equilibrio al mio caos. E più tempo trascorro qui al frutteto – nella sua vita – e più penso che questo mondo sembra stabilizzarmi. O se non altro fa sì che mi preoccupi meno dei miei problemi. Sentire Ben arrabbiato come l'ho sentito oggi, tuttavia, e nientemeno che con Wilma, è stato come un calcio al mio piccolo universo egocentrico, un calcio che l'ha spinto fuori dal suo asse.

Dal granaio arriva un forte rumore metallico, seguito da un'imprecazione soffocata. Sono solleticata da un misto di preoccupazione e curiosità – più curiosità –, così mi avvicino alla finestra accanto alla grande porta chiusa per guardarci dentro.

E, quando dall'altra parte appare un volto distante solo pochi centimetri, balzo all'indietro con un urlo. L'immagine mi si presenta a tutto campo un istante dopo, quando il padre di Ben apre la porta per fissarmi attraverso un paio di occhi rossi e vitrei. Ben ha ovviamente preso da lui l'altezza e la struttura ossea, anche se quest'uomo ha perso da tempo tutta la massa muscolare, rimpiazzata dall'allampanato aspetto pelle e ossa di un alcolizzato incallito. Scommetto che un tempo era piuttosto bello. Magari bello quanto Ben. Magari è così che è riuscito a destare l'interesse di tante donne. Ma non ha quel sorriso affascinante, né quelle fossette, e di certo non ha quei gentili occhi di un azzurro cristallino per potermi conquistare. Quelli sono tutti aspetti del figlio a cui ha contribuito sua moglie.

«Chiedo scusa», dico. «Ho sentito un rumore e volevo solo assicurarmi che stesse bene».

«Ah, sì?». Colgo un accenno di biascicamento, solo qualche secondo prima che una zaffata di whisky mi colpisca le narici. «Sto bene, ma è gentile… gentile da parte sua controllare». Mettendo velocemente avanti un piede, per riguadagnare l'equilibrio, dice: «Ho sentito che ha ammirato il mio lavoro di falegnameria».

Immagino che lui e Wilma si parlino ancora. Sapendo quel che so, mi chiedo come si svolgano quelle conversazioni. «Sì, i mobili in casa sono molto belli», rispondo, con un sorrisino tirato. Non mi sono mai sentita a mio agio con i genitori ubriachi. E sono ancora più a disagio con i *padri* ubriachi. Soprattutto con quelli che so essere inclini a tradire la moglie. E quelli che mi guardano come mi sta guardando il padre di Ben in questo momento. Incrocio le braccia sul petto.

Agita il braccio in modo esagerato. «Venga dentro!».

Do un'occhiata alle mie spalle. Ben non è ancora uscito.

«Oh, verrà a cercarla», dice suo padre. Faccio del mio meglio per non irrigidirmi, quando mi appoggia la mano sulla schiena, guidandomi all'interno del granaio. L'odore di legna tagliata mi permea all'istante le narici e inspiro a fondo. «Lo sente, vero? Legno... L'odore più buono al mondo».

Poi si allontana da me, e mi rilasso un po'. Barcolla verso la parete opposta, dove su alcuni tavoli giacciono allineate, quasi in mostra, una miriade di seghe, le parti in metallo scintillanti. Un vecchio televisore a tubo catodico illumina un angolo, e il rumore della voce dell'annunciatore del baseball produce un basso ronzio in sottofondo, in competizione con il crepitio della musica country alla radio.

«È molto ordinato, qui», noto, guardando le cataste di legna ben impilata contro un'altra parete. E al centro della stanza – un enorme ambiente a due piani con delle lampadine nude appese alle travi – ci sono alcuni mobili in vari stadi di completamento. «Ho sempre immaginato che nelle falegnamerie ci fosse molta segatura».

«Un tempo era così». Camminando fino a posare la sua unica mano su una gigantesca tavola di legno venato, mormora: «Questa sarebbe diventata un bel tavolino da caffè. Avrei potuto fare migliaia di dollari, vendendolo».

Mi lascio scappare un leggero fischio.

Alza lo sguardo su di me. «Vuole che lo finisca per lei? È noce nero. Un pezzo come questo non è facile da trovare».

A quell'offerta, spalanco gli occhi per la sorpresa. Jack adorerebbe un tavolino da caffè come quello. Apro la bocca e già mi stanno sfuggendo le prime lettere di "Certo!", quando la voce di Ben taglia l'oscurità con un brusco «No!». Girandomi, lo trovo appena oltre la porta, la mascella rigida per la tensione, gli occhi che guizzano per il granaio come a dare la caccia ai fantasmi in ogni ombra. Nemmeno il buio riesce a nascondere il colore terreo del suo volto.

«Che cosa c'è, figliolo? Avevi dimenticato com'era questo

posto?». Il risentimento che permea la voce di Joshua senior è inconfondibile.

Sento Ben deglutire a fatica, mentre mi si avvicina, mi mette un braccio attorno alle spalle, l'altro di traverso sul petto, e mi stringe a sé. Quasi protettivo. «Andiamo, ladruncola. Ti lascerò guidare, visto che insisti tanto».

Le parole sono scherzose, ma capisco che non devo discutere, né fare battute o creare problemi; la sua voce stranamente sommessa rimbomba come un grido tra quelle pareti. «Okay».

«Che fretta c'è? Non vieni qui da... Quanto?... Otto o nove anni? Quanto è passato dall'*incidente*?». Il padre di Ben colpisce la superficie di legno del tavolino. «Non vuoi guardarti attorno? Rivivere qualche ricordo?»

«Joshua!». Il grido di Wilma viene dalla porta, e, quando mi giro a guardarla, il suo volto pallido è del colore di quello di Ben. E vedo le sue lacrime. Gli occhi le si stanno riempiendo proprio di lacrime, mentre sposta lo sguardo dal marito al figlio – soffermandosi su di quest'ultimo, con un'espressione di dolore che le corruga la fronte – e poi di nuovo al marito. Noto il leggero cenno della sua testa. «Perché ho lasciato che questa storia andasse avanti per così tanto tempo?», mi pare di sentirla mormorare, mentre una maschera di determinazione le cala sul volto, un istante prima che chiuda gli occhi strizzandoli forte.

Da un'occhiata all'espressione del marito, mi sembra di capire che l'abbia sentita anche lui. Osservo mentre anche la più piccola scintilla di rabbia, in lui, si sopisce. Abbassa la testa e, passandoci accanto, esce in silenzio dalla porta strascicando i piedi.

Avvicinandosi piano a Ben e a me, Wilma appoggia una mano sulla guancia del figlio. «È stato un incidente, Benjamin. Lo sappiamo tutti. Anche lui lo sa, che lo voglia ammettere o no». Nuove lacrime si fanno strada sulle guance della donna. «Ma tutto ciò che è accaduto dopo, è colpa mia».

Ben mi lascia andare per prendere tra le braccia la figura esile della madre. «Niente di tutto questo è mai stato colpa tua».

Lei si allontana, spingendolo di nuovo verso di me, con un

sorriso triste. «Sono così felice di avervi qui tutti e due. Andate a divertirvi. Benjamin, sistemerò questa faccenda. Aggiusterò le cose». Detto questo, si gira e se ne va, un'espressione di fiera determinazione dipinta sul volto.

E rimango lì in quell'immenso capannone, a guardare Ben che fissa il vecchio tavolino da caffè non finito con lo sguardo perso, combattendo in privato una sua personale battaglia.

«Ben?», lo chiamo, trattenendo un brivido, quando il suo nome rimbomba contro le alte pareti.

Sembra risvegliarlo dalla sua trance, perché si gira verso di me e mi sorride. «Vieni. Andiamo». La tensione nella sua voce è evidente, però, e di certo non c'è luce nei suoi occhi.

«Che cosa è successo, qui?»

«Ahhh...». Abbassa lo sguardo a terra, le labbra serrate. «Il giorno peggiore della mia vita. Ecco cosa è successo». Cerca di liberarsene con una lenta scrollata di spalle.

Con le scarpe da ginnastica che grattano rumorosamente contro il calcestruzzo, giro attorno al tavolino, passando il dito sulle spiccate venature del legno. «È un legno bellissimo. Non ho mai visto niente del genere».

«Reese, non...», inizia a dire, quando con le dita tocco una enorme chiazza, come se qualcuno avesse versato qualcosa sul legno non trattato macchiandolo. Alzo lo sguardo e vedo l'espressione di dolore sul suo volto.

«Andiamo. Sei il mio insopportabile, chiassoso, insensibile Ben! *Sono io* la melodrammatica».

«Sono tuo?», ripete con il sopracciglio inarcato, ma il tono malizioso è sparito.

Deglutisco a fatica. «Che cos'ha questo tavolino?».

Si avvicina, girando di proposito attorno a un preciso punto del pavimento, invece di venire dritto verso di me. «Ricordi le cose che ti ho detto di mio padre e di quello che faceva alle spalle di mia madre, no?».

Annuisco in silenzio.

Leccandosi le labbra, studia il legno per un altro lungo istante. «Di solito evitava i bar qui attorno. Il posto è piccolo e la gente parla. Tutti sanno tutto di tutti. Be', una sera ha deciso che andava bene anche un bar qui attorno. Il mattino dopo, mia madre ha cominciato a ricevere telefonate dalle amiche. Il marito della sorella della tale o della talaltra l'aveva visto barcollare fuori dal locale con la moglie del mio allenatore di football. Immagino che il coach fosse fuori città». Ben fa una risatina amara, scuotendo la testa bassa. «Mamma era mortificata. Ma non per se stessa. Immaginava che il coach sarebbe venuto a saperlo e aveva paura che se la sarebbe presa con me. Quando mio padre è tornato a casa, quel giorno, credo l'abbia aggredito. Che l'abbia schiaffeggiato. Be'...». Ben digrigna i denti. «Lui l'ha colpita a sua volta. Al mio ritorno, poche ore più tardi, l'ho trovata chiusa in camera sua con il naso rotto e la borsa del ghiaccio. E quando ho scoperto che cos'era accaduto...». Le sue labbra si tendono in un sorriso. «Mi sono precipitato qui dentro, pronto a picchiarlo a morte. Era già attaccato un'altra volta alla bottiglia e stava lavorando a quel tavolino. Ero così arrabbiato che sono corso verso di lui e gli ho dato una spinta. Forte». Ben si interrompe per deglutire, passandosi una mano tra i capelli. «E poi, non so esattamente come sia accaduto tutto il resto. Un attimo prima stava barcollando all'indietro, e il successivo il suo braccio era a terra e c'era sangue dappertutto. Cristo, Reese! Il whisky ha peggiorato le cose. Schizzava fuori dal suo corpo come se fossimo in un film di Tarantino».

Immaginando la scena che mi sta dipingendo, mi si stringe lo stomaco. Guardo il tavolino sotto un'altra luce, vedendo quella chiazza per quello che effettivamente è.

«L'idiota aveva tolto la sicura a tutte le seghe. Diceva che era una rottura di coglioni, mentre lavorava. In qualche modo deve aver premuto l'interruttore cadendo». Scuote la testa. «Ero incazzato, ma non volevo che accadesse una cosa del genere, lo giuro. Ho chiamato subito il 911. Nel tragitto per l'ospedale si è quasi dissanguato, e non sono stati in grado di riattaccargli il braccio». Fa un sospiro profondo. «L'unica cosa di cui mio padre sia mai stato appassionato è la falegnameria. E con un braccio solo non può fare molto. Quindi non lavora. Non fa niente, a parte starsene seduto in questo granaio e odiare la vita».

Ben allunga una mano per toccare una sega dall'aria particolarmente pericolosa.

«È quella?».

Mi risponde con un cenno della testa. «È sempre stato un cinico. Mai felice. Non certo il tipo che trascorre molto tempo con i suoi figli. Dopo l'incidente si è attaccato ancora di più alla bottiglia ed è entrato in una profonda depressione. Ancora non ne è uscito, e non vuole farsi aiutare. Dà la colpa a me di tutto. Dell'incidente, del fatto che i miei fratelli non vengono più da queste parti. Ma la ragione per cui nessuno dei miei fratelli viene più qui è che lo odiano, odiano quello stronzo maledetto, per aver tradito mia madre e averla picchiata. E perché si ubriaca. Hanno già detto che non metteranno più piede alla tenuta finché c'è lui. E sono arrabbiati con mia madre per il fatto che gli rimane accanto, perché in quella sua testa dura è convinta che questo rientri "nel male" delle sue promesse di matrimonio. Be', se vuoi saperlo, il "male" è un bello schifo, cazzo».

«È felice?»

«Come può esserlo?». Mi penetra con quei suoi occhi azzurri, buttando in aria le braccia come in segno di resa. «Dormono in stanze separate; lui è qui dentro tutto il giorno. Non la aiuta in niente. Vivono due vita completamente diverse, e per causa di mio padre lei non vede i suoi figli e nipoti. È *questo* il matrimonio?». Scuote la testa. «E si meraviglia che io non voglia averci niente a che fare».

Azzardo un passo verso di lui, per mettergli una mano sul braccio. Per rassicurarlo, per confortarlo. Per amicizia.

«Dio». Scuote la testa. «Non riesco ancora a reggere l'odore del legno tagliato. Mi fa venire il vomito. E il rumore della sega…». Stringe forte gli occhi e rabbrividisce.

«Be', allora andiamo». Lo prendo sotto braccio e aspetto che riapra gli occhi e mi guardi. Faccio dei piccoli passi all'indietro, trascinandolo via dall'umido granaio e dalle seghe affilate, dai ricordi nell'aria. Lui lascia che lo porti fuori. «Usciamo di qui».

Capitolo 28
Ben

«Credevo che fosse una cristiana straconvinta», sussurra Reese, mentre le faccio strada nella vecchia stanza di Elsie. Le pareti e le tende sono sempre dello stesso colore – bianche e gialle – ma tutti i poster delle boy band e le cose da cheerleader che ne facevano la stanza della mia sorellona sono stati impacchettati e messi via da tempo.

«Lo è, ma è anche una straconvinta sostenitrice del partito "spingiamo Ben a sposarsi"», dico ridacchiando. Poi aggiungo: «E non c'è bisogno di sussurrare. La stanza di mia madre è dall'altra parte della casa, e mio padre, una volta partito, non si sveglierebbe nemmeno se un cazzo di jumbo jet gli precipitasse sulla testa».

La sento avvicinarsi da dietro, avvolgermi le braccia attorno ai fianchi e posarmi le mani sul torace. «Quindi vuoi sposarti in chiesa? Perché io ho un debole per le fughe d'amore».

«Ehm...».

Ride contro la mia schiena. «Il tuo cuore va a mille».

Facendola passare sotto un braccio alzato, la tiro davanti a me, appoggiata al mio petto, in modo da farle alzare la testa per guardarmi. Adoro il suo volto da quell'angolazione. «Divertente».

«È quello che pensavo». Alzandosi sulla punta dei piedi, mi posa un bacio dolce sulle labbra. Mi prende alla sprovvista, ma non in modo spiacevole. È solo che sono io, di solito, quello che ruba i baci. È la seconda volta che lo fa, oggi.

Allontanandosi da me, mi dà una pacca sul sedere. «Il bagno è la terza porta a sinistra?»

«Sì». Si butta lo zaino di tela sulla spalla ed esce in corridoio, sorridente. Quando sento la porta del bagno chiudersi, colgo l'occasione per andare in camera di mia madre, in fondo al corridoio, ma la trovo vuota. Su un impulso del momento, proseguo girando l'angolo, senza fare rumore. Sono sgattaiolato fuori da questa casa così tante volte che so ancora come evitare gli scricchiolii.

La porta di mio padre è appena socchiusa, abbastanza da far uscire la voce di mia madre in modo distinto.

«Ti ho dedicato trentatré anni della mia vita, Joshua. Ho sperato e pregato che saresti tornato da me, che il ragazzo di cui mi ero innamorata, che mi aveva dato cinque bei bambini, fosse ancora da qualche parte lì dentro. Ma...». Sento un suo singhiozzo esausto, subito soffocato, poi, dopo un attimo di silenzio, riprende: «Ma ora so che se ne è andato per sempre, perché il Joshua di cui mi sono innamorata non avrebbe lasciato che suo figlio continuasse a soffrire. Di tutti i nostri figli, Ben è l'unico che avrebbe una ragione per non tornare più in questo posto, eppure è qui».

A quel punto, la voce roca di mio padre interviene: «Be', si sente in colpa».

«Forse», ammette mamma, tirando su con il naso. «Ma è anche perché ama intensamente. Quel ragazzo ha sempre avuto tanto amore da dare, e io ho paura che, dopo quello con cui ha dovuto convivere crescendo, non darà mai una vera opportunità a nessuno. Nessuno di loro lo farà».

«Gli altri stanno bene».

«Gli altri *non* stanno bene, Joshua. La moglie di Josh l'ha lasciato perché beve troppo e ha avuto una relazione, e Elsie ha rifiutato la proposta di matrimonio di quel ragazzo due volte, perché non si fida degli uomini. Questa volta si sono lasciati definitivamente. Jake non vuole sposare Rita, che è incinta di suo figlio, perché ha paura di segnargli il destino».

Merda, non sapevo niente di tutto ciò.

Mamma si schiarisce la voce. «Devo fare ciò che è giusto per i miei figli, adesso. Quello che avrei dovuto fare anni fa». Quando mia madre si alza, sento il cigolio della sedia a dondolo del nonno. «Questa vecchia casa sta cadendo a pezzi, e non è a causa delle tegole sconnesse, delle tubature che perdono o del portico tutto storto. È perché ha perso la sua famiglia. La sua anima. E senza di essa, niente ha più senso».

Mio padre non dice una parola. Non discute, non la implora, non si scusa. Non cerca nemmeno di giustificarsi.

«Un po' di tempo fa i Cornell hanno chiesto se volevamo vendere. Ho intenzione di scoprire se sono ancora interessati».

Come? Vendere? Ha appena finito di dire che non venderà!

Alla fine, mio padre si decide a parlare. «Credevo che non volessi vendere il frutteto, Wilma».

«Non vorrei». La sua voce si incrina. «Ma non possiamo andare avanti così, e io amo troppo i miei figli per non cercare di cambiare le cose». Molto più vicino alla porta, la sento aggiungere: «Sai, ho imparato a convivere con il whisky, ti ho persino perdonato per tutte le donne. Davo la colpa a me stessa, per quello, mi dicevo che non ero riuscita a rimanere abbastanza carina da soddisfarti».

Nel sentire quelle parole, i miei denti scricchiolano letteralmente, da tanto che li stringo.

«Ma non potrò mai perdonarti per aver cercato di smorzare la scintilla negli occhi del mio bambino. E non perdonerò mai me stessa per aver permesso che questa storia andasse avanti tanto a lungo».

La porta si apre e mia madre esce, gli occhi rossi e gonfi di pianto. Come mi vede, cerca di darsi un contegno, chiudendo la porta alle sue spalle. Ma non riesce a nascondere il labbro tremante.

«Mamma, io sto bene. Posso gestire papà. Non darai via la tua casa…».

«Ssst». Mi afferra le braccia. Ha un'aria così dannatamente minuta, eppure la sua presa è forte, quando ce n'è bisogno. «Posso fare quello che voglio. E tu non stai bene, Ben. Quando avrai abbastanza fiducia in te stesso da permetterti di provare il tipo di felicità che può darti una relazione come si deve, allora starai bene». Con un buffetto sulla mia spalla, si gira e se ne va.

Rimango lì, fuori dalla porta di mio padre.
E sento i singhiozzi soffocati al suo interno.

«Tua sorella godeva di un panorama fantastico». Reese mi dà la schiena; in piedi davanti alla finestra, il suo corpo – le lunghe gambe snelle che fuoriescono da un paio calzoncini e una semplice T-shirt – è più seducente che mai. Sorrido tra me. Questo, questa situazione, è la ragione per cui mi piace tanto. Non cerca di strafare. La maggior parte delle ragazze avrebbe messo in valigia qualche diavoleria di pizzo nero. Mercy sarebbe già sdraiata, nuda, sul letto. Ma non Reese. Non gliene frega niente. E la cosa buffa è che questo la rende ancora più sexy.

«È vero», concordo, avvicinandomi a lei e appoggiandole il mento sulla testa per guardare fuori nell'oscurità. Si vede poco, ma, con il cielo pieno di stelle, si riescono a distinguere le cime degli alberi.

«Questo posto ha un che di molto speciale, vero? Lo sento, quando vengo qui. È come se tutta quella merda là fuori non esistesse davvero. Capisco perché tua madre non voglia andarsene».

«Sì». Solo che adesso vuole farlo. Le rotelline nella mia testa stanno girando, cercando di capire come farla restare e mandare via lui. *Cazzo.*

Reese si gira verso di me. «Come sta la mamma?».

Il fatto che chiami mia madre "mamma" mi fa sorridere. «Pensa che tu sia una ragazza dolce».

Lo sbuffo beffardo che ricevo in risposta è esattamente la reazione che mi aspettavo, e mi strappa una risatina; poi Reese si allontana da me e si infila a letto, sotto le lenzuola, seguendo con attenzione i miei movimenti mentre mi spoglio.

«Hai intenzione di fare il difficile, a quanto vedo», dice, ma sento un intoppo, nella sua voce, e i suoi occhi vagano sul mio corpo.

«Che cosa ti aspettavi?». Scosto le lenzuola per scivolarle accanto e spengo la luce.

«Pigiama in due pezzi con le tasche, come Mason». Non perde

tempo, appoggia la testa sulla mia spalla e fa scivolare il braccio esile sul mio petto. È… bello.

Dopo un lungo, piacevole silenzio, sorprendendo anche me stesso, dico: «Lascia mio padre. Gliel'ha appena detto. È finita».

Le dita di Reese, che stavano tracciando piccoli cerchi sul mio torace, si bloccano di colpo. «Stai… È una buona cosa?»

«Sì. E… no. Dovrà vendere».

Sento un "Merda" pronunciato a bassa voce, mentre deglutisce. «Perché?»

«Non riuscirà mai a trovare i soldi che le servirebbero per liquidarlo e il bastardo non le lascerà mai la tenuta. Dopo tutto quello che ha fatto, potrebbe concederle almeno quello». Sento l'amarezza nella mia voce e, dall'improvvisa tensione del suo corpo, credo che anche Reese l'abbia percepita. «Scusa», mormoro piano. «Non c'era bisogno che ti raccontassi questa storia».

«Non c'è problema. È a questo che servono gli amici».

Sento un sorriso dolce nascermi sulle labbra. È buffo… ho un sacco di amici che conosco da molto più tempo di quanto non conosca Reese, eppure mi sento più vicino a lei che a tutti loro. Non mi ero reso conto di quanto ci fossimo legati, in così poco tempo. «Sai a che cos'altro servono gli amici?»

«A infliggere dolore e frustrazione?». Un'unghia affilata contro il capezzolo mi fa trasalire e le spingo via la mano.

Si scusa premendo la lingua bagnata sul punto dolorante.

Capitolo 29
Reese

«Ti agiti un sacco, nel sonno», mi mormora Ben all'orecchio, sentendo in qualche modo che sono sveglia.

«È perché tu sei una sanguisuga», borbotto, mentre il suo respiro mi solletica dolcemente la nuca. Non sono mai stata una da coccole. Di solito abbraccio il bordo del letto, infastidita dal calore corporeo di chi mi sta accanto. Jared lo sapeva, e gli stava bene, perché anche lui preferiva comunque avere il suo spazio.

Non così Ben. Ogni volta che cercavo di allontanarmi, stanotte, riusciva a bloccarmi con un braccio o una gamba e a tirarmi di nuovo verso di sé, fino ad aderire con il corpo alla mia schiena. Non mi sarei mai aspettata, neanche in un milione di anni, che fosse il tipo.

Né mi sarei mai aspettata di scoprire che mi piace.

«Sanguisuga?». Con la sua mano forte sulla mia spalla, Ben mi fa girare sulla schiena e appoggia la bocca al mio seno. Mi ci vogliono qualche istante e una fitta di dolore, prima di capire che cosa stia facendo.

«Smettila!». Gli do una botta in testa. «Quanti anni hai, dodici?».

Si discosta leggermente per ammirare il suo lavoro con un sorriso, poi affonda il muso nell'incavo del mio collo, facendomi fremere dalla testa ai piedi. «Oh, è vero. Dimenticavo quanto sei ostile la mattina. Vediamo se riusciamo a migliorare il tuo umore». Ben butta via le lenzuola e inizia a scendere lungo il mio corpo, lasciando con il suo respiro caldo una scia che mi percorre il torace, l'addome, l'ombelico, e giù a scendere.

«Buongiorno?». L'aroma delizioso di caffè e dolci mi dice che fino a poco fa c'era qualcuno, in cucina, ma ora è vuota, tranne che per un piatto di focaccine e un vasetto di marmellata di arance sul tavolo. Mi prendo una tazza – per quanto grandiosa sia stata la sveglia che mi ha dato Ben, ho comunque bisogno del mio caffè – e poi vado a cercarlo, vagando per il piano terra, fino alla veranda sul retro. Quando attraverso l'ingresso e noto che la porta è socchiusa, mi avventuro fuori, sotto il portico.

Ben è sul vialetto d'accesso, le braccia strette attorno a Wilma; lei ha affondato il viso contro il petto del figlio e il suo corpo minuto sta tremando.

In lontananza si sente un rumore di sirene.

Mi metto a correre. Sono sicura che i miei piedi facciano rumore, sulla ghiaia, ma riesco solo a sentire il sangue che mi martella nelle orecchie. Quando li raggiungo, mi fermo di colpo e trovo Ben con gli occhi chiusi e la mascella visibilmente tesa, mentre sua madre singhiozza in modo incontrollabile.

Tutta questa agitazione può essere dovuta solo a una cosa... o a una persona.

E quando mi giro e vedo la porta spalancata del granaio e il corpo accasciato nella poltroncina di legno, con il braccio penzolante senza vita su un fianco e la bottiglia di whisky a terra, accanto a una boccetta bianca, non mi è difficile mettere insieme i pezzi.

Un istante dopo, una colonna di veicoli d'emergenza percorre il pittoresco vialetto, invadendo con una processione di luci e sirene la serenità della tenuta di famiglia. Quando i paramedici smontano, le braccia cariche di grossi sacchi neri, e né Ben né Wilma fanno cenno di guidarli, prendo in mano la situazione. «È qui dentro», dico, mostrando il granaio. Non hanno bisogno di altre indicazioni, ma corro ugualmente insieme a loro.

Magari non l'avessi fatto.

Non c'è alcun dubbio che Joshua Morris non possa più essere salvato, la sua pelle ha una sgradevole tonalità di grigio che non ho mai visto su nessun essere umano, la stessa forma del viso è trasfigurata, i muscoli rilassati. Dalla chiazza giallastra che ha sulla camicia, a un certo punto deve aver anche vomitato.

I paramedici – un uomo e una donna di poco sopra la trentina che probabilmente hanno già visto cose del genere più di una volta – iniziano con il protocollo standard, controllandogli polso e pupille, ma non passa molto prima che l'uomo lanci un'occhiata al poliziotto alle sue spalle scuotendo la testa una volta sola in modo molto eloquente.

La donna inizia a recitare una serie di domande personali e mediche alle quali io non so rispondere. Glielo dico e torno da Ben, con le gambe che mi tremano.

«Mia madre gli ha trovato accanto questa, stamattina. Deve essere tornato qui non molto dopo che siamo andati a letto ieri sera», spiega con voce bassa e cupa a un giovane poliziotto, consegnandogli un foglio di carta e una busta.

«C'erano indizi che suggerissero che Joshua Morris pensasse di togliersi la vita?», chiede l'agente.

Ben scrolla le spalle, con gli occhi sbarrati per lo shock fissi a terra e Wilma ancora tra le sue braccia. «Lo faceva lentamente con l'alcol da anni. Questo lo sai, Roger». Il poliziotto non sembra molto più vecchio di Ben. Magari sono stati a scuola insieme.

Alla fine, Wilma prende la parola, la voce rotta. «Joshua è allergico all'aspirina. Molto allergico. E quella era una confezione nuova che avevo comprato per me». Tira su con il naso e la sua voce si fa bassa, quando ammette: «Sapeva esattamente che cosa stava facendo».

Parlano un altro po', il poliziotto fa varie domande, alcune delle quali – sul matrimonio, la situazione finanziaria, eventuali infedeltà e cose del genere – irritano Ben al punto che dà istruzioni a Wilma, in tono molto avvocatesco, di non rispondere.

Alla fine il poliziotto si rivolge a me. «Posso avere il suo nome, per favore, signorina?»

«Lei è la ragazza di Ben», annuncia in fretta Wilma, facendomi cenno con il braccio di avvicinarmi. Io obbedisco e in pochi istanti mi ritrovo abbracciata al figlio. Ci lanciamo un'occhiata furtiva per la sua presentazione, ma nessuno dei due la corregge. Al momento non è importante. Ma non mi sfugge la mascella tesa di Ben.

«Mi dispiace così tanto che tu abbia dovuto assistere a questo, Reese», dice Wilma, e gli occhi le si riempiono di nuovo di lacrime. Riesco a farle solo un sorriso triste, mentre Ben ci abbraccia più forte, stringendoci a sé.

Immagino che l'ufficio del coroner non sia molto occupato, la domenica mattina nel cuore degli aranceti più ricchi della Florida, perché meno di un'ora più tardi compare un uomo anziano e asciutto a fare la dichiarazione ufficiale: Joshua Morris senior è morto.

E non molto tempo dopo, ancora immobili nello stesso identico punto sul vialetto, guardiamo in silenzio scomparire i fanalini di coda degli ultimi veicoli che se ne vanno, portandosi via il suo corpo.

Wilma fa un profondo sospiro, il suo volto è una maschera rassegnata. «Be', suppongo che dovrei andare a chiamare i tuoi fratelli e iniziare i preparativi». La sua voce assume un tono basso, quasi senza vita.

«Vengo ad aiutarti fra un minuto, mamma», dice Ben.

«Va bene. Sono molto contenta che fossi qui». Dà un buffetto sulla spalla al figlio, passandogli accanto, quindi si avvia lentamente verso casa, la testa china, mentre lui arriva fino davanti alla porta del granaio, le braccia incrociate sul petto, la schiena rigida. E non dice nulla.

Rimane semplicemente a fissare la sedia vuota e la bottiglia rovesciata lì a lato, e a un certo punto non riesco più a trattenermi. Mi avvicino, gli poso una mano esitante sul braccio e mi appoggio al suo fianco. Il suo volto è serio.

Restiamo lì così per quella che mi sembra un'eternità. Vorrei chiedergli come sta, ma non lo farò. Sapendo ciò che so sul loro rapporto, non posso neanche immaginare come possa sentirsi Ben in questo momento. Rabbia? Sollievo? Felicità? C'è ancora posto per un po' di tristezza da qualche parte in lui? Alla fine decido per: «Sono felice che non fosse da sola».

Scuote piano la testa. «Sì». I suoi occhi contemplano il granaio. «Voglio bruciare questo cazzo di edificio. Cospargerlo tutto di benzina e dargli fuoco». Dopo un istante di silenzio, sulle sue labbra compare un debole tentativo di sorriso. «Che cosa sai degli incendi dolosi?».

Gli punto un dito contro la cassa toracica. «Te l'ho detto, non sono una criminale. Solo un'idiota occasionale che si fa sempre beccare».

Inizia a ridere e il cuore mi si riscalda all'istante. È strano; ricordo un tempo in cui il suono della risata di Ben mi faceva rabbrividire. Ora non ne ho mai abbastanza. «Non che io brilli per buon senso, ma non credo che dare fuoco a questo posto sarebbe una buona idea».

Fa un sospiro profondo. «No, hai ragione. Ho molto da fare, con i preparativi per il funerale e tutto il resto. Immagino che dovrei chiamare Jack. Pensi che mi darebbe la settimana libera? Non voglio lasciare la mamma qui da sola e non so quanto ci vorrà prima che gli altri riescano ad arrivare».

«Per Jack la famiglia è al primo posto. Sono sicura che non avrà obiezioni». Un'intera settimana senza Ben al lavoro? È comprensibile. Eppure, l'egoista che è in me rimane molto delusa.

Ben dà un calcio ad alcuni sassi che qualcuno deve aver portato dentro il granaio. «Immagino che perderemo quegli ordini».

«Chi lo dice?». Gli infilo la mano in tasca, premendogli dolcemente la coscia mentre prendo il mazzo di chiavi che so essere lì.

Mi guarda incuriosito. «Cosa pensi di fare?».

Gli rispondo con il mio migliore accento del Sud: «Raccogliere mandarini. Che cos'altro?».

Un sorriso sbilenco fa comparire una delle fossette. «Non sei tenuta a farlo, Reese».

Mi alzo in punta di piedi e gli do un bacio sulla guancia. «Lo so».

«Pensavo che potremmo uscire a cena, stasera: solo la famiglia. Tu, io e Mason. Non l'abbiamo mai fatto. Che ne pensi?»

«Ehm...». Cerco di trovare la risposta giusta, lo sguardo fisso sul filare di mandarini che si estende a perdita d'occhio. «Oggi non è il giorno giusto, Jack».

«Oh, va bene. Capisco. Magari un'altra volta», dice, riluttante. *Merda.*

«È solo...». Chiudo gli occhi e faccio un respiro profondo. «Probabilmente non riuscirò a essere a Miami in tempo. Sono tornata al frutteto».

Si sente un lungo silenzio. «Credevo che fossi con Lina, questo weekend».

Immagino che ancora non abbia parlato della cena con Mason. Devo avvisarlo, prima che suo padre gli tenda un'imboscata. «No, sono qui da ieri mattina. La madre di Ben aveva bisogno di aiuto con alcuni ordini da anticipare e qui mi piace davvero molto. C'è molta pace».

All'altro capo del telefono sento il sospiro profondo di Jack. Me lo immagino stringersi la radice del naso.

«Quindi questo significa...».

«Il padre di Ben è morto questa mattina, Jack», sbotto, cercando di evitare di dover rispondere all'altra domanda. Non che abbia una risposta.

«Come? Ben sta bene? Cioè... è stata una cosa improvvisa? Com'è successo? Attacco di cuore? Ictus?». Preso alla sprovvista, balbetta leggermente.

«Un quinto di whisky e una boccetta di pillole», ammetto triste. «Ben avrà bisogno di prendersi la settimana. Ti chiamerà più tardi».

«Naturalmente». Più tra sé, gli sento mormorare: «La famiglia è sempre al primo posto».

Sento il grosso pickup della tenuta arrancare lungo il sentiero alle mie spalle.

«Scusa, Jack, adesso devo andare. Sto cercando di aiutare Wilma a evadere almeno qualcuno di quegli ordini».

«È bello, da parte tua, aiutarli».

Sorrido. Jack mi fa sempre notare quando faccio qualcosa di giusto o di buono. A volte ho la sensazione di ricevere una standing ovation semplicemente per essermi legata bene le scarpe. Oggi però mi fa felice sapere che in qualche modo sto aiutando Ben e Wilma.

«Ci vediamo stasera. Mi riaccompagna a casa Ben».

Chiudo la comunicazione mentre il pickup si ferma con un cigolio di freni che mi dà un leggero brivido lungo la schiena. Quando è Wilma e non Jack a scendere dal mezzo, ammetto di essere leggermente avvilita, ma la sensazione svanisce in fretta perché, dopotutto, sono felice di vederla.

«Sei un po' rossa qui, Reese. Tieni, ti serve questo, o ti rovinerai questa bella pelle» dice, allungandomi uno di quei giganteschi cappelli flosci che si vedono addosso alle persone famose sulle spiagge. «E devi avere sete». Mi porge una bottiglia d'acqua, che accetto grata. Sono qui fuori da tre ore e ho la gola strasecca.

«Stai ferma». Tira fuori da chissà dove una bomboletta di lozione solare e inizia a spruzzarmela sulle braccia, mentre bevo. «Spero che tu non debba andare in qualche posto elegante, nei prossimi giorni, perché sulle braccia avrai una deliziosa abbronzatura da contadina».

«No. Per il prossimo futuro penso di essere a posto, quanto a grandi eventi». Annabelle non sarebbe d'accordo, dato che il suo ballo di beneficenza si tiene il prossimo weekend. «Non c'era bisogno che venissi fin qui, davvero. Posso fare da sola e so che hai un sacco di cose da organizzare».

«Non proprio. Ho chiamato i miei figli e il prete. Ben sta prendendo accordi per la bara e la sepoltura. E ora?». Scrolla le spalle, chinandosi a esaminare le ceste che ho già riempito e messo sul carro del trattore. «Cucinare. E aspettare girandomi i pollici, ecco tutto. Tanto vale che stia qui fuori».

E piangere la perdita di tuo marito, che si è ucciso solo qualche ora fa. Ma non lo dico. Non ho dubbi che Wilma verserà più lacrime del dovuto per suo marito. Sono sicura che l'abbia già fatto. Sono sicura che abbia pianto in silenzio per anni.

«Hai un buon occhio per la frutta da raccogliere».

Sorrido, rimettendomi al lavoro. «Ho avuto un buon insegnante».

«È vero», concorda. «Ho sempre sperato che quella del football fosse solo una fase giovanile che si sarebbe lasciato alle spalle crescendo. Ero convinta che sarebbe stato lui a fare andare avanti il frutteto per un'altra generazione. Ma poi ha avuto la borsa di studio e, be', eravamo tutti sicuri che ce l'avrebbe fatta. Se non si fosse fatto male, sono certa che adesso guarderemmo quel ragazzo correre su un prato in calzamaglia alla televisione».

Al pensiero di Ben in calzamaglia mi scappa da ridere, ma poi devo ammettere a me stessa che con la divisa da football è probabilmente uno schianto. «Ho l'impressione che tu abbia sempre appoggiato la sua passione per il football». La fotografia sulla scrivania di Ben, con il volto raggiante di Wilma, di certo dà questa idea.

«Oh, sì!». La sua voce si impenna, come se la semplice *ipotesi* di *non* appoggiare suo figlio fosse spaventosa. «Sono sua madre. Certo che lo appoggiavo. È la sua vita, dopotutto. Volevo solo che fosse felice». Poi aggiunge sarcastica: «E non fatemi diventare nonna troppo presto».

«Diamine, vorrei che mi avessi cresciuta tu», ammetto. Come sarebbe stato avere una madre come Wilma? Non puoi certo *non* avere successo, con lei al tuo fianco.

«Ne deduco che tu e tua madre avete avuto qualche divergenza di opinione». La curiosità è forte, dietro al tono leggero.

«Annabelle aveva un'idea molto chiara di come avrebbe dovuto essere sua figlia, e di certo non ero io».

Wilma rimane in silenzio per qualche istante. «Mi dispiace, Reese». Un altro silenzio. «E tuo padre?»

«Me lo ricordo a malapena. Se ne è andato quando avevo cinque anni e non ho più avuto sue notizie da allora». È buffo, raccontare questa cosa a Wilma non è doloroso quanto lo è normalmente. Scrollo le spalle. «È okay. Adesso ho Jack. È un buon rimpiazzo, come padre». Sorrido nel dirlo, chiedendomi se lui mi veda come qualcosa di più che semplicemente la ragazza ribelle che ha salvato.

Staccando dall'albero un mandarino extra-large, Wilma torna

alla nostra conversazione precedente. «Quando Ben si è fatto male, ho pensato che sarebbe tornato a casa, ma lui ha deciso che voleva diventare avvocato. La cosa mi ha sorpresa, a essere sincera. Non ha mai avuto l'aria di quello che se ne sta seduto in un ufficio, circondato da scartoffie. Gli è sempre piaciuto lavorare con le mani. Una parte di me si è chiesta se fosse il sangue cattivo di suo padre, a tenerlo lontano da qui».

«Viene a farti visita regolarmente, però, giusto?»

«Oh, sì». Scuote su e giù la testa con fervore. «Quasi tutti i weekend durante la stagione, che dura metà anno. E mi chiama ogni giorno. Ben è praticamente il figlio migliore che una madre possa chiedere. Certo, da ragazzino era una peste, con tutto quel suo correre dietro alle ragazze e combinare guai. Ma è molto leale e onesto. E non lo dico perché sono sua madre. È la verità. È un pessimo bugiardo, anche in quelle occasioni in cui probabilmente *dovrebbe* mentire o semplicemente stare zitto. Ora, se solo riuscissi a convincerlo a sistemarsi con una brava ragazza, sarei felicissima».

«Non credo che Ben abbia tanta fretta di sistemarsi». *Non ne ha affatto.* Come sarebbe, realmente, avere Ben il cento per cento del tempo, senza preoccupazioni? Sarebbe lo stesso che è adesso? O cambierebbe?

Sento gli occhi di Wilma addosso. «Ha solo paura che sarebbe come suo padre. Non potrebbe convivere con se stesso, se ferisse qualcuno nel modo in cui Josh ha ferito me. Il fatto è che Ben non è capace di ferire una donna a quel modo. Il suo cuore è troppo maledettamente grande».

So che non dovrei chiederlo, ma lo faccio: «Perché… Cioè, come hai fatto a sopportare quella situazione per tutti quegli anni?». Muoio dalla voglia di sapere che cosa possa essere preso, a una donna come Wilma – che sembra così forte e autosufficiente –, per stare con il padre di Ben così a lungo.

Il silenzio si fa pesante. Quando la guardo, il suo sorriso è triste, e negli occhi ha un'espressione distante. «Mi sono innamorata di un uomo. E poi sono rimasta aggrappata al suo ricordo per molto tempo dopo che quell'uomo non c'era più», mormora, con un accenno di sorriso triste sulle labbra. «Non è stato sempre così. Alle superiori Joshua era il ragazzo bello e sensibile con cui tutte le ragazze volevano uscire. Quando un giorno, dopo le lezioni, mi si è avvicinato e mi ha chiesto di andare al drive-in con lui nel weekend, credevo di essere morta e di essere andata in paradiso. Cioè, io ero l'insignificante figlia del coltivatore di arance. Che cosa ci poteva vedere, in me? Ricordo ancora quella prima sera: l'odore della sua colonia, l'azzurro dei suoi occhi, il suo sorriso tranquillo, la sensazione del suo braccio che mi stringeva. Avevo tanta soggezione, che si sarebbe detto che fosse una star del cinema o qualcosa del genere. Era ridicolo».

«Ero così anch'io con il mio ex marito», mormoro piano. Fino allo shock e alla soggezione.

Mi batte teneramente la mano sul braccio. «Ben mi ha accennato qualcosa. Mi dispiace molto». Allontanandosi, continua: «Joshua e io ci siamo sposati appena finite le superiori e ci siamo trasferiti qui con i miei genitori. Io ero figlia unica e sapevo che avrei portato avanti questo posto. Joshua voleva costruire mobili, quindi era perfetto. Nel giro di due mesi ero incinta di Josh junior. Gli altri sono seguiti a ruota. Ben ti ha detto che ho avuto tutti e cinque i miei figli nel giro di sette anni?».

Annuisco.

«Joshua aveva un robusto appetito». Ridacchia. «Immagino che Ben non sia caduto molto lontano dall'albero – be', dall'arancio...», solleva un frutto, «in questo».

Oh mio Dio. Abbasso la testa, apprezzando l'ampia tesa del cappello che mi nasconde le orecchie rosse.

«Come puoi immaginare, con cinque bambini che mi correvano attorno e cercando di rilevare l'intera azienda dai miei genitori, che ormai erano anziani e pronti ad andare in pensione, ero piuttosto impegnata. Joshua sembrava soddisfatto di costruire i suoi mobili e venderli. Non è mai stato un padre particolarmente affettuoso, ma sapevo che era perché aveva avuto a sua volta un padre assente. Non era capace di giocare con dei bambini». La osservo raccogliere la frutta per un istante, notando il modo in cui punta il frutto maturo e lo stacca, come se potesse farlo anche dormendo.

«Non avevo idea che là dentro avesse cominciato a bere. Josh era un uomo silenzioso e meditabondo a prescindere, e io ero ingenua. Non ho saputo cogliere i segni. Non ero cresciuta in mezzo a queste cose. Il solo alcol che circolava a casa nostra era lo champagne la mattina di Natale». Fa un sospiro profondo. «Ho dato a lungo la colpa a me stessa. Immaginavo di non essere abbastanza, per lui, di non essere più tanto attraente, con tutti quei figli il mio corpo si era sfatto. Josh era ancora in forma, invece, invecchiava bene. Ero troppo preoccupata per i bambini e il lavoro per truccarmi e mettermi abiti di pizzo. Quando ha iniziato a uscire la sera e a tornare con del rossetto sul colletto, ne sono rimasta devastata. Ma ho guardato dall'altra parte. Ho pianto, convincendo me stessa che ogni donna debba convivere con queste cose. E ho pregato. Ho ringraziato Dio per avermi dato la vita e i miei figli, e ho chiesto il suo aiuto perché facesse di me una moglie migliore, così mio marito non avrebbe avuto più bisogno di bere o di andare con altre donne. Sono stata una stupida», ammette, più a bassa voce. «Quando finalmente ho accettato la realtà che Joshua aveva seri problemi con l'alcol e l'ho affrontato a riguardo, ho solo peggiorato le cose. Mi si è rivoltato contro, dicendomi di lasciarlo in pace, che poteva smettere, se avesse voluto, ma che lo aiutava a sopportare la monotonia della sua vita. E ha iniziato a bere di più. E poi è accaduto l'incidente nella falegnameria. Immagino che Ben te ne abbia parlato».

Annuisco di nuovo, raccogliendo i frutti in silenzio, mentre lei racconta.

«Dopo quell'episodio, ho perso Joshua. L'uomo di cui mi ero innamorata era svanito per sempre, lasciandomi con i miei ricordi da cui non volevo separarmi. Fino alla notte scorsa, quando ho visto lo sguardo sul volto del mio bambino; quando mi sono resa conto di tutto ciò che avevo perso, credendo che, se solo avessi tenuto duro abbastanza a lungo, saremmo potuti tornare indietro. Che non esistesse niente che non valesse la pena di essere salvato».

Sento i primi rombi del motore della dune buggy in lontananza, i familiari cali di giri quando si cambia marcia, ognuno dei quali porta il frastuono più vicino. Sembra che Ben abbia il gas a tavoletta.

Wilma sorride triste. «Non me ne rendo ancora conto. Sono sotto shock... lo so. Al momento riesco solo a pensare che sarà bellissimo avere tutti i miei figli qui, di nuovo sotto lo stesso tetto. Nonostante le circostanze». La aiuto a caricare la cassa piena sul rimorchio, mentre compaiono sprazzi di rosso e giallo, circondati da una nuvola di polvere.

La mano di Wilma, ingannevolmente piccola ma forte, afferra la mia. «Non mi importa che cosa ti ha detto quel ragazzo. Che l'abbia già ammesso a se stesso oppure no, ci tiene molto a te. L'ho visto come si comporta con le donne e con te è diverso. Anche se non saprei esattamente dire in che modo». Sorride, battendomi delicatamente sulla mano, e poi mi lascia andare. «Non rinunciare a Ben, ancora».

La dune buggy si ferma con una frenata in sbandata. «Mamma, sei sparita». Ben si aggrappa ai roll bar e si issa fuori, nonostante il fisico gigantesco, come i protagonisti di *Hazzard*, gli occhi che guizzano guardinghi da Wilma a me. «Che cosa ci fai qui?»

«Aiuto Reese, no? Che cosa ti sembra che stia facendo, Benjamin?», replica ironica.

«Lorna Parker ti sta aspettando a casa con dell'altro cibo».

«Accipicchia. Grazie al cielo avremo la casa piena. Altrimenti non so come potremmo finire tutta quella roba prima che vada a male».

«Magari dovresti smettere di prepararne dell'altra, allora», osserva Ben scuotendo la testa. «Il timer del forno si è messo a suonare, e ho tirato fuori il polpettone. Non so se sia già pronto, ma di certo ha un gran buon profumo».

«Perfetto. Grazie, figliolo». Gli dà un buffetto sulle guance e risale sul suo pickup. In pochi secondi è sparita.

«Sembra tener duro abbastanza bene», osservo.

«È sotto shock. Se hai richieste di qualunque genere – biscotti, torte, un cosciotto d'agnello – è il momento di approfittarne.

Probabilmente non smetterà di cucinare prima della fine della settimana».

«Credo che dovrei provare anch'io, la prossima volta che sarò costretta ad affrontare un evento catastrofico». È molto più salutare del Jim Beam e, dopo quello che ho visto questo weekend, sto considerando l'idea di giurare di smettere con i superalcolici per il resto della mia vita.

Ben gira intorno al rimorchio e inizia a sistemare le casse, i muscoli delle braccia tesi per il peso. «Hai lavorato molto».

«Ricordamelo, quando il mio corpo sarà indolenzito, domani», mormoro, tornando all'albero. Chi lo sapeva che raccogliere frutta potesse essere tanto faticoso? Ma con tutto quell'allungarsi, so che me ne accorgerò.

Mi appoggia le mani forti sulle spalle e inizia a massaggiare dall'articolazione fin giù ai bicipiti. Emetto un mugolio e mi abbandono indietro contro il suo petto.

«Che cos'è questo cappello?», esclama Ben, strappandomelo di dosso e gettandolo nel carro, per poi riportare la sua attenzione sul mio corpo.

«Qual è il problema? Tua madre non vuole che mi rovini la mia bella pelle perfetta», spiego, godendomi il calore del sole almeno quanto mi godo la vicinanza di Ben.

«Allora... di che cosa stavate parlando, voi due?». Dalla sua voce sento che sta sorridendo, ma c'è anche qualcos'altro: sospetto.

«Le solite cose».

Dopo un istante di silenzio: «Hai intenzione di fartelo tirare fuori con la forza?».

Chiudo gli occhi, chiedendomi che cosa comporterebbe. «Solo del fatto che sei innamorato pazzo di me ma ancora non lo sai».

Ben appoggia il mento sulla mia testa e mi stringe in un abbraccio. E scoppia a ridere rumorosamente. «Persino il giorno in cui suo marito si ammazza, mia madre cerca di farmi sposare».

Il ricordo di questa mattina torna a galla, e allungo una mano per dargli un buffetto sulla guancia. «E tu come stai? Sei anche tu sotto shock?».

Lascia andare le braccia e si avvicina a un albero, allungandosi a raccogliere dei frutti maturi da un ramo alto al quale io non posso arrivare. «Non lo so come cazzo sto, Reese. Confuso, ecco». China la testa, irrigidendo i muscoli della mascella squadrata. «Mamma gli dice che ne ha finalmente abbastanza, che vuole essere libera, e lui prende e si uccide? Ha organizzato tutto come su un maledetto palcoscenico, con le porte spalancate e lui seduto nel mezzo. Come dovrebbe reagire mia madre a una cosa del genere? Si sentirà un casino colpevole, ecco come! Lo nasconde bene, ma lo so che si sente in colpa. È stato un modo per mandarla affanculo? Per mandarci me?». Abbassa ulteriormente la testa e fa un respiro profondo. «Scusa, non volevo gridare. È solo...».

«Non c'è problema. Grida quanto ti pare, Ben».

Si posa una mano sulla testa e fa per parlare, ma esita. E poi esplode. «Sono felice come una Pasqua all'idea che sia morto, Reese. Quanto cazzo è *sbagliata* questa cosa? Cioè...». Lascia andare le braccia così pesantemente che le sue mani sbattono contro le cosce. Inizia a camminare avanti e indietro. «Quando ho visto la mamma accasciata a terra in quel modo, ho pensato che avesse avuto un altro attacco di cuore. Mi sono precipitato da lei. E poi ho visto mio padre abbandonato su quella sedia – morto – e l'unica parola che mi è venuta in mente è stata "finalmente"! Finalmente, dopo tutto quello che le aveva fatto, dopo tutto il dolore che ha causato a lei e a questa famiglia, e tutto quello che abbiamo perso, il pezzo di merda è fuori dalle nostre vite!».

Il suo tono si addolcisce un po', la sua voce si incrina. «Mentre mia madre se ne sta lì a piangere la sua morte, io sono pronto a cantare l'alleluia, cazzo». Riesco quasi a vedere il senso di colpa che gli pesa sulle spalle. «Che razza di persona sono?»

«Normale, Ben. Era uno schifo di padre e di marito. Lo sa anche tua madre».

«Davvero?». Si gira a guardarmi. «Come reagiresti se ti chiamassero per dirti che Annabelle è morta? Saresti pronta a dare una festa?».

Bella domanda. Annabelle... morta? Non ci ho mai pensato molto. Che cosa proverei per una donna che si è dimostrata incapace di provare qualunque sentimento nei miei confronti? «Non lo so», ammetto con un sospiro.

Restiamo in silenzio e Ben si appoggia al carro.

Alla fine mi azzardo a chiedere: «Che cosa c'era scritto sulla lettera?».

Arriccia le labbra per un istante. «Che gli dispiaceva per... tutto. Che gli sarebbe piaciuto poter essere un marito migliore. Che voleva che mia madre tenesse il frutteto e fosse di nuovo felice».

Mi si forma un nodo in gola. «Com'è possibile che una persona vada fuori rotta fino a questo punto?»

«Alcol... depressione... paura...». Scuote la testa. «Non lo so».

Perché ci sono voluti una boccetta di aspirine e un desiderio di morte, al padre di Ben, per ammettere le sue colpe? Se avesse semplicemente detto queste cose anni fa... Immagino che magari non capisse che cosa non andava. O che abbia continuato a negarlo. Fino a che non è stato troppo tardi. «Almeno le ha concesso questo».

«Sì. C'era anche una busta con un'assicurazione sulla vita che hanno stipulato anni fa. Piuttosto consistente, devo dire. E che pagherà anche se si è suicidato». Sorride triste. «L'aiuterà a sistemare la casa».

Una sensazione di calore mi si sprigiona nel petto. «È una notizia grandiosa!».

Ben si gira a guardarmi con un'espressione buffa.

«Che c'è?».

Ma non dice niente. Si limita ad allungarmi una mano. Quando la prendo, mi tira contro di sé. Sollevandomi sul bordo del rimorchio, senza pensarci un secondo mi allarga le gambe per infilarcisi in mezzo. «Lo so che è stata una giornata di merda, ma sono contento che tu sia qui».

«Lo sono anch'io». L'unica cosa che ho desiderato è di prendere tra le mie mani quel suo cuore enorme e proteggerlo da altro dolore. Dolore come ne ho visto ieri sera. Il tipo di sofferenza che si prova quando si deve affrontare l'amarezza profondamente radicata che Ben ha dovuto affrontare per anni. Mi chiedo se sia meglio o peggio dell'indifferenza che vedo negli occhi di Annabelle quando mi guarda.

Mi aspetto le mani di Ben sotto la maglietta da un secondo all'altro, invece appoggia la fronte contro il mio petto. Così io gli stringo le braccia attorno alla testa, premo la guancia contro i suoi capelli e rimango a osservare il sole del pomeriggio che attraversa l'orizzonte in silenzio.

«Avrei dovuto semplicemente chiamarlo. Non so come tu mi abbia convinto a fare questa cosa», bisbiglia Ben, imboccando il vialetto della casa di Jack, quella sera.

«Te l'ho detto. Sa già che ero con te e che cosa è successo. Vorrà farti le condoglianze di persona».

Ben fa un profondo sospiro rassegnato.

«Non ti licenzierà!».

«Be', farlo proprio oggi sarebbe di pessimo gusto, immagino». Ben esce con riluttanza dal lato del conducente e mi segue all'interno.

Mason e Jack ci stanno entrambi aspettando in cucina. Jack si alza in piedi all'istante, avvicinandosi con espressione cupa e le braccia spalancate per dare un virile abbraccio a Ben, che lo guarda confuso. Mason lo segue a ruota. «Come possiamo aiutarvi?»

«Credo che Reese abbia già accennato al fatto che mi serve la settimana libera... I miei fratelli stanno cercando dei voli per Miami, ma non sono sicuro di quando riusciranno ad arrivare. E non posso lasciare mia madre da sola».

«Sicuro», dice semplicemente Jack.

Ben deglutisce. «Grazie, Jack. È un sollievo. Sono qui solo per riaccompagnare Reese e prendere qualche vestito, e torno lì già stasera».

C'è un momento di silenzio imbarazzato, e tre paia di occhi si girano verso di me: quelli di Mason pieni di curiosità, quelli di Jack di resistenza e quelli celesti di Ben... Non so che cosa sia quello sguardo, ma oggi l'ho visto spesso.

«Mia madre vi manda il suo polpettone come piccolo segno di ringraziamento», aggiunge Ben, allungando a Mason il pacchetto confezionato da Wilma. Le notizie viaggiano in fretta nelle piccole comunità. Quando sono tornata in casa, frigorifero e freezer straripavano di cose da mangiare portate dagli amici, e Wilma stava ancora cucinando.

«Be', dille che non era necessario, ma che farà la stessa ottima fine che ha fatto quello della volta scorsa». Jack si batte sulla pancia con una risatina sommessa che riempie la cucina.

«Ora devo mettermi in marcia». Altro momento di imbarazzato silenzio, e Ben mi lancia un'occhiata. Mi chiedo che cosa stia pensando. Probabilmente la stessa cosa che sto pensando io. Qual è il protocollo standard per salutarsi, in questo caso? Perché *io* so che cosa vorrei.

Vorrei che mi baciasse.

Schiarendosi la voce, alla fine Ben dice: «Grazie per tutto l'aiuto che ci hai dato oggi, Reese. Mia madre l'ha sicuramente apprezzato. Devi essere stanca».

Esausta, a dire il vero. Non so come faccia Wilma a farlo giorno dopo giorno. Mi limito ad annuire e a osservare la sua schiena che se ne va, scomparendo oltre la porta d'ingresso.

E il pensiero mi colpisce. Non lo rivedrò per un'intera settimana. Come minimo! Proverà anche lui qualcosa di vagamente simile a quello che sto provando io adesso? O Wilma si sbaglia? È così che Ben intende l'amicizia? Con un tocco di tragedia personale come colpo di scena, buttato lì per portare un po' di scompiglio emotivo? E se davvero sentisse qualcosa e l'idea non gli piacesse? Wilma mi ha presentato come la ragazza di Ben a chiunque avesse voglia di ascoltare, incluso il prete della sua parrocchia che è passato mentre caricavamo la macchina per tornare a Miami. Ci sono buone probabilità che Ben abbia intenzione di svignarsela da questa situazione.

Magari nel letto di qualcun'altra.

Merda. Davvero sto iniziando a provare dei sentimenti per Ben Morris?

«Ho dimenticato una cosa in macchina». Mi è uscito innaturale e palesemente falso. Lancio un'occhiata a Jack, nel passargli accanto. Mi sta fissando. Cerco di non precipitarmi fuori dalla porta, ma sono abbastanza sicura di non essere riuscita a nascondere la mia urgenza.

La figura alta di Ben si sta giusto chinando per sedersi sul sedile del conducente, quando la porta d'ingresso si chiude alle mie spalle. Si ferma e mi guarda avvicinarmi esitante e rigida a lui, lo stomaco un misto di farfalle e terrore, non sapendo che gli passa per la testa. Questa "cosa" fra di noi era più facile quando non me ne importava. Ora... Sono abbastanza sicura che non sia più così. Dio, non voglio essere un'altra Mercy, un'altra "amica" che si troverà costretto a respingere con gentilezza.

«Volevo solo...». Quando lo raggiungo, la mia voce si affievolisce. Che cosa diavolo gli dico, adesso che sono qui? «Mi dispiace molto per tuo padre. Per tutto. Non solo per oggi».

Mi osserva con la testa piegata di lato. «Reese, ti stai innamorando di me?»

«No!», grido con un po' troppo vigore. Sento il volto andarmi in fiamme, mentre lui inizia a ridacchiare. «Smettila, imbecille».

«Ehi! Mio padre si è ucciso solo oggi e tu mi insulti?». Il suo terribile tentativo di fare dell'umorismo mi fa venire i brividi. «Su, dài, vieni qua». Mi mette una mano dietro la schiena, stringendomi in un forte abbraccio, e io sprofondo il volto nella sua morbidissima T-shirt. Tutte le sue magliette sono morbide e comode e fanno venire voglia di sprofondarcisi dentro. Inspiro a fondo, catturando quel profumo di pulito e sapone che già mi mancava.

«Sopravvivrai una settimana senza di me o hai bisogno di tenere una delle mie magliette per aiutarti a tirare avanti?», mormora, la bocca premuta contro i miei capelli. Dalla sua voce, sento che sta sorridendo.

Giro la faccia, mentre un'altra vampata di calore mi sale alle guance. «Magari solo una».

Mi stringe più forte con un gemito. «Così puoi usarla per qualche strana merdata di esorcismo o voodoo quando ti faccio incazzare? Cavolo, no! Mi ritroverò con una brutta orticaria, non è così? Oh, aspetta. Tu hai detto che *io* ero come un'orticaria, o sbaglio?».

Mi ritrovo a ridere appoggiata al suo petto, quando un movimento delle tende alla finestra cattura la mia attenzione. *Grandioso. Jack.* Quando rientrerò, dovrò fare i conti con questo.

Deve averlo visto anche Ben. «Che cosa dirai a Jack?»

«Non lo so». Mi allontano e butto indietro la testa per guardarlo negli occhi. «Che cosa *dovrei* dirgli?».

Il suo petto preme contro il mio con il suo respiro pesante. Dopo un'altra rapida occhiata alla finestra, mi spinge oltre la macchina, al riparo delle porte del garage, abbastanza lontano da non essere nella visuale di nessuna finestra. Mi guarda, vagando sui miei lineamenti e soffermandosi sulla mia bocca. «Che siamo buoni amici». E poi, contraddicendo le sue stesse parole e in modo così diverso dal Ben che mi ha baciata in passato, si abbassa e mi dà un bacio lungo e dolce sulla bocca, accarezzandomi le guance con i pollici. «Devo andare, adesso. Il viaggio è lungo e io sono a pezzi», mormora borbottando in quel suo tono basso, la bocca contro la mia. Sento le sue labbra curvarsi contro le mie. «Non ho dormito bene con tutto quel blaterare che hai fatto la notte scorsa».

«Come?!». Aggrotto la fronte. «Io non parlo nel sonno».

Dall'angolo della casa arriva giusto abbastanza luce perché possa vedere le sue fossette. «Sì, invece. È solo che non ho avuto l'occasione di prenderti in giro prima».

La curiosità ha la meglio sull'imbarazzo. «Che cosa dicevo?».

Lui esita un secondo, come per decidere se dirmelo o no. E poi scrolla le spalle. «Difficile a dirsi, visto che anche il tuo sedere è stato in funzione per tutta la notte. Che cosa hai mangiato? Perché… Cristo!».

«Cosa?!», grido, spingendolo via per dargli una pacca sul torace ampio, mentre lui scoppia a ridere. «Io non *scoreggio* nel sonno!», dico a denti stretti. Questo sarebbe peggio del vomito e del camminare carponi.

«Ero io quello pigiato contro di te tutta la notte. Credo di saperlo».

«Oh mio Dio». Chiudo gli occhi rabbrividendo. Di tutti i ragazzi davanti ai quali farlo – sempre che sia vero: Jared non ha mai detto niente –, doveva essere proprio uno come Ben? Che mi tormenterà! Sono cose che succedono anche alle altre? O sono solo io? Mi allontano da lui e inizio a indietreggiare. «Be', è meglio che ti metta in marcia. Il viaggio è lungo».

Le sue mani forti mi afferrano e mi schiacciano con la schiena contro la porta del garage. «Non preoccuparti. Ti trovo ancora sexy». Con un sorriso irritante, si china e mi mette KO con uno dei suoi baci da togliere il fiato, questo molto più familiare e "da Ben", e mi taglia le gambe premendo il suo corpo contro il mio. Quando finalmente riapro gli occhi, vedo due profonde fossette. Ben solleva una mano e mi bacia le nocche. «Okay, seriamente, devo andare, o potrei prenderti sul cofano della macchina di Jack». Facendomi scivolare una mano sulla schiena, mi spinge verso il marciapiede, mentre lui torna alla sua auto. «Credi di riuscire a tenerti fuori dai guai, questa settimana?»

«Dipende. Che tipo di guai?».

Appoggia una mano sulla portiera aperta e mi guarda con un sorrisino compiaciuto, spiegando in tono beffardo: «Il tipo che ha a che fare con gli ex mariti stronzi».

Apro la bocca per rispondergli, ma mi blocco riflettendo. Si riferisce alle risse con Caroline e agli scatti violenti? O era il suo modo di dirmi che non vuole che scopi con nessuno? Decido per: «Dipende. Pensi di poter stare alla larga dallo zuccherino?».

Mi fa l'occhiolino. «Lo sapevo che eri gelosa». E poi sale sulla sua macchina senza darmi una vera risposta. Lo guardo allontanarsi, irritata e improvvisamente svuotata.

Con un respiro profondo, entro in casa.

Jack e Mason sono ancora in cucina. Jack sta affettando una porzione considerevole di polpettone che mette in un piatto. «Hai mangiato?»

«Sì, Wilma non ha voluto che partissimo prima di aver cenato», spiego, prendendo dal frigo la bottiglia di latte al cioccolato.

Svito il tappo e sto per portarmela alle labbra per bere d'un fiato, quando vedo Mason che mi fissa, cercando con tutte le sue forze di non rimproverarmi. Abbasso le braccia e prendo un bicchiere, assicurandomi di guardarlo con un'occhiataccia del tipo "Lo vedi? So anche essere rispettosa".

«Be', quella donna sa proprio cucinare», considera Jack, aprendo il microonde per infilarci dentro il piatto. «Non ho fame, ma questo me lo devo mangiare».

Gli do un buffetto affettuoso sulla pancia. «Fai attenzione. Non vorrai ingrassare troppo. Cosa direbbe la signorina Sexton?».

Dal suo sgabello, Mason si mette a ridacchiare.

«Mason...». La cucina si riempie di *bip* mentre Jack inserisce le istruzioni nel microonde. «Perché non vai in camera tua a parlare con quella tua adorabile ragazza?».

La risatina di Mason si interrompe all'istante. «Mi stai mandando in camera mia? Ho venticinque anni!».

«Sì, è vero, hai venticinque anni. E nonostante ciò, sei stato beccato a mentire a tuo padre, questo weekend». Jack è in piedi di fronte al microonde, un sorrisetto sul volto.

«Buona fortuna, Reese», mormora Mason, prendendo il giornale che stava leggendo e il suo bicchiere di latte al cioccolato.

«Allora...». Jack si prende un momento per cercare tra le forchette nel cassetto delle posate, come se ci fossero delle "forchette giuste" e delle "forchette sbagliate", lì dentro. Sono tutte uguali. «Come la sta prendendo la madre di Ben?»

«Difficile a dirsi. Si è tenuta molto occupata, oggi. Ben pensa che le cose per lei saranno dure, una volta che le acque si calmeranno».

Jack tira fuori il piatto caldo dal microonde e si dirige verso il bancone della cucina. «Non credo che perdere il marito a quel modo sia semplice».

«È stato brutto, ma avrebbe potuto andare peggio». Immagino che una boccetta di pillole e un po' di vomito siano decisamente più facili da digerire che un colpo d'arma da fuoco o una corda. Se Wilma fosse entrata e avesse trovato una cosa del genere...

Al pensiero ho una stretta allo stomaco. È una donna molto dolce e si merita di essere felice.

È anche una donna affascinante. Forse è per l'immensa differenza tra lei e Annabelle. L'unico esempio che ho avuto, crescendo, è stato una donna che non faceva che passare da un marito all'altro per ottenere sempre più potere e prestigio. Wilma è completamente l'opposto, è rimasta con un uomo abietto per trentatré anni, aggrappandosi ai pochi mesi felici che ricordava. Forse nessuna delle due ha fatto scelte giuste.

«E Ben, come la sta prendendo? È sicuro che guidi da solo?», chiede Jack.

Ripenso a ciò che ho appena lasciato nel vialetto. Ben che fa... Ben. «Credo che stia bene», dico esitante. Poi aggiungo: «Non aveva un rapporto particolarmente stretto con suo padre».

Jack annuisce, sedendosi. «E che cosa mi dici del suo rapporto con te? Quanto è stretto?». Si mette in bocca una forchettata di polpettone e mastica lentamente, senza mai staccare gli occhi dal mio volto.

«Siamo buoni amici», ripeto a pappagallo le parole di Ben. Non è una bugia. Abbiamo sviluppato un'amicizia forte. Può non essere del tutto platonica. O niente affatto platonica. Ma, finché Jack non chiede i dettagli, è una risposta attendibile. Inoltre, se non ammetto niente, non metto Jack in una posizione imbarazzante, costringendolo a prendere misure di qualche tipo al lavoro.

La mia logica è ferrea.

Guardo Jack riflettere sulla mia risposta, mentre deglutisce e si riempie di nuovo la bocca. So sempre quando Jack sta pensando, perché tiene gli occhi bassi e fissi su un punto. Alla fine, appoggia la forchetta sul bancone. «Penso che abbiate entrambi un futuro molto brillante e mi spiacerebbe davvero se qualcosa lo compromettesse».

«Non succederà», prometto, anche se dentro di me non sono sicura quanto sembro. Che cosa accadrà *quando* Ben andrà con qualcun'altra? Raggomitolandosi nel letto con lei? Facendola ridere e sentire speciale?

Il solo pensiero mi fa serrare i denti.

Jack fa un debole grugnito, come se potesse leggermi la mente, vedere i miei dubbi.

Finisco il bicchiere di latte e lo sciacquo. «Vado a letto, Jack. È stata una lunga giornata».

«Va bene. È arrivato un pacco per te, ieri; da parte di Annabelle. L'ho messo nella tua stanza».

«Grandioso. Cosa potrà mai essere?»

«Reese?», mi chiama Jack, mentre gli passo accanto.

Rallento riluttante. Posso convincermi di ciò che mi pare; ingannare Jack mi sembra comunque sbagliato. «Sì?»

«Lo capisci perché sono preoccupato, vero?»

«Perché dal punto di vista emotivo sono un casino e in un attacco di rabbia potrei accidentalmente ridipingere gli interni della Warner?».

Rimane in silenzio, con un sorriso sghembo sulle labbra. «Ben sembra un bravo ragazzo, ma… non voglio che tu ti inacidisca come Annabelle». Mi mordo l'interno della bocca per non dire niente, ricordando le stesse parole pronunciate da suo figlio solo qualche giorno fa. «Solo…». Jack prende il bicchiere di vino rosso che ha a malapena toccato, da quando sono tornata a casa. «Tienilo fuori dall'ufficio, Reese. Non voglio che qualcuno cominci a fare domande. Sembrerebbe che faccio dei favoritismi nei tuoi confronti». Beve un sorso. «Più di quanto già non faccia».

Gli rivolgo un minuscolo, impercettibile cenno con la testa, mentre mi allontano su per le scale per rifugiarmi nell'intimità della mia stanza, dove trovo la gigantesca scatola bianca sul letto. Buttando lo zaino di tela sul pavimento, tolgo il nastro adesivo. Annidato tra la carta velina, trovo un mucchietto di satin color ametista. Aprendo il biglietto appoggiato sopra, leggo:

Per il ballo di beneficenza di questo sabato. Spero che tu non sia ingrassata.

Sospiro. Questo evento deve essere molto importante per la sua immagine, se si dà tanta pena per portarci sua figlia.

Sollevo la scatola e la getto in un angolo, senza neanche tirare fuori il vestito.

Perché non ci andrò.

Ora che riesco a infilarmi a letto, sono le undici, e in quell'istante mi suona il cellulare. Nel vedere apparire il nome di Ben, il mio stomaco fa una capriola.

Oddio, sono messa davvero male.

Rispondo così: «Ti mancavo già così tanto?»

«Come è andata con Jack?», dice lui, sovrastando il rombo del motore Volkswagen.

Ecco perché ha chiamato. È preoccupato per il suo lavoro. Ovvio. «Bene. Non hai niente di cui preoccuparti».

«Davvero?». Il dubbio nella sua voce è lampante.

«Sì. A patto che tu non dica a nessuno al lavoro che sei innamorato di me, andrà tutto bene».

Scoppia a ridere. Mi mordo il labbro per resistere alla tentazione di chiedergli che cosa ci sia di tanto buffo.

Rimaniamo un lungo istante in silenzio, durante il quale mi aspetto che lui mi saluti e riattacchi; e sotto sotto tremo all'idea.

Ma poi lo sento chiedere: «Cantami qualcosa».

«Come?»

«Il viaggio è lungo e mi sto addormentando. Cantami qualcosa prima che mi schianti».

Cerco di evitare che la vampata di entusiasmo che mi assale esploda attraverso la mia voce, mentre mormoro: «Okay», e sprofondo nella poltrona a sacco. Appoggiando il telefono e inserendo il vivavoce, prendo la chitarra e inizio a pizzicare le corde a caso. «Qualche richiesta?»

«Che ne dici di... *Achy Breaky Heart*? *Ice Ice Baby*?».

Alzo gli occhi al cielo. Né il country di Billy Ray Cyrus né il rap di Vanilla Ice sono esattamente il mio genere. «Nessuna. Okay, allora». Mi sistemo e continuo a pizzicare le corde, fino a che non emerge una melodia familiare e le parole di *The Freshmen*, dei Verve Pipe, non mi escono di bocca.

È bello cantare qui, in questo momento. Non per esibizionismo, non per vendetta. Solo per me.

E per Ben.

«Sei ancora sveglio?», chiedo, mentre l'ultima nota della canzone svanisce.

«Puoi scommetterci, tesoro. Cantamene un'altra». Sulle labbra mi nasce un caldo sorriso, e attacco un'altra canzone.

Quando Ben imbocca il vialetto di Wilma, quasi due ore più tardi, la voce mi si sta facendo roca e il mio sedere ha perso sensibilità. «È tardi. Dovresti riposare un po'», dice.

«Ti sembra diverso, adesso, essere lì?».

Rimane a lungo in silenzio. «Ancora non lo so. Non ho ancora capito come mi sento riguardo a tutta questa faccenda». Molto più piano, lo sento aggiungere: «Riguardo a molte cose».

«Sì. So cosa vuoi dire». Mi mordo immediatamente la lingua. Sono stata troppo esplicita?

«Buonanotte, Reese».

«Buonanotte, Ben». Chiudo la telefonata, per evitare la tentazione di dire qualcosa di cui potrei pentirmi.

Capitolo 30
Ben

«È *diverso eccome*» ammetto a me stesso, coricato a letto con la testa appoggiata al braccio a fissare il soffitto della stanza di Elsie.

E la cosa non ha niente a che fare con la morte di mio padre.

Vorrei che Reese fosse qui sdraiata accanto a me. Cerco di dirmi che è perché sono appena stato due ore seduto in macchina ad ascoltare la sua voce così sexy. Ho sorriso come un idiota per tutto il tempo.

E poi, quando ho trovato la mamma in questa stanza, le mani sui cuscini, intenta a cambiare le lenzuola, le ho gridato di fermarsi.

Lei mi ha dato una leggera pacca sul petto con un sorriso accennato e se ne è andata in silenzio, lasciandomi sprofondare la faccia nel guanciale di Reese per inalare il suo profumo di fragole e panna.

E ora, eccomi qui a pensare a quando stasera l'ho baciata, prima di lasciarla, e a quanta poca voglia avevo di lasciarla.

A essere sinceri, mi aspettavo che la novità di Reese sarebbe scemata, dopo venerdì notte; che averla finalmente nel mio letto avrebbe soddisfatto quel desiderio intenso che mi aveva fatto impazzire per settimane. Cioè, sono uno che ama la caccia. È *sempre* stato così. Ma non con Reese.

Con lei è piuttosto l'opposto, a dire il vero.

Ora voglio solo tenerla stretta a me, per impedirle di andarsene. E lasciarla stanotte, con la possibilità che finisca a letto con quel coglione del suo ex, è stato difficile. So che in parte mi secca che lei lo consideri ancora dopo tutto il male che le ha fatto. Ma perlopiù non è quello, il problema, perché quando la penso a letto con *chiunque* altro, sento esattamente lo stesso nodo allo stomaco.

Sì, le cose sono decisamente cambiate. Solo che non sono sicuro di che cosa fare.

«Come hai dormito, tesoro?», chiede mamma dalla sua poltrona sotto il portico sul retro, avvolta in una delle coperte fatte ai ferri della nonna a bere il suo tè.

Mi chino a darle un bacio sulla testa. «Come un sasso, al solito. Lo sai». Una volta che il mio corpo si spegne, non è facile svegliarmi. Ieri la stavo prendendo in giro, Reese. Se ha parlato o fatto qualunque altra cosa, nel sonno, io non ne ho proprio idea.

Mamma sorride. «Sei sempre stato quello che dormiva di più. Un bambino tanto felice e facile da gestire».

Appoggio la tazza del caffè sul piccolo tavolino – un altro pezzo fatto da mio padre, la casa è come un museo di Joshua Morris – e mi siedo in una poltrona. «Quando arrivano gli altri?»

«Elsie dovrebbe essere qui oggi pomeriggio. Rob e Jake arriveranno mercoledì, con le famiglie. Josh non prima di giovedì sera. Non può permettersi di perdere dei giorni di lavoro». Il più vecchio dei miei fratelli – che porta il nome di mio padre e si può affermare essere la classica mela caduta non lontano dall'albero – lavora come operatore di gru a Chicago. Almeno *lui* ha ammesso di avere un problema con il bere e sta cercando di farsi aiutare. Le parcelle mediche e gli assegni alimentari per moglie e figli lo costringono a cercare di far quadrare i conti vivendo in un merdoso miniappartamento in una delle aree meno allettanti di Chicago.

«La casa sarà piena».

«Lo so». Mamma sorride triste. «È passato molto tempo dall'ultima volta». Mi allunga un piatto di dolce. «Tieni, prendine un po'. Dentro ne abbiamo altri venti».

«I vicini sono stati buoni, con noi». Ne prendo volentieri un pezzo, che mi infilo in bocca.

«Delizioso, vero?».

Le rispondo con un gemito. Non rifiuto mai un dolce, anche

se probabilmente dovrei. Se un giorno dovessi smettere di fare palestra, in men che non si dica finirei con una pancia come quella di Jack.

«L'ha fatta Hayley».

«Chi è Hayley?». Mi volano fuori delle briciole dalla bocca.

«Non parlare con la bocca piena», mi sgrida mia madre. «La figlia di Lorna. Viene ad aiutarci a tirar giù i mandarini. Il raccolto di ieri è andato all'imballaggio questa mattina. Sarà in viaggio già nel pomeriggio».

Almeno questo è sistemato. Non riesco ancora a credere che Reese sia rimasta là fuori tanto a lungo, a riempire quelle casse. Potrei baciarla, per questo. Diamine, potrei baciarla per qualsiasi cosa, ma questa è una scusa come un'altra.

Dopo un momento di silenzio, mamma aggiunge: «C'è sempre posto, qui, per una persona in più».

Le lancio uno sguardo confuso.

«Reese, figliolo», chiarisce con un sospiro esasperato. «Perché non la inviti a venire a stare qualche giorno da noi?»

«Be', per prima cosa perché lavora a tempo pieno. Inoltre, perché mai dovrebbe aver voglia di gironzolare da queste parti per un'intera settimana, mentre noi ci prepariamo a un funerale?».

Beve un piccolo sorso di tè. «Qualcosa mi dice che ne sarebbe felice».

Naturalmente. Il che mi porta a dirle quello che non ho avuto l'occasione di precisare prima. «Mamma, devi smetterla di dire alle persone che Reese è la mia ragazza».

«Oh, me lo sono lasciato scappare accidentalmente?». Fa finta di spazzarsi le briciole dalla mano, distogliendo gli occhi.

«Solo una volta o due», la prendo dolcemente in giro, appoggiandomi allo schienale della poltrona per allungare le gambe. «Siamo solo *amici*. Non ho bisogno che le cose si facciano più complicate, mettendo delle etichette».

«Credi che un'etichetta possa cambiare ciò che sta accadendo?». Le vedo comparire un sorriso sulla bocca, come se fosse a conoscenza di un segreto, ma si nasconde dietro un altro sorso di tè. Di cosa diavolo avranno parlato queste due nel frutteto, ieri? È stata una mossa subdola da parte di mia madre. Un attimo prima è in cucina. Poi vado al cesso e, quando torno, lei è sparita.

«Com'è andata ieri sera, quando l'hai riaccompagnata? Il tuo capo ha detto qualcosa di voi due?»

«Mi ha fatto le condoglianze e mi ha detto che la famiglia viene al primo posto».

«Uhm... sembra un brav'uomo», mormora lei.

«Sì, lo è». E io sto iniziando a sentirmi in colpa per quello che sto facendo con la sua figliastra, specialmente dopo che abbiamo parlato. Ormai deve averlo capito.

«Bene, ho fissato il funerale per venerdì. Il pastore Phillips ha detto che può occuparsene lui. Non voglio fare la veglia. Non mi aspetto molte persone...». La sua voce si spegne, e il suo sguardo si fa distante.

«Non per lui, in ogni caso». Nel vederla trasalire alle mie parole, mi pento di averle dette. Sono stato molto attento a non parlare in questo modo, a non lasciar trasparire i miei sentimenti. La ferisco e basta.

Le prendo una mano nella mia. «Oggi telefono alla compagnia di assicurazione e sistemo tutto. Va bene?».

Annuisce lentamente. «Non mi ero resa conto di quanto siano diventati cari i funerali».

«Non preoccuparti per questo, mamma. Ho abbastanza denaro da coprire io i costi, fino a che l'assicurazione non ti pagherà».

«Oh, non posso accettare i tuoi...».

«Non preoccuparti. Io non ho problemi».

Leva lo sguardo su di me. «Come ho fatto ad avere la fortuna di un figlio come te?».

Alzandomi, la bacio di nuovo. «Mi hai cresciuto così. E io ho fatto un sacco di soldi occupandomi di ragazze nude da Penny's».

«Oh, Ben». Scuote la testa e si mette a ridere piano.

«Sono nel frutteto. Chiamami al cellulare, se hai bisogno di qualsiasi cosa».

Mentre varco la porta per entrare in cucina, mamma mi chiama: «Vorrei che Reese venisse al funerale. Pensi che verrebbe?».

Scrollo il capo rassegnato, consapevole del suo gioco. «Non ne sono sicuro, mamma. Glielo chiederò».

Il rombo familiare e il cigolio dei freni del pickup della tenuta si arrestano dietro al trattore. Pensando che sia mia madre, non mi volto neanche.

«Ben?». Il mio nome è pronunciato da una voce femminile che non conosco.

Girandomi sui tacchi, vedo una ragazza sui vent'anni, con i capelli di un biondo quasi bianco e due gambe lunghe un chilometro, scendere dal veicolo.

Sbatte la pesante portiera e viene verso di me tendendomi la mano. «Sono Hayley Parker. Sono qui per dare una mano con il raccolto».

Le do una veloce stretta. «Sì, giusto. Mamma l'aveva detto che saresti passata. Grazie per esserti offerta».

Affiancandomi di soppiatto, si infila le mani nelle tasche posteriori dei pantaloncini, mentre con gli occhi azzurri osserva l'albero davanti a noi. «Lavoravo in un agrumeto, quindi sono pratica».

«Perfetto. Allora non farò la figura del coglione cercando di addestrarti». È carina, non ci sono dubbi, la tipica ragazza della porta accanto. Ne ho avute a bizzeffe.

Passando dal sorriso a un broncio tutto labbra, mi appoggia una mano sul bicipite. «Mi dispiace molto per tuo padre».

Con un cenno della testa, mi giro a raccogliere alcuni dei mandarini più alti.

«Non ti ricordi di me, vero?», chiede, tastando e staccando a sua volta un frutto dai rami più bassi.

La mia mano si blocca. *Merda*... Sembra una domanda trabocchetto. Il suo volto non mi è affatto familiare, e di solito sono bravo a ricordare le donne con cui ho scopato. Azzardo un'occhiata, per guardarla *meglio*. Come diavolo ho fatto a perdermi quel paio di tette sode che mi fissa da sotto la maglietta rosa attillata? Probabilmente a causa di quelle dannate gambe.

«Eri all'ultimo anno, quando ho iniziato le superiori», spiega infine Hayley.

«Ci... conoscevamo?». È il mio modo segreto di chiedere "Abbiamo scopato?". Perché ne sarei sorpreso. Le quattordicenni non facevano per me, a diciassette anni.

«No. Cioè, *io* sapevo chi eri *tu*». La sua voce si affievolisce. E, andando verso le casse per depositarvi delicatamente i mandarini che tiene tra le lunghe dita, arrossisce. «Venivo a tutte le tue partite. Avevo una gran cotta per te, allora».

Eccola là!

Cerco di soffocare un sorriso. Non era l'unica. Non voglio fare il cazzone, ma quando apri il tuo armadietto e il più delle volte ne cadono fuori dei biglietti d'amore, non puoi negarlo. «Non mi hai mai neanche salutato?», la prendo in giro.

Lei inizia a ridacchiare, passandomi accanto e sfiorandomi le braccia con le sue. «Assolutamente no! Ai tempi ero una ragazzina pelle e ossa».

E ora non più. È questo che spera che noti, indossando quei calzoncini neri aderenti? Messaggio ricevuto.

«Puoi aiutarmi per favore ad arrivare a quelli?», chiede timidamente da sotto un ramo che si estende al di sopra della sua testa. Le sue braccia si allungano abbastanza da sollevarle la maglietta e rivelare un piercing ad anello all'ombelico.

Questo mi fa immediatamente pensare a Reese. Reese non ha piercing all'ombelico. Perché no? Sembra essere un prerequisito standard, per una ragazza, prima di passare a punti più "avventurosi".

«Ben?»

«Ehm, sì, scusa». Distogliendo gli occhi dal suo piercing, scuoto la testa e mi avvicino per abbassarle con delicatezza il ramo. Ci sono molti frutti maturi, a portata di mano. Non c'era bisogno di questa mossa ben orchestrata, grazie alla quale Hayley ora si trova ampiamente all'interno del mio spazio personale, di fronte a me con un leggero sorriso sulle labbra, e più concentrata sul sottoscritto che sul lavoro da fare.

Se la ragazza mi conosce, allora sa esattamente come sono fatto. Non mi sono mai preoccupato di nascondere la cosa a nessuno. Ho il forte sospetto che, se mi andasse di scopare, in questo preciso momento, questa ragazza sarebbe praticamente già nuda.

C'è solo un problema.

Non è Reese.

Cazzo... Che cosa mi sta succedendo?

Davvero sto rinunciando a questa occasione?

Sì.

Sì, lo sto facendo.

«Senti, devo prendere il pickup e tornare indietro. Ci sono delle cose di cui devo occuparmi». Il suo volto si rattrista per la delusione, quando si rende conto che quella sua campagna di otto anni non si avvierà ovviamente a un'epica conclusione oggi nel frutteto. Giusto nel caso che mi si butti addosso – perché mi è già successo prima – lascio andare il ramo, che schizza verso l'alto, e faccio alcuni passi indietro. «Mamma tornerà qui presto». Senza aspettare la sua risposta, salgo in macchina e porto di corsa il culo a casa.

«Lo sapevi che la figlia di Lorna ha una cotta per me da quando aveva quattordici anni?», chiedo a mia madre balzando fuori dal lato del conducente, una volta tornato a casa. «Perché chiunque se ne accorgerebbe».

«Hayley ti ha trovato senza problemi?». Tiene gli occhi fissi sulle fioriere che sta innaffiando.

«Sì, mamma. Mi ha trovato, *senza problemi*».

«È una bella ragazza, vero?»

«Sì, direi». Scuoto la testa. «Che cosa ti sta succedendo? Un attimo prima cerchi di farmi sposare con Reese, e il successivo mi tendi una trappola bionda!».

Sul volto di mia madre si allarga lentamente un sorriso che arriva a comprendere l'intera proprietà. Non ricordo di averla vista tanto felice da molto tempo. «Ma non ci sei cascato, no?»

«Che diavolo, mamma! Volevi davvero che ci cascassi?».

Mentre l'acqua della canna si esaurisce a poche gocce, il suo sorriso si trasforma in un'occhiataccia esasperata. «Volevo che tu vedessi con i tuoi occhi quanto Reese ti ha cambiato, figliolo. Se tu non avessi mai incontrato Reese, che cosa sarebbe successo là fuori?».

In questo momento starei scopando quella ragazza contro il lato del carro... ecco che cosa sarebbe successo. Considerando lo sguardo pieno di aspettativa di mia madre, sollevo un sopracciglio. Vuole i dettagli?

«Oh, Benjamin». Fa un gesto di rinuncia con la mano. «Ho cresciuto quattro figli maschi e ho avuto a che fare con tuo padre per anni. Non sono un'idiota. Le signore del drugstore ridevano sempre di me, riempiendomi il carrello di preservativi per i miei figli *attivi*».

Sorrido compiaciuto, ricordando la prima volta che Jake e io siamo entrati l'uno nella stanza dell'altro con in mano le scatole di preservativi che avevamo trovato sui nostri comodini. Abbiamo immaginato subito chi li avesse portati, dato che a nostro padre non fregava un accidenti. Mamma si è guadagnata il soprannome di "Fatina dei goldoni". A sua insaputa, naturalmente. C'era un tacito accordo: lei non ne parlava con noi e noi non dicevamo una parola a lei. Da quella volta in poi, lasciavamo semplicemente un biglietto sul comodino quando rimanevamo senza, e qualche giorno più tardi compariva una nuova scatola, insieme a un altro biglietto nel quale mamma scriveva che non giustificava il nostro comportamento, e di farlo in modo sicuro.

Con un profondo sospiro, chino la testa e mi rassegno all'evidenza che mia madre ha ragione. Reese mi ha fatto qualcosa. «Be', non tornerò laggiù, quindi farai meglio ad andare a salvarla con il pickup o per rientrare distruggerà il cambio del trattore. Dubito che quella ragazza sappia maneggiare una leva».

Non di quel tipo, almeno.

«Com'è possibile che tu sia *cresciuto ancora*!», dice Elsie ridendo, mentre mi carico la sua figura minuta in spalla senza nessuno sforzo.

«Non lo sono. Sei tu che con l'età ti stai rimpicciolendo», la prendo in giro, portandola verso il portico come un sacco di patate, dopo aver raccolto la sua borsa con la mano libera.

Elsie inizia a suonare i bonghi sulla mia schiena con le mani. «Okay, sul serio, Ben. Mettimi giù».

«Altrimenti?».

Rimane un attimo in silenzio, mentre la sua maliziosa testolina cerca qualcosa con cui ricattarmi. È molto simile a me in questo. «Altrimenti dirò alla tua ragazza che fingevi di essere Patrick Swayze in *Dirty Dancing* e avevi imparato a memoria tutte le mosse di danza».

«Reese ha materiale molto più scottante di questo, su di me». Lascio andare la valigia e faccio scendere mia sorella dalla spalla per guardare il suo bel visino. Sembra una versione più giovane di mamma – ma con lunghi capelli ricci e castani – il che è pazzesco. «E non è la mia ragazza, Elsie».

«Non è quello che dice ma'». Alzo gli occhi al cielo e scuoto la testa, e lei ride di me. Credo di essere l'unico di noi a chiamarla ancora "mamma". Reese ha ragione. Approfitto del fatto che sono il figlio più piccolo, per quanto possibile.

Il sorriso di Elsie vacilla, quando i suoi occhi si spostano sul granaio. «È così strano essere di nuovo qui, Ben. È passato così tanto tempo. Sembra tutto uguale, ma non è così, vero?». Quando è accaduto l'incidente di nostro padre, Elsie era già al college. In seguito abbiamo parlato molto al telefono, ma non è più tornata. Di tutti noi, mia sorella è quella che è stata via di qui più a lungo. Ha preso un volo per Miami per venirmi a trovare, dopo che mi sono fatto male al ginocchio, cinque anni fa, quando ero pieno di ossicodone e paracetamolo, e di ostilità per il futuro che avevo perso. E, a parte un viaggio per farle visita tre anni fa, non l'ho più vista da allora.

«Come sta?». So che lei e mamma sono ancora molto unite, anche se Elsie si è rifiutata di tornare qui. Ma, comunque, non vedere tua madre per così tanto tempo è pazzesco.

Prima che possa rispondere, la porta d'ingresso si apre con un cigolio. Ci giriamo e vediamo uscire nostra madre, che si sta pulendo le mani sul grembiule. È stata tutto il giorno in cucina. Qualsiasi cosa stia facendo, deve contenere un sacco di farina, perché ha polvere bianca su tutte le guance e il mento.

Questo non impedisce a Elsie di precipitarsi correndo come una bimba piccola tra le sue braccia aperte. Il loro pianto permea l'aria del tardo pomeriggio.

Come va alla Warner?

Sono sdraiato a letto e guardo il display del mio telefono, immaginando che Reese stia dormendo, ma sperando di no. Dall'"esperimento" di mamma con Hayley, ho tirato fuori il telefono una dozzina di volte per scrivere a Reese di... niente, in realtà. Solo per salutarla, farla ridere, darle la possibilità di far ridere me. Ma ogni volta non riuscivo mai a decidere che cosa scrivere. Di solito faccio fatica a capire quando devo stare zitto.

L'indicatore passa a "letto", e il mio stomaco fa una capriola. *Cazzo*... mi comporto come una ragazzina.

Qualche secondo più tardi:

Stamattina il robot è venuta a cercarti nel mio ufficio. Ho nascosto il suo corpo sotto la tua scrivania. Quando torni, dovrai ripulire.

Scoppio a ridere, lacerando il silenzio della stanza.

Dillo a Mason. È più bravo di me, nelle pulizie.

Come va, lì?

Le donne mi saltano addosso. Faresti meglio a venire qui in fretta.

Aspetto e aspetto e... dice "letto", ma la risposta non arriva. Mi attendo un commento cattivo, che mi dia del porco o qualcosa del genere. Ma più aspetto e più inizio a pensare di essere stato uno stupido a dire quella cosa. Desidero *davvero* che molli tutto e corra qui stanotte stessa, ma adesso probabilmente penserà che mi stia dando da fare con altre ragazze.

Chissà poi se le importa.

Esito un secondo appena, poi digito:

Il funerale è venerdì. Mamma vuole che tu venga.

Aspetto. L'ha letto.
Ancora nessuna risposta.
«Cazzo!».
Immagino di averlo detto un po' troppo ad alta voce, perché un attimo dopo sento bussare alla porta. «Non stai facendo niente di volgare nella mia vecchia stanza, vero?», chiede Elsie.
«Magari!», le grido in risposta.
«Sei presentabile? Posso entrare?»
«Sì». Mi assicuro che le lenzuola coprano le parti vitali, mentre la porta si apre con un cigolio, lasciando entrare mia sorella.
«Che cosa c'è?». Elsie ha sempre dato l'impressione di trovarsi a suo agio, in mezzo a quattro fratelli maschi. Josh e Rob perseguitavano i ragazzi a scuola perché guardavano la loro "bella sorellina", ma poi lei faceva lo stesso con Jake e me, giocando alla sorella protettiva. La cosa buffa è che, alla fine, la proteggevamo tutti e quattro. Era nel mezzo di un grande sandwich di Morris, con fratelli che respingevano gli imbecilli in arrivo da ogni direzione.
«Oh, niente. È solo che sono un idiota».
Salendo sul letto, si sdraia e divide con me il cuscino. «A chi scrivi?»
«Reese».
«Ah già. L'*amica* che viene a trovare tua madre insieme a te nei weekend e passa la notte nel tuo stesso letto».
Scrollo le spalle. «È di me che stiamo parlando, ricordi?».
Alza gli occhia al cielo. «Come potrei dimenticare? Tutte le mie amiche dell'ultimo anno mi chiedevano di aiutarle a uscire con il mio fratellino imbranato che faceva la prima».
«Si vede che per loro non ero tanto imbranato, o no? Come sta Shelley Armstrong, a proposito? Vi sentite ancora?». Shelley era la migliore amica sexy di Elsie, alle superiori.
C'è un secondo di silenzio, poi: «Non erano solo chiacchiere?».
Mi sfugge un enorme sorriso compiaciuto. «Alla festa di Ansell, dopo la partita degli ex studenti. Mi ha fruttato lo status di leggenda in quattro e quattr'otto, tra i ragazzi».

«Mi ha mentito!». Elsie mi dà un pugno sul braccio. «Sei fortunato che ti voglio un sacco di bene, porco che non sei altro».

«Buffo. Anche Reese mi chiama così. Voi due probabilmente andreste d'accordo».

Sento i suoi occhi puntati addosso. «È a causa sua che hai rifiutato Miss Florida, oggi?»

«Come?». Aggrotto la fronte.

«Hayley Parker. Ha vinto il concorso di bellezza dello Stato, l'anno scorso».

«Davvero?... Ehm». Ripensando a quelle gambe, borbotto: «Non mi sorprende. Ma oggi, nel frutteto, non stava decisamente cercando di portare la pace nel mondo... questo è certo».

Elsie scoppia a ridere. «Non volevo crederci, quando ma' mi ha detto che ti ha visto tornare cinque minuti dopo che ti aveva mandato Hayley. Ai suoi occhi, questo ha tagliato la testa al toro. Il suo piccolo Benjamin è *innamorato*».

«Quello non vuol dire nulla». Nego, anche se tutti, sotto questo tetto, sembrano sapere che sto mentendo. «Diamine, ho perso mio padre ieri. È solo che non sono dell'umore».

Prorompe in una sonora risata, sembra proprio me. «Oh, stronzate! Ricordi quando è morto Cheechee?»

«Certo che lo ricordo! Ragazzi, adoravo quel cane. Era il migliore». Ricordo ancora come mi sono sentito quando, girata la curva, dopo una corsa di otto chilometri, ho trovato il suo corpo ferito immobile, disteso sul ciglio della strada. Era stato investito da una macchina.

«Esattamente. L'hai portato in braccio per tutto il vialetto, piangendo fino a consumarti gli occhi».

«Abbiamo pianto tutti. Persino Josh!». Nostro fratello maggiore non è mai stato molto bravo nel mostrare le sue emozioni.

«Ma tu di certo più tardi non stavi piangendo quella sera alla festa, quando ti ho trovato sul sedile posteriore della macchina di una certa ragazza, con la sua testa tra le gambe».

Scoppio a ridere. «Ah, sì. Mi stava consolando. Avresti dovuto vedere l'espressione sulla tua faccia». Era quello il problema di essere tutti così vicini di età. Andavamo spesso alle stesse feste e conoscevamo le stesse persone.

Elsie alza gli occhi al cielo. «Be', allora non venire a raccontarmi che avresti avuto dei problemi a trovare l'umore giusto con una reginetta di bellezza, perché un uomo che odiavi è finalmente morto».

Questo ci riporta tristemente al perché lei è qui, soffocando le nostre risate.

«E cosa avrebbe fatto mamma, se avessi abboccato?».

Elsie inizia a ridacchiare. «Ha detto che, se non fossi tornato nel giro di mezz'ora, ti avrebbe raggiunto con la dune buggy e preso a bastonate».

La sola immagine di mia madre che a cinquantun anni scorrazza in giro con quel trabiccolo, mi fa scoppiare a ridere un'altra volta.

Avvicinandosi di più, Elsie mi chiede piano: «Allora, dimmi di lei. Com'è?».

Faccio un sospiro profondo. «Non saprei…». Sorrido. «È divertente. Mi fa sempre ridere, persino al lavoro, quando vorrei tagliarmi le vene, con tutte le scartoffie sotto cui sono sepolto. Ed è intelligente. Molto più intelligente di me. Le ho detto che dovrebbe iscriversi alla scuola di legge. Sarebbe la prima della classe in tutte le materie, se riuscisse a non fare incazzare troppo i professori. Ha anche un gran talento. Ragazzi, dovresti sentirla cantare. Ha questa voce incredibile, profonda e roca, che…».

«Non ci credo», mi interrompe Elsie, girandosi a guardarmi con attenzione, gli occhi che le brillano. «È vero! Il mio fratellino è *finalmente* cotto di una ragazza».

Oh, Cristo. Chiudo gli occhi. «Adesso cominci *tu*?».

Picchia piano la testa contro la mia. «Be', non hai iniziato con "è sexy"».

«Perché quello è scontato. Cercavo solo di risparmiartelo. Vuoi sentirti dire quanto è sexy? Bene! Ha questo culo tondo e sodo, che non desidero altro che…».

«Argh, Ben!». Mi colpisce sul braccio con una nocca ossuta.

Non fa male, ma smetto lo stesso, sorridendole finché lei non inizia a ridere, tornando ad accoccolarsi accanto a me.

Restiamo ancora a lungo in silenzio «Darrin e io abbiamo rotto. Ma' te l'ha detto?».

Percepisco la tristezza nella sua voce. «No. Ma l'ho sentita dire qualcosa in proposito a nostro padre… Stai bene?».

Scrolla le spalle. «Sì. No. Non lo so. Lo amavo tantissimo, Ben. Ed eravamo molto felici, il più delle volte, e quando non lo eravamo, era colpa mia. Non riuscivo a fidarmi. Non avevo motivi per non farlo, eppure gli controllavo costantemente le email e il telefono, lo accusavo ogni volta che tornava a casa tardi».

«Per forza non ci riuscivi. Considera tutto quello che hai visto da ragazzina».

«Quelli erano nostra madre e nostro padre. Non è così per tutti».

«Per una bambina che vede le stesse cose un giorno dopo l'altro, può essere *tutto*».

«Immagino di sì». Sospira. «Non so se capirò mai perché ma' non l'abbia spedito via con un calcio nel sedere anni fa. Saremmo stati tutti meglio. Cioè, guarda Josh. È come se venisse dallo stesso stampo. Lo sapevi che è uscito con quell'altra donna per due mesi, prima che Karen lo scoprisse? Grazie a Dio, lei lo ha scaricato, lo meritava».

«Almeno sta cercando di farsi aiutare con il bere», dico incerto.

Elsie si mette lentamente a sedere. «Noi non siamo molto meglio. Rita vuole che Jake le chieda di sposarlo, ora che è incinta, ma lui non vuole. Io sono una maniaca del sospetto». Butta distrattamente una mano nella mia direzione. «E guarda te».

«Guarda me, cosa? Ehi, io non ho mai mentito né ho tradito nessuno. Non mi sono mai impegnato».

«Già». Si gira a guardarmi, e la luce della luna sottolinea la tristezza del suo volto. «E ti perderai tutte le cose meravigliose che accompagnano l'impegno. Pensa solo a quanto sarebbe bello avere una persona di cui fidarsi in modo totale». Più concretamente, afferma: «Reese era qui, domenica. Ha visto tutto. È coinvolta in questa situazione, che tu lo voglia o no. Dovresti chiederle di venire, venerdì».

Sollevo il telefono. «L'ho fatto. Nessuna risposta, e so che ha letto il mio messaggio. Magari non vuole venire. Non la biasimerei per questo. È un funerale, Elsie. Non una festa».

«Che cosa le hai scritto?». Elsie mi guarda accigliata, mentre le lascio cadere il telefono fra le mani. Scorrendo il messaggio, fa un mugugno e poi mi dà un buffetto sull'orecchio. «Sei un vero imbecille». Ributtandomi addosso il cellulare, si alza e va verso la porta, scuotendo la testa. «Dille che hai a malapena notato la ragazza e che *tu* vuoi che venga. Buonanotte». La porta si chiude piano alle sue spalle.

Rimango a fissare il telefono, chiedendomi se Reese stia già dormendo. Ascoltando la mia sorellona, digito in fretta:

Non ho scopato con nessuna e voglio che tu venga al funerale. Per favore.

E aspetto.

Capitolo 31
Reese

Fisso il display del telefono a bocca aperta, mentre la testa inizia a elaborare ciò che il cuore ha già capito.

Provo davvero *qualcosa* per Ben.

Un *qualcosa* che mi ha stretto le viscere, quando ho letto quella battuta tremenda sulle donne che gli saltano addosso; che mi ha riempito di delusione, quando mi ha scritto che sua madre mi vuole al funerale; e che mi ha fatta sciogliere di sollievo con il suo ultimo messaggio. Gli amici vanno ai funerali dei genitori dei loro amici. È normale. Sono sicura che Ben avrà un sacco di amici a sostenerlo. È per questo che mi ha chiesto di andare. È un cazzo di *funerale*! Il funerale *di suo padre*!

E capisco che vorrei che significasse di più.

Okay. Ci sarò.

Ho lo sguardo fisso.

Il mento appoggiato sul palmo della mano, ho lo sguardo fisso sulla vetrata, oltre i cubicoli, sull'ufficio vuoto e buio, e immagino quel ragazzone enorme con le sue profonde, adorabili fossette, che passa davanti al mio ufficio con quel suo grande sorriso, facendomi l'occhiolino.

E continuo a perdere il filo dei miei pensieri, vedendomi saltare sulla moto e andare a trovarlo. Per capire come se la sta cavando. Assicurarmi che non stia recuperando i rapporti con la popolazione femminile del vicinato.

«Oddio», mi lamento. «Stupida, stupida, stupida». Sbatto piano la testa sulla scrivania, e il legno fresco contro la fronte mi dà sollievo. Jack aveva ragione. Eccomi qui, che *già* lo sto portando in ufficio. E se non significasse nulla? Cosa succederebbe? Cosa succederà quando rientrerà al lavoro? Quando si farà avanti un'altra spogliarellista? O lo vedrò flirtare con un'altra donna? Sembra che abbia tutto da perdere, in questa storia.

Con quel suo modo irriverente, Ben si è insinuato nel mio cuore. Sto sul serio iniziando a sentirmi male per Mercy, e tutte le altre ragazze che di certo ha abbandonato nella sua scia. La cosa più spaventosa è che lo fa continuando a essere se stesso: un ragazzo gentile, divertente e simpatico, che scrive un messaggio per salutare e chiama per chiedere a un'amica di cantare per lui perché gli va. Non nasconde la sua natura; non mente né promette niente. Non fa stupidi giochini mentali. Che le ragazze siano completamente ignare e cadano nell'accidentale trappola, o rimangano sul bordo e, coscientemente, vi si tuffino a volo d'angelo, proprio come ho fatto io, alla fine cadiamo tutte vittima del fascino di Ben.

E ora mi manca l'aria, sotto il peso delle conseguenze. Devo uscire di qui.

«Ti ho tagliato una fetta *extra*-large!». Dall'espressione eccitata della cameriera, si direbbe che stia servendo una star del cinema.

«Grazie». Con un sospiro, ne stacco un pezzo e mi infilo in bocca la crema aspra, lasciandola sciogliere sulle mie papille.

Ben aveva ragione. A volte, cambiare fa bene.

«Allora?». È talmente improvviso, talmente vicino e inaspettato, che trasalisco. «Che cosa ne pensi? Non è la migliore torta al lime che tu abbia mai mangiato?». *Buon Dio*. Mi sta letteralmente spiando mentre mangio. È più che irritante.

Forse è per questo che decido di fare la stronza patentata e dire: «Ne ho mangiata di migliore». È vero. È così. In un piccolo e delizioso agrumeto a circa due ore dalla città verso nord, circondata da risate, amore e amicizia. Ma quando la cameriera si gira e se ne va con un'espressione delusa in volto, mi sento subito in colpa.

«Reese?».

Al suono della sua voce, mi si chiude lo stomaco. Mi giro e

mi ritrovo due familiari occhi verdi che mi fissano. «Jared?». Al momento questa *proprio* non ci voleva.

Indica distrattamente alle sue spalle e spiega: «Sono appena stato al tuo ufficio, sperando di beccarti prima che uscissi. Una donna con un grande neo mi ha detto che probabilmente eri qui».

La signora Cooke. Le ho detto che mi prendevo una pausa e poi sarei tornata. A dire il vero, ho in programma di lavorare fino a tardi, stasera, per recuperare tutto quello che non potrò fare domani, mentre sono al funerale. E perché ho fatto davvero poco, da quando sono impegnata a fantasticare come una cretina.

Mi tiro su a sedere e mi aggiusto imbarazzata la camicia, mentre Jared si sistema, in tutta la sua altezza, sull'altra sedia. «Non ricordavo che amassi i lime», mormora, scuotendo la testa, con una piccola ruga che gli si forma sulla fronte.

«Non ricordavo che vestissi come un manichino di Saks». Sul serio, cosa diavolo si è messo? Un giaccone sportivo verde scuro e un paio di pantaloni a sigaretta. Cioè, ha sempre un bell'aspetto, ma non è mai stato il tipo del metrosessuale, preferendo lo stile "ho appena raccolto questi vestiti da terra e non sono comunque sexy?".

«Non potevo entrare in uno studio legale vestito come un saldatore, non credi?». Si interrompe, guardandosi in giro. «Dov'è il tuo ragazzo avvocato?».

È per questo che si è vestito così? Si sente inferiore a Ben? Serro i denti per non sorridere. E poi ricordo che Ben non è mio e probabilmente non lo sarà mai, e il sorriso scompare da solo. «Da sua madre. Suo padre è morto lo scorso weekend».

«Ah». Si fa cupo. Noto che il commento non è accompagnato da alcun "mi dispiace". Sarebbe la cosa educata da dire. D'altra parte, ero sempre io quella che sopperiva alla sua mancanza di buone maniere.

Mi guarda fisso, con un'espressione indecifrabile sul volto. «Lo scorso weekend ho imparato tutto quello che c'è da sapere sulle impostazioni della privacy di Facebook».

Sento le guance andare a fuoco e distolgo lo sguardo verso una palma nana vicina al nostro tavolo. Dalla settimana scorsa, non ho più osato sbirciare il suo profilo, preferendo non sapere anziché vedere la richiesta di ordine restrittivo che supponevo stesse chiedendo nei miei confronti.

Dopo un lunghissimo silenzio insopportabilmente imbarazzante, mi rendo conto che sta aspettando una risposta. Così mi schiarisco la voce e dico: «Ti avevo avvertito, no? Non si è mai abbastanza attenti con le pazze».

China la testa. «Probabilmente dovrei essere più che furioso, con te, Reese». Guardandomi da sotto le palpebre abbassate, ammette: «Ma non lo sono. Me lo merito. Mi sono meritato che mi distruggessi l'appartamento. Mi merito di starmene lì seduto a guardare quello stronzo che ti mette la lingua in bocca sotto i miei occhi».

Sento crescere dentro una punta di irritazione e non so resistere al bisogno di difendere Ben. «Ben non ti ha fatto niente». L'occhiata di chi la sa lunga di Jared mi spinge a correggermi. «Va bene, okay. Ma, in sua difesa, non aveva idea di chi fossi».

Un sorriso gioca con le sue labbra. «È giusto. Se fossimo stati io e te e avessimo incontrato una coppia che ci dava dentro, avremmo fatto la stessa identica cosa. Magari con un po' meno *passione*, ma...». Le sue parole si spengono in un tono sarcastico.

«Che cosa ha detto Caroline?», azzardo a chiedere.

«Non gliel'ho detto». Allunga le mani e le appoggia sul tavolo, a soli pochi centimetri dalle mie. Qualcosa mi dice che si tratta di una mossa più che deliberata, da parte sua.

«E sa che sei qui, adesso?»

«Non sono di sua proprietà, Reese». Fa un profondo sospiro. «Da qualche giorno non ci parliamo. Al momento vive a casa di un'amica. È solo...». Con una smorfia sofferente, si avvicina a prendermi la mano. «Il giorno che ti ho incontrata qui, ho capito che avevo fatto un enorme errore, cazzo. Non avrei mai dovuto lasciarti. Ti rivoglio indietro».

«Uh!». È tutto quello che riesco a dire, prima di accasciarmi sulla sedia, ogni capacità di parlare spazzata via da un nauseante vortice di emozioni che mi si forma nel petto. *Indietro?* «Indietro per cosa?», mi sento chiedere a voce alta, e immediatamente mi mordo la lingua.

Incurva le spalle, come se si fosse liberato di un grosso peso. «Per favore, dammi solo un'altra possibilità. So che lo vuoi anche tu».

«Che cosa ti rende tanto sicuro?». Perché all'improvviso non ne sono sicura neanch'io.

«Oh, andiamo». Con un lento sorriso ammaliatore che gli increspa le labbra, allunga le mani e intreccia le lunghe dita alle mie. Lui sa che quel sorriso ha il potere di sciogliere tutte le mie difese. Gliel'ho detto un migliaio di volte. «Spiarmi su Facebook, seguirmi al paintball. Il modo in cui sei entrata in quel bar con quell'abitino rosso, scuotendo i capelli come se non avessi un problema al mondo, salire su quel palco. Sapevi che avresti attirato la mia attenzione. Ed è stato così. Ora ti sto dando ciò che vuoi». Si porta la mia mano alla bocca, fino a che il calore del suo respiro non mi inumidisce la pelle. Proprio come era sempre solito fare. «Non riesco a smettere di pensare a te. Lo sai che eravamo incredibili, insieme».

È strano. Mi sono immaginata tante volte questo momento – anche se nella mia versione Jared era molto più contrito – ed era sempre accompagnato da un'euforica eccitazione. Ma ora non provo alcuna euforia. A meno che ansia e senso di colpa non facciano parte del pacchetto emotivo.

«Sì, *eravamo* grandiosi insieme. E poi mi hai distrutta tradendomi. E poi *sposando* quella!». Scuoto la testa e tiro via la mano dalla sua. «E ora sei pronto a tradire lei – tua moglie – con me?».

I gomiti appoggiati sul tavolo, Jared inizia a sfregarsi il volto con entrambe le mani. «Non posso decidere chi amare, e non ho mai smesso di amare te, Reese. Pensavo solo di amare Caroline di più. Ma non è così». Lascia ricadere le mani. «Non nello stesso modo in cui amo te. Per favore, dammi un'altra possibilità. Solo... torna a casa con me. Parliamone ancora».

«Ne stiamo *già* parlando».

I suoi occhi scendono sulla mia bocca con un sorriso schivo. So di che cosa è in cerca e dubito altamente che parlare ne faccia parte.

Sorrido compiaciuta. Buffo. Se si fosse trattato di Ben, se ne sarebbe uscito subito dicendo che voleva portarmi a casa per togliermi i pantaloni. E d'altronde, non potrebbe mai trattarsi di Ben, perché lui non avrebbe mai giocato con il mio cuore in questo modo.

«Non credo proprio».

Le sue labbra assumono un piglio pensoso.

«Cosa c'è?».

Scuote la testa e aggrotta la fronte. «Sto solo cercando di capire se stai giocando a fare la difficile o se mi stai realmente dicendo di no».

Potrei davvero scopare con lui. Potrei andare nel suo appartamento, infilarmi nel suo letto con lui, e riprendermi quello che loro hanno tolto a me tanto tempo fa. Anche se solo per una notte. Se mi amasse sinceramente – sto iniziando a chiedermi se Jared sia capace di amare – questo lo ferirebbe. E senz'altro distruggerebbe Caroline.

Ma ucciderebbe me.

Mi alzo. «Addio, Jared. Non chiamarmi mai più». Prendo una decisione intelligente. Una volta tanto.

Lasciando venti dollari sul tavolo per la consumazione, mi giro per andarmene.

E mi trovo davanti un paio di occhi rossi pieni di lacrime, rossi quanto i capelli che ne incorniciano il volto. Non so da quanto tempo Caroline ci stia osservando, quanto abbia sentito. Abbastanza, si direbbe. Al punto che dovrei sentirmi meglio. Questa dovrebbe essere una vittoria.

Ma al momento provo solo sollievo, per non essere rimasta aggrappata a un ricordo che non tornerà mai. E pietà per lei, perché è innamorata di un uomo così.

«È tutto tuo, Caroline. Ma, a essere sincera, credo che persino *tu* sia troppo per lui». Le passo accanto senza voltarmi.

Sento bussare alla mia porta, un secondo prima che la zazzera scura e semiaddomesticata di Mason faccia capolino. «Ehi, Jack e io pensavamo che dovremmo uscire tutti a cena, stasera...». La sua voce si spegne, quando mi vede infilare gli ultimi vestiti in uno zaino di tela stracolmo.

«Sto partendo per il frutteto». Dopo quanto è appena accaduto con Jared, non posso aspettare un'altra notte. Non ho neppure scritto a Ben per dirgli che sto andando. Temo che possa dirmi di non farlo e, be', ho bisogno di essere là.

Devo vedere Ben.

«Ah. Okay». Abbassa lo sguardo sul plico bianco rigonfio che ha tra le mani, tenuto insieme da uno spesso elastico.

«Quello che cos'è?».

Sospira, lanciandomi uno sguardo furtivo. «Solo un caso su cui sto lavorando».

«Ah sì? Di che cosa si tratta?», chiedo, chiudendo la lampo dello zaino. Mason di solito riesce a sostenere una conversazione quasi normale, se si parla di un caso.

«Ehi, pensi di poter dare un'occhiata all'abito che ho preparato per domani? Lo sai come sono con i colori».

«Ehm... va bene». Mason non mi ha mai chiesto di fare una cosa del genere. «Perché non lo chiedi a Lina?». La mia mano si blocca. «Oh, cazzo. Avete rotto?». Con la frase successiva lo accuso: «Non le hai tenuto i capelli mentre vomitava, vero?». Non parlo con Lina dal weekend scorso. Se davvero hanno rotto e io lo scopro solo adesso, sono veramente un'amica di merda.

«No! Cioè, sì, glieli ho tenuti. E no, non abbiamo rotto». È agitatissimo. «Solo... Lo chiedo a te perché sei qui. Ma, se vuoi che un membro della tua famiglia si presenti al funerale vestito come un clown, allora okay, farò...».

«Va bene! Gesù». Gli passo accanto e vado in camera sua, sorridendo tra me per la parola "famiglia". Anche dopo il divorzio, lui e Jack *sono* la mia famiglia.

«Stai scherzando?», mormoro, nel vedere la camicia bordeaux piena di minuscole papere grigio talpa. «E questa cos'è? *Paperino al galà*?». Afferro in malo modo la camicia e la getto nel cestino. Cercando nel suo cassetto, ne trovo una semplice, blu marino. «Questa va bene». Mi giro e lo trovo appoggiato allo stipite della porta che mi osserva. «Hai davvero pagato dei soldi per quella camicia?».

Scrolla le spalle. «Il tipo del negozio ha detto che era alla moda».

«Lo stesso si può dire dei pantaloni a fiori in stile "divano della nonna", ma non mi hai mai visto indossarli, no?». Gli passo di nuovo accanto, per tornare in camera mia.

«Dovevi proprio buttarla nel cestino?»

«Sì. E non fare mai più shopping senza me o Lina nei paraggi. Mai più, o ti disconosco». Prendo il mio zaino dal letto, con una voglia disperata di mettermi in viaggio.

«La signora Cooke ha mandato una grossa composizione floreale da parte dello studio».

«È stata carina».

«È prevista tempesta, per stanotte. Sei sicura di non voler prendere la macchina?»

«Sì. Arriverò prima della tempesta».

Rimane fermo lì, osservandomi tutto impacciato. «Okay, bene, guida piano o comunque si dica. Immagino che ci vedremo domani».

«Sì. Mason, perché sei così...».

Non riesco a finire la frase, perché lui mi stringe in un abbraccio esitante, poi quasi scappa via, precipitandosi fuori dalla mia stanza.

Scuotendo la testa, mi giro e me ne vado, con un bisogno disperato di rivedere il sorriso di Ben.

Anche se solo come amica.

Capitolo 32
Ben

«Accetta, tesoro. Gioco da sola», ordina mamma, escludendomi dalla mano.

Metto giù le mie carte e incrocio le braccia sul petto, sorridendo nel vedere Elsie e Jake che cercano di sfruttare le briscole che hanno in mano, sommerso da teneri ricordi. La domenica sera a casa si giocava sempre, fuori sotto il portico sul retro. Non c'erano scuse. I primi tempi, a volte veniva fuori persino mio padre. Di solito lavorava su dei progetti di mobili e finiva per addormentarsi sulla poltrona, ma sapevo dal modo in cui la mamma lanciava occhiate furtive nella sua direzione, che lei era semplicemente felice di averlo lì.

Quando eravamo piccoli, e i genitori di mia madre erano vivi, si giocava a go fish. C'è stato anche un breve periodo di Monopoli, ma, dopo che Jake e io ci siamo coalizzati per far piangere Elsie una volta di troppo, il gioco è misteriosamente scomparso. Ancora oggi, non so dove mamma l'abbia nascosto.

Abbiamo imparato tutti a giocare a euchre l'estate in cui ho compiuto undici anni, dopo che il nonno era morto di un attacco di cuore e la nonna era entrata in un ospizio, preferendone la pace e la tranquillità alla compagnia di cinque adolescenti. Tra noi e mamma avevamo sempre abbastanza giocatori. Le cose sono cambiate in fretta, però, quando i fratelli Morris, non appena hanno avuto una scusa, sono usciti di casa a uno a uno, fino a che non siamo rimasti solo io e mamma, seduti sotto quel portico la domenica, e allora abbiamo resuscitato il go fish.

Non posso credere che siano passati otto anni dall'ultima volta che ci siamo ritrovati tutti sotto lo stesso tetto.

E questa sera, anche se è giovedì e non domenica, stiamo tutti di nuovo giocando a carte a casa della mamma, che sprizza felicità.

«Starete bene nella vecchia stanza di Ben?», chiede mia madre a Tara, la moglie di Rob, quando lei e mio fratello scendono dopo aver messo a letto le loro due figlie nella camera più grande della casa, con abbastanza spazio per tutti e quattro loro.

«Sì, è perfetta, Wilma. Grazie». Tara è castana, con occhi grandi e una voce suadente. Sembra simpatica, ma non parla molto. Un po' troppo tranquilla per i miei gusti. E troppo magra, ma a Rob sono sempre piaciute esili. Ho l'impressione di innervosirla. Le due volte che sono entrato in cucina quando lei era sola, se ne è andata in un baleno.

«Vuoi dire la *mia* stanza? Ben me l'ha rubata dopo che me ne sono andato», risponde Rob, dandomi una pacca sulla schiena nel passarmi accanto.

«E finalmente ha visto un po' d'azione», mormoro, con una strizzatina d'occhio in direzione di Jake. Di tutti noi, Rob era il più timido con le donne.

«Ne vedeva parecchia, di azione, somaro», mi schernisce Rob.

«La sega di Molly Mumford non conta».

«Ragazzi!», esclama mamma, mentre Jake e io scoppiamo a ridere. Nemmeno Elsie riesce a controllarsi, e ridacchia. Senza dubbio se ne ricorda. Noi tre avevamo appoggiato delle tazzine alla parete tra la stanza di Elsie e quella di Rob e abbiamo ascoltato tutto.

«Credo che la parte migliore sia stata quella in cui Molly ha strillato e poi ha detto: "È così appiccicoso!"». Pronuncio l'ultima frase con voce acuta e stridula, ricostruendo la scena esattamente come me la sono immaginata all'epoca, con Molly a braccia alzate, il volto una maschera di orrore.

«Benjamin James Morris!», grida mia madre severa, buttando sul tavolo le sue carte, mentre Elsie e Jake scoppiano a ridere. Persino Tara si tiene una mano sulla bocca, cercando con tutte le forze di non lasciarsi andare.

«Te la faccio vedere io», borbotta Rob, con un sorriso a labbra strette.

«Quando vuoi, fratello!». Lui e io siamo quelli più simili, come stazza, anche se io ho almeno quindici chili di muscoli e cinque centimetri in altezza più di lui.
«Nessuno fa vedere un bel niente a nessuno, sotto questo tetto!», ci avvisa mamma puntando il dito.
Rob sbuffa. «Okay. Andiamo nel granaio, allora. È comunque meglio, per una sana scazzottata».
Silenzio di tomba.
«Merda. Scusa, non c'era nessun doppio senso». Rob si rimangia la frase, le mani alzate in segno di scuse.
«Non preoccuparti, vecchio». Faccio un cenno distratto con la mano nella sua direzione. «Hai ragione, il granaio è un buon posto. Non appena abbiamo venduto tutti gli attrezzi e il legno, possiamo aprirci il nostro fight club privato e il "piccolo Morris" la farà vedere a tutti voi vecchi». Ho avuto da fare, questa settimana, a riordinare tutte le seghe e gli altri attrezzi. Ce n'è una tonnellata lì dentro. Mettendo tutto insieme, valgono un sacco di soldi.
«Buona idea, fratello». Sento una leggera strizzatina sulla spalla, quando Rob mi passa di nuovo accanto per andare a controllare il cielo. «Avrei preferito che questa tempesta non arrivasse. Volevo portare Tara a vedere il frutteto».
«Avrai tutto il tempo durante il weekend». Mamma si gira, raggiante nel vedere Rita, la ragazza di Jake, che torna dalla cucina con la tipica andatura a papera e una tazza di tè tra le mani.
«A che cosa avete detto che giocate, voialtri?», chiede quest'ultima, strascicando le parole con un pesante accento del Mississippi, mentre Jake allunga le braccia dietro di sé e se la tira più vicino, fino a farle appoggiare la pancia contro la sua guancia. Di tutti i miei fratelli, è strano vedere proprio Jake sistemato. Era probabilmente il peggiore, insieme a me, nel dare la caccia alle ragazze. Ma poi si è messo con Rita, a un Mardi Gras un paio di anni fa, e le cose sono cambiate in fretta. Ora stanno per avere un bambino.
«Euchre». Jake si batte sulle ginocchia. «Vieni a sederti. Ti insegno a giocare».

«Magari un'altra sera. Sono piuttosto stanca». Arruffandogli i capelli – di un biondo più scuro dei miei – Rita si gira verso di me e mi sorride. «Grazie di aver rinunciato alla vecchia camera di Elsie per noi».

«Solo per essere chiari, l'ho fatto per te e il bambino, non per questo buffone». Le faccio l'occhiolino.

«Pensavo ti piacesse la soffitta! Ti è sempre piaciuta da ragazzino», interviene mamma.

Jake sbuffa. «Ma di che parli? Era *terrorizzato* dalla soffitta! Sempre a piangere e a dire che c'erano i fantasmi. Aspetta che si metta a tuonare, stanotte. Tremerà sotto le coperte, tutto solo lassù». Lo colpisco allo stomaco con un'arancia, e lui grugnisce.

«Quella si mangia», ci sgrida nostra madre, togliendola di mano a Jake prima che lui possa rilanciarmela. Poi aggiunge, subdola: «Sono sicura che Reese potrebbe proteggerti da tuoni e fantasmi, se fosse qui».

«Reese?», le fanno eco all'unisono Jake e Rob, le sopracciglia che inarcandosi quasi superano l'attaccatura dei capelli.

«Non dirmi...». Sul volto di Rob compare un ampio sorriso. «Benjy ha una ragazza?».

Cazzo, ho sempre odiato quel nome. Mi sembra di essere un cane. Mi ci hanno chiamato spesso, in passato, ma per diverse ragioni. «Solo un'amica». Lancio un'occhiata esasperata a mia madre, ma lei ha ripreso in mano le carte e le sta studiando attentamente, con un sorriso malizioso sulle labbra.

Non importa. Jake e Rob si sono già scatenati.

«Che genere di ragazza potrebbe inchiodare questo somaro?»

«Che cos'avrà che non va?»

«Credi che sappia fare due più due?»

«Tette finte o vere?». Jake si prende due sberle in testa e un calcio sotto il tavolo, per l'ultima domanda, da ogni donna abbastanza vicina.

Mi alzo e mi stiro, allungando una mano sopra la testa, ma riesco comunque a bloccare con l'altra il pugno di Jake diretto al mio stomaco. Allontanandomi da lui, abbraccio Rita, appoggiandole le mani sulla pancia. Fino a che non è rimasta incinta la mia amica Storm, non ricordo di aver mai toccato la pancia di una donna incinta. «Quando gli diremo di noi, Rita?», chiedo, indossando il mio sorriso più odioso e osservando il volto di Jake arrossire.

«Allontanati da lei, cazzo!», grida, ma sta ridendo.

Ridono tutti. Persino mamma sta impiegando tutte le sue forze per non farlo, e scuote la testa, senza dubbio per via del linguaggio. Ma penso che per questa sera ci abbia rinunciato.

E io sorrido. Per tantissime ragioni. È bello avere tutti qui.

Quasi tutti.

«Dove stai andando? Siamo nel mezzo di una partita!», piagnucola Elsie.

«Vado a vedere che cosa sta facendo il fratello maturo». Josh è arrivato solo un'ora fa e ha trascorso quasi tutto il tempo nel granaio.

«Digli di tornare dentro», chiede la mamma. «Resteremo a corto di corrente, non appena arriva la tempesta». È quasi una garanzia.

Giro l'angolo proprio mentre Jake dice: «Davvero Ben ha trovato una abbastanza stupida da… Ahi! Chi mi ha dato un calcio, questa volta?».

Vedere il più vecchio dei fratelli Morris in piedi in mezzo al granaio mi fa rizzare i capelli. È come riportare in vita Joshua Morris senior e tornare indietro di vent'anni. Fino negli occhi penetranti, duri.

«Ehi», lo chiamo, trattenendo leggermente il respiro nell'attraversare la barriera invisibile tra il mondo esterno e il regno di mio padre. Ancora non mi piace stare qui, nemmeno dopo una settimana di pulizie, aver arieggiato il posto e cambiato tutte le luci. L'umidità nell'aria, con la tempesta in arrivo, non fa che rendere più intenso l'odore del legno.

Josh si gira a guardarmi, il volto inespressivo. Non solo è l'immagine sputata di nostro padre, ma ha anche il suo stesso carattere. Da ragazzi, lui era quello silenzioso e serio. In una certa misura un recluso, che preferiva passatempi solitari come lavorare sui motori. È stato lui a insegnarmi ad aggiustare il trattore del nonno.

«Ehi, Ben», dice cupo. Dopo un attimo di silenzio, si avvicina e mi sorprende con un abbraccio. Dati i sette anni di differenza e le nostre personalità opposte, non siamo mai stati tanto legati. «Sono felice che fossi qui, quando è successo». Allontanandosi, infila le mani nelle tasche posteriori, vagando con gli occhi sul soffitto a spioventi. «Mi ero dimenticato di quanto fosse grande questo granaio».

«Sì. Se ti raccontassi la robaccia che ho trovato nascosta qui dentro, non ci crederesti». Almeno cinquanta bottiglie vuote di whisky infilate in diversi angoli, insieme a innumerevoli pacchetti di sigarette vecchie – non sapevo neanche che mio padre fumasse – e alcuni giornaletti porno degli anni Settanta – probabilmente del nonno – che ho infilato per scherzo nella valigia di Jake.

«Ci scommetto», mormora fra sé. «Che cosa pensi che l'abbia convinto, alla fine, a farlo?»

«Mamma stava per lasciarlo».

Josh si gira a guardarmi, lo shock sul suo volto palesemente visibile. «Davvero?»

«L'ho sentito con le mie orecchie. Era finita». Esito, non sicuro di voler ammettere il resto. «L'ho sentito piangere».

Negli occhi di Josh balugina una scintilla di comprensione, poi torna a guardare la tavola di noce nero che porta, impregnato nelle venature, il DNA di nostro padre. All'inizio della settimana mi ci sono ritrovato davanti armato di una motosega, ma non sono riuscito ad avviare la lama. «Ho pianto quando Karen mi ha lasciato, anche se me lo meritavo».

Scuoto la testa. «Non capisco, Josh. Odiavi nostro padre per quello che aveva fatto alla mamma – al punto da non tornare più qui per otto anni, cazzo! – eppure, appena ti sei girato, hai fatto lo stesso».

«Lo so». Spinge con la lingua contro la parete interna della bocca, facendo gonfiare una guancia. «Avevo tutto, e l'ho buttato via. Vorrei avere avuto una buona ragione, ma non ce l'avevo». Rimane un attimo in silenzio. «Mi chiedo, se nostra madre lo avesse buttato fuori anni fa, se magari avesse ricevuto aiuto... magari niente di tutto questo...».

«So dove vuoi arrivare, e non mi piace neanche un po', Josh». Irrigidisco la schiena e alzo la testa. «Non provarci nemmeno, a dare la colpa alla mamma. L'unica cosa che ha fatto è stata amare troppo quello stronzo».

«Non le sto dando la colpa, è solo...». Cammina in circolo e la sua voce si affievolisce. «Sto facendo questa cosa dei dodici passi, al momento, e dovrei fare ammenda. Ho un sacco di cose per cui fare ammenda. Per non essere stato qui a dare una mano. Per aver girato le spalle a nostra madre».

«Non sei l'unico», gli ricordo, e la mia improvvisa vampata di rabbia scema rapidamente.

«Sì, ma io sono il più vecchio. Eppure ci sei tu, qui, a stare vicino a nostra madre in tutta questa storia, ancora una volta a risolvere la situazione».

«Non sempre». Do un piccolo calcio al noce nero.

«Sono sorpreso che l'idiota non abbia perso qualcosa prima, per come beveva», borbotta Josh, e in lontananza si sente il rombo di un tuono. «Sai, ho sempre desiderato essere più simile a te. Persino quando eri solo un bambino e io avevo quasi finito le superiori». Dà un calcio a un truciolo di legno avanzato e un sorrisetto gli piega la bocca. «Tu eri sempre così allegro e rilassato. Tutto ti scivolava addosso. Tutti ti amavano. Eri così diverso da *lui*. Non come me». Serra i denti. «Ho dovuto perdere tutto – mia moglie, i miei figli, la mia casa – per capirlo». Infilandosi le mani in tasca, si gira a guardarmi con severa determinazione. «Ho smesso di essere come lui, Ben. Non vivrò la mia vita come se fossi stato programmato per essere Joshua Morris senior. Non tocco alcol da sei mesi; vedo i miei figli ogni volta che me ne capita l'occasione. Li porto in giro. Parlo con loro e rido con loro. Gli faccio sapere che il padre li ama. E Karen?». China il capo sottomesso. «Non so se mi darà mai un'altra occasione, ma farò tutto quello che posso per cambiare. Non voglio ritrovarmi tra vent'anni sdraiato in una pozza del mio stesso vomito perché non ho vissuto la vita che potevo avere. *Tutti noi* abbiamo bisogno di riconsiderare attentamente le nostre vite. Se c'è stato qualcosa di quest'uomo che ci ha trattenuti, adesso è tempo di lasciarlo andare».

Annuisco in silenzio, e un altro rombo basso e prolungato riempie il cielo. «Probabilmente è meglio se rientriamo. Stanotte ci sarà una tempesta con i fiocchi».

«Sì», concorda. Ci giriamo entrambi e raggiungiamo la soglia del granaio, rimanendo fianco a fianco a guardare gli alberi, le barbe della tillandsia oscillanti sotto il vento che prende forza e la pioggia che inizia a cadere, in grosse gocce sparse, in un primo momento, fino a che, nel giro di dieci secondi, il cielo all'improvviso si apre riversandone a catinelle.

Un singolo fanale giunge in cima al dosso del vialetto d'accesso. Strizzando gli occhi, mormoro tra me: «Quella è...?». Il mio stomaco fa un doppio salto mortale, mentre la Harley percorre a tutta velocità il vialetto, il suo rombo basso in competizione con i tuoni sopra le nostre teste. Da sotto il casco spuntano ciocche bionde e viola.

«Quella chi è?», chiede Josh.

Sorrido, con un nodo allo stomaco per l'eccitazione. «È mia, ecco chi è». E in questo momento lo penso sul serio.

Ci spostiamo, in quanto Reese continua la sua corsa, senza fermarsi fino a che non entra con la moto dritto dentro il granaio, i vestiti inzuppati. La guardo levarsi il casco e spostare i capelli da quel suo splendido volto. Non ho mai desiderato tanto ardentemente baciare una ragazza in tutta la mia vita.

I suoi occhi color caramello mi guardano esitanti. «Sai come sono, la mattina. Ho immaginato che sarebbe stato meglio arrivare stasera».

«E poi non potevi sopportare di starmi lontana un'altra notte, naturalmente», rilancio, mettendola alla prova.

Quando la vedo deglutire a fatica, il rossore che le risale le guance mentre abbassa lo sguardo in una mossa molto poco da Reese, so di avere ragione.

E ne sono dannatamente felice.

Lei rivolge la sua attenzione a Josh e allunga una mano. «Ciao, io sono Reese».

«Puoi occuparti di tutta questa stronzata dei saluti domani». Le metto le mani attorno alla vita e la sollevo dalla moto come se fosse una bambina.

Quindi me la carico in spalla e mi avvio sotto la pioggia. E a malapena la sento.

Capitolo 33
Reese

«Ben! Mettimi giù!», grido ridendo, con la porta d'ingresso che sbatte alle nostre spalle.

Speravo che fosse felice di vedermi, ma, dal modo in cui mi stava guardando là fuori nel granaio, credo che stia per divorarmi. Non avrei potuto chiedere un'accoglienza migliore.

«Reese?». Sento la voce di Wilma provenire da qualche parte nel retro della casa.

«Domani, mamma!». Ben si sta già dirigendo su per le scale.

«Benjamin, porta giù quella ragazza...». In quel momento, va via la luce e la casa piomba nell'oscurità, distraendo Wilma dalla sua ramanzina e lasciandomi a penzoloni a testa in giù sulla spalla di Ben sopra una scala, al buio pesto.

«Merda». Ben si ferma a tirare fuori il cellulare e avviare la app torcia, prima di continuare, e non mi mette giù fino a che non si è arrampicato per una rampa strettissima di scale, arrivando in una stanza in soffitta. «Stanotte dormiamo quassù», annuncia. I miei piedi toccano il pavimento di legno proprio mentre un leggero bagliore illumina l'ambiente, prodotto di una piccola lanterna a batterie appoggiata su un semplice tavolino in legno.

«Wow». Riesco a malapena a distinguere la stanza. È piuttosto larga, anche se occupa decisamente solo una parte dell'estensione totale della soffitta. È stato tutto pitturato di bianco – il pavimento, le pareti inclinate, le finiture interne – il che fa da fondale ideale a tutti i mobili in legno del padre di Ben, incluso un letto piuttosto imponente, ricoperto da un colorato piumino trapuntato. I due grandi abbaini devono dare molta luce, di giorno. In questo momento, però, stanno protestando rumorosamente contro il vento e la pioggia battente. «È così accogliente quassù. Molto in stile baita».

Mi vedo passare davanti il mio zaino in volo, un secondo prima che due mani forti mi prendano per le spalle e mi costringano a girare su me stessa, facendomi ritrovare faccia a faccia con il gigantesco sorriso di Ben. Lui non esita a darmi un lungo bacio sulle labbra, e io non esito ad abbandonarmici, la sensazione inebriante della sua lingua contro la mia. Quando alla fine si stacca dalla mia bocca, le braccia ancora attorno alla mia vita, mormora con il suo basso borbottio: «È stata una sorpresa fantastica».

«Davvero? Perché sono rinomata per sorprendere le persone in modi piuttosto spiacevoli», scherzo, anche se dentro sono un groviglio di cavi carichi di tensione. Appoggio le mani sul suo ampio petto e mi ci tuffo contro, per annusare il suo profumo di pulito e sapone. Non riesco a credere quanto mi sia mancato.

Ridacchia, appoggiando la guancia sulla mia testa. «Questa è una delle cose che amo di te».

Non sono sicura chi dei due si irrigidisca per primo, ma non appena quella frase – quella parola – gli esce dalla bocca, siamo entrambi pervasi da un certo nervosismo.

È Ben a rilassarsi per primo, il suo gemito mi fa accoccolare nuovamente contro di lui. «Lo sai che cosa volevo dire, vero?»

«Che sei pazzamente innamorato di me, naturalmente». Abbiamo scherzato sull'argomento tantissime volte. Adesso darei qualsiasi cosa perché fosse vero. Mi trema il respiro, ma mi costringo ad alzare la testa per incrociare il suo sguardo, sperando che non veda la verità che mi sto sforzando di celare.

Che ho accidentalmente cominciato a provare dei *veri* sentimenti per lui.

Ma la vede. All'istante. O almeno vede qualcosa. Mi accarezza la guancia con il dorso della mano e i suoi lineamenti tradiscono prudenza. «Che cosa c'è?».

Apro la bocca per rispondere... per dire cosa, non ne ho idea! Come diavolo faccio ad affrontare il discorso senza spaventarlo e allontanarlo? ...Ma vengo salvata da una chiamata in arrivo

al suo telefono. Ben alza il cellulare e vedo il nome di Mason.
«Gli hai detto che venivi qui?», chiede Ben.

«Sì».

«Allora è meglio che risponda». Mi lascia cadere un veloce bacio sulla testa e si stacca da me per rispondere. «Ehi, Mace, che succede?… Sì, è appena arrivata… Ehm… No…». Mi lancia un'occhiata e si allontana di qualche passo. «Va bene».

Ascolto in modo distratto, e intanto apro lo zaino e ne rovescio il contenuto sul letto, incluso il semplice vestito nero per domani, che avrà bisogno di essere stirato, dopo essere stato appallottolato per poco meno di tre ore. Ho *quasi* battuto la pioggia. Grazie alla pioggia torrenziale scesa mentre percorrevo il vialetto, e alla comoda passeggiata da uomo delle caverne di Ben, dal granaio alla casa con me buttata sulle spalle, ogni centimetro dei vestiti che indosso è bagnato fradicio. Sto congelando, e la bassa temperatura che c'è quassù di certo non aiuta. Mi apro la giacca e la butto sullo schienale di una sedia. Poi tocca agli stivali e alle calze. Ho intenzione di indossare il mio pigiama, anche se sarà solo per poco.

«Sei sicuro che sia…». Fa un sospiro profondo. «Okay… Sì, immagino… A domani, amico».

Lo guardo accigliata. «Che cosa voleva?».

Ben lascia cadere pesantemente il braccio lungo il fianco, un'espressione indecifrabile conferisce al suo volto una calma sinistra. C'è un lungo silenzio, durante il quale è molto chiaro che si perde nei suoi pensieri, con gli occhi che vagano da me al mio zaino e a tutti i vestiti che ho rovesciato, per tornare infine di nuovo a me.

«Mi stai facendo spaventare, Ben? Che cosa c'è?».

Sento l'impercettibile sospiro che emette prima di lanciare il telefono sul tavolo. «Era solo preoccupato che ti fossi messa in viaggio con la tempesta, tutto qui».

«Sei sicuro? Perché si comportava in modo davvero strano, stasera. Mi ha *abbracciata*».

Ben si avvicina sorridendo. Sprofondando il volto nel mio

collo, si sofferma lì con la bocca, facendomi rabbrividire dalla testa ai piedi. «Come, tipo un grosso abbraccio da orso?»

«Più come se stesse abbracciando un porcospino».

Ben ridacchia. «Mason è un tipo strano. I tipi strani fanno strane cose».

«Smettila di parlare del mio fratellastro mentre fai quella cosa», brontolo buttando indietro la testa, con il borbottio della sua voce che mi solletica la pelle.

«Okay». Scompare improvvisamente. Mi giro appena in tempo per vederlo spazzare via tutta la mia roba dal letto con il braccio, spargendola sul pavimento.

«Ehi!».

«La vendetta è una brutta bestia».

Sorrido, e mi passa per la mente un ricordo indistinto di Cancún. «Hai bevuto Margarita? Perché credo che questa sia una di quelle volte in cui due torti decisamente non fanno una ragione». Se non avessi vomitato su di lui, se avessimo davvero dormito insieme, quella notte, sarei qui, adesso, a chiedermi come diavolo dire a un ragazzo che evita di impegnarsi che mi sono innamorata di lui, di brutto?

Allunga un braccio per prendermi la mano e tirarmi verso di sé, finché non è in grado di spingermi sul letto, dove le sue dita abili mi slacciano la cintura. «I tuoi vestiti sono bagnati. Hai bisogno di toglierteli, e in fretta». Il ragazzo ha fatto dello spogliare le donne un'arte, perché in qualche modo riesce a togliermi di dosso fino all'ultimo centimetro di stoffa in tempo record e senza aiuto da parte mia, e mi ritrovo sdraiata nuda sul letto con i suoi occhi che mi accarezzano il corpo.

«La soffitta ha bisogno di un nuovo isolamento», conferma, quando un brivido mi attraversa il corpo. Onestamente non credo che sia dovuto al freddo.

«Sono nuda, di nuovo. E tu no, di nuovo».

Ben solleva la T-shirt nera inzuppata da dietro e se la sfila dalla testa, poi dalle braccia, scoprendo i rilievi lisci dei suoi muscoli. Mentre i fulmini attraversano a zigzag il cielo in raffiche frequenti, riempiendo la soffitta con lampi di luce bianca, lo osservo aprirsi i jeans e lasciarli cadere, togliendosi insieme anche i boxer. Mi ritrovo distesa su un letto a fissare, davanti a me, un Ben molto nudo, molto attraente e molto eccitato. A questa vista il mio respiro si fa irregolare.

«Sembra che tu abbia un problema», considero, ripetendo la vecchia scena di Cancún, sollevandomi sui gomiti e, per quanto timida, aprendo le gambe per lui. Ben è il tipo che sa apprezzare sinceramente il corpo di una donna. E non il corpo di una donna *qualsiasi*. Il *mio* corpo, sembrerebbe. Il mio sedere in carne, le mie curve morbide. Le mie più grandi insicurezze sembrano essere le cose che lo eccitano maggiormente.

«Non ne hai idea, cazzo». L'improvvisa tensione nella sua mascella squadrata, mentre si butta sul letto trovando un posticino tra le mie cosce, con i gomiti piantati nel materasso ai lati delle mie spalle, lo rende ancora più bello. Il calore che irradia dal suo corpo contrasterà senza dubbio il freddo nella stanza.

«Non ho mai smesso di pensare a questo per tutta la settimana». Una delle sue mani trova il mio piercing e prende a giocarci delicatamente, molto più delicatamente di quanto lo avrei mai immaginato capace. «Lo sapevi che ho respinto una reginetta di bellezza?».

All'improvviso mi si blocca lo stomaco. «Ricordi quei filtri sui quali devi lavorare?». Che cosa succederà, quando non respingerà la reginetta di bellezza? O lo zuccherino? Che effetto avrà su di me? Su di noi? Su *questo*? Lo *perderemo* per sempre! Ecco che cosa accadrà.

Alzo lo sguardo su di lui e mi mordo la lingua, terrorizzata che il mio, di filtro, mi tradisca. «Perché?».

Due curiosi occhi azzurri contemplano i miei lineamenti. È impossibile non notare la velocità e l'intensità dei battiti del suo cuore contro il mio petto. Abbassandosi a sfiorare le mie labbra con le sue, risponde semplicemente: «Non ero interessato».

«Non eri interessato a una reginetta di bellezza? Impossibile». Faccio un profondo respiro per calmarmi. Potrei leggerci molte cose, in questa sua affermazione. Il fatto che voglia leggercene *una sola* la dice lunga. E mi terrorizza. Perché sto facendo questo a me stessa? *Non posso* fingere che non mi importi quando invece è così. Sarebbe come gettare tutte le mie emozioni in un vaso e sigillarlo. Chiunque mi conosca può predire l'esplosione garantita, gli effetti devastanti.

«Lo so. Scioccante, vero?». Colgo una scintilla nei suoi occhi. Si estingue in fretta. «Che cos'hai? Sembri spenta».

«Ho visto Jared, stasera», sbotto d'un tratto. Immagino che da qualche parte si debba cominciare.

La mano di Ben, appoggiata sul mio seno, si blocca. Vedo il suo pomo d'Adamo andare su e giù, mentre deglutisce a fatica. «E?»

«Mi ha detto che mi ama. Rimpiange di aver rotto con me e mi rivuole indietro».

Ben abbassa la testa e appoggia la fronte contro la mia. Restiamo distesi così, in completo silenzio, mentre fuori continuano i tuoni e la tempesta sta ancora aumentando d'intensità. È la tempesta più lenta o più lunga che abbia mai visto, la maggior parte in Florida colpisce duro e veloce per poi spostarsi in fretta.

Alla fine, fa un sospiro profondo e alza la testa per guardare fuori dalla finestra, la barba leggera che gli ricopre la mascella visibile con i lampi di luce intensa. «Dovevo sapere che sarebbe successo», mormora, scuotendo la testa in modo quasi impercettibile. «Mi sta proprio bene, cazzo, non è così?».

Lo guardo accigliata, mentre si allontana da me, portando via tutto il suo calore e il suo affetto, sdraiandosi sulla schiena. Mette un braccio sotto la testa. «Mi sono persa qualcosa?».

La risata sommessa di Ben riempie la soffitta scarsamente illuminata. «A proposito di ironia. Sai, quando mamma e Elsie hanno iniziato a rompere dicendo che provavo dei sentimenti per te, ho continuato a ignorarle». Piega la testa di lato, i suoi occhi tristi fissi nei miei. «E ora che ho finalmente ammesso con me stesso che voglio di più, non ho speranze. Vero?».

Sento il cuore gonfiarsi fino a prendere due taglie. *Come? Ho sentito bene?*

Ben *vuole* qualcosa di *più*? Mi alzo sui gomiti e un misto di confusione ed euforia mi vortica dentro come un tornado. Ma poi… «Di cosa cazzo stai parlando?».

Butta in aria una mano e afferma chiaramente: «Sei qui per dirmi che torni con quel coglione, giusto? È per questo che sei venuta qui, stasera?»

«Se volessi tornare con Jared, pensi che sarei sdraiata qui, *nuda*, con te?». Non riesco a evitare il tono irritato.

Rimaniamo a lungo in silenzio, mentre lui riflette sulle mie parole. E poi scrolla le spalle con un sorriso colpevole sulle labbra. «Non lo so. Ho pensato che magari mi offrivi un'ultima cavalcata, prima di togliermela per sempre».

«No, brutto... Uh!». Alzo gli occhi al cielo e ricado sul cuscino. Le cose non potevano mettersi meglio. Neanche cinque minuti fa ero terrorizzata che Ben si accorgesse di quello che provo davvero, e ora mi ha confessato che la cosa è reciproca. Questo cambia *tutto*.

«Quindi mi stai dicendo che non tornerai con lui?», chiede cauto.

«No!». All'improvviso, la tensione scivola via dal mio corpo, lasciando il posto allo stormo di farfalle che ha preso il volo, e ho voglia di ridere.

Gli sento sfuggire dalle labbra un bisbiglio sommesso: «Grazie a Dio», seguito da un più sonoro: «Perché no?»

«A causa di questo somaro che ho raccolto a Cancún. Ecco perché». Eccolo lì. Non esattamente romantico, ma Ben e io non siamo mai stati i tipi da verbose romanticherie.

«Sul serio? Aspetta... *Sono io*, il somaro, giusto?».

Quando sospiro d'esasperazione, si mette sopra di me per riassumere la posizione di prima, il sorriso enorme di nuovo sul volto. «Quindi, che cosa significa questo, esattamente?».

Mi mordo l'interno della guancia pensando alle mie prossime parole. Siamo sempre stati del tutto onesti l'uno con l'altra. Non c'è motivo di cambiare adesso. «Significa che voglio il tuo sedere da playboy cocco di mamma e giocatore di football tutto per me, e che se ti becco con uno zuccherino o una reginetta di bellezza qualsiasi, o con chiunque altra, farai meglio a scappare e molto veloce, perché ti troverò».

Con le dita mi allontana alcune ciocche ribelli dal volto. «Lo sai che non prenderei mai neanche in considerazione la cosa, pensando di poterti ferire così, vero?».

Riesco appena ad annuire, ma è sufficiente. Con tutti i difetti che gli si possono trovare, nessuno ha un cuore grande e gentile quanto quello di Ben.

E come niente fosse, tra di noi è cambiato qualcosa di enorme.

Si china a catturare la mia bocca in un bacio talmente intenso e pieno di desiderio che sprofondo la testa nel cuscino perché quasi mi manca il respiro. E, quando allunga la mano verso il comodino per prendere un preservativo, me ne rendo a malapena conto. Aprendolo e infilandolo con disinvoltura – con una sola mano, nientemeno – mi penetra facilmente, senza mai interrompere il bacio.

Il mio corpo è pronto da tempo ad accoglierlo.

Ad accogliere tutto, di lui.

Capitolo 34
Ben

Non ci credo.

Io, Ben Morris, ho una ragazza. Almeno, così penso. A parte le vaghe minacce fisiche, non siamo entrati nello specifico.

Giro la testa per studiare la figura immobile di Reese che fa lunghi e lenti respiri, la testa appoggiata nell'incavo del mio braccio, il suo corpo nudo ed esageratamente sexy che aderisce al mio come una ventosa. È come un drago addormentato: così tranquilla nel sonno, così impetuosa quando è cosciente. E non vedo l'ora che sia cosciente di nuovo.

Stanotte è stata… illuminante.

Sono passato dall'essere un coglione presuntuoso sicuro di averla, a sentirmi rivoltare lo stomaco al pensiero che stesse per tornare con il suo ex, alla più totale estasi, cazzo, quando mi ha spiegato tutto.

Reese vuole me e solo me.

Se solo lo avessi saputo allora, quando ho visto quella ragazza dai capelli viola scivolare giù dalla sedia, ubriaca fradicia… Sorrido tra me, e non resisto alla tentazione di stringere fra le braccia il suo corpo minuto.

Le parole di Josh di questa sera stanno prendendo senso. Lasciare che le colpe e gli errori di mio padre dettino come vivrò la mia vita è il peggior sbaglio che possa fare. E che mi piaccia o no, è quello che ho fatto fino ad ora. Lasciare andar via una ragazza come Reese, perché ho paura che sarò come mio padre, può solo portarmi a una vita triste e solitaria. Il lato ironico è che non so se l'avrei capito, se lei non fosse già stata qui, a portata di mano. Mostrandomi che cosa ho da perdere.

Mi avvicino e, incapace di trattenermi, le poso un bacio leggero sulle labbra. Lei reagisce con un debole gemito, ma non si muove. Sono tentato di svegliarla, ma non lo farò.

Domani sarà una lunga giornata per *tutti* noi.

Questo mi ricorda... La sposto il più delicatamente possibile e mi alzo a sedere, ottenendo un tenue lamento di protesta. Mi allungo a prendere lo zaino appoggiato al muro accanto al letto e apro in silenzio la tasca esterna come mi ha detto Mason quando ha chiamato. All'interno c'è il plico di lettere, tenuto insieme da uno stretto elastico.

Risposte alle domande che si è fatta in tutti questi anni.

Non so che cosa abbiano pensato Jack e Mason, chiedendo a me di fare questa cosa. Mason ha detto che avevano intenzione di mostrarle tutto stasera a cena. È folle. Non capisco come si possano dare notizie così davanti a un piatto di patatine. E d'altronde, immagino che non esista, probabilmente, un momento giusto per comunicare una cosa simile a una ragazza come Reese. Farlo mentre è qui, in un luogo che ho capito che ama, lontano dalla città, con me a tenerla a freno, può essere l'opzione migliore.

Spero solo che la veda così anche lei.

Capitolo 35
Reese

«Non posso credere a quanto vi assomigliate tutti», dico, osservando la sfilza di fratelli Morris e due ragazzine bionde che stuzzicano Quincy con una palla. L'attenzione del cane si sposta avanti e indietro fra le due bambine e l'affollamento di persone, come se non riuscisse a decidere se scegliere la palla o i pezzetti di cibo destinati a cadere dai piccoli piatti di carta.

«Sì, ce lo dicono spesso». Mi rannicchio istintivamente contro il fianco di Ben, che, con un braccio sulle mie spalle, mi stringe forte a sé.

«Ma tu sei il più attraente, è ovvio», aggiungo ironica, battendolo sul tempo.

«È vero. Non scordarlo», ridacchia, e resisto al desiderio di baciarlo. Siamo stati molto attenti a tutte le pubbliche esibizioni d'affetto, dato che c'è Jack in giro. A un certo punto dovremo dargli la notizia che Ben e io stiamo insieme e che abbiamo *di gran lunga* superato la fase "solo amici". Anche se ho deciso che farò una scenata e minaccerò di andarmene se Jack non permetterà a Ben di restare alla Warner, onestamente non so come diavolo faremo a lavorare insieme. Lui non riesce a stare in una stanza con me senza in qualche modo toccarmi, e non sembra importargli chi altri è presente.

Lo ha provato questa mattina presto, quando mi ha pizzicato il sedere mentre mi presentavo all'intera famiglia per la prima volta.

Mi ero chiesta come sarebbe stato essere nella stessa stanza con tutti e cinque i fratelli Morris, e se Ben fosse un'anomalia o parte di un gruppo omogeneo. Quando mi è stato finalmente concesso di lasciare la soffitta e sono arrivata nell'affollata veranda, l'ho scoperto in fretta. C'era l'intero clan dei Morris, più affiliati, a mangiucchiare attorno a un tavolo carico di dolci, frutta fresca e caffè dall'aroma delizioso.

Ridevano. Sorridevano. Riempiendo questa grande, triste e vecchia casa di ciò che desiderava disperatamente ritrovare.

Una famiglia.

Cinque minuti dopo le presentazioni – che mi hanno lasciata rossa in volto, dopo che Jake, il fratello di Ben, ha sentito il bisogno di commentare il fastidioso rumore sopra la loro stanza durante la notte – mi sono resa conto che quello che li lega va ben oltre le somiglianze fisiche. La sola idea che negli ultimi otto anni questi cinque ragazzi e la loro madre non si siano mai riuniti sotto questo tetto sembra impensabile. Chiunque li guardasse dall'esterno non se la berrebbe. E d'altronde, probabilmente non crederebbe neppure che l'uomo i cui attributi fisici sono individuabili in ognuno dei suoi figli maschi abbia gettato sulle loro vite un'ombra abbastanza nera da fare in modo che si allontanassero gli uni dagli altri.

Il servizio funebre per il padre di Ben si è tenuto in una vecchia chiesa bianca a una quindicina di chilometri da casa e, come previsto, è stato solenne. Quello che non era previsto era il numero di persone che vi hanno partecipato. Joshua senior può non aver avuto molte amicizie durature, ma le famiglie Bernard e Morris di sicuro ne hanno. Quella gente ha riempito la chiesa, per portare le sue condoglianze, e oltre duecento persone sono tornate alla tenuta con la famiglia per un pranzo nel primo pomeriggio.

«Cosa pensi che accadrà, ora?».

Ben aggrotta la fronte. «Che cosa vuoi dire?»

«Voglio dire domani, la settimana prossima e il mese prossimo. Guardali». Indico in direzione della sua famiglia: Jake alle spalle della sua ragazza, le braccia attorno alla sua pancia; Rob e la moglie che ridono delle loro bambine; Elsie e Josh a braccetto che sorridono. Una cosa è certa, non li conoscevo prima, ma hanno tutti l'aria molto contenta. E Wilma... La donna si è asciugata gli occhi con il fazzoletto per tutto il giorno. Durante il servizio, so che quelle lacrime erano per la perdita del marito. Ma per la maggior parte del tempo, non era tristezza quella che ho visto.

Era gratitudine, e sollievo.

«Questa casa è fatta per essere piena di rumore. Wilma è fatta per vedere i suoi figli. I suoi nipoti dovrebbero correre qui attorno, ridere e dondolarsi su quella vecchia altalena. Persino Quincy è in paradiso!».

Ben ridacchia. «Finirà nel paradiso dei cani molto presto. È troppo grassa per agitarsi così».

«Ma che cosa accadrà dopo oggi?», insisto. «Per favore, dimmi che voi ragazzi ne avete parlato. Qualcosa deve cambiare. Per il bene di Wilma, per il bene della tenuta...». Mi si sta formando un nodo in gola, al pensiero di quanto triste e sola sarà Wilma una volta che tutti se ne saranno andati. Per quanto amassi il frutteto anche prima, ora che l'ho conosciuto al suo meglio – vivo – non posso sopportare di rivederlo così silenzioso e vuoto.

Ben sospira. «Non ne sono sicuro, ancora, Reese. Abbiamo tutti una vita altrove, ora. Vedremo che cosa accadrà».

«Devi farlo accadere, Ben. Almeno per le vacanze, i compleanni e...». Mi viene un'idea. «Jake e Rita dovrebbero sposarsi qui. Devi dirglielo».

«Certo!». Il volto di Ben si apre in un grande sorriso. Mettendo una mano davanti alla bocca, grida: «Jake! Reese pensa che tu e Rita dovreste fare il matrimonio qui!».

«Ben!». Gli pianto un pugno tra le costole, ma non abbastanza in fretta da zittirlo e, dall'occhiataccia secca che gli lancia Jake, direi che non ne è affatto contento. Se Rita ha sentito, e scommetto di sì, non lo dà a vedere, intenta a concentrarsi sulle due ragazzine.

«Benjamin, vuoi smetterla di tormentare tuo fratello?», lo rimprovera Wilma. Ci giriamo e la vediamo avvicinarsi, seguita da Jack e Mason. D'istinto, mi allontano dal confortevole cantuccio accanto al corpo di Ben, e allo stesso tempo il suo braccio si ritrae lentamente dalle mie spalle, fino a lasciare solo la sua mano appoggiata alla mia schiena.

«Ben, Jack mi stava giusto dicendo quanto è contento di te

al lavoro», spiega Wilma, sorridendo al figlio, il volto pieno d'orgoglio.

«Correggo le bozze dei documenti come se fossi il capo», scherza Ben amichevolmente.

«Anche se non so perché tu ti sia preso la briga di studiare legge, dato che potevi contare su questo posto. È da togliere il fiato», dice Jack, indicando la terra circostante.

«È vero», concorda Ben.

«Magari lei e Mason potete venire con Reese, un'altra volta. Mi aspetto di averla qui piuttosto spesso, quella ragazza».

Gesù, Wilma. Il profondo respiro di Ben, al mio fianco, mi dice che sta pensando la stessa cosa.

Credo che abbiamo tutti – incluso Mason – gli occhi puntati su Jack, in attesa della sua reazione, chiedendoci quale possa essere.

Lui china la testa, come a prendere atto, in silenzio, di qualcosa – magari è quello che sta facendo – e i suoi occhi grigi si addolciscono in un sorriso genuino. «Verremo volentieri insieme a lei, qualche volta. Mi piacerebbe poter rimanere più a lungo anche oggi, ma ripartiamo tra poco per Miami». Girandosi verso Wilma, dice: «Di nuovo, ci dispiace molto per la sua perdita. Se c'è niente che possiamo fare, la prego di farlo semplicemente sapere a Ben».

Wilma lancia un'occhiata a Ben e me e ci fa l'occhiolino, poi una donna la chiama dal portico davanti a casa. «L'ha già fatto. Ora scusate, sembra che abbiano bisogno di me in cucina». Allunga una mano a stringere quelle di Jack e Mason. «Grazie per essere venuti». E, detto questo, si gira e si precipita in casa.

«Be', Risolatte, immagino che ti vedremo finito il weekend, eh?», dice Jack, un sorriso affettuoso sul volto. Fa un passo verso di me, prendendomi le braccia. «E, ricorda, siamo sempre qui, per te». Con un accenno di preoccupazione negli occhi e un'espressione indecifrabile, si gira verso Ben. «Prenditi cura della mia ragazza, in questi giorni».

«Lo farò».

Gli dà una pacca sulla spalla. «Lo so».

La fronte aggrottata, osservo Jack e Mason andarsene. «Okay, l'hai visto? Adesso anche Jack si comporta in modo strano. Non credi?»

«Be'…», risponde Ben, girandosi a guardarmi, uno sguardo lungo e intenso. Così lungo che inizia a farmi venire i brividi.

«Che c'è?», sbotto.

Serrando la mascella, dà una rapida occhiata al prato. «Credo di essermi fatto vedere abbastanza, qui attorno». Tornando a me con lo sguardo, dice: «Andiamo a fare un giro».

Capitolo 36
Ben

«Adoro il frutteto a quest'ora del giorno!», urla Reese, sovrastando il rombo del motore, mentre ingrana la quarta della dune buggy e sbanda per evitare una buca sul sentiero, mentre il sole di un pomeriggio inoltrato di novembre inizia la sua discesa verso l'orizzonte.

«Possiamo evitare di aumentare il numero dei funerali, per questa settimana?», le grido di rimando, afferrandomi al roll bar con le nocche ormai bianche. Questa ragazza è una pazza, al volante. Non so come abbia fatto a non distruggere la sua moto, finora, e sto iniziando a pensare che non voglio che la guidi mai più, perché è solo una questione di tempo, prima che accada. L'unica ragione per cui le ho dato le chiavi è che sapevo che aveva bisogno di divertirsi un po', prima che le sganciassi la gigantesca bomba sulla testa.

«Qui a sinistra». Indico con il dito, reggendomi mentre svolta a tutta velocità e giungiamo in vista del vecchio camioncino giallo del nonno.

Ci fermiamo con una sgommata, sollevando una nuvola di polvere alle nostre spalle, e il sorriso raggiante di Reese mi fa ripensare al mio piano. Magari dovrei solo impacchettarla e riportarla nella nostra stanza in soffitta. Ma no. Questo non cambierebbe nulla. Deve sapere quello che sto per dirle, e io sono sempre stato il tipo da strappare via i cerotti in un colpo solo. Se dovesse scoprire che le ho nascosto delle informazioni di questo genere invece di dargliele subito, non avrebbe più fiducia in me. La sola idea mi fa contrarre lo stomaco.

Tolgo le chiavi dall'accensione – se vorrà scappare, dovrà farlo a piedi – e scendo dalla dune buggy. Prendo il bastone da escursioni e faccio quello che faccio sempre da anni, sbattendolo sul camioncino in modo da spaventare qualunque animale ci viva dentro.

Reese si è messa i jeans e una maglietta e si issa sulla sponda posteriore. Sulle labbra ha un sorriso pacifico per lei raro. Non credo di averglielo mai visto prima. Mi costringe a restarmene fermo lì, immobile a fissarla per un lungo istante.

Odio pensare che stia per perderlo.

«Perché mi stai guardando in quel modo?».

Esito. E poi tiro fuori il plico di lettere dalla tasca posteriore dei jeans.

Reese mi guarda con sospetto. «Quelle ieri le aveva Mason».

Sfoglio il plico con il pollice: cinque buste bianche e una gialla. Quella gialla gliela devo dare solo alla fine. «Tu e Mason avete parlato di tuo padre di recente?»

«Sì. La settimana scorsa». I suoi occhi si spostano sulle buste. «Perché?».

Con un sospiro, mi avvicino e mi siedo accanto a lei sulla sponda. «Mason ha detto a Jack del tuo ex. Del fatto che vive a Miami e si è risposato, e che vi siete sentiti. È preoccupato che tu ti sia lanciata in una missione per fargliela pagare».

Reese lascia andare indietro la testa con un sonoro lamento. «Dannazione! Te l'ho detto che di quel ragazzo non ci si può fidare!».

«Aspetta, Reese... lasciami finire». Esito ancora un secondo. «Mason era preoccupato; è per questo che ha parlato. E naturalmente anche Jack era preoccupato. È preoccupato per te fin da quando ti è venuto a prendere a Jacksonville. Preoccupato che tu possa inasprirti come tua madre, dopo aver sofferto tanto».

«Io non sono Annabelle!». Le sue guance sono rosse di rabbia, così alzo le mani in segno di resa.

Fin qui, non sta andando granché bene.

«*Io* lo so. Ma, ascolta. Di qualunque cosa abbiate parlato tu e Mason... be', lui ha pensato che fosse una buona idea trovare tuo padre, in modo che tu potessi sentire la sua versione della storia. Capire che tipo d'uomo lascia la figlia di cinque anni in una tavola calda e perché. Magari aveva un buon motivo. Magari è solo uno stronzo e tua madre ha ragione a odiarlo. Ma è bene saperlo, non credi?». Sapere che cos'era mio padre e, cosa più importante, che cosa non sono, mi ha aiutato a prendere alcune decisioni importanti in questi ultimi giorni. Inclusa quella che mi ha portato a essere qui seduto con Reese. «Jack si è trovato d'accordo con lui. Così lunedì mattina ha chiamato l'investigatore dello studio e gli ha chiesto di occuparsene». Faccio un respiro profondo. «L'ha trovato, Reese. Ha trovato tuo padre. È saltato fuori che non era così difficile, dopotutto, se sapevi dove iniziare a cercare».

Osservo il sangue defluire dal volto di Reese, al punto che le guance di solito rosa diventano completamente bianche, facendo sembrare i suoi occhi color caramello di un giallo malato. «Allora, dov'è?». È rabbiosa, anche se so che quella che sembra rabbia in realtà è paura. La sua attenzione è catturata dal plico di lettere che ho tra le mani. Una ha sopra il timbro "restituire al mittente". Le altre non sono mai state nemmeno spedite.

Faccio scivolare la prima nella sua mano tremante.

Schiarendosi la voce, alza piano l'aletta. «Sono già state aperte». Il tono d'accusa è pesante. «Le hai lette?»

«No». Mason ha ammesso che lui e Jack le hanno sfogliate prima, non volendo consegnare semplicemente a Reese una cosa che avrebbe potuto distruggerla.

Con un respiro profondo, tira fuori la prima lettera, un semplice foglio a righe riempito con una calligrafia simile a quella di Reese, ma leggermente più ordinata.

Non posso fare molto altro, quindi rimango seduto in silenzio accanto a lei, a darle una nuova lettera ogni volta che finisce la precedente.

A guardare le lacrime che iniziano a scenderle lungo le guance.

E quando le passo la busta gialla, quella che contiene una copia del rapporto ufficiale, il timbro rivelatore sul davanti, lei rimane come impietrita.

La sua voce è roca, quando sussurra: «Dopo tutto questo tempo, sono davvero esattamente come lei, non è così?».

Capitolo 37
Reese

La Jetta di Ben accosta davanti alla vistosa casa bianca che pare uscita da un libro di mitologia greca, del tutto ridicola con la sua fila di colonne e l'enorme fontana a tre piani al centro del vialetto circolare. Il marito numero quattro è di famiglia ricca, e ricca un bel po'.

«Be', sembra accogliente», osserva Ben con un sorrisetto.

«Aspetta di vedere l'interno», mormoro. «Sembra un obitorio». Grazie alle dimensioni sconfinate e all'assenza di mobili, è anche la sede ideale per uno sfarzoso ballo di beneficenza.

La portiera dell'auto si apre e il parcheggiatore mi offre una mano che accetto solo dopo aver raccolto i vari strati del mio abito di satin. Lina e Mason me lo hanno portato stamattina alla tenuta, così avrei avuto tempo di prepararmi prima di andare a Jacksonville. Grazie al cielo mi sta come se fosse stato disegnato su misura sul mio corpo. A giudicare dal prezzo che ho trovato nella scatola, avrebbe anche potuto essere così.

Ben fa il giro della macchina – simile in tutto per tutto a Ken, il fidanzato di Barbie, con uno smoking nero affittato all'ultimo momento – e mi offre il braccio. Se fossimo qui in circostanze diverse, starei già cercando qualche posticino in cui trascinarlo per la cravatta, tanto è affascinante. «Quando hai visto tua madre l'ultima volta?», chiede, adattando i passi ai miei, lentamente. Con attenzione.

«Subito dopo aver sposato Jared. Numero Quattro ha voluto un grande brunch riparatore con tutta la famiglia».

«Quindi, quanto, tipo…».

«Un anno e mezzo fa».

Scuote la testa incredulo. «E come è andata?»

«Terribile. Annabelle mi ha detto che non avevo ciò che serviva per mantenere vivo l'interesse di Jared e che mi avrebbe lasciata».

E ora penso di sapere perché.

Intanto che osservo la massa di persone di tutte le età elegantemente vestite, Ben parla con l'uomo che ha la lista degli ospiti. Da ieri pomeriggio, ha occhi solo per me, mi ha tenuto la mente occupata e ha continuato a fare stupide battute nel tentativo di farmi ridere. Bizzarro, dato che abbiamo appena seppellito suo padre. Avrebbe dovuto essere il contrario.

Entriamo in un fervore di musica, conversazioni e risate... sia finte che genuine. La bella scala alla O'Hara che raggiunge il primo piano è chiusa agli ospiti e occupata da una piccola orchestra di violinisti che suona tranquilli brani di musica classica mentre un fotografo la immortala. Camerieri in smoking girano tra gli ospiti, portando con disinvoltura vassoi d'argento carichi di stuzzichini e champagne.

Non posso evitare di pensare che tutto il denaro speso per questa festa avrebbe potuto essere utilizzato meglio se fosse andato direttamente in beneficenza. Questa sera Annabelle ha dato il massimo.

Non mi sono mai piaciute queste feste pretenziose, ho sempre preferito i barbecue estivi in giardino di Jack, dove potevo arrivare in jeans e maglietta. Ma d'altronde, l'espressione sul volto di Ben, quando sono scesa dalla scala di Wilma con indosso un vestito che costa la metà della mia Harley, è stata impagabile.

Ben ferma una cameriera con una mano sul gomito e un sorriso ammaliatore. «Mi scusi, può dirci dov'è la signora Donnelly?». È l'ultimo nome di Annabelle. Tenerseli a mente sta diventando difficile.

La giovane donna lo guarda e arrossisce. «Intrattiene gli ospiti nel conservatoire».

Ben mi lancia un'occhiata interrogativa.

Gli rispondo con una smorfia di sufficienza e bisbigliando piano: «È una serra con un pianoforte». Mi sembra di cogliere un sorrisetto della cameriera mentre si allontana, ma non ne sono sicura.

Arriviamo al "conservatoire": un'enorme stanza di vetro sul retro della casa che dà su una piscina olimpionica. Per quanto essenziale sia l'arredamento nelle occasioni normali, questa sera è stata svuotata di tutto, fatta eccezione per un pianoforte a coda nero e il lezzo di denaro accumulato per generazioni. È lì che trovo Annabelle, nel mezzo di una ristretta cerchia di persone estremamente raffinate. È elegante e raggiante come al solito, in un lungo vestito aderente blu Cina che arriva alle caviglie, la sua pelle pallida ancor più lattea accostata al colore acceso.

Ben mi dà una strizzatina in vita e mi spinge avanti. Resisto al desiderio di toccarmi i capelli: un discreto ma elegante chignon laterale che mi ha fatto Elsie, che mostra, sul davanti, la ciocca viola.

Ian è il primo a vedermi. Mi fa un sorriso, ma è vigile. Non sono stupida. Per lui sono la figlia allontanata della moglie trofeo che, se qualcuno si prendesse la briga di fare qualche ricerca, potrebbe probabilmente causargli non poco imbarazzo politico, soprattutto in clima di elezioni. Dio solo sa che cosa lei gli ha detto di me. Almeno i miei precedenti sono secretati.

Annabelle si gira. Con la sua corporatura alta, la silhouette a clessidra e i lineamenti perfetti, è sempre stata una donna splendida. Non posso negare che lo sia ancora, anche se dandole un'occhiata più approfondita – alla forma degli occhi, l'assenza totale di rughe o difetti, i seni pieni – scommetto che ha fatto degli interventi estetici dall'ultima volta che l'ho vista.

I suoi freddi occhi azzurri vagano sulla mia figura, sul vestito, sui capelli, su Ben accanto a me, e vedo un lampo di qualcosa... Sorpresa? Trionfo? Sospetto? «Non pensavo che ce l'avresti fatta, Reese», dice con voce ansimante, piegandosi in avanti per darmi un fuggevole bacio sulla guancia, con lo stesso movimento con cui mi immagino che una gallina becchi un chicco di grano. Lo paragono mentalmente al bacio che mi ha stampato Wilma: caldo e affettuoso e così... materno.

«Non pensavo neanche io», ammetto. Fino a ieri, avevo preso la mia decisione.

E poi sono venuta a conoscenza dell'intera storia.

Venire qui questa sera ad affrontarla, da alcuni può essere considerato pessimo tempismo. Ma io credo che sia il momento perfetto. Sarà sobria, tanto per cominciare. Potrei garantire che il suo bicchiere contenga Perrier liscia. Non rischierebbe mai di ubriacarsi con tutta questa gente intorno.

Ma soprattutto, sarà talmente preoccupata della *mia* reazione – davanti a tutti questi ospiti – che non avrà modo di fare una scenata.

Rivolgendosi a Ben, dice suadente: «Salve, sono Annabelle Donnelly». E gli tende mollemente la mano, come se si aspettasse che lui gliela baciasse.

«Ben Morris. È un piacere», risponde lui nello stringergliela disinvolto, con un sorriso ad alto voltaggio completo di fossette. Per quanto possa fare il cretino e parlare a sproposito, Ben sembra avere il potere di far reagire le donne. Anche ora, gli occhi di Annabelle squadrano velocemente il suo corpo, prima di lasciare andare la mano, con un sorriso misurato sulle labbra sporgenti. Più gonfie di come me le ricordavo dall'ultima volta.

«Ho bisogno di parlarti», sbotto.

«Certo. Magari dopo il ballo?»

«Non restiamo molto».

«Oh! Be', spero che rimarrete almeno per qualche foto di famiglia. I figli di Ian sono venuti da fuori città per l'occasione. Il fotografo sta preparando in biblioteca». A quelli che non la conoscono, Annabelle sembra impassibile. Ma la vena sul lato del suo collo sta pulsando. È sulle spine.

La sua spalla delicata inizia già a rigirarsi verso la cerchia di ospiti, ignorando la mia presenza. Finché non dico: «Ho trovato Hank».

Ogni cosa di lei si impietrisce. Il suo sorriso finto, il suo corpo abbellito, il suo respiro. Per un lunghissimo istante, Annabelle sembra una statua.

«Vogliate scusarmi, amici», annuncia, appoggiando il suo

flûte sul vassoio di un cameriere di passaggio, per poi passarmi accanto con il suo incedere lento, felino, facendo ticchettare i tacchi da dieci centimetri sul pavimento di marmo.

«Vuoi che venga con te?», mi sussurra Ben all'orecchio.

«No. Sto bene».

«Okay. Sarò qui, se hai bisogno di me», sussurra, posandomi un bacio sulla tempia, prima di ricordarmi: «Sei qui solo per parlare».

«Sì», rispondo con un sorriso tirato, sperando di poter mantenere la promessa. Usciamo dalla stanza e ci dirigiamo a sinistra, lungo un corridoio silenzioso transennato per gli ospiti. A chiunque ci stia osservando, potremmo forse sembrare una strana processione di Barbie Magia delle Feste. Di certo non madre e figlia.

Annabelle spinge una massiccia porta doppia, guidandomi in quello che sembra essere l'ufficio di Ian, una stanza dall'aria virile, completamente arredata con stoffe, legno di ciliegio scuro e pelle nera. Quando le pesanti porte si chiudono alle mie spalle, i vivaci rumori di musica e risate svaniscono del tutto.

E ora ci siamo solo Annabelle e io.

Si schiarisce la voce. «Di che cos'è che vorresti parlare, esattamente?».

Non c'è motivo di girarci attorno. «Lo sapevi che mio padre stava cercando di trovarmi?».

Si schiarisce di nuovo la voce. «Ho immaginato che lo avrebbe fatto, prima o poi. Non che gli abbia più parlato da quando ci ha lasciate».

«No, Annabelle. Non *noi*. Te! Voleva portarmi con sé nella sua nuova vita, con *MaryAnn*. È lì che eravamo il giorno che hai denunciato il mio rapimento. Sapevi esattamente dove fossimo. Sapevi che non correvo alcun pericolo». Vedo il lampo di dolore nei suoi occhi e sorrido, anche se non provo alcun piacere. «Non pensavi che l'avrei scoperto, vero? Fortuna che sei andata avanti e hai sposato un uomo come Jack, a cui importa abbastanza di me da iniziare a fare domande, anche sedici anni più tardi».

Chinando la testa, sembra prendersi un momento per respirare e il suo petto si alza e si abbassa pesantemente alcune volte. «Come sta?», chiede alla fine in un sussurro roco. «Hank».

Il nodo che ho piantato in gola da ieri esplode, sapendo che non lo rivedrò mai più. «È al cimitero di Tallahassee. È stato investito e mandato fuori strada mentre era sulla sua Harley da un camionista che non ha controllato lo specchietto retrovisore prima di cambiare corsia, circa otto anni fa».

Le mie parole la colpiscono in pieno volto con la stessa forza che se le avessi dato uno schiaffo. Il poco colore che le era rimasto sulle guance svanisce, lasciandole la pelle grigia, la bocca aperta.

Quando Jack ha chiamato l'investigatore dello studio a proposito di Hank MacKay, questo ha iniziato con i controlli di routine – rapporti di polizia e annunci mortuari – che lo hanno presto portato al certificato di morte e ai familiari, la convivente MaryAnn Seltzer.

Suona tutto così facile.

Hank mi aveva scritto alcune lettere, sperando di avere un giorno un posto dove mandarmele. Dopo la sua morte, MaryAnn ha dato le lettere a Bethany MacKay, la sorella di mio padre. Una zia che nemmeno sapevo esistesse. Che vive a venti minuti da me. MaryAnn aveva il presentimento che un giorno la figlia da tempo perduta di Hank avrebbe cercato di rintracciare la famiglia MacKay.

«Hai incontrato mio padre una sera, in un bar di Miami dove la sua band suonava. Aveva appena rotto con la sua ragazza. Tu lo stavi guardando suonare la chitarra. E poi, quando una ragazza ha cercato di mettersi davanti a te, tu le hai versato una birra giù per la camicetta. Hai finto che fosse un incidente, ma mio padre ti ha visto versarla intenzionalmente». Sorrido all'idea. È una cosa che farei io, solo che io non la nasconderei. La rivendicherei con piacere. «Lui ti ha detto che eri la donna più bella che avesse mai visto. Avete iniziato a uscire insieme subito. Faceva un'ora di viaggio per venire in città ogni volta che poteva. Poi, sei mesi più tardi, quando tu hai scoperto di essere incinta di me, vi siete sposati. Nessuno dei due ci ha pensato due volte».

Comincio a ripetere tutto quello che la prima lettera spiegava in gran dettaglio, storie che non avevo mai sentito da Annabelle. Nel farlo, vedo l'emozione minacciare di demolire la sua maschera. «Vi siete trasferiti in un appartamento con due stanze da letto, nella cittadina dove lui lavorava come meccanico nel garage di suo padre. Tu restavi a casa con me». Mi sposto più in mezzo alla stanza, osservando il ritratto di Annabelle appeso al muro sopra il camino, in cui indossa una sottoveste sexy e una stola di pelliccia. «*Odiavi* quella vita. Odiavi essere inchiodata a casa con una bambina. Eri annoiata della vita nella piccola cittadina. Volevi trasferirti a Miami, ma Hank non era disposto a farlo; lui era il solo a portare a casa uno stipendio. E in più, aveva intenzione di subentrare al padre nell'attività. Voi due litigavate molto, a questo proposito. Litigavate molto in generale. Un venerdì sera, quando avevo circa tre anni, c'è stata una lite furiosa, e i vicini hanno chiamato la polizia. Hank era così arrabbiato che se ne è andato per qualche ora. Quando è tornato a casa, ti ha trovata svenuta sul divano. Io ero seduta in una pozza di vodka rovesciata, e piangevo. È stato allora che hai sostenuto di soffrire di depressione post partum, e che ti saresti fatta aiutare. Dopo quell'episodio, lui ha iniziato a portarmi ovunque con sé, fino a che tu non sei stata meglio».

Da quello che Hank aveva saputo dei genitori di Annabelle – che io a quanto pare ho conosciuto, anche se non lo ricordo – lei era cresciuta in una famiglia del ceto medio nella quale gli abbracci erano insignificanti e l'immagine era tutto. Innamorarsi di mio padre – un meccanico tatuato, suonatore di chitarra e appassionato di Harley – andava contro tutto ciò che aveva imparato crescendo. Ma prova anche che Annabelle un tempo era in grado di amare. E di lasciare vincere il suo cuore.

Mio padre ha iniziato a portarmi al garage. Sapeva che non era il posto ideale per una bambina tanto piccola, ma ha visto subito un cambiamento, in me: come ridessi, sorridessi e parlassi di più, con lui.

«Le cose non miglioravano. Tu eri ancora molto infelice, bloccata in quella insignificante cittadina con una bambina piccola a poco più di vent'anni. Hai iniziato ad avercela con lui per tutto. Lui immaginava che un giorno sarebbe tornato a casa e avrebbe scoperto che te ne eri andata». E aveva iniziato a sperarlo, come ha ammesso nella sua lettera.

«Vi siete allontanati. E poi mio padre ha incontrato MaryAnn: la sua ex ragazza, quella prima di te, che aveva rotto con lui quando era andata al college. In un certo senso, hanno ripreso da dove avevano interrotto». Mi giro a guardare il volto di Annabelle. «Ti ha tradita». Sono sorpresa che non me l'abbia mai detto. Avrei creduto che poter dare la colpa a Hank MacKay le avrebbe dato soddisfazione. Avrei anche creduto che avrebbe potuto dirmi la verità, sapendo quanto dolore provavo in una situazione molto simile con Jared. Una situazione paurosamente simile. Certo, è stata una relazione molto più breve e non abbiamo figli, ma, comunque, quel tipo di dolore avrebbe potuto creare un terreno comune, qualcosa da condividere, finalmente. Invece, il suo orgoglio l'ha fatta tacere per sedici anni.

Si potrebbe pensare che, con tutto il tempo che è passato e tre mariti dopo, Annabelle fosse almeno indifferente. Ma quando vedo i suoi occhi riempirsi di lacrime e i muscoli della mascella visibilmente tirati, capisco che è tutt'altro che indifferente.

Constato di prima mano quanto profondamente mio padre l'abbia ferita.

Quando ho letto lo schietto resoconto di ciò che aveva portato alla rottura dei miei, è accaduta una cosa che non avevo mai provato per Annabelle: mi è dispiaciuto per lei.

«Sono stati insieme sei mesi, prima che tu trovassi la ricevuta di una collana che aveva comprato per lei. L'hai affrontato. Lui ha ammesso la relazione e ha chiesto il divorzio».

È strano ripercorrere gli eventi della storia dei miei genitori con la donna che li ha vissuti. Ma lei ha passato così tanto tempo a scappare da quei ricordi, trascinandomi giù con lei... che era ora che entrambe affrontassimo il passato: quello che ci ha portate qui.

«Ti ha detto che si trasferiva a Tallahassee. MaryAnn aveva ereditato il ranch dei genitori. E voleva portarmi con lui». Che mio padre avesse rifiutato di trasferirsi, di rinunciare al garage per Annabelle – la madre di sua figlia – ma fosse più che disposto ad abbandonare tutto per un'altra donna, deve essere stato devastante, per lei.

Avrebbe senza dubbio distrutto me.

«Tu ti sei precipitata fuori di casa come una furia. Lui mi ha presa, armi e bagagli, mi ha caricata sul suo furgone e mi ha portata al ranch. Voleva vedere se lì mi sarebbe piaciuto». Un sorriso triste mi si disegna sulle labbra, ripensando al fugace ricordo di me bambina che davo la caccia a una gallina. Uno dei pochi ricordi che ho di quel weekend. «A quanto pare *adoravo* stare lì. Andavo d'accordo con MaryAnn». Il sorriso svanisce. «Dopo pochi giorni, quando sperava che ti fossi calmata, mi ha ripresa e siamo partiti per tornare. Ci siamo fermati a cena in un'area di servizio appena fuori Gainesville. È stato allora che papà ti ha chiamata e tu gli hai detto di aver denunciato il mio rapimento. Che gli avresti fatto rimpiangere di aver avuto una relazione».

Un'unica lacrima riga il volto senza difetti di Annabelle.

«Non sapeva molto dei rapimenti, se non che, con i suoi precedenti, c'erano buone probabilità che dovesse scontare del tempo in prigione, se veniva condannato. Così si è fatto prendere dal panico e ha fatto l'unica cosa che gli è venuta in mente: mi ha lasciato alla tavola calda».

Devo aver letto quella parte della lettera cinquanta volte, considerando quella sera non attraverso gli occhi di una bambina di cinque anni abbandonata e confusa, ma attraverso quelli di un padre di ventotto, straziato e impaurito, terrorizzato all'idea di trascorrere degli anni dietro le sbarre. Quando avevo visto il suo furgone allontanarsi pensavo che se ne fosse andato, ma non era così. Aveva parcheggiato in un angolo buio dall'altra parte del parcheggio, e aveva spento le luci. E aveva aspettato. Per due ore era rimasto seduto ad aspettare – stringendo forte il volante, sentendosi come se qualcuno gli avesse strappato le viscere – per essere sicuro che nessuno cercasse di prendermi.

Quando alla fine era arrivata l'auto della polizia e il poliziotto si era seduto accanto a me, se ne era andato.

E da allora in poi lo aveva rimpianto ogni giorno.

Quando i miei nonni erano venuti a trovarmi, una settimana dopo l'incidente, su richiesta del figlio, noi eravamo sparite senza lasciare alcun recapito.

«Perché?». Ironia della sorte: per sedici anni ho avuto la stessa domanda sulla punta della lingua, solo che avrei voluto farla a Hank MacKay. Ora, la vera risposta appartiene a mia madre. «Perché mi hai usata per ferirlo in quel modo? Perché non mi hai permesso di avere un padre che mi amava, nella mia vita?».

Annabelle scuote la testa, facendo oscillare i biondi capelli di seta, la sua voce è rauca e appena udibile. «Perché voleva portare te – una cosa che avevamo creato insieme – da *lei*. Sapevo che lei ti sarebbe piaciuta di più».

«Ma non hai mai neanche voluto essere una madre, Annabelle!». Ora mi sto sforzando di controllare il tono.

«Questo non è vero. È solo che… non sapevo come fare da madre *a te*. Sei *talmente* simile a lui, Reese». La sua voce vacilla e chiude forte gli occhi. «Sei *in tutto e per tutto* Hank. Ossessionata dalla musica rock e dalle motociclette. Non sono mai riuscita a farti indossare un vestito per più di cinque minuti. Hai preso tutto, da tuo padre, e ogni volta che ti guardavo crescere, mi ricordavi lui. E questo mi uccideva». Si stringe nelle braccia come se avesse improvvisamente freddo. «Pensavo che fossi troppo piccola per ricordare, che te ne saresti dimenticata. O magari che avresti cominciato anche tu ad avercela con lui». Si asciuga un'altra lacrima solitaria. «Ma non è stato così. Sembravi semplicemente avercela di più con me».

Osservo questa donna in silenzio, vedendola sotto una nuova luce per la primissima volta nella mia vita. Una luce triste, disperata. «E ti sei dimenticata di quel dolore quando hai tradito Jack? Quando hai lasciato Barry per Ian?». Non c'è cattiveria nelle mie parole. Conosco già la risposta, ma quando la vedo chinare la testa ho la conferma.

Annabelle non si è più concessa di amare veramente nessuno,

dopo Hank MacKay. Jack… Barry… persino Ian. Sono tutti suoi sostituti: mariti di successo che possono riempire tutti gli altri vuoti della sua vita, a parte l'unico importante. Quello nel suo cuore.

Lascio andare il respiro che stavo trattenendo, e d'un tratto mi sembro più leggera. Stasera sono venuta qui per portare tutto alla luce del sole. Non perché credevo che avrebbe cambiato il nostro rapporto.

Annabelle e io non saremo mai vicine. Ma grazie a questo chiarimento, posso iniziare a capire perché. Non è per qualcosa che ho fatto. E non posso cambiare nulla. Quello che *posso* invece cambiare è assicurarmi di non diventare una donna piena di rabbia come lei.

Quando ho letto quella prima lettera, quella con il timbro "restituire al mittente", l'unica con il resoconto di tutti i modi in cui i miei genitori si erano fatti tanto male, mi ha preso il panico, mi è baluginato davanti il mio destino.

Ma da allora ho capito che non sono *esattamente* come lei. Sono *molto* simile a lei. Se fossi andata con Jared nel suo appartamento, se avessi terminato quello che avevo iniziato, avessi ferito lui, ferito Caroline… allora non ci sarebbe alcuna differenza tra di noi.

Ma a un certo punto mi sono concessa di voler bene di nuovo. Forse persino amare di nuovo. Senza volerlo, inaspettatamente, mi sono innamorata di Ben.

E ora, voglio solo tornare da lui.

«Tieni». Le allungo una busta.

Lei la adocchia con sospetto. «Che cos'è?»

«Magari l'occasione, per te, di chiudere questa storia». A parte la lettera iniziale, il resto erano perlopiù note di diario, ciò che rendeva felice Hank MacKay – il figlio con MaryAnn, la casa modesta che dividevano, i furgoni che riparava e vendeva per arrotondare le entrate – e ciò che rimpiangeva. Tradire Annabelle, averla sposata quando era giovane e stupido ma sapeva comunque di essere ancora innamorato di un'altra donna. E soprattutto, avermi lasciata.

L'ultima lettera era di MaryAnn e diceva di come Hank avesse contattato un avvocato per comprendere meglio i rischi connessi al mandato spiccato nei suoi confronti. L'avvocato pensava di poter far cadere le accuse di rapimento, ma restava l'abbandono di minore. Hank aveva preso in considerazione l'idea di costituirsi, sperando che questo potesse portarlo a ritrovarmi.

Fra quelle lettere, però, c'era un sentito brano di scuse per Annabelle. Se sarà sufficiente a sciogliere la corazza di ghiaccio, è da vedere. Le lascio la busta, l'unica cosa che possa ancora aprirle gli occhi.

E vado in cerca di chi ha aperto i miei.

Lo trovo nel grande atrio con in mano uno spiedino tailandese, circondato da tre ragazze in abiti da Cenerentola al ballo. La più vecchia non può essere ancora nemmeno maggiorenne, eppure sono tutte molto a loro agio con l'approccio a suon di ciglia battute.

Mi affianco a lui e lo prendo a braccetto. «Pronto per andare, o hai bisogno di ancora un po' di tempo con le lolite?».

Il suo sorriso non fa una piega, alle mie parole. «Spiacente, ragazze. È arrivato il capo». I loro bronci tutti uguali sono l'ultima cosa che vedo, mentre trascino Ben fuori di casa, dandogli a malapena il tempo di depositare i resti di ciò che sta mangiando su un vassoio.

Allunga il tagliando al parcheggiatore e mi stringe al suo petto. «Ti senti meglio?».

Faccio un profondo sospiro. «Non ancora, ma succederà». Non sono ancora venuta a patti con questa storia. Ora come ora, non sono sicura che mi troverò mai più faccia a faccia con Annabelle.

«Bene».

Non ho mai usato la parola "abbagliante" per descrivere una persona; in questo preciso istante, però, alzando lo sguardo su questo ragazzo biondo in smoking, sul suo sorriso con le fossette e gli sfolgoranti occhi azzurri, è l'unica parola che riesco a trovare per descriverlo. E non è per la sua bellezza fisica.

Tutto di lui è affascinante. Anche la sua grande, insopportabile bocca.

«Possiamo andare, ora? O senti il bisogno di fare qualche casino per concludere la serata in stile Reese?».

Gli appoggio la guancia al petto per ascoltare il suo battito e sorrido compiaciuta. «Non ho idea di che cosa tu stia parlando». Guardo la chiassosa fontana: la statua di una dea greca è in piedi al centro di una piccola vasca, circondata da spruzzi d'acqua alti un metro e illuminata da faretti blu.

E d'un tratto chiedo: «Quanto pensi che sia fredda, quell'acqua?». Anche se è un novembre insolitamente caldo, per la Florida, adesso è notte e la temperatura si è abbassata.

«Immagino fredda da stringerti le palle».

«Vuoi fare una scommessa?». Prima ancora che abbia la possibilità di rispondere, mi allontano e corro giù per i gradini davanti a casa, scalciando via le scintillanti scarpe con il tacco e abbandonandole sulla scala. Con un'ultima occhiata a Ben, che sta contemporaneamente sorridendo e scuotendo la testa, mi siedo sul bordo della vasca, raccolgo il vestito e mi giro per entrare in acqua.

«Non è tanto male!», mento, stringendo i denti e guadando la fontana, con l'acqua al ginocchio, fino a trovarmi al fianco della statua. «Che ne pensi? Sarà la fontana della giovinezza di Annabelle? Questa è Afrodite? Dovrei pregarla di ringiovanirmi?».

La squadra dei parcheggiatori e alcuni avventori della festa mi guardano con un misto di shock e divertimento.

Ben scende i gradini con un largo sorriso, con in mano le mie scarpe. «No, cazzo. Non ti permetto di cambiare una sola cosa di te».

«Be', credo che tu e lei abbiate diverse cose di cui parlare», scherzo, facendogli l'occhiolino. «Perché non vieni dentro?».

Butta indietro la testa con una sonora risata. «Diamine, no!».

«Codardo».

Mi considera un istante, passandosi lentamente la lingua sui denti mentre riflette su qualcosa.

E poi si toglie le scarpe, butta a terra la giacca dello smoking ed entra nella fontana. «Ti farò rimpiangere di avermi chiamato in quel modo», mi avverte serio e determinato, camminando a lunghi passi verso di me, senza che le sue gambe potenti neanche si accorgano della resistenza dell'acqua. Io faccio per scappare di corsa, cercando di evitare le cascatelle che sprizzano fuori dalla fontana, ma lui è troppo veloce e le sue forti braccia mi prendono alle spalle, stringendomi in un abbraccio.

«Non ho un cambio d'abiti, Ben!», gli ricordo con un urletto.

«Nemmeno io, ma tu hai insistito, quindi immagino che ci aspetti un rientro a casa molto interessante, non è così?».

Con la coda dell'occhio, vedo una piccola folla formarsi sui gradini e dei flash di macchine fotografiche, senza dubbio i media invitati per l'evento. Se Ben li vede, di certo non gli importa. O forse sì, ed è per questo che mi solleva, prendendomi in braccio.

«Pronta?»

«No!». Rido a crepapelle, afferrandomi forte al suo collo. «Non osare farmi cadere in quest'acqua! È gelata, cazzo!».

Nei suoi occhi azzurri passa uno sguardo strano. «Lasciarti cadere? Reese, dovresti saperlo, ormai, che non lo permetterei mai». Con il braccio mi stringe a sé per darmi un bacio altamente fuori luogo – dato che abbiamo spettatori – sulle labbra.

E poi inizia a correre attraverso il cerchio di spruzzi.

Infradiciandoci entrambi senza che riusciamo a smettere di ridere.

Epilogo
Ben

«Dannazione, non vedo l'ora di togliermi questa cravatta», borbotto, infilando le dita nel colletto della camicia, già bagnata sotto la giacca dell'abito. Se posso fare a modo mio, non appena hanno finito con le foto mi spoglio completamente.

«Smettila di piagnucolare. Almeno è maggio. Avrebbe potuto scegliere luglio», mi ricorda Jake. Aggiungendo piano, nell'asciugarsi la fronte: «E stiamo tutti soffrendo con te».

Una breve occhiata a Rob e Josh conferma un leggero velo di sudore sui loro volti. Noi quattro ce ne stiamo all'ombra della quercia più vecchia della proprietà. Davanti a noi, file di sedie bianche piene di familiare e amici. Al nostro fianco, un altare provvisorio: un arco coperto di fiori d'arancio.

Solo sentirne il profumo mi calma i nervi.

«Avete fatto un bel po' di lavori, alla casa, da Natale», riflette Rob, vagando con gli occhi sulla grande vecchia dimora in stile coloniale sullo sfondo.

«Era una grossa polizza. Abbastanza da coprire i problemi critici». Faccio un cenno con la testa in direzione del più vecchio dei miei fratelli. «Anche Josh ha fatto un sacco». Josh ha lasciato il lavoro poco dopo la morte di nostro padre e si è trasferito qui per stare con mamma. Il denaro ricavato dalla vendita degli attrezzi da falegname è più che sufficiente per pagare gli alimenti a Karen e ai bambini a breve termine. Lui, a sua volta, è stato di enorme aiuto, alla tenuta; ha convertito la falegnameria di nostro padre in un impianto di imballaggio e l'ha avviato e fatto funzionare, per ridurre i costi esterni. Ha festeggiato il suo primo anno di sobrietà la settimana scorsa, e questo weekend

Karen è venuta insieme ai bambini per il matrimonio, anche se non sembra pronta a riconciliarsi tanto presto.

Ho imparato a conoscere meglio il mio fratellone adesso, da adulto, di quanto abbia mai fatto quando ero bambino. Ho persino cominciato ad apprezzare il suo carattere silenzioso e credo, dai sorrisetti e dalle risatine, che anche lui stia imparando ad apprezzarmi per come sono.

«È quasi ora!», dice mamma enfatica, correndo verso di noi con il suo nipotino di tre mesi in braccio. «Vuoi vedere papà ancora una volta, Jake junior?»

«Non potevi essere più originale», scherzo, abbassando gli occhi sul piccolino in smoking, il davanti tutto sporco e sbavato. Okay, lo ammetto... è carino. E sarebbe anche più carino se non piangesse tanto.

«Chiudi quella dannata boccaccia», mi dice Jake sottovoce, chinandosi a baciare la fronte del figlio.

«Silenzio ora!», ci sgrida mamma, portandosi Jake junior al petto.

Ma io non ho ancora finito. Fare incazzare mio fratello è troppo divertente. «I dottori ti hanno detto se è normale quella testa?». Osservo il povero neonato cercare di sollevarla. «Crescerà anche il resto, prima o poi, o avrà sempre quel melone a penzoloni?».

Faccio appena in tempo ad abbassare il braccio per parare il colpo ai reni di Jake.

«Stai di nuovo prendendo in giro testa di melone?».

Al suono della voce di Reese, il mio cuore si ferma per un secondo. Mi giro appena in tempo per vederla fluttuare verso di noi sull'erba, la sua vecchia chitarra Yamaha blu a tracolla. Scruto ogni minimo particolare, inclusa la scollatura vertiginosa del vestito, che mi permette di dare una buona sbirciata a quelle tette su cui cerco di mettere le mani appena me ne capita l'occasione. Il vestito è lungo, arriva fino a terra. Questo è piuttosto seccante. Mi piace molto vedere le sue gambe. Ma quando si gira e vedo la schiena nuda, immagino che compensi le cose. «Credevo che non ci si potesse vestire di bianco a un matrimonio».

Lei scrolla le spalle. «Si può, se è la sposa a fartelo fare».

«Rita ha anche scelto il vestito? Perché se è così...».

Piega la grande bocca – oggi dipinta di rosso – in un sorriso lento. «Ti piace?»

«Sì. In effetti...». Allungo un braccio per cingerle il corpo e dare una bella strizzatina a quel culo che amo tanto, mentre la tiro verso di me.

«Benjamin!». Con la mano libera, la mamma mi dà una sberla sulla spalla. «Non davanti agli ospiti». Mentre sospiro esasperato, sento che le sfugge un «Ma insomma!» a voce bassa.

«Sì, Benjamin. *Ma insomma*». Con gli occhi color caramello che le brillano, Reese si libera con una piroetta dalla mia presa e fa un passo indietro per raggiungere il microfono. Basandosi su ciò che deve aver sentito, saprà già che la trascinerò su in soffitta – rivendicata come nostro quartier generale per il weekend – nell'istante stesso in cui avremo finito di fare le foto.

«Mi piacciono i fiori d'arancio», dice a mia madre, sorridendo. «Carino come tocco».

«Possiamo fare lo stesso per te e Ben».

Mi schiarisco la voce rumorosamente, lanciando un'occhiata severa a mia madre, ma lei si concentra sul suo nipotino, tubando piano, mentre Reese butta indietro la testa ridendo con quella sua ristata rumorosa, di gola.

«Solo se riesci a riempire anche i roll bar della dune buggy, perché ho intenzione di percorrere la navata con stile». Mi fa l'occhiolino e so che sta scherzando. Grazie a Dio. Non ho nessuna fretta. So che non ne ha neanche lei. In questo momento siamo molto contenti di quello che abbiamo.

«Quanto ci vorrà ancora?», mormoro sottovoce, tirando il colletto, nell'istante in cui Jack si avvicina con un bicchiere di limonata in mano.

«Reese, sei bellissima, persino con quel vecchio legno malconcio in spalla». Si china a darle un bacio sulla guancia, prima di girarsi verso la mamma. «Ecco, Wilma».

«Grazie, Jack», risponde lei, con un sorriso schivo.

E... Un attimo, e quello cos'è? La mamma sta arrossendo?

Con un'espressione confusa, osservo quei due, quindi Jake, che è troppo impegnato a fare le smorfie al suo testa di melone per vedere altro, e di nuovo loro due. Ma è solo quando guardo Reese, la quale sta fissando il suo patrigno e mia mamma sorridendo tra sé, che metto insieme gli indizi.

«Oh cazzo, no!». La mia esplosione attira l'attenzione di tutti su di me, il volto della mamma si riempie di ansia.

«Che cosa c'è, tesoro?»

«C'è che ho una rigida politica che vieta che il patrigno della mia ragazza faccia la corte a mia madre!».

Il volto della mamma si fa color melanzana come il vestito che indossa. Se non avesse un neonato in braccio, penso che mi darebbe una bella lezione all'istante, proprio qui sull'altare del matrimonio di mio fratello. *'Fanculo*, non mi importa. *Jack e la mamma?*

Josh scoppia in una sonora risata. Jake e Rob lo seguono a ruota, ridacchiando. Nemmeno Reese riesce a trattenersi. E finalmente capisco. Butto per aria le braccia per l'esasperazione. «Ero *l'unico* a non saperlo?»

«Non so come tu abbia fatto a passare l'esame da avvocato, fratello», mi prende in giro Jake.

Mamma alza gli occhi al cielo e si gira per andarsene, ma non prima di farsi beccare a fare l'occhiolino a Jack. *Merda*. Non ne avevo idea! Jack e Mason hanno fatto qualche gita qui, per aiutarci con il raccolto. Poi la mamma li ha invitati per Natale. E per Pasqua.

Pensavo che gli piacesse il frutteto!

«Be', immagino che tu fossi troppo occupato a ignorare palesemente la *mia* politica, per notarlo», considera Jack.

«Non direi "palesemente"», borbotto. *'Fanculo. Mi ha fregato.*

Jack solleva le grigie sopracciglia cespugliose. «No? Magari dovremmo chiedere a Mason».

«Ti avevo avvertito... Il Grillo parla», mormora Reese aggiustando l'asta del microfono, prendendo a sua volta un po' di colore sulle guance.

«Ehm...». Non so come rispondere. Siamo stati *davvero*

bravi a rispettare Jack e a tenere nascosta la nostra relazione in ufficio: Reese lavora sui casi di Natasha, mentre io seguo casi miei e mi servo di altri due paralegali. In realtà, sono piuttosto sicuro che nessuno sospetti niente. Ma d'altronde, magari lo sanno tutti e noi ci stiamo illudendo.

E, fatta eccezione per una sera di qualche settimana fa, quando stavamo lavorando fino a tardi e non ho resistito a mettere in pratica con Reese una fantasia riguardante lei e la mia scrivania che mi assillava la mente da mesi, ormai, abbiamo sempre tenuto le mani a posto.

Che cosa diavolo ci faceva, in ogni caso, Mason in ufficio dopo la mezzanotte?

Scommetto che non ci andrà più, senza prima chiamare.

«Quindi siamo pari?», propone Jack con un ghigno, andando a sedersi.

Chino la testa con un sorriso imbarazzato, proprio mentre il telefono di Reese riceve con un *bip* un messaggio da Elsie. «È ora!», annuncia, gettando con noncuranza il telefono per terra a qualche passo da lei – lo dimenticherà lì e poi più tardi andrà fuori di testa per cercarlo, garantito – e iniziando a strimpellare i primi accordi. Quando apre bocca e le parole della canzone cominciano a uscire con quella sua voce profonda e roca, Jake deve darmi un'altra gomitata nelle costole per farmi girare verso la passerella. Duro in tutto cinque secondi, prima che la mia attenzione torni su Reese.

Credo che non mi stancherò mai di sentirla cantare. O parlare. O ridere, o friggermi le palle, o dirmi che sono un imbecille. E non vedo come potrei mai stancarmi di svegliarmi accanto a lei il mattino, o di toglierle tutti i vestiti la notte, perché ancora non è successo. A dire il vero è l'esatto opposto. La desidero sempre di più. È tutto ciò che non avevo mai saputo di volere. Tutto ciò che non avevo mai saputo di poter avere.

È semplicemente… giusta per me. Perfetta, direi.

Mi accorgo appena della processione che si avvicina sulla passerella. Probabilmente dovrei concentrarmi sulla sposa.

Ma sono troppo occupato a fissare la mia Reese.

Ringraziamenti

Scrivere questi ringraziamenti ha un sapore agrodolce. Un anno e mezzo fa ho scritto *Dieci piccoli respiri*. I personaggi secondari del libro non erano altro che quello: personaggi secondari; gente con vite e vicende proprie, alle spalle, ma non personaggi principali. Fino a che tutti voi non avete iniziato a chiedere delle loro storie.

Cinque ragioni per odiarti è l'ultimo romanzo in programma della serie. In questo ultimo anno mi sono divertita, e spero che vi siate divertiti anche voi, nel vedere i personaggi di *Dieci piccoli respiri* (e nuovi personaggi, aggiuntisi lungo il cammino) prendere vita. Mi sento come se la mia carriera di scrittrice avesse preso vita insieme a loro, e ho molte persone da ringraziare, per questo.

Sempre, prima di tutto, i miei lettori – i vostri messaggi, i vostri tweet, i vostri post, tutto quanto, sono molto graditi. Mi dite che vostra sorella, vostra figlia, la vostra amica o cugina, o vostra madre legge la serie e questo mi emoziona molto. Senza di voi, che leggete i miei libri e passate parola, non potrei fare quello che faccio. Almeno, non bene.

I blogger (i miei lettori all'ennesima potenza): ogni volta che abbiamo una nuova copertina, una data d'uscita o un tour promozionale e Inkslinger PR mi comunica quanti di voi si mettono in contatto chiedendo di partecipare, sono sbalordita. Continuo a chiedermi: «Chissà perché questa gente meravigliosa vuole aiutarmi?». E poi lo ricordo… Perché siete tutti incredibilmente generosi con il vostro tempo e la vostra passione.

Un grazie speciale allo street team di *Cinque ragioni per odiarti* – il mio primo street team in assoluto! Per tutto l'amore, il sostegno e l'emozione che avete aggiunto all'uscita di questo libro: Michelle Kampmeier, Megan Toffoli, Autumn Thibault, Jennifer Harried, Lori Wilt, Kathryn Grimes, Bianca Janakievski, Jessica Hurtado, Christine di *I Heart Big Books*, Natalie Gomes, Rachael MacDonald, Nicole Martin, Leah Smith, Samantha Sideslinger, Holly Baker, Emily Kyle-Cooper, Jenn Benando, Lisa McCarthy, Carol Evans, Katie Pruitt-Miller, Jessica Sotelo, Bella Colella, M.J. Fryer, Katie Murphy e Denise Sprung.

A Candice S. Ly, vincitrice del concorso che abbiamo istituito per trovare un titolo a *Cinque ragioni per odiarti.* È il titolo perfetto per questo romanzo, e spero che sarai felice di vederlo nelle librerie la prossima estate almeno quanto lo sarò io.

A Jessica Lynn, per aver dato un nome alla madre di Reese. Se tu non mi avessi suggerito "Annabelle" a me non sarebbe venuto in mente "Annabelle Lecter" e... be', è puro genio.

A Heather Self, alias "The Self", per la tua impagabile opinione di scrittrice, quando mi sono trovata in difficoltà con quel temuto capitolo di apertura. E poi con il secondo capitolo. E con il terzo capitolo... Mi hai ascoltato blaterare per un'ora al telefono, anche se niente di ciò che tramavo all'epoca è poi entrato a far parte del libro. Quella che si dice una vera amica.

A Autumn Hull, perché coglie sempre con entusiasmo l'occasione di leggere i miei libri (anche se io non lo chiedo mai, perché odio chiederlo) e per i suoi strepitosi suggerimenti. Oltre che per quel cognome da nubile così sexy.

A K.P. Simmon e all'Inkslinger PR, perché continuate ad accompagnarmi in questo incredibile viaggio (traduzione: aiutandomi con la Western Union mentre ero bloccata in un Paese straniero, facendomi conoscere il Chick-fil-A). Sapete anche molto di libri, PR e roba così. Un sacco di roba così.

A Stacey Donaghy del Donaghy Literary Group, la migliore agente di tutto il vasto mondo. A volte mi chiedo come mi riesca di scrivere dei libri, dato tutto il tempo che passo a ridere con te.

A Sarah Cantin, per non avermi abbandonata con questo libro, quando avevo gli scoiattoli che mi correvano per la testa. Ben e Reese, grazie per avermi indicato la direzione giusta.

Alla mia editrice Judith Curr e alla squadra dell'Atria Books: Ben Lee, Valerie Vennix, Kimberly Goldstein e Alysha Bullock, per aver messo, con la vostra magia, un altro libro nelle mani dei lettori. Il numero quattro!

A Paul, Sadie e Lia, e a tutti i miei amici e familiari, perché mi sopportate. Ancora.

Indice